LUIS ZUECO (Borja, Zaragoza, 1979) es director de los Castillos de Grisel y de Bulbuente, dos fortalezas restauradas y habilitadas como alojamientos con encanto y como sede de eventos. Además, es ingeniero industrial, licenciado en Historia y máster en Investigación artística e histórica, miembro de la Asociación Española de Amigos de los Castillos y colaborador, como experto en patrimonio y cultura, en diversos medios de comunicación. En 2011, publicó *Rojo amanecer en Lepanto*, seguido de *El escalón 33* (2012) y *Tierra sin rey* (2013). Zueco ha logrado el éxito internacional de la crítica y el público con su fascinante Trilogía Medieval: *El castillo*, *La ciudad* y *El monasterio*. Sus libros posteriores, todos ellos publicados en Ediciones B, son *El mercader de libros* (2020), *El cirujano de almas* (2021) y la bilogía Un Mundo Nuevo, compuesta por *El tablero de la reina* (2023) y *El mapa de un mundo nuevo* (2024), que lo han consagrado como uno de los novelistas más importantes de nuestro país.

Primera edición en B de Bolsillo: enero de 2026
De este título se han hecho un total de 4 ediciones

© 2012, Luis Zueco
Los derechos de esta obra han sido cedidos a través de Bookbank Agencia Literaria
© 2025, 2026, Penguin Random House Grupo Editorial, S. A. U.
Travessera de Gràcia, 47-49. 08021 Barcelona
Diseño de la cubierta: Penguin Random House Grupo Editorial / Martí Sanchís i Aibar
Imagen de la cubierta: © Trevillion

Printed in Spain – Impreso en España

ISBN: 978-84-1314-420-7
Depósito legal: B-19.593-2025

Compuesto en Llibresimes
Impreso en Black Print CPI Ibérica
Sant Andreu de la Barca (Barcelona)

BB 4 4 2 0 7

El escalón 33

LUIS ZUECO

A mis lectores.
Gracias por vuestra confianza

Forever young,
I want to be forever young.
Do you really want to live forever?
Forever, and ever.

Eternamente joven,
quiero ser eternamente joven.
¿Realmente quieres vivir para siempre?
Para siempre y por siempre.

ALPHAVILLE, *Forever Young*

Prólogo

Año 1991

Es curioso qué recordamos de nuestra niñez, hay momentos que se quedan grabados para siempre y nos marcan para toda la vida. Aquel día habría de ser uno de ellos, su padre le guiaba pendiente arriba, entre maleza y piedras sueltas. Mochila al hombro, caminaban en busca de un misterio como Indiana Jones. Como se solía decir en su tierra, llevaba toda la semana poniéndole en canción, una forma de expresar que había ido haciendo que la ilusión por conocer aquel sitio creciera a base de comentarios. «Te voy a llevar a un lugar único». «¿Adónde, papá?». «Es un secreto».

Él era un niño y su imaginación constituía su mejor herramienta para entender el mundo. Le apasionaban los castillos, los libros de aventuras y los enigmas, ¿a quién no?

Entonces la vio, era enorme.

—Es la más alta de Europa. Mide treinta y tres metros, con pruebas de carbono 14 han demostrado que ¡tiene mil doscientos años!

—¿Tantos? —Era tan pequeño que no podía ni concebir lo que suponía ese tiempo.

—La más antigua de la Península y está al lado de los Pirineos. No existe una torre así en todo el continente, tienes que irte a Asia central para encontrar algo parecido.

—¿Y cómo la construyeron?

—Eso es lo mejor de todo —sonrió su padre—, contiene dos anillos de muros, uno interior y otro exterior. ¡Hay paredes de cuatro metros!

Le hizo una foto delante de ella, una de esas fotos que aún conserva como oro en paño. Cuando piensa en él, le gusta recordarle como en esa fotografía.

Luego tuvieron que subir por una estructura de madera porque la puerta de acceso a la torre se encontraba a diez metros de altura.

De todos los castillos que había visitado con su padre, aquella torre se llevaba la palma. Les costó ascender hasta la terraza que la coronaba, desde allí las vistas eran increíbles.

—Las piedras hablan, Alex.

—¿Qué dices, papá?

—Es verdad, pero no las oyes porque no entiendes su lenguaje.

—Y… —se quedó pensando—, ¿cómo puedo oírlas?

—Hablando tú con ellas.

—¡Papá!

—Es cierto, no te van a responder el primer día, ni el segundo. Pero si te fijas en ellas e intentas comprenderlas, al final te hablarán.

Estaban subidos en lo alto de la torre de Vallferosa, cerca del pueblo de Torá, en la comarca leridana de La Segarra. Alex tenía nueve años, la edad perfecta para hacer volar la imaginación y entender lo que su padre le estaba contando.

PRIMERA PARTE

Madrid

1

Ratones de biblioteca

Año 2012

Él podía ser muchas cosas, pero sobre todo era un hombre que ya no tenía nada que perder.

Eran las nueve de la mañana, la biblioteca acababa de abrir. Vestido con un traje negro y una elegante corbata de seda de color azul, caminó por la plaza de San Francisco en Pamplona. La elegancia resultaba innegociable en un asunto así.

Se encontraba en pleno centro del casco antiguo de la ciudad, a la sombra de las torres de la iglesia de San Saturnino, cuyas campanadas marcan el inicio de los Sanfermines.

La biblioteca ocupaba la planta baja y el sótano del otro imponente edificio que presidía la plaza. Una construcción de esquinas redondeadas, coronadas con cúpulas y un mosaico colorista en su frontón central, conocida en la ciudad como La Agrícola. Aquella institución era la máxima responsable del patrimonio bibliográfico de Navarra. En la página web del centro había consultado que poseía una colección de más de trescientas mil obras, incluyendo un importante fondo antiguo, que albergaba setenta y cuatro incunables más un completo archivo histórico del siglo XIX.

Una vez dentro del edificio, se dirigió al mostrador de información donde se encontraba una mujer de avanzada edad, con gafas y aspecto arrogante.

—Buenos días, quisiera consultar la sección de cartografía —dijo con un acento que revelaba su procedencia extranjera.

—Para poder consultar esos fondos necesita un carnet de investigador.

—¿Es posible solicitarlo aquí mismo?

—¿Cuál es su nombre? —preguntó la mujer, poco entusiasmada con aquel tipo.

—Edgar Svak. —Por supuesto ese no era su auténtico nombre, pero había tenido tantos a lo largo de su vida que ya ni se molestaba en recordar el verdadero.

—Tiene que rellenar este formulario. Y necesito un carnet de identidad o pasaporte y dos fotografías recientes.

Svak sacó del interior de su maletín de cuero un sobre con las fotografías y su tarjeta de identificación, a continuación rellenó el formulario. Después se lo entregó a aquella mujer, que le observaba con recelo, como si supiera que había algo sospechoso en él. Ella recogió los documentos, comprobó que estaban correctamente cumplimentados y se los llevó a una sala contigua. Svak esperó paciente. Metió la mano en su bolsillo derecho del pantalón y cogió una piedra oscura y rugosa. La acarició con los dedos, como si pudiera transmitirle cierta calma. Cerró el puño, apretando la piedra contra su piel, y la guardó de nuevo en el bolsillo.

Al cabo de unos minutos, la mujer volvió con algo en la mano y se lo entregó.

—Tome. Este es su carnet de investigador. Para consultar el fondo de cartografía debe ir al Archivo Real y General de Navarra. Se encuentra en la calle Dos de Mayo, su horario de lunes a viernes es de 9 a 14.30.

—Muchas gracias. —Svak intentó ser amable pero la mujer hizo como si no le escuchara.

Salió de la biblioteca enojado. No esperaba este cambio de planes; su información no era del todo correcta, tenía entendido que el fondo de cartografía estaba en aquella biblioteca. Se trataba de un error imperdonable, impropio de su experiencia. Debía actuar con rapidez. Paró un taxi.

—Por favor, a la calle Dos de Mayo. Es urgente.

El Archivo General de Navarra estaba en un antiguo palacio de Pamplona, al entrar leyó una breve descripción histórica del edificio. Necesitaba conocer toda la información posible de aquel lugar. Sus orígenes se remontaban al siglo XII, sirvió de residencia en época medieval a los obispos de Pamplona y a los monarcas privativos de este viejo reino. En el siglo XX, había sido rehabilitado para albergar la biblioteca.

Con el carnet de investigador no tuvo ningún problema en pasar al interior del archivo. En el acceso al fondo de cartografía tuvo que atravesar un detector de metales y los dos guardias de seguridad de la entrada revisaron su maletín pero no hallaron nada fuera de lo común. Entró a la sala de consulta, que se encontraba en una de las dependencias de la parte medieval del edificio, con un suelo de madera y cuadros barrocos decorando las paredes. Se dirigió al mostrador y sacó de su cartera un pequeño papel doblado por la mitad, donde tenía apuntadas las referencias de un códice. El bibliotecario asintió con la cabeza y le indicó dónde podía sentarse hasta que él regresara.

Svak observó la sala mientras esperaba, era de reducidas dimensiones y se hallaba casi vacía. Apreció varias cámaras de seguridad en el techo. Pero los pupitres de consulta eran antiguos, de madera de pino y con una pieza superior prominente, que ocultaba parte del propio mueble. La estancia tenía un olor peculiar, algo desagradable. Debía provenir de la espléndida colección de libros que atesoraba el fondo. Se podía decir que el tiempo se había detenido en aquellas páginas y había empezado a pudrirse.

La espera se alargó más de lo deseado, hasta que el bibliotecario le llamó. Ya tenía el códice. Svak lo cogió y se sentó en una de las esquinas de la sala, donde no había nadie. Era un ejemplar magnífico, una edición de *Geografía y Atlas* de Ptolomeo, en un estado de conservación perfecto y fechado en la primera mitad del siglo xv en Florencia en el taller Vieri. Buscó los dos mapas en los que estaba interesado. Entonces comprobó que en ese ángulo de la sala las cámaras no podían vigilar lo que hacía y extrajo unos pequeños utensilios cortantes que tenía escondidos en los alzacuellos de la camisa. Eran unas herramientas fabricadas por él mismo, a partir de las ballenas que se colocan en el cuello de las camisas para que se mantengan firmes. Él las había afilado con destreza, hasta convertirlas en diminutos cuchillos. Con admirable habilidad empezó a utilizarlas a modo de cúter para separar los mapas del resto del libro. Se trataba de una tarea minuciosa, los mapas no debían sufrir daño alguno, si no su precio en el mercado negro bajaría de forma exponencial. Cuando terminó, abrió un doble fondo oculto en su maletín y dispuso los dos documentos cartográficos con sumo cuidado, para evitar que sufrieran desperfectos. A continuación, retornó el códice y abandonó la sala, volviendo a cruzar el detector de metales sin levantar la menor sospecha. Los guardias de seguridad procedieron a realizar la comprobación rutinaria del maletín sin encontrar nada extraño. Salió de la biblioteca y se dirigió a su hotel en el centro de Pamplona.

Una vez allí, sacó de forma cuidadosa los mapas y los dejó sobre la cama, había sido un trabajo perfecto. Sabía que era uno de los mejores del gremio, si no el mejor.

Los mapas acompañan a los seres humanos desde el principio de los tiempos y Svak estaba seguro de que lo continuarían haciendo hasta el final de sus días. Durante un largo periodo se creyó que el primer mapa creado por el hombre se realizó sobre una pared del asentamiento de Çatal Hüyük en la región meridional de Turquía sobre el año 6200 a. C. Sin embargo, en 2009 se había hecho un fascinante descubrimiento. Cerca de donde estaba ahora, en la cueva de Abauntz, hace unos trece mil años, varios cazadores habían trazado el primer mapa cartográfico de Europa occidental. Sobre una piedra de margosa, caracterizada por ser dura por dentro y blanda por fuera, habían dibujado el paisaje que tenían a su alrededor. Señalando los cerros, los ríos, los pasos o puentes sobre el agua, las zonas inundables y hasta las áreas que más frecuentaban los animales que consideraban interesantes. Eran cazadores nómadas que vinieron al valle del Ebro desde el otro lado de los Pirineos y que hicieron un croquis de todo lo que podía resultar útil para otras visitas o para quienes llegaran después de ellos. Como un mapa del tesoro en el que dejaban señalados los puntos clave.

Svak pensaba que para el hombre siempre había sido una necesidad situarse en el espacio que lo rodeaba, establecer los límites de su universo, cada vez más inmenso, cada vez más infinito. A lo largo de la historia, los mapas han supuesto un bien muy preciado. La información es poder y, en el caso de los mapas, este poder es aún mayor. El emperador Augusto eligió las bodegas más profundas de su palacio para guardar la cartografía del Imperio romano. Un famoso capitán cartaginés prefirió hundir su barco y ahogar a toda la tripulación antes de que sus cartas marinas cayeran en poder de su peor enemigo. Durante la época de los Austrias, los mapas de navegación se guardaban en una caja fuerte, cerrada por dos candados y dos llaves: una en poder del piloto mayor; la otra, en manos del cosmógrafo. Y el rey portugués Enrique el Navegante decretó la pena de muerte para todo aquel que enviara un mapa al extranjero.

Svak no era un sentimental, solo un hombre práctico, y en lo relativo a su trabajo no había nadie que lo superase. En pleno siglo XXI, la cartografía había perdido su importancia estratégica, ya no constituía un elemento de poder, pero sí de prestigio. En el mercado de patrimonio histórico el valor dependía de la oferta y la demanda. Pero este era un encargo especial. Al parecer, a un coleccionista caprichoso le faltaban justamente estos dos *ptolomeos* y estaba dispuesto a ofrecer una suma astronómica de dinero por ellos.

A pesar de lo que acababa de hacer, a él le repugnaban esos privilegiados tan podridos de dinero que no sabían en qué gastarlo.

Por supuesto, no sentía ningún remordimiento por sus robos, fueran mapas o libros. Hacía mucho tiempo que había dejado de preocuparse por cualquier tipo de sentimiento. Sin embargo, cada vez que actuaba en una biblioteca no podía evitar recordar la inscripción que leyó hacía tiempo en la entrada del monasterio de San Pedro de Barcelona:

A aquel que robe, o se lleve en préstamo y no devuelva, un libro de su propietario, que se convierta en una serpiente en su mano y le desgarre. Que le aqueje la parálisis y todos sus miembros se malogren. Que languidezca con dolor pidiendo a voz de cuello misericordia, y que no cese su agonía hasta que cante en disolución. Que los ratones de biblioteca roan sus entrañas como prueba del gusano que no muere. Y cuando por fin acuda a su castigo final, que las llamas del infierno lo consuman para siempre.

2

Silvia Rubio

Fue el beso más torpe que le habían dado nunca. Decepcionada, sintió que lo mejor que podía hacer era marcharse de allí con rapidez. No tenía tiempo ni ganas para aquellas tonterías. Era ya tarde, así que salió del bar, cogió un taxi y deseó llegar lo antes posible a su piso.

Tenía un pequeño apartamento, de apenas cuarenta y cinco metros cuadrados, en la calle de la Cava Baja, en La Latina. El único barrio de Madrid que debía su nombre de mujer a una experta latinista del siglo XIV, para ser más exactos, maestra de la mismísima Isabel la Católica, que fue a la Universidad de Salamanca cuando las mujeres tenían prohibido ser universitarias.

Para acceder a su casa era necesario recorrer un largo pasillo desde la puerta de entrada, pasando por un patio donde había un lienzo de sillares, que formaba parte de la antigua muralla árabe de Madrid. Estos restos solo eran visibles en ciertos puntos de la ciudad, como en la plaza de la Ópera y en la catedral de la Almudena. Ella veía todos los días aquel secreto muro de más de diez metros de alto, que permanecía escondido para los demás madrileños. En ocasiones posaba sus manos sobre la piedra y creía sentir una resonancia del pasado, como si aquellas mismas piedras, que habían tocado tantas otras manos, pudieran transferirle algún tipo de energía.

Una vez se lo contó a su amiga Marta y esta le dijo que seguro que era la vibración del metro. Sin embargo, ella tenía un pálpito; a decir verdad, Silvia siempre había sentido que tenía intuición para discernir cosas que no debería saber. O para percibir qué debía hacer en determinados momentos de duda, como irse del bar hacía unos minutos.

Y en muchas ocasiones de su vida se había preguntado qué era la intuición. ¿Cómo es posible saber cosas que... no sabes? Como si alguien te estuviera diciendo algo desde dentro de tu propia cabeza.

Frente a la muralla, Silvia Rubio tenía que coger un ascensor que le subía a un tercer piso, allí debía ir al fondo de la planta, hasta una puerta que daba a una pasarela metálica por la cual accedía, en exclusiva, a su estudio. Cada vez que invitaba a alguien a su casa tenía que dibujarle un mapa y cuando al final conseguían llegar, todos le comentaban que era una verdadera aventura encontrarlo. La joven lo disfrutaba, era como si viviera en un castillo al que se accediese después de sortear puentes, desfiladeros y mil peligros.

A ella le encantaba, se sentía una privilegiada. Vivía en el centro de Madrid, en un piso diferente al de todos los demás.

Lo había decorado con mucho estilo: estaba todo lleno de libros.

Sí, en eso consistía la decoración. Porque el único vicio confesable que tenía era la literatura. Los libros eran su vida. Silvia albergaba libros por todas partes, hasta en la cocina. En vez del especiero típico con botes que no usamos jamás, ella había colocado una estantería con volúmenes de poesía.

Tenía siempre muy presente lo que dijo una vez Borges: «De los diversos instrumentos del hombre, el más asombroso es, sin duda, el libro. Los demás son extensiones de su cuerpo. El microscopio, el telescopio, son extensiones de su vista; el teléfono es extensión de la voz; luego tenemos el arado y la espada, extensiones de su brazo. Pero el libro es otra cosa: el libro es una extensión de la memoria y de la imaginación».

Nuestra personalidad está ligada a lo que leemos. Silvia creía que podemos juzgar a una persona por lo que lee. Por eso, cuando iba a casa de alguien escrudiñaba los libros que albergaba para saber cómo era. Por eso siempre preguntaba a sus conocidos qué estaban leyendo y se fijaba en las lecturas del metro y las identificaba con sus lectores. Le encantaba entrar a las librerías a ver qué leía la gente, qué libros ojeaba, qué comentarios hacían. Creía de forma fehaciente que se puede conocer a una persona por sus gustos literarios.

Había algún otro detalle en su piso, como una escultura africana o un cuadro abstracto, pintado por su amiga Vicky, que representaba el rostro de una esbelta mujer con unos grandes ojos verdes. Pero su casa era en esencia una completa biblioteca con libros en cada rincón, a veces amontonados, otras escondidos. En el baño había novelas negras, en el armario de ropa estaban los más caros, como si fuera una suerte de sacristía. Las mesillas eran columnas de libros, hasta los había debajo de la cama. Sus camisetas preferidas lucían frases literarias, su llavero era un libro en miniatura y así un sinfín de ejemplos más.

El poco espacio libre lo llenaban fotografías con sus amigas en distintas ciudades de Europa. Aunque de todas las fotos que había en su piso, la que más le gustaba era una vieja polaroid de ella con su padre en la playa del Sardinero. Hacía tiempo que había fallecido y portaba su viejo reloj de pulsera para recordarlo siempre. Su cama ocupaba buena parte de la única habitación, la cocina se limitaba a una barra americana. No solía perder el tiempo cocinando, prefería picar algo en algún bar y si tenía que comer en casa, le bastaba con un poco de queso y jamón, acompañado siempre por una buena botella de vino. No le gustaban las ensaladas, ni la verdura y comía pescado tan solo en contadas ocasiones; la fruta ni la probaba, en cambio sentía predilección por el zumo de naranja. La verdad es que ni comía mucho ni comía bien, pero a pesar de ello estaba delgada. «Cosa del metabolismo», solía decir ella.

Se cambió y se tumbó sobre su cama, boca abajo, con la cabeza en los pies del colchón, vestida con una camiseta de tirantes amarilla y un short blanco. Estaba cansada y algo confusa. Como única solución para olvidarse de todo abrió un Matarromera, no hay pena que no se vaya con un buen vino.

Cogió unas galletitas saladas y encendió el ordenador portátil. Entró directamente a sus redes sociales, a su amiga Vicky le chiflaba subir imágenes a la mínima oportunidad: de viajes, cenas o cualquier otra cosa. Silvia odiaba aparecer en ellas.

Compartió una noticia curiosa sobre una iniciativa llamada «el camino de las ardillas», que pretendía repoblar la península ibérica de árboles para que, como antaño, una ardilla pudiera cruzarla de punta a punta. A continuación, desde su carpeta de Favoritos accedió a Ebay, una web donde puedes comprar y vender cualquier cosa. Silvia solía adquirir toda clase de objetos en este portal. Trabajaba como restauradora en la Biblioteca Nacional en Madrid y le encantaban los mapas antiguos, viejas fotografías, pero sobre todo primeras ediciones de libros. Tecleaba las palabras e iniciaba la búsqueda; nombres de personalidades históricas, a ver qué libro, grabado, pintura o utensilio aparecía. También disfrutaba pujando, estaba orgullosa de las técnicas que había desarrollado para llevarse los artículos al mejor precio, aumentando la puja segundos antes de que terminara la subasta, contactando directamente con los vendedores por e-mail para ofrecerles una cantidad de dinero diferente o, incluso, buscando en otros países los mismos artículos a menor precio.

Su última adquisición había sido un grabado de los Sitios de Zaragoza durante la guerra de la Independencia. Después de la compra se lo había enseñado a un amigo suyo, asesor en el Instituto de Patrimonio Histórico, quien le había comentado que era un curioso ejemplar y que lo había visto hacía algún tiempo en una exposición en Zaragoza. Investigó algo más, y descubrió que fue traído expresamente de la Biblioteca Nacional de París para esa muestra, y que solo en el transporte del objeto, el seguro y el viaje de la persona enviada por la institución francesa para su correcta entrega, se habían gastado unos mil quinientos euros. Ella lo había comprado por nueve euros más otros dos de gastos de envío.

Pero su mejor adquisición había sido un primer ejemplar de *Cien años de soledad*, de su escritor preferido: Gabriel García Márquez.

Aquella noche no tenía suerte. «¡Mierda! ¿Es qué no voy a encontrar nada interesante?», se preguntó. Decidió abandonar su búsqueda y escuchar algo de música. Se dio la vuelta en la cama, bebió un trago de vino en el mismo momento en que empezaron a sonar los acordes iniciales de la canción de Pereza.

La estrella de los tejados, lo más rock & roll de por aquí.
Los gatos andábamos colgados, Lady Madrid.

Se embriagó con la melancolía de la canción y por un instante dejó volar su mente todo lo lejos posible. Ya se había olvidado del decepcionante chico de la fiesta, de quien ya no recordaba ni su nombre. Nunca tenía suerte con los hombres, aunque siempre le quedaría Jaime, lo más próximo que había tenido a un novio en el último año. «¿Por qué no me llamará el capullo de Jaime?», pensó. No es que estuviera enamorada de él, pero al menos se lo pasaban bien juntos. Era bastante atractivo y en la cama se compenetraban. «Poco más se le puede pedir a un hombre», dijo para sí misma resignada, mientras la canción seguía sonando.

Regresó a eBay y empezó introduciendo el término «Goya», pese a que era pretencioso pensar que iba a encontrar algo relacionado con el pintor aragonés. La siguiente elección fue buscar algo de su poeta favorito del Siglo de Oro. Así que escribió el nombre de «Quevedo». Ante ella se abrió una ventana con trescientos resultados. Decidió filtrarla y eligió «libros del siglo XIX». Los resultados bajaron a cincuenta. Entre ellos encontró interesante un libro sobre los amoríos de Quevedo. «¿Habría sido Francisco de Quevedo un donjuán?», se preguntó. Sabía que se había casado por conveniencia con una dama aragonesa e imaginaba que le habría sido infiel en numerosas ocasiones. Para ella Quevedo era como su personaje de *Las aventuras del capitán Alatriste*.

Parecía interesante, la subasta de este libro terminaba en veinte minutos. Por ahora, la puja máxima estaba en tres euros. Era una cantidad ridícula, pero que seguro que se incrementaría en los últimos instantes. Así que tenía tiempo de sobra para prepararse la ropa que se pondría al día siguiente. Rebuscó en su armario hasta que encontró unos zapatos a juego con el vestido negro ajustado que había previsto llevar.

Cuando volvió frente al ordenador portátil ya solo quedaban dos minutos, se había confiado demasiado con el tiempo, la subasta había subido a doce euros ¡No, a veinte! A treinta. Debía decidir hasta cuánto estaba dispuesta a pujar porque el precio estaba incrementándose a velocidad de vértigo. Faltaba menos de un minuto y ya iba por treinta y seis euros. Tenía que esperar un poco más, un poco más. ¡Ya! Introdujo la cantidad y presionó el botón de «pujar». Se había acabado el tiempo, quedaba esperar.

Un poco más.

Sobre la cama, observó por la ventana cómo la ciudad ya dormía abrazada al silencio. Para ella cada noche era como una especie de cierre de telón. Descansaba no más de cinco horas antes de empezar la función del día siguiente. Desde hacía demasiado tiempo sentía que, cada mañana al despertar, se entregaba a una nueva representación de su vida, siempre con el mismo guion. Las mismas personas, el mismo trabajo, los mismos amigos, los mismos enemigos, el mismo escenario, la misma ciudad que tanto odiaba y amaba a la vez. Sentía que tenía la obligación de leerse y aprenderse el guion cada noche para interpretarlo a la mañana siguiente, siempre igual.

Miró la pantalla del portátil; finalmente había comprado el libro en el último segundo por cincuenta y tres euros. Una sensación de satisfacción recorrió todo su cuerpo. No había echado un polvo aquella noche, pero al menos se había dado el gustazo de llevarse un buen libro antiguo por un precio ridículo y en el último segundo.

Para una amante de los libros no era un mal final de día.

3

Las amigas

El lunes y el resto de los días de la semana pasaron rápido y sin ninguna novedad. De casa al trabajo y del trabajo a casa, por la noche leía hasta tarde. Estaba enganchada a una novela de Mario Vargas Llosa: *Travesuras de la niña mala*. «Al menos, por una vez, las mujeres no aparecemos como unas cursis o unas sentimentales», pensaba mientras la leía fascinada. Había noches que tenía que ponerse una hora límite, porque, si no, era capaz de estar leyendo hasta las cuatro o cinco de la mañana, y después iba dormida al trabajo.

Antes del fin de semana quedó para cenar con dos amigas, Vicky y Marta. Tenían una especie de ritual, cada jueves una de ellas proponía un restaurante. Debía ser un lugar especial, con algo que lo hiciera diferente; la decoración, la carta, los vinos, el emplazamiento, la historia del sitio, que tuviera una estupenda terraza… Unas buenas croquetas eran un punto a favor, porque las tres amigas se jactaban de ser unas exigentes catadoras de croquetas. Aunque también servía que los mojitos y, a ser posible, los camareros estuvieran buenos, y no precisamente en ese orden. Después, las tres puntuaban cuál había sido el mejor restaurante del mes, era divertido.

Aquella noche había sido Marta quien había propuesto un lugar y, por supuesto, ni Silvia ni Vicky sabían cuál. Esa era parte de la diversión, encontrarse las tres en una parada de metro e ir al restaurante sin saber cómo era y así llevarse una sorpresa al descubrirlo. La idea había surgido una noche viendo una película alemana en la que un grupo de amigos quedaban para cenar los domingos, sin saber dónde. El juego consistía en recibir una serie de pistas para encontrar el restaurante, muchas veces tenían que recorrer media ciudad para dar con él. Ellas habían decidido no ir tan lejos como los alemanes, pero les había encantado el concepto. En esta ocasión habían quedado en la plaza de Lavapiés, junto al edificio del Centro Dramático Nacional. Cuando llegó Silvia sus amigas ya estaban allí. Vicky Suárez corrió hacia ella para recibirla con dos besos. Ambas eran íntimas desde el colegio, estudiaron juntas hasta el bachillerato, después Silvia se marchó a Londres y perdieron el contacto, para recuperarlo con más fuerza a su regreso a Madrid. A pesar de sus diferencias eran grandes amigas.

Vicky llevaba una camiseta con dibujos y una minifalda vaquera. Era tan delgada como Silvia; tenía el pelo castaño, largo y liso, y unos ojos brillantes y negros, muy atractivos, con una mirada seductora que sabía utilizar a la perfección con los hombres. Era bulliciosa y un poco salvaje, pero sonreía mucho y resultaba encantadora. Trabajaba en una tienda de decoración que tenía por emblema una salamandra en la calle Hermosilla, y que, por desgracia, no iba bien.

Marta López era diferente a sus otras dos amigas. Bastante más alta que ellas, tenía el pelo castaño y corto. Vestía una falda que cubría sus piernas hasta la rodilla y una blusa blanca. Ella las había conocido a través de una amiga en común y desde entonces quedaban siempre las tres. Marta había vivido toda la vida en Madrid y su ciudad le encantaba. No pensaba que hubiera un lugar mejor que este para vivir, de hecho, no se había imaginado nunca ningún otro lugar en el mundo donde vivir. Ejercía de pediatra en un hospital y era la más tímida de las tres; le gustaba estar con Silvia y Vicky porque así se atrevía a hacer cosas que de ninguna manera hubiera concebido hacer sola. Ambas se parecían, porque las amigas de verdad se parecen.

Marta se esforzaba la que más a la hora de buscar el restaurante de los jueves. Esta vez era su turno.

—¿Vamos? Tenemos que llegar antes de las 20.30 —dijo Marta intentando meter prisa a sus amigas, que no paraban de hablar y avanzaban despacio por la calle del Sombrerete.

—Es pronto, Marta —le dijo Vicky mientras pasaban frente a un grupo de chicos que les siguieron con sus miradas durante un buen rato, murmurando algunas palabras en un idioma extranjero.

—Tenemos que llegar antes de las ocho y media, he reservado —replicó mientras intentaba acelerar el ritmo.

—¿Tan temprano? —preguntó Silvia mientras miraba a Vicky extrañada—. ¿Por qué has reservado a esa hora?

—Porque solo hay dos turnos para cenar y el de las diez ya estaba completo.

Caminaban por el centro del barrio de Lavapiés, uno de los más castizos de Madrid. Una zona antigua de obreros que ahora era uno de los lugares más multiétnicos de la ciudad. En él te podías encontrar desde ancianos que llevaban viviendo allí toda la vida, residiendo en pisos alquilados de renta antigua a punto de venirse abajo, ya que sus propietarios no realizaban ningún mantenimiento al inmueble, ansiosos de que los últimos inquilinos lo abandonasen y poder especular con el terreno, hasta emigrantes venidos del África subsahariana que comerciaban con multitud de productos. Pasando por los marroquíes que eran abundantes en el barrio; también con bohemios y artistas que disfrutaban de aquella mezcla cultural. Todo ello salpicado de tabernas típicas de Madrid, kebabs, locutorios, tiendas de productos latinoamericanos, que cada vez eran más frecuentes; edificios nuevos o singulares, con preciosas fachadas rehabilitadas, que contrastaban con los antiguos en estado precario. Y así, un sinfín de comercios y garitos tan diferentes como numerosos. En la calle había mucha gente, por la noche era un lugar poco recomendado, pero por el día era un continuo movimiento de personas con sus diferentes colores, acentos y costumbres. En el cruce de la calle Sombrerete con Mesón de Paredes se pararon delante de un edificio reconstruido que pertenecía a la Universidad Nacional de Educación a Distancia, la UNED.

—Vamos —insistió Marta mientras se dirigía hacia la puerta metálica situada al lado del emblema de la universidad—. Ya veréis como os gusta.

Silvia estaba un poco confusa, sabía que allí se ubicaba una biblioteca de la UNED, aunque no la había visitado nunca. También recordó que aquello era el antiguo convento de las Escuelas Pías, pero no alcanzaba a entender qué hacían allí.

Dentro del edificio se abría un amplio hall, a la izquierda destacaba una tienda de la universidad, con un escaparate de cristal donde se exhibían numerosos libros a la venta y a Silvia se le fueron los ojos a ellos. A la derecha, la pared estaba forrada con anuncios de alquiler de pisos y de clases particulares de inglés, física o matemáticas. A Silvia le recordaban a los mismos carteles que veía en su facultad cuando ella estudiaba.

Marta parecía no saber cuál era el camino correcto, así que abrió el bolso y sacó una pequeña libreta. Su amiga era de esas personas que toman notas en cuadernos íntimos. Encontró algo en sus anotaciones y se dirigió al fondo de aquel espacio, donde había una escalera de madera. Silvia y Vicky la siguieron. Al llegar allí, vieron un ascensor, pero también una pared de ladrillo que denotaba ser la del antiguo convento y unas ventanas que dejaban entrever una gran sala tras ellas.

—¿Subimos andando? Creo que aquí está la biblioteca —sugirió Marta mientras ascendía los primeros escalones—. Así la veremos mejor.

Tanto a Vicky como a Silvia les pareció buena idea. Desde el primer piso pudieron descubrir lo que las ventanas escondían. Se trataba de la nave de una iglesia que había sido reconvertida en una magnifica biblioteca donde había bastante gente estudiando.

Silvia no daba crédito. «¡Madre mía!», pensó.

De la cúpula de la iglesia solo se vislumbraba el arranque del tambor. Subieron al segundo piso y desde allí admiraron mejor el antiguo templo, realizado en ladrillo, de estilo mudéjar, aunque también se apreciaba decoración barroca en las trompas de la cúpula.

—¡Vaya sitio para estudiar! —exclamó Vicky—. Aquí hasta yo hubiera podido concentrarme y acabar la carrera. —Ella había dejado sus estudios en segundo de Derecho cansada de suspender exámenes.

—¡Es precioso! Pero ¿por qué nos has traído aquí? ¿No me digas que hay una terraza en la azotea? —preguntó Silvia, quien no era nada fácil de engañar.

—Ya lo veréis —respondió Marta entre risas, lo cual confirmaba las sospechas de su amiga—. ¿Seguimos subiendo?

En el último piso estaba la puerta del restaurante Gaudeamus Café. Como ya había dicho Marta, disponía de dos turnos para cenar, por supuesto era necesario reservar con antelación como bien anunciaba el cartel de la puerta. Nada más entrar se encontraba una barra a la izquierda y a la derecha la salida a la terraza, que ofrecía un marco incomparable. Marta no tuvo tiempo de preguntar si querían tomar algo en la barra o salir al aire libre, sus amigas ya lo habían decidido por ella y la esperaban en la azotea.

La terraza se hallaba dividida en dos partes por unos maceteros transparentes, iluminados con luces leds de diferentes colores, que creaban un ambiente especial. Todas las mesas estaban llenas de gente charlando y bebiendo animadamente. Pasaron junto a una pizarra donde podía leerse «Mojitos a 7,5 €». Silvia y Vicky se miraron con una pícara sonrisa, pero sin decirse nada, sobraban las palabras. Desde la barra se veía la otra parte de la terraza, que estaba acondicionada para las cenas, también se observaba unas fantásticas vistas del sur de Madrid y, sobre todo, delante de ellas, se alzaba la iglesia.

Habían rehabilitado todo el convento consolidando las ruinas y reconstruyendo volúmenes, pero sin intervenir en el edificio para recuperar su aspecto original. Las ruinas tenían un aire melancólico, lo que unido al atardecer que empezaba a caer daban a la terraza un aspecto idílico. El lugar era precioso.

—¿Os gusta? —preguntó Marta segura de la respuesta, pero deseando oírla de la boca de sus amigas.

—Es genial, ¡vaya vistas! —respondió Vicky radiante de contenta. Qué más podía decir, su amiga le había descubierto un sitio fantástico.

—Venid porque todavía hay más —continuó Marta mientras les indicaba que la siguieran hasta la barandilla de la parte de la terraza donde se cenaba—. ¿Veis aquel edificio? —preguntó refiriéndose a un inmueble abierto, con unas estrechas terrazas en cada piso donde se abrían varias puertas y que, por sus colores y distribución, denotaba que había sido restaurado.

—Las corralas eran antiguas viviendas de la clase obrera de Madrid de principios del siglo xx, tienen un patio abierto con acceso a los pisos, quedan ya muy pocas. Esta es la mejor conservada de Madrid —les informó Marta.

Otro punto para el restaurante.

Se sentaron en la mejor mesa, desde donde se veía la iglesia y la corrala, y pidieron una botella de vino blanco de Rueda para las tres. Vicky era vegetariana así que se decidió por una ensalada, Marta y Silvia optaron por unas croquetas y dos tostas de solomillo con cebolla confitada. De postre, las tres eligieron el tiramisú, especialidad de la casa.

—¿Habéis visto qué bueno está el camarero? —comentó Vicky.

Sus amigas se volvieron hacia el fondo de la barra, donde había un chico alto y con aspecto de ir mucho el gimnasio, y no precisamente de visita.

—Está bien, pero es un poco gamba.

—¡Gamba! No sé, no es feo —respondió Vicky.

—No, que es un hombre gamba, le quitas la cabeza y el resto está buenísimo —dijo Silvia entre risas, que pronto se extendieron al resto de sus amigas.

—Ayer fui a ver un piso en Arganzuela —comentó Marta—, pero era demasiado caro.

—Es imposible comprar un piso en Madrid —intervino Vicky—, yo creo que voy a vivir toda la vida de alquiler.

—Pues yo no quiero comprarme nada aquí —añadió Silvia más seria de lo normal—. Quiero irme.

—¿Irte? ¿Adónde? —preguntó Marta sorprendida.

—Lejos, a un pueblo y comprarme una casa enorme y un perro.

—¿Y de qué vas a trabajar en ese pueblo? Porque no creo que necesiten muchas restauradoras de libros antiguos en el medio rural.

Marta miró a Vicky algo disgustada, ya que estaba segura de que ese comentario no había agradado a su otra amiga.

—No lo sé, pero pienso hacer lo que sea para irme de aquí.

—Búscate un millonario —sugirió Vicky entre risas—, es lo mejor.

—Puede que lo haga. Estoy harta de mi vida, quiero cambiar. Vivir en el campo en una casa que sea mía y que pueda pagar sin estar agobiada todos los meses por una hipoteca —sentenció Silvia—. Es lo que deseo, haría cualquier cosa para conseguirlo.

—Pues yo cada vez estoy peor en el hospital, esta semana me ha tocado ver cosas terribles. —Marta lanzó un suspiro desgarrador.

—Tranquila. —Vicky le cogió de la mano.

—Hoy hemos perdido a un paciente, me ha dejado hecha polvo. Hasta su madre me ha tenido que consolar, me ha dicho que no llorase, que la muerte es solo un paso más hacia una forma de vida en una frecuencia distinta.

Las otras dos amigas se miraron con cara de circunstancias.

—Hablar de la muerte mientras estás cenando con tus amigas no es la mejor conversación posible —comentó Vicky.

—Bueno, es la gran pregunta, ¿vosotras nunca os la habéis hecho?

—Marta, aún somos muy jóvenes para eso, ¿verdad, Silvia? ¡Cambiemos de tema!

Marta solía hablar poco de su trabajo, precisamente por lo desagradable que resultaba a veces. Si lo estaba haciendo hoy era porque estaba hecha polvo.

—Bueno, bueno… no nos pongamos tan melodramáticas —intervino Silvia—, que esto no es una película de Almodóvar, hemos venido a pasarlo bien. ¡Hagamos un brindis!

Y Marta sonrió y se bebió la copa de un trago.

—Eso es, ¡la noche es joven! —exclamó Vicky.

Pasaron toda la cena hablando de otros temas, hasta prepararon un viaje para el próximo mes a Roses, en la Costa Brava. La botella de vino blanco duró poco, demasiado poco, y hubo que pedir una ronda de mojitos. La cena también se hizo corta, pidieron quedarse un poco más, pero el turno de las diez estaba completo, así que terminaron el mojito en la barra. Después, sopesaron continuar en otro bar, pero las tres estaban cansadas y al día siguiente trabajaban, así que decidieron dar por finalizada la velada. Vicky y Marta compartieron taxi, Silvia pidió que la dejaran en Puerta de Toledo y, desde allí, volvió andando a casa. Pasó frente a la iglesia de San Francisco el Grande y llegó a La Latina. Sus calles estaban animadas, pero el ambiente era diferente al de Lavapiés, había más gente joven y con más dinero. Era fácil coincidir con algún famoso por allí. Hacía poco se había encontrado con Eduardo Noriega y a Elena Anaya solía verla con frecuencia. Incluso creía que un día vio a Penélope Cruz, pero no estaba del todo segura. Era jueves y la gente salía mucho por los pubs de esa zona, algunos de los mejores de todo Madrid se escondían por aquellos rincones. Ahora que veía a la gente beber y divertirse no le hubiera importado alargar un poco más la noche, era pronto, apenas las doce, pero estaba cansada.

Entró en su portal, cogió el correo del buzón, donde destacaba un paquete, pasó junto a la muralla medieval y entonces se detuvo. Volvió a sentir esa vibración y, por mucho que se empeñara Marta, ella creía que nada tenía que ver con el metro.

Posó la palma de su mano en el frío sillar árabe, cerró los ojos y una extraña sensación recorrió su cuerpo. Se apartó de inmediato, se miró la mano. No tenía nada, pero sentía un hormigueo.

La invadió una profunda soledad en aquel patio. Observó a su alrededor, no conocía a ninguno de sus vecinos. Si alguien llamara a su puerta de noche sería aterrador. Si sonara el telefonillo no descolgaría, ninguna de sus amigas se presentaría sin avisar en su casa. La tecnología había hecho que las relaciones sociales cambiaran por completo respecto a tiempos pasados. No era viable no avisar antes de una visita, incluso se podía considerar una falta de respeto a nuestro espacio y a nuestro tiempo.

Silencio, absoluto silencio.

Pensó que era mejor irse a la cama, con el ascensor subió a la última planta. Después, recorrió la plataforma metálica y entró en su apartamento. Se tiró en el sofá y dejó las cartas en el suelo, a excepción del paquete. Era pequeño, miró el remitente y el nombre no le decía nada. Además, venía de un pueblo de Sevilla y ella no conocía a nadie que viviera allí. Lo abrió con dificultad, parecía envuelto por todo un profesional, como si protegiera algo de inmenso valor. Tuvo que servirse de sus uñas para romper el embalaje y al fin pudo ver lo que escondía, era el libro sobre Quevedo. «Qué pronto ha llegado», pensó. Parecía antiguo, la portada era de cuero de gran calidad y estaba bien conservado a excepción de una abertura en la tapa posterior que le preocupó bastante. Se incorporó para revisarlo mejor y en efecto estaba rota. No mucho, pero sí lo suficiente para enfadarse. «Esto me pasa por confiarme —pensó—. Si es que soy tonta».

Examinó el libro por dentro y las páginas estaban amarillentas por el paso de los años, pero en buen estado. Una lástima la cubierta, eso le quitaba todo el valor. Los libros antiguos le producían una extraña sensación. Imaginaba que habían tenido muchos otros dueños antes que ella.

«¿De quién habrá sido este libro?», se preguntó.

Estaba segura de que los libros de viejo tenían algo especial, como si contaran con alma. Como si guardaran el secreto de todos aquellos que los habían poseído con anterioridad. Porque cuando se lee un libro, en su lectura ponemos parte de nosotros mismos, de nuestra esencia, de nuestra alma, y el volumen se impregna de ella. Las palabras se mezclan con los pensamientos del que lo está leyendo y lo transforman. Por eso un libro nunca es igual a otro, aunque sea el mismo ejemplar y la misma edición. Cuando salen de la imprenta sí son todos similares, pero en el momento en el que alguien los lee adquieren vida propia. Los libros se crean para leerse, no para estar en una biblioteca apilados.

A ella le encantaba prestarlos, aun a costa de saber que resultaba probable que no se los devolvieran. Al menos, tenía la costumbre de firmarlos en el mismo momento en que los compraba, así sentía que siempre serían de su propiedad. También le encantaba que sus amigos le prestaran otros, ya que era como si le entregasen una pequeña parte de sí mismos. Además, iba a menudo a la biblioteca y allí sacaba ejemplares para leerlos en casa y, por supuesto, en su trabajo tenía que estudiar textos antiguos, pero aquello era más una obligación que un placer y lo disfrutaba mucho menos. Siempre que había un cumpleaños regalaba uno. Para ella los libros tenían vida, debían vivirla y por eso los rescataba de las estanterías de las librerías.

Este se trataba de un ejemplar de reducidas dimensiones, encuadernado en piel, en pasta antigua, carecía de lomera, las guardas aparecían pintadas e incompletas y las tapas presentaban roces y pequeñas pérdidas de material. En la primera página podía leerse que era una edición de 1840, por lo que podría haber pasado ya por varios dueños, al menos una docena, a no ser que lo hubiera comprado algún rico burgués o algún estúpido y presuntuoso aristócrata del siglo XIX y lo hubiera tenido en su biblioteca durante años, sin que nadie lo leyera, hasta que algún descendiente suyo, arruinado después de malgastar la herencia familiar, lo habría malvendido a un anticuario, sin llegar a leerlo nunca, y este lo habría puesto a la venta en internet.

Examinó sus páginas, estaban bien cuidadas. Con la experiencia adquirida en su trabajo, sabía cuándo los libros presentaban signos de desgaste por haberse leído mucho o, por el contrario, cuándo solo había pasado por ellos el tiempo o una mala conservación. En aquel caso las páginas se hallaban en buen estado, sus hojas mostraban la suciedad general en ambas caras, perforaciones en la zona de la grafía producidas por tintas ferrogálicas, desgarros, deshidratación del soporte, etc. Nada fuera de lo normal. Aquello era señal de que había sido leído pocas veces. Para ser un libro de principios del XIX su conservación era envidiable, se había guardado como un verdadero tesoro.

A no ser por la contraportada.

«Qué mala suerte. Si no fuera por esto sería un libro excelente», pensó.

La inspeccionó más despacio para ver si aquella rotura podía tener arreglo. Pero pintaba mal, no parecía provocada por el desgaste. Podía descoserse en cualquier momento y empezar a separarse las páginas.

Repasó con sumo cuidado el filo del libro, y comprobó la calidad de la cubierta que se había rasgado. Entonces, se quedó un tanto defraudada.

«¿Me han timado?», se preguntó.

Y revisándolo cayó una fotografía antigua de un castillo y una hoja doblada oculta entre sus páginas. Por la textura era menos antigua que el resto. Y tenía el mismo color amarillento, el típico de los periódicos que guardamos o las viejas cartas de amor que ocultamos en los cajones. El papel está hecho de celulosa y de un componente llamado lignina. La celulosa es incolora y refleja muy bien la luz, por lo que nuestros ojos la perciben como blanca. El problema llega con la lignina que, cuando se expone a la luz y el aire, cambia su estructura molecular. Es susceptible a la oxidación.

La abrió; era un telegrama escrito en inglés, que pudo traducir:

Estimado Archer:

He descubierto que te han estado engañando. Creo que tiene algo muy importante oculto y se lo va a vender al mejor postor. Me da miedo que sea lo que creo.

Por el momento he puesto a salvo un extraño manuscrito.

Estoy con George en su castillo, tiene muchos visitantes de la exposición.

MICHAEL

«¿A qué se referirá?», se preguntó Silvia.

Dejó la foto y el telegrama dentro del libro sobre los amoríos de Francisco de Quevedo y leyó hasta que el primer suspiro del amanecer golpeó su ventana y sus pupilas agotadas se rindieron al descanso.

4

París

Aquella mañana por los alrededores del Museo de Arte Moderno de París deambulaba una mujer joven, de rostro pálido y con un pañuelo anudado a la cabeza a modo de diadema, como si estuviese de vacaciones en la Costa Azul, que sujetaba su pelo liso y negro. Vestía con elegancia unos pantalones de color gris claro con una chaqueta a juego. Apenas se cruzó con un par de turistas mientras paseaba pensativa por la ribera del Sena opuesta a la torre Eiffel. Mirando al río, como si este fuera a traerle alguna buena noticia. La verdad es que el Sena la calmaba, le recordaba cómo Audrey Hepburn decía que en los días malos lo único que le iba bien era ir a Tiffany, porque sabía que nada malo podía ocurrirle allí. Ella sentía lo mismo en París y en el Sena, estaba segura de que nada podía pasarle paseando por la *rive gauche* que va desde el Quai de la Tournelle hasta el Quai Voltaire. En la que los *bouquinistes* estaban ya preparando sus cajas. Su nombre deriva del término *bouquin*, que significa libro pequeño. Eran los famosos vendedores de ejemplares antiguos y de segunda mano del Sena. Una profesión que se traspasaba de generación en generación.

Llegó a la parte trasera del museo y se detuvo cerca de unos amplios ventanales, que casi llegaban hasta el suelo y estaban protegidos por un cristal y una verja negra de hierro, de unos dos metros de altura. Se escondió detrás de unas gafas de sol con unos cristales de generoso tamaño y, con disimulo, se aproximó al ventanal. La reja estaba sellada con una cadena y un candado. A su alrededor, varios niños jugaban al patinete y, unos metros más lejos, una pareja se hacía fotos. Estarían de viaje romántico y habían elegido aquel escondido rincón para capturar una instantánea que recordar siempre, como si fuera posible almacenar el amor.

Ella no se había enamorado nunca, tenía otras prioridades. Era extremadamente inteligente, sus altas capacidades le habían hecho muy difícil relacionarse con los demás. Nadie podía seguirla en sus pensamientos, nadie era lo suficientemente interesante, nadie valía la pena. No encajaba, estaba en una frecuencia distinta a la del resto de las personas. Solo él la entendió, la ayudó y le dio una esperanza.

Volvió a mirar a los amantes; no iba a confesarlo, pero sintió cierta envidia.

Los dejó, rodeó el edificio y entró en el hall principal del museo. Había escasa gente en su interior. Caminó despacio por la primera de las salas, vigilada por un hombre mayor que se entretenía consultando su móvil. Encima de él, una cámara de seguridad grababa los movimientos que se producían en esa parte del edificio. La mujer siguió caminando de forma lenta, ojeando de vez en cuando alguna de las obras, pero sin poner demasiada atención en ninguna de ellas. Sus ademanes eran tan pausados que parecía como si no pasara el tiempo a su alrededor, como si solo le rozara. Y en un determinado instante, entre sala y sala del museo, la mujer desapareció. Resultó tan sutil que nadie se dio cuenta, ni los vigilantes de las salas ni los que controlaban las cámaras. Fue como si se hubiera evaporado, como si nunca hubiera estado allí. Después, todo siguió igual.

Eran las cuatro menos diez de la madrugada cuando un individuo esbelto, vestido de negro y encapuchado se aproximó al

Museo de Arte Moderno de París. Se dirigió a la parte trasera y forzó, con una pinza anticadenas de brazos largos, la reja que protegía un ventanal. La alarma no saltó, tal y como el ladrón esperaba. El museo sufría una disfunción parcial en el sistema de alarmas volumétricas, aquellas que debían detectar los movimientos de un posible intruso en las salas interiores del museo. Él mismo se había encargado de provocar el fallo al sobrecargar el sistema de seguridad. El museo había detectado el problema hacía tres días y había contratado a una empresa para la reparación. Pero, por alguna extraña razón, no había en ese momento recambios para la pieza que debía ser reparada. Además, tenía que ser un alto responsable del museo quien solicitara el repuesto. Inexplicablemente, el tema se había retrasado unos días y por eso la alarma estaba todavía sin arreglar.

Desatornilló por completo uno de los cristales del ventanal y entró en el museo. Los tres guardias que hacían rondas ni oyeron ni se dieron cuenta de nada. El ladrón sabía dónde estaba cada cámara y, aunque no hacía nada para impedir que le grabasen, sí salía con premura del campo de la visión. Si los responsables de las cámaras hubieran estado totalmente atentos, habrían podido ver aquella figura moviéndose en los monitores, pero aquella noche Francia jugaba el Torneo de las Seis Naciones de rugby contra Inglaterra, palabras mayores para cualquier francés que se precie de serlo.

Recorrió varias salas hasta llegar a las que le interesaban. Con un cúter cortó, de forma decidida y con habilidad, hasta cinco lienzos colgados en la pared. Los cuadros estaban asegurados con cables que al ser tocados activaron una alarma en una comisaría de policía. Pero no en el propio museo, donde no sonó ninguna alerta. Era un error del obsoleto sistema de seguridad, que el ladrón debía conocer con profundidad. El último cuadro que robó fue un Modigliani. Después, con cuidado de no lastimar los lienzos, los enrolló y salió del museo por el mismo ventanal por el que había entrado, con cinco obras maestras escondidas en un tubo cilíndrico bajo el brazo.

El robo no fue descubierto hasta las siete de la mañana. Una de las cámaras de seguridad había grabado de madrugada a un individuo encapuchado accediendo por uno de los ventanales de la parte de atrás del museo.

Esa mañana los policías precintaron el lugar que sirvió de entrada al ladrón e inspeccionaron los alrededores en busca de huellas y de pistas. También examinaron los marcos de los cuadros, abandonados por el malhechor. A pesar de la existencia de un circuito de cámaras de seguridad, solo grabaron a una persona sin rostro, deambulando con tranquilidad por las salas del museo durante quince minutos. Todavía no está claro cómo no pudieron ver nada. Las imágenes de las cámaras de vigilancia, sin embargo, no permitían determinar si la figura encapuchada filmada era un hombre o una mujer.

Los periódicos parisinos encabezaron sus ediciones con llamativos titulares y duras críticas. El *Libération* comentaba sobre el suceso:

> Tras la estupefacción, llegaron las críticas y la petición de explicaciones. Un diestro ladrón entraba en la madrugada del jueves por una ventana del Museo de Arte Moderno de París, descolgaba cinco magníficos lienzos (firmados por Picasso, Léger, Modigliani, Braque y Matisse, nada menos) y se los llevaba de la pinacoteca sin que los tres vigilantes encargados de la seguridad nocturna viesen nada. Lo que parece un golpe de asombrosa perfección ha dado paso a comprometidas preguntas para el gestor del museo y la alcaldía de París.

Le Figaro no dudaba en hacer las preguntas más duras:

> ¿Por qué había un fallo en el sistema de alarmas desde hacía meses? ¿Quién conocía el problema? ¿Por qué no sonó el segundo sistema de alarmas en el museo? ¿Cómo es posible que los vigilantes no viesen nada?

Según el diario *Le Parisien*:

> La oposición municipal, rápidamente, culpó de los fallos en el sistema de seguridad a la «política de escasez financiera impuesta por la alcaldía de París» a los museos de los que se hace cargo.

Con siete mil objetos de arte robados cada año, Francia es, detrás de Italia, el segundo país más saqueado de Europa.

5

La Biblioteca Nacional

Cada día había más viajeros en el metro. A pesar de que el trayecto era corto siempre le entraba sueño. Por la noche dormía poco porque se quedaba leyendo. Lo más extraño era que nunca conseguía soñar. No recordaba la última vez que lo hizo. Había leído mucho sobre los sueños y tenía la teoría de que nos dicen mucho más de nuestra vida de lo que creemos, aunque no sepamos interpretarlos.

Para no caer en los brazos de Morfeo y pasar el rato entretenida en el metro siempre escuchaba su iPhone. Le servía para no fijarse en toda la gente extraña que solía haber en los vagones. También se entretenía observando qué libros leían. Se dice que el metro es el lugar donde más se lee de todo Madrid, y puede que sea verdad. Allí era fácil enterarse de las últimas novedades, de qué libros estaban teniendo éxito y, sobre todo, para Silvia era posible saber si la gente leía mucho o poco en función del volumen que portaban. Si era un best seller es que compraban cuatro o cinco libros al año, y cuando lo hacían preferían ir sobre seguro, leyendo lo que anunciaban por la tele, aunque muchas veces no supieran de qué iba el texto. Si tenían uno menos conocido es que podían leer unos veinte o veinticinco libros al año, y por eso podían arriesgarse con publicaciones de escritores menos populares. A la hora de elegir qué leer, Silvia optaba por recurrir a sus amigos para que le recomendaran nuevas novelas. Era asidua a las presentaciones y a las firmas en la Feria del Libro de Madrid. Y sobre todo de una librería a la que acudía siempre para pedir consejo y comprar sus próximas lecturas. Estuvo apuntada a un club de lectura y también frecuentaba varias bibliotecas.

Se bajó en Banco de España y salió frente a la fuente de la diosa Cibeles y el edificio de Telecomunicaciones, sede del Ayuntamiento de Madrid. Subió andando por el paseo de Recoletos hasta llegar a la Biblioteca Nacional. En su fachada destacaba un frontón triangular. A Silvia le encantaba la elegante pose de la musa de la izquierda, sentada, con las piernas cruzadas y mirando hacia su izquierda. El edificio lo remataba una dama, con intención de imponer la corona de laurel a alguien merecedor de tal honor y ella, a su vez, portaba una corona almenada. Su amigo y compañero Blas le había comentado en cierta ocasión que aquella era, sin duda, una representación de la República, pero le pidió que no se lo contara a nadie no la fueran a quitar. Pero lo que más destacaba eran las estatuas de la entrada y la escalinata. De todas ellas, por la que sentía mayor admiración era por la de san Isidoro de Sevilla, junto con la de Alfonso X el Sabio. Le gustaba la manera de representarlo con aquel libro, como si estuviera buscando algo en él. La de Cervantes, de pie contra la pared, formaba parte del segundo grupo de estatuas, las cuales estaban apoyadas en la fachada. Muchas veces hacía la broma de saludarlo, sin que nadie más que ella se diera cuenta. Al entrar en el edificio, pasó su bolso por el escáner y dio los buenos días a Carlos, el vigilante. La oficina de Silvia se ubicaba en el segundo sótano.

El día fue bastante aburrido, parte de la Biblioteca Nacional se hallaba por aquella época en obras y eso había bajado el ritmo de trabajo. Su jefa, Pilar Fernández, la tuvo toda la mañana reunida con unos representantes del Louvre que querían hacer una exposición sobre libros de caballería. Cada vez tenía menos tareas prácticas y más papeleo. Gestión de archivos, redactar informes, hacer inventarios, acudir a reuniones, comidas, incluso cenas.

—¡Qué guapa estás! —Se dio la vuelta y se encontró con María Ángeles, la secretaria de su jefa—. Me encanta esa falda, ¿dónde la has comprado?

—En un mercadillo.

—¿En serio?, pues te queda genial.

«Qué falsa es», dijo para sí misma. María Ángeles era la cotilla oficial de la Biblioteca Nacional.

—¿Qué tal ayer? ¿Saliste?

—Un poco —contestó Silvia con desgana.

—¿Con quién? ¿Cómo se llama?

—Salí con dos amigas —respondió en un tono áspero.

—¿Y luego te fuiste de marcha?

—No, a casa.

—Es que ya empezamos a tener una edad, ¿verdad?

Silvia la hubiera matado allí mismo.

—La jefa pregunta si se ha finalizado la restauración del libro de oraciones sefardí de la Hamburgo.

—¿El Mahzor? Sí.

—Quiere el informe.

—Está sobre la mesa de la ventana.

Ella lo cogió y se quedó de pie leyéndolo. Silvia la ignoró y siguió trabajando. María Ángeles se fue, sin decir nada, al ver que no iba a sacar más información de los labios de Silvia. La secretaria de dirección era la más cotilla entre las cotillas. Le encantaba preguntar a los demás, pero no para preocuparse e intentar ayudarles, sino para poder cuchichear sobre ellos a la menor oportunidad. Silvia la detestaba.

Por lo menos era viernes y se aproximaba el fin de semana. Sin embargo, estaba claro que aquel no era su día de suerte, y tuvo que trabajar en un informe hasta las seis de la tarde. Como siempre salió casi la última. Saludó a Carlos y bajó la escalinata del edificio de la biblioteca mientras sacaba del bolso los cascos de su iPhone. No le apetecía buscar canciones, así que conectó la radio y descendió por el paseo de Recoletos hacia la plaza de Cibeles. No sabía qué emisora estaba sintonizada, había una entrevista. Parecía que hablaban de algún tema de patrimonio o de historia, lo que llamó su atención.

«… tiene el mayor perímetro de toda Europa y desde lo alto del cerro domina el curso del río Duero. No es un castillo sin más, es una obra monumental, planeada por el califa de Córdoba. El enorme recinto de Gormaz no estuvo destinado a albergar la población de una ciudad, su fin era ser el refugio de un poderoso ejército que tenía en jaque constante a los cristianos del por entonces condado de Castilla. La mezquita de Córdoba, el palacio de Madinat al-Zahra y la fortaleza de Gormaz son los tres hitos arquitectónicos que marcan la diferencia de nivel cultural entre el mundo del Occidente cristiano y el hispanomusulmán; nada hay ni hubo en la Europa cristiana del siglo x que de lejos pudiera compararse al castillo de Gormaz».

A Silvia le gustaba mucho la historia y, sobre todo, los episodios curiosos, las leyendas y los misterios. Visitar las grandes catedrales, las enigmáticas iglesias románicas y también los castillos. No había oído hablar de Gormaz, pero al escuchar en la radio cómo lo destacaban, sintió al mismo tiempo vergüenza por su ignorancia y un fuerte deseo de ir a visitarlo, o al menos saber algo más de ese atrayente castillo.

«… y aun en toda la geografía militar hay pocos parajes que sobrecojan tanto el pacífico ánimo del viajero como este de Gormaz. Cuando lo visitamos, es preciso hacer un esfuerzo de imaginación y multiplicar varias veces la impresión que nos suscita hoy en día, para llegar a representar mentalmente la que su vista produciría en aquellos guerreros en los albores del primer milenio. Cuando tras un largo sitio unos sesenta mil cristianos, al decir de las crónicas árabes, se lanzaron al asalto por las escarpadas laderas, con sus reyes y condes al frente, para acabar vencidos por los muros inexpugnables de Gormaz».

«Corrígeme si me equivoco —dijo el entrevistador—, pero creo que después de los musulmanes pasó a manos del mismísimo Cid Campeador».

«Así es, a su vuelta del destierro, como reivindicación suprema, el Cid obtuvo la concesión de esta gran fortaleza».

Entonces sonó su iPhone, era un mensaje.

Hello! Qdamos sta tarde? T invito a 1 copa

Era Jaime, hacía una semana que esperaba noticias suyas y ahora no estaba segura de querer volver a verle. Jaime no era su novio, ni siquiera su amante. Era un amigo, bueno, tampoco. En realidad, no sabía muy bien qué era Jaime. Quedaban a veces, salían, tomaban algo y casi siempre terminaban acostándose. La verdad es que era bueno en la cama.

«Las cosas como son; para algo que hace bien no le vamos a quitar méritos al chico», se decía a sí misma. Aquella tarde no tenía nada mejor que hacer, de hecho, no tenía nada que hacer. No había quedado con sus amigas. Una copa y quién sabe, un buen polvo, parecían un plan perfecto para acabar el día, así que respondió que sí.

Siempre quedaban en el mismo bar. El Viajero ocupaba un edificio completo en el centro de La Latina, pero lo mejor era su terraza. En verano era fantástica para huir del calor del asfalto de Madrid, para disfrutar de las magníficas vistas y los atardeceres. Cuando el cielo se tornaba de diferentes tonos de naranja y las nubes componían formas caprichosas. Además, desde allí se podía seguir todo el movimiento de La Latina, dada su privilegiada situación.

Jaime solía llegar pronto y ella tarde, a pesar de vivir a dos calles de allí. No lo hacía a propósito, pero tampoco se esforzaba mucho en remediarlo. Jaime Lapeña era alto, con el pelo oscuro y corto. Tenía la tez morena y siempre iba bien afeitado. Su nariz era algo grande, lo que le permitía a Silvia burlarse de él con cariño. Aquella tarde vestía una camisa de rayas marrones y unos vaqueros azules que le gustaron. En la muñeca izquierda llevaba un moderno reloj Lotus con varias esferas y la correa negra. Nada que ver con el que llevaba ella, recuerdo de su padre.

Él trabajaba en el departamento de recursos humanos de una empresa relevante del sector sanitario. Silvia lo había conocido casi un año antes en una fiesta organizada por el hospital donde trabajaba Marta, a la que tuvo que ir sola porque Vicky la dejó plantada en el último momento, algo muy habitual en ella. Jaime hablaba mucho, a veces hasta decía cosas ingeniosas, pero la mayor parte del tiempo solo comentaba asuntos de su trabajo.

Silvia se había vestido con unos vaqueros negros y un top verde y blanco, con un generoso escote que Jaime no dejaba de mirar. A ella no le importaba, le hacía gracia, por eso a veces se reía sin que Jaime supiera por qué.

Empezó a hablarle de su último viaje, había estado en Londres. Aquello fue el colmo para Silvia, porque no había nada de Londres que le pudiera contar Jaime que ella no conociera. Después de terminar el bachillerato, la joven se había marchado a la capital de Inglaterra, entre otras cosas porque había crecido leyendo *Harry Potter* y estaba como loca por visitar el famoso Andén 9 3/4 de King's Cross, el Caldero Chorreante y el callejón Diagon, donde Harry compraba todo lo necesario para estudiar en Hogwarts.

Para sobrevivir trabajó en una tienda de ropa cerca del Soho y vivió en un piso compartido con cinco personas más: dos chicos españoles, un nigeriano y dos chicas italianas. El piso era un completo desastre. Las italianas eran divertidas, pero no hacían otra cosa que pasarlo bien y traerse los ligues a casa. Los chicos españoles solo pensaban en irse de fiesta y, aunque no ligaban mucho, siempre estaban borrachos. El nigeriano vendía hachís a medio barrio, y montaba unas fumadas en el piso que, aunque vivían en un primero y el inmueble tenía cinco pisos, el colocón tenía que llegar hasta el ático.

Después regresó a Madrid, se inscribió en un curso de la Escuela de Bellas Artes y se especializó en restauración de libros antiguos.

Su principal problema consistía en que tenía una tendencia natural y demasiado habitual al caos. Le hubiera encantado ser más disciplinada, más constante con algunas cosas, menos indecisa, pero resultaba una batalla perdida. Era pasional y se dejaba llevar por sus sentimientos, lo cual le generaba problemas, pero no podía ni quería evitar ser como era, si no, no sería ella misma.

Ya no salía tanto como en sus tiempos en Londres. En las fiestas se divertía, pero estas solían distorsionar mucho su ritmo de vida. Prefería hacer otras cosas que pasarse la noche entera quitándose pesados y babosos de encima, y estar al día siguiente toda la mañana en la cama durmiendo ya no iba con ella. Le entusiasmaba el campo, su madre tenía una casa en la sierra. Era tan feliz allí que si estaba más de una semana, corría el peligro de no volver a Madrid. Lo que ella ansiaba era disponer de dinero, el suficiente para poder tener una casa enorme en el campo, llena de libros y más libros. Como si fuera una auténtica biblioteca. A modo del palacio que construyó el hijo de Colón en Sevilla, con un fabuloso jardín botánico con todas las nuevas especies de plantas y árboles que llegaban de América y una biblioteca donde quiso almacenar todos los libros impresos del mundo.

Ese era su sueño prohibido, el que nunca soñaba de noche.

Volvió a la realidad y se tomó dos copas con Jaime, el tiempo suficiente para que él aún no se diera cuenta de que Silvia estaba deseando hacer el amor. No quería parecer desesperada. Después fueron a su apartamento, pasaron junto a la muralla y subieron por el ascensor. Cuando cruzaban la pasarela Jaime empezó a meter su mano por debajo del top de Silvia y nada más cruzar la puerta intentó quitárselo.

—Espera un momento —le interrumpió ella mientras se escapaba del ímpetu de Jaime—, voy a poner música.

Silvia fue hasta el ordenador portátil y entró en la carpeta con el nombre de «Music». Tardó un poco, mientras oía a Jaime cómo se quitaba la ropa. Sonaron los acordes de una guitarra, era una versión de *Can't Take My Eyes Off You* que cantaba Alba Molina. Silvia se dio la vuelta y empezó a contonear su esbelto cuerpo mientras se quitaba su top verde y blanco, ante la mirada de Jaime que yacía desnudo sobre la cama.

Tú tienes que perdonar mi insolencia al mirar.
Toda mi culpa no es,
me he enamorao esta vez,
difícil es insistir,
sin ti no puedo vivir,
por eso no puedo así
quitar mis ojos de ti.

Silvia se había desprendido de sus vaqueros y sentada sobre la cintura de Jaime seguía los versos de la canción moviéndose rítmicamente mientras tarareaba la letra. Aproximó sus labios a los de él y lo besó como si aquella fuera la primera y la última vez que iban a estar juntos, como si el mundo acabase aquella tarde y tuviera que gastar todos los besos que tenía guardados. Jaime le dio la vuelta y ella se abrazó a él con todas sus fuerzas, como una serpiente enroscada en su presa. Con los ojos cerrados, Jaime le susurraba cosas al oído, pero ella solo oía la música. Nunca escuchaba lo que sus amantes le decían, no le importaba.

Le, le, le, le, le, le, le…, le, le, le, le, le.
Te quiero mucho,
con toda intensidad,
te necesito, te digo la verdad.

Hicieron el amor una vez más. Luego hablaron un rato sobre tonterías y se rieron como solo pueden reírse dos amantes desnudos sobre la cama. Pero pronto se quedaron sin temas de conversación, la magia desapareció, o lo que quiera que fuese. Silvia sintió la necesidad de estar sola. Jaime, en cambio, parecía sentirse a gusto allí, en la cama de Silvia, acariciándole el pelo, abrazado a su cintura. Sin embargo, ella se incorporó, se puso el tanga y el sujetador, fue hasta la cocina y se sirvió una Coca-Cola Zero.

—¿Quieres algo? —le preguntó a Jaime, al mismo tiempo que le daba un sorbo a su refresco.

—Un vaso de agua, por favor —le respondió mientras se

sentaba sobre el borde de la cama y se vestía—. Creo que voy a irme ya, tengo cosas que hacer mañana. —Jaime se había dado cuenta de que Silvia ya no quería su compañía.

—Me parece bien, yo también necesito terminar unas cosillas que tengo pendientes. —Aunque no estaba muy segura de cuáles eran, ya las encontraría.

Se besaron, pero ya no de forma apasionada y Jaime se marchó. Silvia fue a la mesilla del dormitorio y alcanzó un cigarrillo. No solía fumar, pero después de hacer el amor era una de esas ocasiones en que el cuerpo se lo pedía.

Fumó lentamente, mientras recordaba lo que había pasado hacía media hora en su cama. Sonrió, se sentía feliz. Dicen que el sexo disminuye la presión arterial, alivia el estrés, incluso te ayuda a dormir. Nuestro cuerpo libera muchas hormonas: la dopamina, la oxitocina, la serotonina, las llamadas «hormonas de la felicidad».

Entonces miró el libro sobre los amoríos de Quevedo que había comprado por eBay. Se había quedado durmiendo mientras lo leía un par de noches atrás y ya no había tenido tiempo de continuar. Se diría que estaba allí esperando a que volviera para contarle algo. A los libros, como a los hombres, hay que hacerles esperar. Así que se sirvió una copa de vino de la botella de Pesquera y se sentó en el sofá. Cogió el libro y examinó de nuevo la contraportada.

En esos momentos vio algo de lo que hasta ahora no se había percatado.

Se levantó y fue al armario del salón, del estante superior extrajo un pequeño estuche. Lo abrió y cogió un utensilio con la punta cortante. Era como un bisturí de medicina. Tomó asiento en la mesa frente al libro y, con la herramienta afilada, seccionó con minuciosidad el forro de cuero de la contraportada. Después lo quitó y, con sumo cuidado, la desarmó por completo. Habían utilizado dos tipos diferentes de papel para forrarlo por dentro, uno de ellos no tenía ninguna relevancia, el otro sí, ya que era el que estaba escrito en letra cortesana. Se trataba de una hoja de papel de buena calidad, «por eso lo utilizarían para reforzar las tapas», pensó. Había un texto de seis párrafos, con siete extraños símbolos en la parte inferior. El último de ellos era una especie de cruz unida a una estrella de muchas puntas, nunca antes había visto ese símbolo.

Entendía algunas de las letras pero no conseguía formar palabras, por mucho que se esforzaba no descifraba nada del texto. Sabía que era un tardomedieval, reconocía los trazos, pero no tenía la suficiente destreza para ser capaz de interpretarlos. Lo siguió intentando hasta que se dio por vencida. El libro de los amoríos de Quevedo venía con muchas sorpresas, pues también recordó la fotografía y el telegrama.

Aquella noche se fue a dormir sin leer nada más.

Horas después se despertó agitada en mitad de la noche, una pesadilla. No lograba recordar bien el qué, pero... ¡Qué extraño! Ella nunca soñaba.

¿Cómo era posible?

6

Un día más en la oficina

La mañana del lunes fue al trabajo como siempre, escuchando música en su móvil. El tiempo era muy bueno, corría una suave brisa que hacía agradable pasear por el centro de Madrid. Subió, entre las estatuas de san Isidoro de Sevilla y Alfonso X el Sabio, la escalinata de la Biblioteca Nacional y saludó a Carlos que estaba sonriente. Bajó en el ascensor hasta el segundo sótano. En su sala de trabajo no había mucha gente.

—¡Buenos días! —la saludó María Ángeles, mirándola de arriba abajo—. Pilar Fernández te espera a las doce para una reunión.

—Buenos días. Gracias, ya lo sé. —No le dedicó ni el más mínimo interés.

Dejó sus cosas en la oficina, a excepción de un sobre. Después cogió de nuevo el ascensor hasta el primer sótano. Recorrió el pasillo hasta el final y entró sin llamar. Era una gran sala, donde había una docena de personas en mesas antiguas de madera, con multitud de papeles sobre ellas. Al fondo a la derecha estaba Blas González, un hombre a punto de jubilarse y que le había ayudado cuando empezó allí. A pesar de su experiencia estaba desaprovechado y no trabajaba mucho. Solo esperaban que se jubilara pronto para poner a alguien más joven en su lugar o para no reemplazarle por nadie y amortizar el puesto. Le vio bostezar desde lejos.

—Hola, Blas, ¿qué tal estás?

—Qué sorpresa, Silvia. ¿Qué haces tú por aquí? —le preguntó mientras se levantaba para darle dos besos.

—Te echaba de menos y he venido a verte.

—Mentirosa.

Blas González se conservaba de forma estupenda para su edad. Tenía el pelo ya plateado pero abundante, era bastante bajo, delgado y poseía una bonita sonrisa que lucía a menudo. Sus ojos brillaban con la presencia de Silvia y le pidió que se sentara en una silla frente a él.

—Ahora en serio, cuéntame. ¿Cómo estás? —le preguntó contento con la inesperada visita.

—Muy bien, la verdad es que hacía mucho que no nos veíamos, y eso que solo estoy una planta más abajo. —Silvia sabía que era por su culpa, ya que Blas se había pasado varias veces a verla pero ella estaba siempre ocupada.

—Puedes venir a verme cuando quieras, pero date prisa porque este año me jubilo —dijo Blas entre risas—. ¿Cómo va todo por ahí abajo?

—Tenemos mucho trabajo, la semana pasada vinieron unos del Louvre para una exposición de libros de caballería y me ha tocado el marrón.

—Bueno, tú eres capaz de eso y mucho más. Desde el primer día que te vi sabía que tenías un enorme potencial. —Blas disfrutaba con la visita—. Algún día tú dirigirás esto.

—¡Sí, seguro!

—Por muy modesta que seas, el brillo no se puede ocultar.

No supo qué decir. Luego sonrió, tenía que pedirle un favor y no sabía cómo hacerlo. No le gustaba contar a nadie nada de su vida, así que prefería guardar en secreto el origen del documento. Miró a su alrededor, aquella sala se diferenciaba bastante a la de su departamento. Los muebles eran más viejos, había más papeles y la media de edad era bastante más elevada. Hacía más calor, se respiraba tranquilidad en el ambiente; nadie tenía aspecto de estar agobiado y el tiempo parecía transcurrir más despacio.

—Te invito a desayunar, ¿qué me dices?

—Por favor, Silvia, cómo voy a rechazar una propuesta así de una chica tan guapa —respondió Blas con su sonrisa—. Pero el que te va a invitar soy yo.

—De eso nada. Coge tu chaqueta.

—A sus órdenes —dijo Blas mientras hacía el saludo militar, que dejó al descubierto un llamativo tatuaje que tenía en el brazo derecho y que representaba, a grandes rasgos, la silueta de un tigre.

Salieron por la escalinata, ante la mirada de Carlos, el vigilante, que los saludó con la mano. Fueron a una de las terrazas más famosas de Madrid, cerca de la Biblioteca Nacional. El pabellón de El Espejo destacaba por su decoración estilo *art nouveau*, que recreaba el ambiente de principios del siglo xx.

El camarero se acercó y ambos pidieron un cortado, pero Blas lo endulzó con un chorrito de whisky. Silvia esperó a que se bebieran los cafés para iniciar la conversación.

—Necesito tu ayuda, Blas —dijo mientras abría el sobre y sacaba el documento que había encontrado dentro del forro de la contracubierta del libro sobre los amoríos de Quevedo.

—Espero que no sea nada grave.

—No, tranquilo.

Blas vio el papel que le tendía Silvia y sacó las gafas que estaban en el bolsillo interior de su chaqueta. Cuando se las colocó examinó el documento. Su cara dibujó una expresión de sorpresa, a la que siguió un pequeño suspiro. Después levantó los ojos del texto y miró a Silvia.

—Está escrito en cortesana redonda, siglo xiv —dijo él sin apenas mirarlo.

—Sí, eso pienso yo, pero ¿puedes transcribírmelo? La paleografía no es mi fuerte —le confesó Silvia, por no decir que no le gustaba nada. Pero aquello quizá hubiera ofendido a su amigo.

Blas depositó el documento sobre la mesa y sacó una libreta en espiral de su chaqueta. Buscó una página en blanco y cogió un portaminas de otro de los bolsillos. Mientras con el dedo índice de su mano izquierda señalaba las letras del texto, con el portaminas en la mano derecha escribía en la libreta. Llevaba ya la mitad del texto transcrito cuando se detuvo e introdujo de nuevo la mano en el interior de la chaqueta y buscó algo.

«Pero ¿cuántas cosas lleva este hombre encima?», se preguntó Silvia sorprendida por el arsenal de material que portaba Blas en aquella chaqueta que parecía propia del inspector Gadget. Incluso extrajo una lupa de otro de sus innumerables bolsillos, con la que se ayudó para entender algo del texto que parecía más confuso. Silvia permanecía en silencio, nerviosa. Su amigo siguió transcribiendo el documento ya sin ayuda de la lupa.

«¿Qué dirá el texto? Seguro que no tiene ninguna importancia, de lo contrario no lo hubieran utilizado para forrar un libro —pensó—. Será algún pasaje religioso, o algún texto legal, nada relevante».

Blas ya no escribía en la libreta, estaba repasando el texto con un gesto algo preocupado. Se diría que había algo que no le convencía.

—Silvia —dijo para llamar su atención, mientras se quitaba las gafas y las dejaba sobre la mesa—. ¿De dónde has sacado este manuscrito?

La pregunta no la cogió desprevenida, por eso precisamente había recurrido a él, porque lo tenía en consideración como alguien poco entrometido. No le gustaba la gente que quería enterarse de todo, y mucho menos tener que dar explicaciones a nadie. Y su intuición le había advertido que debía ser cuidosa con a quién se lo mostraba.

—Estaba dentro de un libro, alguien lo había olvidado allí. —No era una gran mentira, casi estaba diciendo la verdad.

Blas miró de nuevo el texto original y el transcrito por él mismo. Se rascó la perilla con la mano derecha y miró a Silvia.

—Es algo excepcional. No es un texto legal, ni religioso. Más bien diría que es una especie de código o algo parecido —le expuso ante la cara de incredulidad de Silvia—. Toma, léelo tú misma.

Blas dio la vuelta a los dos textos para que la joven pudiera leerlos y compararlos. Ella se inclinó sobre la mesa y leyó de un tirón lo que había transcrito Blas. A mitad del texto tuvo que volver al principio, porque le costaba entenderlo. Puso más atención y esta vez llegó al final de los seis párrafos. Después, miró el documento original y empezó a ver con claridad las palabras que había conseguido transcribir su compañero y que a ella le resultaron imposibles. El trabajo de Blas parecía perfecto.

—Esto… es muy extraño —dijo Silvia contrariada y su colega se rio.

—La verdad es que no tengo ni idea de lo que se trata, es la primera vez que me traen un texto como este. Y no me gusta, no me preguntes por qué, pero me da mala espina. Silvia, dime la verdad, ¿de dónde lo has sacado?

—No puedo decírtelo.

—¡Lo ves! Sabía que me ocultabas algo.

—Estaba dentro de un libro que compré por internet.

El hombre la miró sorprendido.

—¿Y los siete signos? ¿Qué piensas de ellos?

—No sé, ¿qué piensas tú? ¿Qué relación tienen con los seis párrafos? —Blas cogió de nuevo el manuscrito buscando alguna pista—. Deben significar algo.

—¿A ti no te dicen nada?

—No, parecen símbolos rudimentarios, sin interés.

—Pero han de tener alguna interpretación —insistió Silvia.

—Imagino que sí. Deja que me lleve el manuscrito para estudiarlo mejor.

—No. Lo siento, Blas, pero eso no.

—¿Por qué?

Era una buena pregunta, ¿por qué no quería que se lo llevara? No podía confesarle la verdad, que tenía una intuición. Que por alguna extraña razón ilógica sentía que no debía separarse de él.

Su compañero se percató del error de su pregunta al ver la mirada de Silvia.

—Está bien, pero déjame al menos hacer una copia de la transcripción e intentaré averiguar algo más.

Silvia asintió.

7

Montmartre

La mujer que había robado en el museo parisino sacó su iPad y lo dejó sobre una de las mesas del Starbucks, allí la conexión wifi era gratuita y difícil de identificar. Junto a su bolso llevaba el tubo cilíndrico con los lienzos sustraídos que debía entregar en media hora en el Mur des Je t'aime. Un rincón cerca de la plaza Abbesses que era cita obligada para todos los enamorados que visitaban París. Con el tiempo había aprendido que la mejor manera de pasar desapercibida en cualquier gran ciudad es ir a los sitios más turísticos, aquellos tan concurridos que la gente es tan variopinta que nadie llama la atención.

Mientras se encendía el iPad, dio el primer sorbo a su *vainilla latte*. A continuación, entró en el programa de encriptación para convertir su conexión en segura y, para mayor precaución, se conectó a un servidor extranjero. De tal manera que fuera imposible rastrear su posición. Abrió su correo y comprobó la bandeja de entrada, no había nada destacable. Así que comenzó a redactar un mensaje para su jefe relatándole lo fácil que había resultado el robo. Mientras tecleaba en la pantalla táctil, no pudo evitar oír la conversación de una pareja francesa que tenía sentada a su izquierda.

—Es una vergüenza lo del robo del Museo de Arte Moderno —comentaba indignada una mujer mayor, de pelo rubio sin vida y pequeñas gafas sobre la nariz.

—¿Y qué esperas? Las obras están siempre en peligro —respondió su acompañante, un hombre mucho más joven que ella, de pelo negro peinado hacia un lado y tez morena—. Presentar una obra en un museo significa ponerla en peligro: la humedad, la luz, el aliento de la gente que visita los museos, los niños...

—Pero una cosa es eso y otra que la roben, creo yo —lamentó la mujer mientras apuraba su taza de café.

—El robo no hace más que agravar el problema.

—¿Quién habrá sido el ladrón? ¿O ladrones? Seguro que ha sido una banda organizada o han contado con ayuda de alguien del museo, porque si no, no me lo explico, con tanta cámara de seguridad y tanto guardia —sugirió la mujer enojada.

—Tú siempre tan exagerada. —Su acompañante parecía más precavido en sus observaciones—. La famosa *Gioconda* fue también robada a principios del siglo xx del Museo del Louvre. Durante dos años la policía sospechó que el ladrón era el mismísimo Picasso e, incluso, encarceló al poeta Guillaume Apollinaire. Pero, en cambio, el autor del robo fue un obrero italiano que trabajaba en el Louvre. Quien fue descubierto cuando intentaba vender la *Mona Lisa* en Florencia, y que declaró que pretendía restituirlo a Italia y, así, pasar a la historia.

—¿Y qué tiene que ver eso?

—Pues es un ejemplo. La mayoría de las veces las cosas son más sencillas de lo que parecen.

Ella sonrió, qué pensarían esos dos si supieran que el robo lo había perpetrado una sola persona, una chica de apenas veinte años, pero con un cociente intelectual tan elevado que nadie consideró válidos los resultados de sus test, porque eran sencillamente imposibles.

Abandonó la conversación de sus vecinos y dio un nuevo sorbo al café. Era una adicta a este, ¿cuántos podía tomarse a lo largo del día? Seis, siete..., bebía más café que agua.

Entonces, una alerta entró en su correo. Tenía monitorizados diferentes términos. A través de complicados programas de rastreo que filtraban todo tipo de contenidos que se publicaban en internet. Desde noticias de periódicos a blogs, material de intranets privadas, Facebook, Twitter y redes sociales nuevas como Instagram, que apenas tenía dos años de existencia.

Comprobó sin demora los resultados y casi no pudo creer lo que estaba leyendo. Miró a su alrededor algo nerviosa y excitada. No logró disimular una sonrisa que iluminó por primera vez su hermoso rostro. De inmediato abrió la página de Google y buscó información sobre la Biblioteca Nacional de Madrid. No le fue difícil hackear sus medidas de seguridad y entrar en el directorio principal de la institución. Tenía unos algoritmos y una protección obsoletos, que le hicieron sentir lástima por ellos. Cuando encontró información sobre la persona que buscaba la copió y la adjuntó al mensaje que estaba escribiendo.

Debía tener cuidado, su benefactor no aprobaba sus robos. Los pasaba por alto, siempre que ella no llamara la atención, pero no le complacían. Le recriminaba que era desaprovechar su talento. Pero ella no quería ser solo una hacker, ni siquiera la mejor del mundo. Ella quería acción, adrenalina, peligro.

Las noticias que le iba a enviar a su jefe eran excitantes. Parecía que el destino había decidido hacerles un regalito que llevaban mucho tiempo esperando. Hacía más de dos años que buscaba datos sobre este tema, con escaso éxito, y ahora había aparecido de repente, sin quererlo. Sin duda, esta era su gran oportunidad.

Tal y como imaginaba, obtuvo una respuesta inmediata. Por desgracia, no podía volver todavía a Madrid. Tenía nuevas e inesperadas órdenes. No fue capaz de disimular su desilusión, al fin y al cabo, era ella quien había dado con la pista. Sabía que la información que había conseguido era la que su jefe anhelaba desde hacía años. Su labor de monitorización del correo de las principales instituciones culturales europeas y norteamericanas había dado sus frutos. Por mucho que le hubiera gustado ponerse a trabajar en ese tema, ella recibía órdenes y debía acatarlas.

Su jefe le envió otro e-mail, este menos amistoso. Le preguntaba si había sido ella la del robo del museo. Como respuesta solo escribió la siguiente frase: «Tranquilo, ha sido tan fácil como asaltar un quiosco. Y nadie me ha visto».

8

El Círculo de Bellas Artes

Aquel jueves era Vicky la encargada de llevar a cenar a sus dos amigas. La verdad es que su elección fue tan sencilla como acertada, la terraza del Círculo de Bellas Artes. Silvia llegó tarde. Llevaba una camiseta de tirantes con la célebre frase de Umbral estampada: «Yo he venido a hablar de mi libro», a juego con una falda corta y ajustada de color verde, el pelo suelto y un colgante de cristal de Swarovski colgado de su cuello. Marta y Vicky la esperaban en la puerta del Círculo. Antes de ir a cenar a la terraza dieron una vuelta por el edificio situado en la calle Alcalá. En la Sala de Columnas había una exposición de fotografía, una serie de retratos en blanco y negro de Chema Madoz. Por el módico precio de dos euros accedieron por el ascensor hasta la azotea, que era un lugar increíble. Allí arriba daba la impresión de estar sobre la popa de un barco, navegando por el cielo de Madrid, que a sus pies parecía tan infinito como diminuto. Las vistas eran fabulosas. Las tres amigas se miraron con una expresión mezcla de sorpresa e increíble alegría, y no dudaron ni un instante en acercarse al borde de la barandilla de la azotea. Desde allí Madrid semejaba no tener fin.

Por un momento, Silvia se olvidó de sus amigas y se imaginó estar en el monte Olimpo en Atenas, en la residencia de los dioses. A su lado, en plena azotea, se levantaba una estatua colosal de Minerva, diosa de la guerra y de la sabiduría.

«Qué contradicción», pensó.

Bajó unos escalones hasta la parte que daba más al sur. A su izquierda divisó las cuadrigas que estaban sobre los edificios que hay al lado del metro Sevilla, parecían huestes a las órdenes de Minerva, preparadas para entrar en combate, bajar al nivel de los mortales y castigarlos por todas sus fechorías. Hacía poco había leído en un periódico un artículo que afirmaba que vivir en una gran ciudad favorece las enfermedades mentales. Al parecer los edificios altos no le sientan bien al cerebro. Quizá fue por la altura, pero sin quererlo le vinieron a la mente los símbolos y los textos escondidos en el libro de Quevedo.

—Creo que este lugar tiene las mejores vistas de Madrid —murmuró Vicky que apareció detrás de ella y la abrazó por la espalda.

—Sí, yo también lo pienso. ¡Es precioso! —respondió Marta que la seguía con una sonrisa en su rostro.

Ella no decía nada, estaba como hipnotizada mirando la colosal estatua de Minerva.

—Silvia, ¿te pasa algo? —preguntó Marta.

Pero no obtuvo respuesta.

—¡Silvia! —exclamó Vicky—, ¿qué te ocurre?

Por fin salió del trance.

—Perdonad, no me encuentro muy bien. ¿Podemos bajar ya?

—Claro, vamos a cenar —respondió Vicky—, y alegra esa cara que parece que hayas visto un fantasma.

Descendieron a la terraza que la cafetería del Círculo tenía en la calle de Alcalá. Pidieron una tabla de pinchos, croquetas y tres copas de vino Syrah, pero Silvia seguía como ausente.

—Nunca te había visto así, ¿te encuentras mal? —insistió Marta preocupada.

—Sí. Lo siento, pero me voy a ir a casa.

—¿Te acompañamos? —preguntó Vicky.

—No, no hace falta. Pero prefiero irme ya, voy a coger un taxi.

—Bueno, como quieras, llámanos si necesitas algo.

Silvia asintió.

—Lo lamento de verdad, pero no me siento nada bien, no sé qué me pasa.

—¿No estarás embarazada? —dijo Vicky para hacerla reír.

—Solo me encuentro un poco mal, no quieras matarme de un susto —respondió.

Durante todo el trayecto hasta su casa, Silvia estuvo pensando en el manuscrito que había encontrado en la contraportada del libro sobre Quevedo. Por alguna extraña razón que no llegaba a comprender, aquellas líneas habían venido a su cabeza al contemplar la vista de Madrid junto a la diosa Minerva. Solo deseaba llegar lo antes posible a su apartamento y tener aquel pedazo de papel entre sus manos. Cruzó el portal, pasó al lado de la muralla y cogió el ascensor, ansiosa por llegar. Al salir, antes de pisar la pasarela metálica, vio una sombra junto a su puerta. El intruso se volvió hacia la luz que provenía del ascensor, al mismo tiempo que conseguía forzar la entrada del apartamento y la puerta del piso de Silvia se abría sin oponer más resistencia.

—¡Qué coño haces ahí! —gritó Silvia enervada.

La sombra no dudó, y sin pensarlo un segundo saltó desde la pasarela, cayendo con brusquedad sobre el suelo, al lado de la muralla árabe. Eran más de diez metros de altura, pero se levantó como si nada. Silvia la miró asustada desde lo alto. La sombra no se detuvo y salió corriendo.

Silvia entró en su apartamento y cerró con pestillo; por si acaso, puso una silla detrás de la puerta para atrancar la manija. Era lo que había visto hacer en una película reciente.

«Pero ¿quién era ese tío? —se preguntó—. Yo no tengo nada de valor».

Entonces miró hacia la mesa del salón y vio el libro de Quevedo, con el manuscrito y su transcripción junto a él.

Su intuición no tenía dudas acerca de lo que quería ese hombre.

No sabía qué pensar, aunque juraría que, si no se hubiese sentido mal en la azotea del Círculo y hubiera vuelto a casa, el manuscrito ya no le pertenecería. Observó el libro y recordó el telegrama, lo tomó y volvió a leerlo. Después revisó el manuscrito y la transcripción.

¿Qué demonios significaba todo aquello?

Ojalá tuviera la sabiduría de la diosa Minerva para saberlo y para comprender lo que había pasado aquella noche. Pero al único dios que vio aquella noche, y muy tarde, fue a Morfeo.

Era de nuevo viernes por la mañana, se acababa la semana. Sin embargo, aquel día era distinto, porque fue a la policía nacional a denunciar lo sucedido. Un papeleo que le llevó un par de horas y que no le dejó claro si había servido o no para algo. Al parecer, al no haber accedido a su vivienda ni haberle robado nada, poco se podía hacer. Menos aún si no le había visto el rostro.

Decepcionada, llegó a la escalinata de la Biblioteca Nacional. Observó la estatua que tanto le gustaba de san Isidoro de Sevilla, y se sintió más identificada con él que nunca. Después, le guiñó un ojo a Cervantes y se perdió en el interior del edificio, ante la siempre atenta mirada del vigilante. No tenía excesivo trabajo, los viernes, por norma general, no eran días complicados. Todo el mundo estaba más relajado por la cercanía del fin de semana. A media mañana decidió ir a ver a Blas. Lo encontró en su sitio leyendo un viejo y voluminoso libro.

—Hola, guapo, ¿me invitas a una copa?

—Lo siento, estoy casado.

—Qué mala suerte, siempre llego tarde.

Blas sonrió.

—Pero te puedo invitar a un café.

—En algo tendré que ahogar las penas… —se lamentó Silvia—. Vamos, tengo una cosa que contarte.

—Yo también.

Ambos salieron de la biblioteca y fueron al pabellón de El

Espejo, se sentaron en la terraza y pidieron un cortado y un carajillo de JB.

—Ayer intentaron entrar en mi casa.

—¿Cómo? —preguntó sorprendido Blas—, ¿te robaron?

—No, no. Llegué justo a tiempo. Y al verme, el ladrón saltó desde lo alto de edificio. ¡Son más de diez metros de altura! Y como si nada, cayó de pie y se fue corriendo.

—¿Llegaste a verle la cara?

—No, era solo una sombra, ni siquiera le brillaban los ojos.

—¡Dios mío!, en qué época vivimos. ¿Lo has denunciado?

—Sí, claro. Blas —dijo Silvia muy seria—, creo que quería robar el manuscrito.

—¡¿Cómo?!

Su compañero hizo una pausa y se bebió el carajillo de un trago.

—Te lo dije, no me gusta nada ese manuscrito. Hay algo en él, no sé el qué, pero sea lo que sea no es nada bueno.

—No sé qué decirte, la verdad es que…

—¿Qué? —insistió Blas.

—Es una tontería, pero…

—Dime, ¿qué pasa?

—Pues que anoche sentí algo extraño; me encontraba mal y tuve que volver a casa. De no ser por ello, el ladrón hubiera entrado en mi apartamento. Me parece mucha coincidencia.

—Silvia, olvídate…, ¡olvidémonos de ese maldito manuscrito!

La joven no respondió, aunque sabía que no podía seguir ese consejo.

—Antes has dicho que tú tenías también algo que contarme, ¿qué es?

Apuró la taza de café. A pesar de confiar en su amigo, algo le hacía sentirse insegura; de hecho, no le había contado nada de la fotografía ni el telegrama, aunque dudaba de que tuvieran relación con el manuscrito.

—Ya no sé si contártelo.

—¿Por qué? —preguntó Silvia nerviosa—. Tiene que ver con el manuscrito, ¿verdad?

—Creo que deberíamos olvidarnos de él —insistió Blas—, hazme caso.

—Blas, tú eres como yo, sabes que no voy a dejarlo. ¿Qué más has averiguado?

—Nada en concreto. He estado toda la noche repasando los seis párrafos y los siete símbolos, he buscado por internet información, he hecho un par de llamadas y he mandado unos e-mails. Por fin creo que tengo alguna idea que podría ir en la buena dirección. ¿Por qué no me dejas el original? —planteó Blas—. Tú quédate con la transcripción.

—No estoy segura de eso.

—Así, además, podemos dejarlo custodiado en la Biblioteca Nacional. Nadie podrá robarlo allí —sugirió Blas—, ¿qué dices?

Silvia lo pensó unos instantes. Sacó el manuscrito de su chaqueta y lo miró con preocupación, a continuación alargó el brazo.

—Lo siento, Blas, pero prefiero tenerlo yo —dijo en el último momento, acercando de nuevo el manuscrito a su pecho.

—Es mucho mejor que lo guarde yo, y más seguro.

—Necesito tenerlo, no le va a pasar nada.

—Silvia, por favor, ¿y si alguien lo roba? No estás actuando de forma lógica —adujo Blas en un tonó que reflejaba cierta desilusión—, pero está bien, si es lo que prefieres. Aunque se hallaría mejor bajo llave en una de las cajas de seguridad de la biblioteca.

—Yo lo encontré y prefiero guardarlo.

—De acuerdo. Ahora debo irme, guapa, tengo mucho trabajo. —Blas se levantó molesto—. Adiós.

Esa tarde, en su mesa de trabajo, Silvia se dedicó a leer la transcripción del manuscrito que había realizado Blas. Repasó los seis párrafos una y otra vez sin encontrarles sentido. Sin darse cuenta, se había quedado sola en la sala de su departamento.

Eran ya las seis, así que apagó el ordenador y salió de la Biblioteca Nacional. El vigilante ya no era Carlos, que había terminado su turno. En su lugar había un hombre más alto, calvo y con gafas, que apenas la miró al pasar. Descendió la escalinata y buscó su iPhone en el bolsillo de la chaqueta. Se colocó los cascos y sin pensarlo encendió la radio y oyó de nuevo aquella voz.

«Es sin duda un castillo de película, aquí es donde se rodó *El Cid*, protagonizada por Sophia Loren y Charlton Heston, un clásico del cine de aventuras. El edificio actual pertenece al siglo xv y siempre ha tenido el mismo dueño, la casa ducal de Peñaranda y Montijo».

«¿Y qué podemos decir de sus defensas? —preguntó el entrevistador».

«Pues que son magníficas, sobre todo cabe destacar la muralla en forma de zigzag, sorteando los ángulos para tener mayor visibilidad».

«Pero algo totalmente singular es su patio interior, ¿no es así?».

«Por supuesto, ya que estamos ante uno de los pocos castillos de España que cuentan con un patio de armas triangular».

Mientras Silvia escuchaba aquel programa se le ocurrió una idea algo alocada, pero que podía salir bien. No tenía nada que perder. Así que miró en el móvil la emisora que estaba escuchando. Paró un taxi cerca de Cibeles y preguntó al conductor si sabía dónde estaban los estudios de esa cadena de radio.

—No, señorita, pero si quiere puedo preguntar a nuestra centralita y ellos me indicarán la dirección.

—Por favor, hágalo si es tan amable.

9

El hombre de los castillos

El taxista tardó menos de un minuto en recibir la información.

—Lléveme hasta allí. —Silvia estaba nerviosa—. ¿Puede hacerme otro favor? ¿Sería posible que sintonizara esa emisora? —preguntó con voz de niña buena.

—Será un placer, señorita.

Al momento volvió a escuchar aquella voz.

«Algún psicoanalista debería estudiar cómo afectan los castillos al alma de las personas, para que por alguna extraña razón nos sintamos inexorable e inexplicablemente atraídos por estas construcciones. Tú, como nuestro experto en castillos, ¿qué crees que es?».

«Bueno, Óscar, es difícil de explicar. Pero sin duda hay una sensación, una atracción, una fuerza que parece emanar de esos muros y que nos incita a acercarnos a ellos y visitarlos, aunque se encuentren en ruinas —contestó el invitado—. A mí me pasa. Cuando voy conduciendo por alguna carretera secundaria o visito algún perdido valle o montaña, y a lo lejos diviso la silueta de estos viejos centinelas de piedra, no puedo evitarlo. Tengo que detenerme y penetrar en sus muros, subirme a las murallas e imaginarme cómo sería la vida allí hace siglos».

«Nos atrae la Edad Media, forma parte de nuestro imaginario colectivo —continuó el locutor—. Por ejemplo, muchas novelas de fantasía replican un mundo medieval ficticio, pero incluso la ciencia ficción lo hace».

«*Star Wars*».

«¡Exacto! Unos caballeros luchando con espadas, que van siempre en parejas, que pertenecen a una especie de secta y que además caen en desgracia. ¿A qué les suena? —comentó el locutor a sus oyentes».

«A los templarios —respondió el hombre de los castillos—. Para los europeos, la Edad Media es el origen de lo que somos. Nuestro momento fundacional, como lo es el Oeste para los norteamericanos, de ahí la enorme cantidad de películas, series y libros».

Durante el trayecto, Silvia siguió escuchando el programa. Mientras, sacó la transcripción y arrancó una hoja de su agenda. Buscó en el bolso un bolígrafo o un lápiz con el que escribir, pero no halló nada.

—Perdone. —Silvia llamó la atención del taxista—. ¿Puede dejarme un boli?

—Claro. —El taxista buscó en la guantera—. Tome.

—Gracias.

Justo cuando el taxi llegó a los estudios, el locutor y aquel colaborador se estaban despidiendo en antena.

«Solo espero que no fuera una intervención por teléfono o una grabación», pensó.

Pagó al taxista y fue corriendo hacia la entrada. Allí había dos guardias de seguridad tras un mostrador de cristal.

—Buenas tardes, quiero hablar con las personas que están ahora en el estudio.

—¿Tiene cita? —preguntó un hombre alto y con el pelo rizado—. Entonces, señorita, lo siento, no puede pasar.

—Por favor, es muy importante que hable con el hombre que está siendo entrevistado ahora mismo.

Los dos vigilantes se miraron intrigados. El más bajo, un tipo mayor y gordito, con el pelo largo y cara de pocos amigos, negó con la cabeza.

—Si lo desea, puede esperar aquí. No creo que tarde en salir, el programa ya ha terminado. ¿Cuál es el nombre de la persona con la que quiere hablar? —preguntó el otro guardia de seguridad, el más alto, ante la cara de desaprobación de su compañero.

—Es que no sé cómo se llama.

El más bajo de los dos vigilantes se quitó la gorra y se rascó la cabeza, mirándola con una expresión de exasperación.

—Por favor, ¿no puede llamar y preguntar el nombre del hombre que ha estado hablando de castillos ahora mismo? —preguntó Silvia con la voz más dulce que pudo poner—. Escucho todas las semanas el programa y es de vital importancia que hable con él.

El guardia más bajo se puso de nuevo la gorra, miró a su compañero y con cara de resignación cogió el teléfono y se dio la vuelta para que Silvia no escuchase lo que estaba diciendo. Su compañero no quitaba la vista de encima a Silvia.

—Señorita, ¿cómo se llama usted? —preguntó el más alto de los dos guardias.

—Silvia Rubio.

El otro guardia siguió hablando y miró de reojo a Silvia. Después colgó y caminó hacia ella.

—Espere aquí.

Silvia no pudo ocultar su cara de felicidad mientras los dos guardias de seguridad se miraban con gesto de desaprobación. Fueron unos diez minutos, entonces se abrió una puerta de metal al otro extremo del vestíbulo y apareció un hombre con el pelo castaño, vestido con una chaqueta marrón de cuero de tres cuartos y unos vaqueros azules. Se acercó al mostrador de los guardias, quienes le entregaron un casco de moto de color negro y le señalaron el lugar donde Silvia estaba sentada. A continuación, se dirigió hacia donde se encontraba ella. Al verlo llegar se levantó y pudo comprobar que era un hombre de altura media, con los ojos brillantes, de color verdoso, y la piel blanca, con una expresión seria en su rostro.

—¿Preguntabas por mí?

—No sé, ¿usted es el hombre de los castillos?

Él sonrió.

—Imagino que se me puede llamar así. ¿En qué puedo ayudarte?

—Estoy buscando un castillo, pero uno especial —puntualizó para no parecer una estúpida.

—¿Cómo de especial?

Silvia miró a los guardias que no dejaban de observarla, después se percató de la cámara de seguridad que había en el vestíbulo.

—¿Podemos hablar en otro sitio?

El hombre apreció un gesto de preocupación en la mirada de Silvia y empezó a sentirse incómodo en aquella situación.

—No sé, tengo que…

—Por favor —le rogó Silvia poniendo cara de niña buena.

Él dudó, debería haber dicho que no. Que no se fiaba de una mujer que llegaba de noche pidiéndole quedarse a solas con él.

—Bueno… está bien, conozco un lugar perfecto —respondió—, sígueme.

Salieron fuera de las instalaciones de la radio. El hombre de los castillos fue hacia la acera, donde había una moto negra, y abrió la parte delantera del asiento del que sacó un pequeño casco, casi minúsculo.

—Toma.

—¿En moto? —preguntó Silvia mirando el diminuto casco que le había dado—. ¿Adónde vamos?

—Me has pedido hablar en otro sitio.

—Sí, pero…

—Aquí no hay nada, solo la radio —puntualizó el hombre de los castillos—. Vamos a un lugar donde poder hablar y me cuentas lo de ese castillo tan especial que estás buscando.

Silvia asintió, se colocó aquel ridículo casco que no le gustaba nada y se subió a la moto. No recordaba la última vez que se había montado en una. El hombre de los castillos arrancó la máquina y Silvia se agarró a su cintura.

10

Alfred Llull

Edgar Svak atravesó la plaza de Neptuno hasta llegar a la acera donde estaba el edificio del Museo Thyssen, después subió por la plaza de las Cortes, que se hallaba en obras, y antes de alcanzar el palacio del Congreso, presidido por dos imponentes leones de bronce, cruzó la calle. Llegaba puntual a su cita en el hotel Westin Palace. Atravesó, de la manera más discreta posible, el lujoso hall de entrada, donde descollaba la calidad de las pinturas de sus paredes. Además, en una de las zonas más destacadas había instalada una extraña máquina. Cuál fue su sorpresa al comprobar que era un expendedor de pequeños lingotes de oro.

«Esto es el colmo», pensó.

Aunque si algo impresionó a Svak fue la cúpula, la formidable cúpula del Westin Palace, uno de los hoteles más lujosos de Europa. Se trataba de un increíble espacio abovedado, donde los cristales de diferentes colores filtraban la luz formando una atmósfera mágica. Era famosa la devoción por este hotel del primer ministro del Reino Unido en los años ochenta, la señora Margaret Thatcher. Cuando visitaba Madrid solo quería alojarse en el «hotel de la cúpula», como ella lo llamaba.

Preguntó por el señor Alfred Llull en el mostrador. Un atento recepcionista descolgó el teléfono y, a continuación, le indicó a dónde debía ir. Tomó el ascensor hasta la última planta. Allí siguió por un alargado pasillo hasta la habitación número siete y llamó a la puerta. Un tipo alto y delgado, con los ojos profundamente oscuros, le abrió y lo examinó de arriba abajo.

—Buenas tardes, vengo a ver al señor Llull.

—¿Trae los mapas?

Svak asintió.

—Pase.

La estancia era obscenamente lujosa, más que una habitación de hotel parecía una mansión. Los muebles, las flores, los jarrones..., todo estaba colocado con sumo gusto y elegancia.

—Siéntese, por favor, el señor Llull le recibirá enseguida.

Svak tomó asiento, dejando su maletín en el suelo. Sobre la mesa de madera que había junto a la ventana pudo ver lo que parecía una espada desenvainada. La hoja brillaba por la acción de los rayos de sol que se filtraban por el ventanal. Se fijó con detenimiento en el filo, que parecía muy afilado.

—¿Le gusta la esgrima? —dijo una voz procedente de su espalda—. No se asuste, soy Alfred Llull y si no me equivoco, usted debe ser el señor Edgar Svak.

—Así es.

—Es un placer —comentó su anfitrión mientras le tendía la mano para saludarle—. Me alegro de conocerle. He oído hablar mucho de sus hazañas.

—Gracias, pero solo hago mi trabajo. —Svak carraspeó mientras le estrechaba la mano.

Pudo sentir cómo Llull le escrutaba con la mirada. Entonces, el ladrón de libros no pudo evitar fijarse en las manos de su cliente. Su piel estaba quemada, como enferma. Svak no le había visto antes. Todo el contacto entre ambos había sido mediante intermediarios y correos electrónicos. Nada de llamadas, eran más fáciles de rastrear. Cuando por fin lo tuvo delante pudo comprobar que se trataba de un hombre alto, su rostro mostraba unas elegantes señales de una vida larga, pero también placentera. Como si cada uno de los pliegues se hubiera tallado con esmerado cuidado. Tenía los rasgos afilados y la piel tostada por el sol. Su porte era envidiable, su mirada profunda y fuerte, como si los años se hubieran olvidado de visitarla desde hacía mucho tiempo, y permaneciera joven y viva. A Svak le recordaba a un anciano actor de cine, Christopher Lee, a quien la gente joven identificaba con Saruman de *El Señor de los Anillos*, pero que para los de su generación era el rostro del Drácula de serie B.

—¿Quiere tomar algo? ¿Un café quizá?

—No, gracias —respondió Svak mirando su maletín.

Svak se incorporó, dejó el maletín sobre una silla tapizada y extrajo del doble fondo los dos *ptolomeos* robados en el Archivo Real de Pamplona, extendiéndolos sobre la mesa donde estaba la espada. El señor Llull se acercó y los examinó, pasando su mano por el papel, como si fuera capaz de percibir con el tacto la sabiduría de aquellos mapas.

—Excelente —dijo, e hizo una señal a su subordinado—. Me habían comentado que era usted el mejor y tenían razón.

El hombre de ojos oscuros se aproximó con una pequeña mochila.

—Ahí tiene lo acordado —le indicó el señor Llull.

Svak abrió la mochila y ojeó por encima la gran cantidad de dinero que había en su interior. Después la guardó en su maletín.

—Déjeme que le invite a una copa, es lo menos que puedo hacer después de su excelente trabajo.

—No es necesario, con lo que me ha pagado es suficiente.

—Insisto.

Pronto se dio cuenta de que Alfred Llull era el tipo de hombre del que no se puede rechazar una invitación.

—¿Una copa de vino? —preguntó Llull.

—Sí, está bien.

El señor Llull cogió una copa de la cómoda que estaba al lado de la mesa. Después abrió una botella.

—Las viñas de esta bodega están en el Pirineo a una altitud de casi mil metros. Para la fermentación de la uva se utilizan unos lagares elaborados en la roca, que funcionan por gravedad y que eran usados ya en el siglo XII, cuando esa finca la ocupaban monjes hospitalarios. El enclave le transmite una fuerza especial al vino debido a su orografía, a la composición del terreno y a su historia. El vino es mucho más que una bebida, es una cultura, ¿no cree?

Svak asintió, probó el vino y certificó que estaba exquisito.

—Es excelente.

—Lo sé —dijo Alfred Llull mientras le miraba fijamente—. ¿Puedo hacerle una pregunta, señor Svak?

—Depende —respondió el ladrón de libros con un gesto serio en su rostro.

—Usted es una eminencia en el mundo medieval, ¿no es así?

—Hay gente mejor que yo.

—No sea modesto. Si no me equivoco, y no suelo hacerlo, usted se graduó en Durham con matrícula de honor en Arte medieval por una de las más prestigiosas universidades inglesas —afirmó muy seguro Alfred Llull.

—Eso fue hace mucho tiempo.

—Y se casó también en España, su tesis versó sobre el patrimonio histórico español expoliado. Curioso para un extranjero como usted, obtuvo una nota perfecta. Impresionante. ¿Cómo termino siendo un ladrón?

—La vida da muchas vueltas.

—¿Y tan bueno?

—Con trabajo.

—De nuevo su modestia, pero sin duda también tendrá talento —apostilló Llull—. En la sociedad actual se tiende a valorar más la actitud que la aptitud de las personas, sobre todo de los trabajadores, ¿no cree?

—No sabría decirle.

—Veo que también es un hombre prudente.

—La prudencia es esencial en mi trabajo —respondió Svak que no se sentía cómodo con aquella conversación.

—¿No tiene miedo a la policía?

—Solo lo necesario.

—¿Por qué se dedica a esto? —Alfred Llull parecía intrigado por aquel hombre, cosa nada usual.

—Tengo mis razones.

—Es usted un hombre curioso, señor Svak. Dispone de un talento innato para los libros y para la simbología, por eso le encargué este trabajo a usted y no a otro.

—No era necesario tener conocimientos de simbología medieval para robar dos *ptolomeos*.

—En efecto. No, no lo era para este asunto. Los mapas eran solo un examen, una prueba —comentó en tono pausado—. Señor Svak, tengo otro trabajo para usted. Es algo un tanto especial, inusual diría yo. Busco a alguien que no se arrugue ante las dificultades, que no tenga miedo.

—Si quiere que acepte otro encargo, lo que necesito son más datos sobre él.

—Todo a su debido tiempo —matizó Llull, que manejaba la conversación a su antojo—. No puedo darle toda la información todavía, pero sí puedo asegurarle que la recompensa económica será tan inusual como el trabajo.

—¿Cuánto? —preguntó Svak.

—Más dinero del que se imagina. —Llull se acercó a Svak y le susurró una cifra al oído que estremeció la mirada del ladrón de libros.

—Mientras no me pida que robe algo del mismísimo infierno, cuente conmigo.

—No será fácil.

—Nada lo es en esta vida.

—Svak, ¿seguro que no se arrepiente nunca de alguno de sus robos? Usted no parece un criminal, ¿de verdad no tiene remordimientos? —inquirió Llull, que parecía disfrutar con el interrogatorio.

—No.

—Ya veo… Sin embargo, sé captar el espíritu de la gente y usted no es una mala persona. Creo que no es la adecuada para lo que busco.

—Si es un robo de arte, lo soy.

—Para vencer una vez, hay que tener talento; para repetir después, hay que tener carácter —pronunció Llull.

—¿Julio César? ¿Napoleón?

—John Wooden.

—¿Quién?

—El legendario mago del banquillo de los Bruins de UCLA, entrenador del equipo de baloncesto de la Universidad de California. —Alfred Llull hizo una mueca parecida a una sonrisa—. Sus habilidades están claras, de eso no tengo duda. Pero desconfío de su corazón. Temo que tenga principios, ideales… No puedo arriesgarme —explicó Llull, que ya no le miraba como antes.

—No me arrepiento de mis robos, ningún artista que se precie de serlo pinta para que sus cuadros terminen colgados de un museo. Es una aberración.

—¿En alguna ocasión no ha podido llevar a cabo alguno de sus encargos?

—Siempre he cumplido, ante todo soy un hombre de palabra. Los sistemas de alarma y demás protecciones han sido instalados por alguien. Por eso, alguien sabe cómo desmontarlas. Antes de que existiera el dinero, ya había billetes falsos.

Alfred Llull permaneció en silencio unos instantes que parecieron eternos. Después, estiró su mano y le acercó un sobre. En su interior había unas pequeñas fotografías. Svak las examinó con ayuda de una lupa que portaba en un bolsillo de su chaqueta.

—¿Cuánto tiempo necesita?

—Tres o cuatro meses —respondió Svak mientras seguía repasando el material fotográfico.

—Tiene tres o cuatro días.

—No es posible.

—Dicen que es el mejor.

—No sé qué le habrán contado, pero yo soy un profesional. No puedo hacer las cosas sin planificar, necesito…

—Si usted no lo hace, tendré que recurrir al viejo, a su maestro —le interrumpió Llull.

—¿Cómo sabe que...? —Svak se percató de que estaba jugando con él—. Ya no trabaja.

—Creo que estaría dispuesto a un último golpe.

—No, lo haré yo. Quizá este sí sea mi último trabajo.

—¿Se va a retirar? —inquirió incrédulo Alfred Llull—. Señor Svak, ¿qué espera usted de la vida?

—No entiendo la pregunta.

—La reformularé mejor. Lo primero que hago yo cada mañana es dar gracias por existir. ¿Qué espera que suceda cuando usted muera?

—Espero que sea dentro de mucho tiempo. No obstante, no es un tema que me quite el sueño.

—¿Teme el juicio final? Ese momento en que se pondrán en una balanza sus actos buenos y malos —planteó Llull mientras se movía ligeramente en torno al ladrón de libros.

—Si lo que quiere decir es si temo ir al infierno por culpa de mi trabajo, le aseguro que no tengo ningún miedo —musitó Svak desafiante—. Cuando llegue mi hora, afrontaré mi final, sea el que sea.

—Yo tampoco sé qué sucederá ese día, señor Svak, pero no creo que sea ningún final.

11

Cántame una canción

La moto de Alex entró en la plaza de Lavapiés y a mitad de la calle de Argumosa el hombre de los castillos redujo la velocidad y estacionó en la acera, la cual estaba llena de árboles y terrazas. Era una vía animada, la gente se agolpaba en las mesas exteriores de los bares. Había personas de distintos países y clases sociales que daban un aire intercultural al barrio. Le pidió el casco a Silvia, después lo guardó debajo del sillín y lo cerró. Con el suyo bajo el brazo, hizo un gesto para que le siguiera. Entraron en un restaurante en cuya fachada un cartel con colores muy vivos, que iba de extremo a extremo, anunciaba que aquel lugar se llamaba La Buga del Lobo.

El local exhibía un aire tropical, con coloristas murales de los cuales destacaba uno, que representaba a una mujer de color, con un vestido rojo con lunares blancos, corto y escotado por delante, con volantes por detrás. La mujer tenía el pelo negro y largo; bailaba sobre un mapa donde se podía leer «Mar Caribe». Junto a la ventana que daba a la calle había una mesa libre para dos.

—¿Tienes hambre?

—Sí —respondió Silvia, que se notaba un agujero en el estómago. Desde el café con Blas no había probado bocado.

—Aquí hacen unas croquetas caseras, de lomo asado, queso de cabra y miel, que son una delicia. ¿Te apetecen?

—Mis amigas y yo somos unas exigentes catadoras de croquetas.

—Cuánta responsabilidad...

Mientras él llamaba al camarero, Silvia cogió la carta de vinos que había sobre la mesa: un Abadía Retuerta, un Enate del Somontano..., excelentes vinos.

—¿También eres sumiller?

Silvia asintió. Estaba desconcertada con aquel hombre que le había llevado en moto hasta Lavapiés sin apenas saber nada, ni siquiera su nombre.

—Perdona, pero no recuerdo cómo te llamabas —comentó Silvia avergonzada.

—Eso será porque aún no te lo he dicho.

—Yo soy...

—Silvia —la interrumpió el hombre de los castillos.

—¿Cómo lo sabes? —preguntó sorprendida.

Él no respondió y durante unos segundos se miraron sin decir nada.

—Me lo dijeron los de seguridad cuando me llamaron por teléfono —le confesó—. ¿Escuchas a menudo mi sección en la radio?

—La verdad es que es la segunda vez que te oigo.

—¿Y tanto te ha gustado que has venido a buscarme? No creo que lo haga tan bien —bromeó.

Silvia tan solo sonrió.

—Ya te he dicho que busco un castillo y he pensado que tú podrías ayudarme.

—Si buscas un castillo yo soy la persona indicada.

—¿Tan seguro estás? —preguntó Silvia algo incrédula.

—Me temo que sí.

—¿Y me vas a decir cómo te llamas? ¿O lo tengo que adivinar?

—Soy Alex Aperte.

Silvia repasó despacio a su acompañante. Tendría unos treinta años, llevaba una barba de una semana o quizá más; tenía los ojos mitad color miel, mitad verdosos, y el pelo bastante corto. Vestía con una chaqueta marrón de cuero que le quedaba bien; era un tipo curioso, seguro y a la vez despreocupado. No sabía cómo clasificarlo y por supuesto, no estaba convencida de contarle por qué le necesitaba en realidad.

La camarera, una chica joven con un piercing en el labio inferior y un tatuaje en el cuello, medio tapado por su melena morena, les trajo una fuente con media docena de croquetas que tenían un aspecto delicioso. Después, les acercó la botella de vino de Las Moradas y la abrió delante de ellos para, acto seguido, llenar las copas con una generosa dosis. Silvia no pudo resistirse mucho y partió una croqueta por la mitad con el tenedor y se la llevó a la boca. Pronto sintió el sabor de la miel confundiéndose con el lomo y finalmente con el queso de cabra. «Pero qué buenas están», pensó. A continuación, dio otro trago a la copa. Cuando levantó la vista vio cómo Alex la observaba.

—Me alegro de que te guste.

—Lo siento, es que tenía mucha hambre… Están riquísimas, y el vino, buenísimo.

—¿Cuándo me vas a contar cuál es ese castillo tan importante que buscas?

—Cuando me termine las croquetas, no puedo dejar que se enfríen, sería un pecado.

—Lo sé, yo vivo al lado —respondió mientras cogía su copa.

En realidad, Silvia estaba esperando el momento oportuno y las palabras adecuadas para explicarle por qué había recurrido a él. Pero no las encontraba, dudaba si contarle toda la verdad o solo lo estrictamente necesario.

—Necesito identificar este castillo, ¿podrías hacerlo? —Le pasó la foto en blanco y negro.

Alex la examinó y resopló.

—No es fácil, es una fortaleza andalusí, pero ignoro cuál.

—Qué desilusión…

—Es que la foto es vieja y no muy buena, si me das tiempo puede que dé con él.

—En ese caso mejor la guardo yo. —Y Silvia la recuperó.

—¿Y ya está? ¿Tanto para esto?

—Bueno, tengo más castillos… quizá sí puedas identificar estos.

—A ver, enséñame las otras fotos.

—No tengo ninguna foto más —contestó ella.

—No te entiendo.

—Tengo una descripción.

Se quedó varios segundos mirándola.

—¿Qué dice la descripción?

Silvia abrió la cremallera de su chaqueta y sacó de su bolsillo interior un pedazo de papel doblado por la mitad. No era la transcripción entera del manuscrito, solo el primer párrafo que había copiado mientras iba en el taxi.

—Léelo tú mismo.

Los tres reyes respondieron a la cruzada y después de la gran batalla, donde muchos miembros de la orden cayeron, recuperaron su castillo. La torre norte seguía protegida.

Alex releyó de nuevo el trozo de papel y repitió las palabras en su cabeza, «tres reyes…». Aquello era algo muy significativo.

«¿Cuándo se juntaron tres reyes a lo largo de la historia?», se preguntó.

—Sé que ha sido una locura ir a buscarte y pensar que sabrías qué castillos son…

—Espera, espera —la interrumpió Alex—. No he dicho que no pueda hacerlo, pero necesito tiempo, ¡eres muy impaciente! ¿Lo sabías?

—Bueno, acabamos de empezar la botella, aún tienes un rato.

Alex la miró fijamente y terminó por sonreír.

—Bueno, tú dedícate al vino y mientras yo estudio despacio el texto.

—Perfecto, veo que hacemos buen equipo.

Alex repasó la descripción mientras Silvia permanecía callada dando buena cuenta de las croquetas y la botella de vino. El local estaba animado, los camareros no paraban de salir y entrar para servir las mesas de la terraza, llenas hasta los topes. Al otro lado de la calle había un grupo de gente reunida en torno a un chico que tocaba la guitarra. Repasó con la vista los murales con motivos caribeños que adornaban las paredes del bar y pensó que aquel era un buen lugar para traer a Vicky y Marta en una de su cita de los jueves. Seguro que no lo conocían, era original y las croquetas estaban estupendas, por no hablar del vino. Bien podía servir para ganar. Volvió la vista hacia su acompañante y vio que se tocaba el labio con un dedo de la mano, a golpes constantes. Debía de ser una especie de tic que tenía cuando se hallaba concentrado en algo; le hizo gracia y pensó en gastarle una broma, pero viendo lo absorto que estaba se contuvo.

—¿Cuándo hubo tres reyes luchando en una batalla? —preguntó Silvia.

—Eso estoy intentando recordar. Sé que los hubo en una batalla en Marruecos, cuando los portugueses querían conquistar el norte de África y su rey Sebastián y dos reyes moros murieron en la lucha.

—Puede ser esa batalla.

—Sí, pero lo de la cruzada… —Alex no parecía lo suficientemente convencido.

—Claro, las cruzadas fueron en Jerusalén, no en Marruecos —interrumpió Silvia—. Entonces el castillo está en Oriente.

—No, no quiero decir eso. Hubo más cruzadas. Por ejemplo, la cátara en el sur de Francia y también en España.

—¿Aquí?

—Durante la Edad Media, varios reinos dieron rango de cruzada a sus campañas, así conseguían el apoyo del papado y de muchos caballeros europeos que veían a luchar —respondió Alex—. Por ejemplo, la guerra para la conquista de Granada por los Reyes Católicos fue una cruzada.

—Vaya, no lo sabía. ¿Qué más cruzadas hubo?

—Varias, pero… la de las Navas de Tolosa también fue una cruzada, por eso lucharon juntos los reinos de las coronas de Aragón, Castilla y Navarra.

—¡Tres reyes!

—Puede ser, allí lucharon en 1212 los reyes de Castilla, de Aragón y de Navarra. Una de las batallas más relevantes de la historia medieval de Europa.

—Coincide: tres reyes, una batalla, una cruzada —resaltó Silvia eufórica.

—Derrotaron a los almohades, que amenazaban con reconquistar Toledo.

—Me suena…

—Claro, tuvo una importancia crucial. El escudo de Navarra tiene unas cadenas en honor a ella, ya que el emir se hallaba protegido por una muralla de esclavos africanos que permanecían atados con cadenas que les impedían huir, por lo que estaban obligados a luchar hasta la muerte. El rey navarro cortó las cadenas y la joya de color verde del centro del escudo de Navarra era la que llevaba el emir en su corona y se la arrebató.

—Gracias por la clase de historia, pero, ¿puedes identificar también el castillo?

Alex se echó a reír, la ironía de Silvia parecía gustarle.

—A ver, sabemos que es un castillo ganado por los tres reyes, por lo que debe estar cerca del lugar de la batalla, que fue entre las provincias de Ciudad Real y Jaén.

—¿Qué castillos hay en esa zona?

—Déjame pensar… hay muchos. Incluso existe una ruta turística que se llama precisamente «La Ruta de los Castillos y las Batallas».

—¡Vaya!

—Por ejemplo, perviven restos de uno en La Carolina; de hecho, se conoce como castillo de las Navas de Tolosa.

—Entonces tiene que ser ese.

—Puede ser, pero solo quedan algunos fragmentos de las

murallas y de los torreones. Fue desmantelado por los Reyes Católicos cuando avanzó la frontera hacia el reino de Granada.

Alex permanecía inmóvil, con la mirada fija en ninguna parte; parecía como si estuviera repasando todas las imágenes de castillos que había dentro de su cabeza, hasta encontrar el que buscaba.

—Existe otro castillo en Santa Elena. Bastante próximo al lugar donde tuvo lugar la batalla, pero tan solo quedan restos de un torreón.

—Puede ser ese.

—Sí, pero…

—¿Qué? —preguntó Silvia ansiosa.

—Un poco más al norte, ya entrando en Ciudad Real, hay tres importantes castillos de la Orden de Calatrava.

—Me suena, pero no sé mucho sobre ella.

—Una orden militar de origen español, la primera que se creó en exclusiva para defender una ciudad, Calatrava, que era la plaza más fuerte y más avanzada en la lucha contra el islam en la segunda mitad del siglo XII.

—¿Como los templarios?

—No exactamente. El Temple es una de las tres órdenes de Jerusalén. La de Calatrava es exclusiva de España. Y cerca de la batalla de las Navas poseía tres fortalezas.

—¿Por qué piensas que puede ser alguno de esos?

—Porque muchos caballeros de la Orden de Calatrava lucharon y murieron en la batalla de las Navas de Tolosa. Y ante la imposibilidad de defender la frontera, tuvieron que abandonar sus castillos, que cayeron en manos de los musulmanes.

Después de la explicación ambos apuraron su copa de vino. Entonces Silvia miró a su alrededor y sintió como si alguien la observara. Había mucha gente en el bar y la luz no iluminaba demasiado. No se sentía segura y tenía de nuevo un mal presentimiento, así que se levantó de la mesa.

—Me has sido de gran ayuda —dijo algo nerviosa—, pero es tarde y debo marcharme.

—¿Ya? Espera —le pidió Alex, mientras Silvia cogía su bolso—. ¿Por qué buscas ese castillo? ¿Qué tiene que ver con el de la foto?

Silvia lo miró unos instantes, sin saber qué decirle.

—Lo siento, debo irme —repitió, y sacó su cartera.

—Invito yo —replicó Alex—, pero no te vayas.

Silvia negó con la cabeza y se marchó. Cuando llegó a su portal entró con precaución, dejó atrás la muralla árabe y subió con cierto temor de encontrarse algún desconocido. Echó a correr y una vez dentro de su casa atrancó la puerta con una silla y se derrumbó en el sofá del salón. Sacó el manuscrito y la transcripción, y los dejó sobre el sofá. También la foto.

Estuvo repasándolos durante varios minutos, después fue hasta la biblioteca y vio sobre la mesa el libro de los amoríos de Quevedo con la contraportada abierta. Buscó un pequeño maletín en una estantería. Cogió el viejo libro y se sentó de nuevo en el sofá. Con mucho cuidado se dedicó a restaurar la contraportada. Era imposible dejarla como antes, pero al menos el libro no se desharía por completo. Sentía algo especial por él, no en vano le había revelado un secreto que llevaba años, quizá siglos, oculto. Cogió el manuscrito y lo puso junto al libro, y permaneció mirándolos; luego leyó varios capítulos del volumen.

Pocos lectores saben que, en la lectura, cuando leemos algo que ha hecho un protagonista nuestro cerebro responde como si nosotros hubiéramos interpretado la misma acción en la realidad. Esa es una de las características que hacen tan especial la lectura. No es sentarse en el sofá a ver una serie y recibir solo información, sin ningún esfuerzo mental. Leer implica que tu cerebro trabaja, identifica las palabras, su sentido, visualiza los personajes y situaciones en función de tus propias vivencias. Por eso nadie imagina exactamente igual a un mismo personaje. Y por eso hay lecturas distintas, y hay discusiones en los clubes de lectura, y por eso leer es tan maravilloso.

12

Recuerdos

Tras el encuentro en el hotel Westin Palace, Svak tenía una sensación extraña. Alfred Llull era todo menos un tipo vulgar, y su mayordomo o guardaespaldas o lo que fuera resultaba tan siniestro, tenía la mirada tan oscura y el cuerpo tan delgado que parecía un ser de ultratumba.

Cruzó por la plaza Cánovas del Castillo, en cuyo centro estaba la fuente de Neptuno. El dios griego de los mares miraba desafiante, con una culebra enroscada en la mano derecha y el tridente en la izquierda, sobre un carro formado por una concha tirada por dos caballos marinos con cola de pez. Bajó por el bulevar central del paseo del Prado y se detuvo en él. El calor empezaba a ser tan solo un recuerdo en Madrid, el otoño había llegado acelerado y las hojas de los árboles comenzaban a formar un manto en las calles. De todos los árboles, los plataneros de sombra eran los más abundantes. Se sentó en uno de los bancos del paseo y sacó su piedra negra del bolsillo.

Había trabajado para el viejo hacía muchos años, cuando estaba empezando. Por aquel entonces todo el mundo hablaba de él por el famoso robo de uno de los muebles más antiguos de Europa en una catedral del Pirineo. Hacía mucho que no tenía contacto con él, ahora vivía retirado en la costa de Málaga, era ya muy mayor. No en vano había comenzado a robar en España antes de la llegada de la democracia, después de huir de la cárcel en Alemania. En España se especializó en dos habilidades: comprar a pequeños anticuarios y curas poco escrupulosos piezas que luego revendía en el extranjero y expoliar arte antiguo, sobre todo medieval, en ermitas solitarias, monasterios poco vigilados o iglesias de pequeños pueblos de Castilla y León, Aragón, Navarra o Cataluña. Pero él negaba esto último, siempre decía que no robaba, que recogía piezas que la Iglesia no sabía apreciar y tenía abandonadas y las llevaba a coleccionistas que sí las valoraban y las mantendrían impecables. Sin él, afirmaba, muchas de esas obras de arte se hubieran perdido para siempre.

«Los grandes robos de arte nunca se hacen por dinero», le había dicho en una ocasión, y tenía razón. La prensa aseguraba que había robado más de seiscientas piezas por toda Europa. Antes de él, en las iglesias de España se robaban los cepillos, pero él demostró que los santos podían valer mucho mucho dinero. Y todo cambió.

Cuando realizaba algún golpe, le costaba separarse de las obras que robaba. En muchas ocasiones, dormía con ellas porque sabía que nunca más iba a tener en su vida la oportunidad de tenerlas consigo. Robar obras de arte era la profesión más antigua del mundo. Ya sabían de ello en el Egipto de los faraones cuando construyeron las colosales pirámides, que no dejan de ser unas tumbas desproporcionadas, donde los faraones guardaban sus tesoros para que nadie pudiera robarlos.

El viejo le habló del expolio que sufrió España a principios del siglo xx, cuando ni siquiera era necesario robar las piezas. Los españoles las vendían sin miramientos por cuatro duros, la Iglesia participaba del negocio, los funcionarios hacían la vista gorda, los nobles venidos a menos vieron una oportunidad de ganar dinero fácil, incluso el Estado se congratuló de esa fuente de financiación. ¿Para qué servía un castillo medieval en el siglo xx? Y así salieron de España Goyas, Velázquez, piezas de los tartessos, los iberos e infinitos tesoros más.

Una época en la que no era necesario robar para llevarte lo

que no te pertenece. Ahora todo eso había cambiado de forma radical, pero demasiado tarde para muchos.

Alfred Llull parecía uno de esos coleccionistas de antaño que encargaban un robo porque amaban el objeto robado y apreciaban su significado. No quería obras para contemplarlas, sino que lo que parecía importarle era su sentido.

Enfrente del Museo del Prado, un grandilocuente cartel de varios metros de longitud anunciaba que acogía una exposición titulada «El arte del poder».

«Sugerente título», pensó.

Algo intrigado se acercó a las taquillas, que estaban tomadas por un numeroso grupo de turistas, los cuales intuyó que eran de Europa del Norte por su fisonomía. Se habla mucho del Louvre y del British Museum, quizá en número de obras y variedad temática son superiores al museo madrileño. Albergan piezas geniales, pero son artificiales, grandes contenedores de arte. Al menos el Prado tiene un origen, un sentido. Son las colecciones de los antiguos reyes de España. Además, los franceses o ingleses no poseen un recorrido completo por el arte de alguno de los grandes maestros. En cambio, en Madrid están las obras de Goya y Velázquez, todos sus mejores cuadros. En cierto modo, el Prado es el Museo Goya, el Museo Velázquez y el de otros genios.

Es difícil expresar la felicidad de Svak al contemplar los retratos de la duquesa de Alba, *Los fusilamientos del tres de mayo* o *La carga de los mamelucos*, de Goya. Y qué decir de *Los borrachos*, *La fragua de Vulcano*, *La rendición de Breda* y, por supuesto, *Las Meninas*.

Svak accedió y permaneció dos horas recorriendo las salas del museo, y hubiera estado todo el día y el siguiente, de haber sido por él. Pero sabía que debía irse, aquella parada no estaba prevista y ya era hora de marcharse.

Salió del museo y tomó el metro, le gustaba pasar lo más desapercibido posible en las ciudades en las que trabajaba. Una norma básica era moverse entre las masas; coger un taxi solo cuando fuera necesario, un taxista podría identificarlo en un futuro. En el metro nadie se fija en nadie, las personas dejan de ser personas para pasar a ser fantasmas.

Después de viajar durante media hora por las catacumbas de Madrid, salió de nuevo a la superficie en Ventas. Dejó atrás la plaza de toros y prosiguió hasta llegar a un mercado, al lado estaba el pequeño hotel donde se hospedaba. Sencillo y cómodo, con la M-30 cerca, varias líneas de metro y un camino directo hacia el aeropuerto, un lugar perfecto para pasar inadvertido, pero dada la ocasión, también un lugar idóneo para huir.

Desde su habitación, conectado a internet con su portátil, planeó el golpe. Alfred Llull había sido claro, debía ser mañana mismo, costara lo que costase. «Y ya lo creo que le va a costar a ese cabrón», pensó. No es que desconfiara de Alfred Llull, todo lo contrario, sabía que le pagaría y que lo haría bien. Era otra cosa. Le daba miedo y, en la vida, tener miedo es lo peor que te puede pasar.

Cuando terminó los últimos detalles de la operación dejó todo preparado para no perder tiempo al día siguiente y se fue a la cama. Sin embargo, aquella noche no iba a serle tan sencillo dormirse, ya que unos dolorosos recuerdos volvieron a su mente. Buscó la piedra negra que siempre llevaba consigo y acarició su rugosa superficie, como si frotara una lámpara mágica de la que fuera a salir un genio que le concediera el único deseo que tenía: regresar al pasado, a otra época lejana ya. Volvió a ser más joven y a ver el rostro que tanto le había costado olvidar. A pesar del paso del tiempo le había seguido la pista desde la lejanía y sabía que ahora vivía en Madrid. La melancolía es muy peligrosa, unos segundos con ella pueden arruinar la vida de cualquiera. Mañana tenía que realizar un trabajo de vital trascendencia y no pensaba cometer ningún error por nada del mundo, ni siquiera por ella. Pero la tentación era demasiado grande. Dejó la piedra sobre la mesilla e intentó dormir, seguro de que soñaría con ella.

13

La calle Argumosa

Al despertarse, Silvia tenía un mensaje de Jaime en su móvil.

Ns vemos hoy. T invito a comer en el Gala. Bs

Eran las once de la mañana, en su memoria todavía estaba el encuentro con Alex y la información que le había proporcionado acerca del castillo del pasaje. Se levantó y puso una cápsula de café en su Nespresso, regalo de sus amigas por su último cumpleaños. La transcripción del manuscrito realizada por Blas seguía en su mesa, junto al libro de Quevedo. Necesitaba despertarse, así que fue a su portátil y buscó algo de música para animarse. Pronto sonó una canción belga de Plastic Bertrand.

Wam! Bam!
Mon chat Splash
Gît sur mon lit

Mientras la canción despertaba sus neuronas y la cafeína empezaba a correr por sus venas, pensó que debería llamar a Blas para contarle sus progresos, pero no quería molestarle un sábado.

Tampoco le apetecía estar sola, así que cogió el móvil para contestar a Jaime y aceptar su invitación para comer, no tenía nada mejor que hacer. La arrocería Gala estaba en la calle Moratín, en el barrio de las Letras. Era un local de estilo modernista con un patio interior climatizado, con frondosas enredaderas, altas palmeras, mesas de hierro y sillas de mimbre. Tenían abundante variedad de arroces y calderetas. Solían ir allí de vez en cuando, el ambiente era agradable; normalmente había que reservar, pero con un poco de pericia resultaba fácil colarse.

Jaime estaba bastante guapo aquel día, con una camisa blanca y un pantalón de pinzas claro. Silvia llevaba un vestido blanco de Dolores Promesas, un pañuelo negro sobre su cuello, una chaqueta de cuero negra y unos zapatos negros de Clarks, con un buen tacón. Pero lo que más destacaba en su atuendo era un bolso marrón con tachuelas de Bimba & Lola.

Eligieron un arroz caldoso para dos, con una botella de verdejo. En aquel sitio el arroz siempre estaba en su punto y el ambiente era distendido. Jaime seguía tan poco interesante como de costumbre. Habló de su aburrido trabajo todo lo que quiso y más. Al parecer, estaban a punto de cambiarle de puesto y eso le irritaba. Aunque ella no sabía por qué, un cambio siempre es positivo, no hay nada más tedioso que hacer siempre lo mismo.

A pesar de todo, la comida fue entretenida. Cuando bebía un poco, Jaime se soltaba y era bastante divertido. Pero al terminar a Silvia no le apetecía seguir la sobremesa con él, tenía otras cosas en la cabeza. Él insistió. Sin embargo, Silvia consiguió escaparse con la excusa de que no se sentía bien. Cuando dejó a Jaime cerca de la calle de Atocha, decidió volver a casa a pie.

La realidad es que no se había quitado de la cabeza el primer castillo del manuscrito. Decidió llamar a Blas, pero este no contestó. Después de mucho pensarlo, recordó que Alex había dicho que vivía cerca del restaurante de ayer. Así que, si se acercaba, podría preguntar allí y, con un poco de suerte, alguien le diría dónde vivía. Por lo que bajó por la calle de Atocha, luego giró a la derecha antes de llegar al Reina Sofía y dio con facilidad a la calle de Argumosa, casi a la altura de La Buga del Lobo. La terraza volvía a estar llena, había mucha gente joven. Antes de preguntar a nadie buscó la moto de Alex en la acera donde la había aparcado la noche anterior, seguía allí. Preguntó al camarero si conocía al dueño de la moto, pero solo obtuvo una negación por respuesta. Al ver a la camarera del piercing que los había atendido la noche anterior, sirviendo en las mesas de la terraza, lo intentó con ella, pero no obtuvo mucha ayuda.

—¿Busca a Alex?

Silvia se volvió; desde una de las mesas de la terraza un hombre mayor, con el pelo canoso y una amplia sonrisa, la miraba expectante. Tenía los ojos diminutos, quizá porque las grandes arrugas que se formaban en su rostro al sonreír los escondían.

—Sí, busco al dueño de aquella moto.

—Alex —dijo el viejo asintiendo—, el de los castillos.

—Sí, sí, ese.

—No está, salió hace un par de horas.

—¿Lo conoce? —preguntó Silvia—. Necesito hablar con él.

—Yo conozco a todo el mundo que vive aquí —respondió el viejo—. Me llamo Santos Real. Si desea hablar con él, me temo que tendrá que esperar. Mientras llega puede sentarse conmigo y hacerme compañía.

Silvia dudo qué hacer.

—¿No tiene el número de su móvil?

—No. Yo no tengo teléfono.

—¿Y sabe cuándo volverá?

—No.

—¿Y en qué casa vive?

—En ese portal de enfrente.

—¿Sabe en qué piso?

—No.

—¿Usted nunca dice que sí?

—No, hay que tener cuidado al decir «sí», niña. La última vez que lo dije fue en mi boda. Es peligrosísimo —afirmó agitando la mano en el aire—. Para casarte deberías pasar un examen, como para el carnet de conducir.

Silvia se quedó sorprendida con aquel simpático viejo.

—¿Cómo ha dicho que se llamaba?

—Santos, ¿y usted, señorita?

—Silvia —le respondió—. ¿Puedo sentarme con usted?

—Hace un rato que se lo he propuesto. ¿Qué quiere beber? —le preguntó Santos.

—Un mosto estaría bien.

—Camarera, un vino tinto.

—Pero si le he dicho un…

—Anoche les vi cenando y, o mucho me falla la vista, o se acabaron ustedes solos una botella de vino —la interrumpió—. No se escandalice, ya le he dicho que vivo aquí. No trabajo, estoy jubilado y tengo mucho tiempo libre. No entiendo a la gente que le gusta trabajar, aquella que dice que el trabajo dignifica, que se lamenta de qué haríamos si no trabajáramos, que se aburrirían…; tonterías. Si trabajamos es porque nos pagan, de lo contrario no lo haríamos. Yo me siento en ese banco de enfrente o aquí tomando algo y veo la gente pasar, y soy feliz, no necesito trabajar. ¡Qué coño, no quiero trabajar!

—¿Usted siempre es tan hablador?

—No, pero sí que intento estar siempre contento, porque mi mayor alegría es despertarme y ver que sigo vivo, así que desde que me levanto estoy alegre y por eso hablo tanto. Bueno, por eso y por la sangre de Cristo.

La camarera trajo el vino tinto a Silvia.

—¿Va usted mucho a misa?

—Si el vino de bendecir se lo dieran a él, seguro que iba. Cuidadito con este, que tiene más peligro… —la previno la camarera.

—Se llama Sandra —dijo Santos señalando a la camarera que ya se iba—, es un cielo. Está enamorada de mí, pero todavía no lo sabe.

Silvia no pudo contener su risa.

—¿No me cree? La mejor manera de conquistar a una mujer es haciéndola reír —comentó Santos con rostro de satisfacción.

—Vaya, ahí le doy la razón.

—Usted parece buena persona, pero algo desconfiada, como si no se fiara de la gente, sobre todo de la que tiene más cerca, ¿verdad?

Silvia cambió la expresión de su rostro. ¿Cómo aquel hombre al que apenas conocía había podido describirla tan bien?

—Yo creo que lo que necesita es confiar más en usted misma.

—¿Conoce bien a Alex? —preguntó para cambiar de tema.

—Sí, claro. Lo conozco desde que era un crío y vivía aquí con sus padres —el viejo cambió el tono de su voz—, hace ya mucho de aquello. Al morir su padre se marcharon, pero siempre tuvieron la casa y hace unos años él volvió. Es un chico, hum, cómo le diría yo, es un chico especial, diferente.

—Le he escuchado en la radio.

—Yo también —dijo riéndose—, todos los viernes a las seis de la tarde. —Santos le señaló con su mano al otro lado de la calle—. Ha tenido suerte, ahí está Alex.

En esos momentos abría la puerta de la que debía ser su casa, así que Silvia se levantó de forma apresurada.

—Muchas gracias por todo, ha sido un placer conocerle.

—De nada, señorita, ya sabe dónde estoy por si necesita algo.

Alex entró al portal y Silvia, tras cruzar la calle, apenas consiguió llegar antes de que la puerta se cerrara. Lo encontró esperando el ascensor y su cara cambio por completo.

—¡Silvia! —exclamó sorprendido—. ¿Qué haces aquí?

—Me gustaron mucho las croquetas y he vuelto a por más.

Durante unos instantes Alex no dijo nada.

—Ayer te fuiste muy rápido.

—Lo siento, estaba nerviosa —se excusó Silvia—, no es mi mejor semana.

Alex la observó sin decir nada, pero con una mirada de desconfianza.

—La verdad es que necesito que me digas de qué castillo en concreto habla el pasaje que te mostré.

—Lo siento, pero va a ser que no.

—Por favor, creo que estoy metida en un lío.

—¿Por qué?

—No lo sé todavía, pero hay algo extraño en ese manuscrito…

—¿En qué manuscrito?

Silvia se dio cuenta de que debía contárselo si quería su ayuda.

14

El encargo

A las nueve de la mañana Svak esperaba junto al Teatro Real observando cómo la boca del metro escupía gente sin cesar. Levantó la mirada hacia el cielo, las nubes corrían de forma apresurada, como si también tuvieran que ir a trabajar. Entonces la vio, era ella. Habían pasado varios años, pero seguía igual. El pelo moreno y recogido, los ojos grandes y brillantes. Una americana azul y un pantalón gris, tan elegante como siempre. Pensó en permanecer allí oculto. Pero su corazón pudo más que su mente y la siguió con disimulo, sin que se diera cuenta de su presencia. No era la primera vez. Cuando se separaron, solía observarla a ella y a su hija desde la distancia. Siempre oculto. Pero hacía ya tiempo de aquello, las cosas habían cambiado, él había cambiado mucho, quizá demasiado. Al llegar a la calle Mayor, aceleró el ritmo, adelantó a varios peatones con aspecto de turistas, inspiró profundamente y se dirigió hacia ella sin más defensa que sus esperanzas. No tuvo que decir nada, la mujer se giró con la mirada encendida, como si hubiera sido capaz de detectar su presencia.

—¿Qué haces aquí?

—Hola, yo también me alegro de verte.

—¡No me jodas! ¿Qué coño haces aquí? —repitió lentamente.

—Quería verte.

—¿Para qué?

—Quería ver cómo estabas y… —dudó sobre lo que iba a decir a continuación— preguntarte por Blanca.

—¿Cómo te atreves? —dijo en voz alta la mujer, que luego miró a su alrededor y bajó el tono—. Te dejé muy claro que no quería que volviéramos a vernos nunca más. Y menos que te acercaras a la niña.

—Lo sé, pero…

—Nos estás poniendo en peligro a las dos otra vez.

—Perdona, necesitaba veros.

—Si te acercas a Blanca te mataré yo misma, ¿entendido?

—Lo siento. —Svak dio un paso atrás—. ¿Os llega el dinero? ¿Necesitáis más?

—Tú y tu maldito dinero. Todo lo arreglas así. —La mujer empezó a llorar—. ¡Joder! Sí, nos llega. Estoy llevando a la niña al mejor psicólogo de Madrid y está mejorando. Pero no por eso voy a perdonarte por lo que pasó aquella noche.

—Nadie lo siente más que yo.

—¡Blanca! Ella lo siente mucho más que tú. —Echó a andar sin dejar de hablar—. Todas las noches lo siente cuando se va a dormir. Desde aquel maldito día en que entraron a por ese cuadro no ha vuelto a ser la misma. Me habías prometido dejarlo y me engañaste, te recuerdo que casi nos matan, y tú no estabas allí.

—Voy a dejarlo.

—Sí, claro, por eso vas así vestido —gruñó la mujer señalando el elegante traje de Svak y continuó andando entre la gente—. Hoy vas a dar otro de tus golpes.

—No es lo que tú crees.

—Ya, nunca es lo que yo creo.

—Solo lo hago para poder enviaros dinero a ti y a la niña —se defendió Svak— y no es ningún golpe, es un encargo sin peligro. El último.

—No te creo —murmuró la mujer mientras seguía llorando.

—Te lo prometo, confía en mí. —Svak aumentó el ritmo y se

acercó de nuevo a ella—. Voy a dejarlo, tengo suficiente dinero para hacerlo y manteneros.

La mujer no impidió que se aproximara a ella, su rostro se relajó y dejó de llorar. Estaban frente al mercado de San Miguel, un olor dulce inundaba el ambiente. Svak cogió su mano muy despacio.

—No —dijo de repente—. ¡Déjame! ¡Olvídate de nosotras! —Los gritos llamaron la atención de la mayoría de los clientes que entraban en el mercado—. Márchate y no te acerques a Blanca. Si tanto la quieres, déjala vivir en paz.

Svak observó cómo todo el mundo lo miraba, eso era lo que no podía permitirse, llamar la atención, y ella lo sabía. Dio varios pasos hacia atrás, cruzó una vez más la mirada con la mujer y luego se perdió entre la multitud camino de la plaza Mayor. Al llegar al gran espacio abierto, símbolo del Madrid de la época de los Austrias, se sintió más seguro. Sin embargo, una enorme melancolía trepaba por su pecho como si de un animal se tratara. Intentó tranquilizarse. Sacó la piedra negra de su bolsillo y la acarició en su mano. Era un pedazo de obsidiana negro con el que su hija solía jugar cuando era muy pequeña. Aquella piedra había atraído a Blanca desde el primer instante que la vio. Cuando empezó a hablar la cosa no cambió, siguió unida a aquella piedra. Blanca decía que tenía poderes mágicos. Cuando él se fue, su hija se la regaló. Desde entonces estaba convencido de que, en efecto, era una piedra mágica, que tenía el poder de hacerle sentir que estaba cerca de ella.

A las once de la mañana del lunes, un hombre vestido de manera impecable, con traje oscuro y corbata a juego, con un maletín negro en la mano derecha y un periódico enrollado en la izquierda, subió la escalinata de la Biblioteca Nacional. Pasó entre las estatuas que la presidían y se identificó ante el vigilante como don Talin Harvinsson, doctor en Paleografía y enviado de la Universidad de Estocolmo. Sabía hacer su papel, enfatizaba su acento y aspecto extranjero, y además tenía buena presencia. «¿Por qué la gente se fía siempre de un hombre con traje?», se preguntaba cada vez que daba un golpe. Los mayores ladrones de la historia siempre han llevado traje y corbata, y siguen llevándolo.

Después de que comprobaran su documentación, pasó el maletín por el escáner mientras dejaba sus objetos personales y el periódico en una bandeja. Una vez dentro, bajó al primer sótano. Utilizó el argumento de que era un experto en simbología y paleografía ante la responsable de relaciones institucionales del centro, una mujer alta y esbelta, de unos cincuenta años, con el pelo corto y rubio, aunque claramente teñido. Tenía pinta de ser todo un carácter. La mujer lo examinó de arriba abajo y le preguntó de nuevo por su procedencia. Después de unos minutos de interrogatorio, accedió a ayudarle. Y él solicitó hablar con Blas González.

—Es toda una eminencia en el tema en el que estoy trabajando. Como estoy de paso en Madrid, se me ha ocurrido visitarle. Ya sé que no es lo habitual, pero la Universidad de Estocolmo está muy interesada en una investigación de códices medievales y pensamos que el señor González puede ser una estimable ayuda. Solo necesito hablar con él unos minutos.

—Está bien —aceptó la mujer—, no sabía que Blas tuviera tan buena reputación fuera de nuestras fronteras. Es una persona bastante mayor, pero todo un profesional. Seguro que puede atenderle.

—Muchas gracias.

La mujer descolgó el teléfono y marcó un número.

—Blas, hay un profesor de la Universidad de Estocolmo que desea verte.

Mientras la responsable de instituciones contaba a Blas lo mismo que le había dicho el falso Talin Harvinsson hacía unos instantes, este examinó un plano de los sótanos del edificio que había colgado sobre la pared.

—Blas le atenderá ahora mismo.

—Muchas gracias, son muy amables. Esta biblioteca posee uno de los fondos de libros antiguos más importantes del mundo, en Estocolmo la admiramos mucho. —«La vanidad es un pecado demasiado común», pensó.

—Muchas gracias, señor Harvinsson. Mi secretaria, María Ángeles, le acompañará hasta la mesa de mi colega.

—Ha sido un placer.

—Si necesita alguna cosa no dude en pedírmela —dijo la mujer de forma amable.

—Así lo haré.

Al salir del despacho, otra mujer, más baja y corpulenta pero más o menos de la misma edad que la anterior, le estaba esperando. De manera cortés, le acompañó por el ascensor hasta el primer sótano. Después le llevó por un pasillo hasta una reducida sala. Caminaron hasta el centro y allí pudo ver a un hombre mayor revisando unos documentos. Al verlos llegar, él los escondió de forma precipitada en el cajón de su mesa, cerrándolo con llave. Y alzó la vista.

Svak vio los ojos de un cordero antes de entrar al matadero.

15

Luces de bohemia

Cuando Silvia entró en el piso de Alex no puedo evitar la cara de sorpresa. Había un espacioso salón, cuya pared principal estaba forrada por una gran imagen que la cubría totalmente. Se trataba de una reproducción de un cuadro que representaba una mujer desnuda, tumbada, con los ojos almendrados, el cuello alargado y la cabeza estilizada al máximo, con una expresión en el rostro de profunda melancolía.

—Es de Modigliani, el príncipe de Montparnasse —explicó Alex—. Estuvo en un panel de anuncios en París, dando a conocer una exposición sobre este pintor en el Petit Palais hace varios años. Lo compré por internet en una subasta.

—¿En serio? —Si Silvia le contara que ella era una experta en esos menesteres…

—Me encanta el tamaño, las pupilas de la mujer son tan grandes como una cabeza. A mí me gusta.

«Y a mí también», pensó Silvia, que enseguida puso a funcionar su radar de libros.

A la izquierda había una pila, que se levantaba un metro del suelo, sobre la que había colocada una pequeña lámpara con el *skyline* de Nueva York grabado en la tulipa metálica. Leyó los lomos, casi todo parecía ensayo.

Esto decía mucho de él, leer novela suele ser fácil y placentero. Hoy en día, muchos los han abandonado, se creen que con internet las obras de ensayo ya no sirven para nada. ¡Craso error! Es cierto que puedes buscar un término en la red, ella misma había indagado sobre los castillos antes de acudir a él. Pero internet no te da la visión global de un ensayo, no te habla de lo que rodea a los castillos, no te da su opinión. Además, ella sabía por propia experiencia que leer ensayos te hace pensar en cosas en las que nunca antes habías reparado.

No obstante, su radar librófilo, si es que esa palabra existe realmente, encontró nuevos sujetos en la estantería del pasillo. La pared de la derecha contaba con dos generosos ventanales por donde entraba abundante luz. Enfrente del Modigliani había un sofá naranja alargado y delante, una mesa de madera formada por una antigua puerta a la que le habían colocado un cristal encima. Sobre ella se amontonaban cantidad de libros y también debajo y junto al televisor. Aquel hombre era un buen lector y sí, leía también novela. Y de distintos géneros, eso era fundamental para ella, no le gustaba la gente que solo lee sobre una temática. Es como si te gusta la tarta de queso, que a ella le encantaba, y te la comes todos los días de postre. ¡Pues no!

A Silvia le agradaba el piso, no parecía que ningún objeto hubiera sido comprado en Ikea.

«Lo cual le da mucho mérito al chico de los castillos, porque hoy en día no hay casa que no tenga una mesilla, un armario, la cubertería, las velas, hasta sábanas de la cama o, incluso, las perchas y las plantas compradas en la tienda sueca», dijo para sí misma.

Pero donde más libros descubrió fue en la otra pared del salón, que estaba formada por una librería que la cubría en su totalidad, desde el suelo hasta llegar al alto techo. Era una auténtica muralla de libros.

«Este es de los míos», pensó.

Silvia se aproximó y leyó el título de varios de ellos: *La sombra del viento*, *Alicia en el País de las Maravillas* y de repente... *Spiderman*, *Wonder Woman*.

—¿Superhéroes?

—¿Por qué no?

—¿Y esto? —Tomó un libro de Astérix y Obélix.

—Crecí con ellos.

Silvia siguió escudriñando la librería, era algo que no podía evitar. Deformación profesional, le gustaba decir.

—Los libros que leemos dicen mucho de las personas, incluso los que no leemos pero sí tenemos en casa.

—¿Cómo es eso?

—Los libros que tenemos y no leemos nos hablan de las cosas que nos gustan, de nuestros deseos, de nuestros sueños… A veces incluso de nuestros secretos ocultos.

—Me estás empezando a dar miedo.

—A mí es que me encantan las bibliotecas, no hay nada más emocionante que terminar un libro y caminar hasta tus estantes para descubrir qué vas a leer a continuación.

—¿Tanto te gusta leer? —preguntó Alex.

—Sí —asintió lanzando un suspiro—, leer transforma nuestra propia personalidad. A todos nos ha marcado un libro, uno que ha conseguido cambiar nuestra particular percepción de la vida. Tal vez nos ha endurecido el carácter, o nos ha hecho más precavidos, o más sensibles y con tendencia a enamorarnos con más facilidad.

—¿Eso te ha pasado a ti? —Alex ladeó la cabeza sabiendo que estaba siendo un poco entrometido.

—Más bien lo contrario. —Silvia continuó con su escrutinio—. *Leyendas de los castillos españoles*, *Ruta por los castillos de Castilla y León*. ¿Por qué te gustan tanto los castillos? —preguntó mientras seguía leyendo los títulos de los libros a la vez que pasaba los dedos por sus lomos—. Hay muchos libros sobre ellos.

—Es una afición que tengo desde niño —se limitó a responder—, ¿y tú? ¿Siempre haces un test bibliófilo a la gente?

—No siempre. ¿Sabías que antiguamente los libros se colocaban al revés?

—Sí, pero no sé por qué.

—Para que respiren, de esta manera el aire puede entrar entre las páginas. Además, así eran más fáciles de clasificar, porque podían escribir los títulos en esta parte. No tenían lomo y, como estaban encuadernados con piel oscura, era complicado grabarlo ahí. En cambio, por esta parte que forman los cantos de las propias páginas, al ser blanca, podían anotar lo que quisieran.

Silvia se volvió y siguió analizando el piso. Sobre una de las paredes había dos pequeñas fotografías enmarcadas. Se aproximó a ellas para verlas mejor. En la primera, la que a todas luces era más antigua, salían retratados un hombre junto a un niño con una gorra roja; detrás de ellos se veía una torre medieval. La otra imagen era más reciente, en ella aparecía Alex vestido con un traje negro junto a otros hombres sonrientes en una mesa como las que se utilizan en las conferencias; se diría que se trataba de una especie de presentación de algo importante.

—¿Ahora vas a inspeccionar el resto de la casa? —Alex se rio—. Anda, deja el bolso y la chaqueta. ¿Quieres algo de beber? —preguntó mientras iba hacia la cocina americana que se abría al salón.

—¿Tienes vino? —preguntó Silvia, que transigió y dejó su chaqueta de cuero y su bolso marrón con tachuelas de Bimba & Lola sobre la mesa, mientras se sentaba en el sofá del salón.

—La duda ofende, esta es una casa seria. ¿Tinto o blanco? ¿Qué te apetece?

—Sorpréndeme.

—No me lo digas dos veces.

—Tú mismo.

Alex sintió como si aquello fuera un reto, y no dudó en aceptarlo. Sacó dos grandes copas de uno de los armarios de la cocina y una botella de Tres Picos.

—Necesito que me digas cuál es el castillo del texto.

—De acuerdo —respondió Alex sonriendo—, déjamelo de nuevo.

Silvia cogió su chaqueta y tuvo mucho cuidado en entregarle

solo el papel donde había copiado el primer párrafo, manteniendo la transcripción del manuscrito en el bolsillo. Durante unos instantes el hombre de los castillos leyó varias veces el texto. A continuación se incorporó, fue hacia la biblioteca y buscó entre los numerosos libros, hasta que alargó el brazo y sacó una publicación voluminosa, con la tapa blanca. Se mantuvo de pie buscando entre sus páginas y cuando encontró lo que quería, volvió al sofá.

—Es un monográfico sobre las fortificaciones de Castilla-La Mancha que se editó hace poco y que fue realizado por la Asociación Española de Amigos de los Castillos.

Silvia puso una cara inexpresiva.

—Son los mayores expertos en fortificaciones y castellología de España.

—¿Castellología? —interrumpió Silvia sorprendida—. ¿Esa palabra existe o te la acabas de inventar?

—¡Silvia! Claro que existe. Mira, el castillo de Salvatierra —contestó Alex sin levantar la vista— no fue conquistado definitivamente por los cristianos hasta 1226.

—¿Y? ¿Eso qué quiere decir?

—Tu texto dice: «Los tres reyes respondieron a la cruzada». Esto nos sitúa en la batalla de las Navas de Tolosa, con los reyes de Castilla, de Navarra y de Aragón. Y si la batalla fue en 1212, entonces el castillo de Salvatierra lo tenemos que descartar.

Silvia asintió con la cabeza.

—El texto sigue con «después de la gran batalla, donde muchos miembros de la orden cayeron», lo que nos dice que eran caballeros de una de las órdenes militares, y como luego explica que «recuperaron su castillo», tiene que ser la Orden de Calatrava, que era la que poseía fortalezas en la zona. Por eso te dije que debía de ser alguno de los tres castillos calatravos que hay cerca de la zona de las Navas de Tolosa.

—Sí, hasta ahí lo entiendo.

—Ahora nos quedan dos posibles opciones: el castillo de Calatrava la Vieja y el de Calatrava la Nueva —precisó Alex—.

Tenemos claro que el texto viene a decir que recuperan el castillo después de la batalla. El primero fue conquistado pocos días antes de la batalla de las Navas de Tolosa.

—¿Y el de Calatrava la Nueva? —preguntó Silvia muy nerviosa.

—Espera a ver. El libro está clasificado por periodos históricos. El de Calatrava la Vieja es islámico, pero el de Calatrava la Nueva pertenece a la época de las órdenes militares.

Silvia observaba impaciente como Alex pasaba las hojas.

—Aquí está Calatrava la Nueva —murmuró él mientras leía el amplio texto de la publicación—. Según dice, este castillo no se levantó hasta 1217. Más tarde se convirtió en el núcleo central de lo que sería la poderosísima Orden de Calatrava.

—Entonces no es ninguno, uno lo conquistaron antes y los otros dos los construyeron después.

—No sé, espera que lea un poco más —advirtió Alex algo preocupado—. Explica que es probable que donde está construido el castillo de Calatrava la Nueva hubiera otro anterior o, incluso, que ya se hubiese empezado a trabajar en él antes de la batalla.

—¡Alex! ¿Es el qué buscamos o no?

—Creo que sí. La última frase es a la que no le encuentro ningún significado concreto: «La torre norte seguía protegida». Ignoro qué de especial puede haber en esa torre. En este libro no veo que se mencione nada reseñable. Habría que ir hasta allí y verlo, no se me ocurre otra cosa.

Silvia tuvo mucho cuidado a la hora de responder. Apreciaba la ayuda de Alex, pero no pensaba revelarle la existencia del manuscrito. Necesitaba hablar con Blas.

—Si de verdad ese es el castillo… te debo una muy grande —dijo levantándose del sofá—. Muchas gracias por la ayuda.

—¿Te vas? ¿De nuevo me abandonas? —El rostro de Alex delataba que no podía creer que fuera a dejarle plantado otra vez.

—Lo siento, pero tengo cosas que hacer —respondió Silvia mientras se ponía la chaqueta y cogía su bolso—. Gracias por todo. El vino es excelente y agradezco infinitamente tu ayuda, pero debo irme.

Silvia sabía cómo escapar de situaciones como esta; eran ya muchos años saliendo airosa de citas extrañas, novios pesados y borrachos como para no ser capaz de huir de aquel piso con suma facilidad.

—Me has ayudado mucho y me ha parecido fantástico todo: el vino, la conversación y tus libros —expresó Silvia con cara de no haber roto nunca un plato mientras se escapaba hacia la puerta sin que él pudiera hacer nada por impedirlo—. Hasta pronto.

—*Ciao* —la despidió Alex, quien se quedó solo en el piso cuando ella cerró la puerta.

Mientras bajaba, Silvia pensó que quizá estuviera haciendo mal. ¿Por qué no podía contarle lo del manuscrito? Parecía un chico inteligente y sensato. Pero algo le decía que no debía fiarse de él, quizá fuese demasiado listo. Como siempre, desconfiaba de todo el mundo, no podía evitarlo.

Una vez fuera del inmueble, llamó a Blas. Lo intentó varias veces pero no logró hablar con él. Cruzó la calle Argumosa y pasó al lado de La Buga del Lobo en dirección al edificio del museo de arte contemporáneo Reina Sofía. A unos metros, en un banco, se encontró sentado a Santos.

—Hola. ¿Qué tal? —preguntó Silvia.

—Muy bien, señorita. ¿Cómo ha ido la cita?

Silvia se rio.

—No era una cita. Solo quería que me ayudara con un asunto.

—¿Y lo ha hecho?

—Lo cierto es que sí y muy bien —respondió algo contrariada—. Usted lo conoce bastante, ¿verdad?

—¿A Alex? Sí, claro. Ya le dije que yo conozco a todo el mundo aquí.

Entonces Silvia sintió que unos ojos se clavaban en su espalda, como si alguien la estuviese observando, y se giró. Juraría que había visto cómo una sombra la seguía, escondida justo detrás de la esquina de la calle, pero no podía ser. «¿Quién me va a seguir a mí?», se dijo.

—¿Ha visto un fantasma? Tiene el rostro muy pálido. ¿Está usted bien?

—Sí, no se preocupe.

—Yo a veces también veo fantasmas, más de las que desearía —comentó Santos—. Lo que todavía no he visto es a un extraterrestre.

—Yo tampoco.

—¿Sabe por qué todavía no nos ha visitado ningún extraterrestre? —preguntó Santos ante la mirada sorprendida de Silvia, que negó con la cabeza.

—¿Quién sabe? Supongo que quizá estemos solos —afirmó ella, todavía preocupada por la extraña sombra que había creído ver.

—No podemos ser tan egocéntricos, hace mucho tiempo que Galileo descubrió que el universo dejó de girar en torno a la Tierra. Dicen que la razón por la que no ha venido ningún extraterrestre no es porque no existan, que seguro que los hay, sino porque cuando una civilización alcanza un avanzado nivel de desarrollo, como la nuestra hará dentro de poco, se vuelve inestable y se autodestruye —explicó Santos mientras se liaba un cigarro—. Pero yo creo que hay otras razones por las que no nos han venido a ver.

—¿Cuáles?

—Que somos poco relevantes; a la marcha que llevamos pronto desapareceremos, tantas guerras, hambre, religiones… Aunque esto no pasará por lo menos hasta dentro de cien años y, claro, yo ya no viviré para verlo. Así que no me preocupa lo más mínimo.

—Usted aún es joven.

—Ojalá, pero no. ¿Sabe por qué lo sé? Porque antes cuando pasaba delante de una funeraria me daba mal fario, ahora me da miedo.

—No diga eso.

—Solo pensamos en la muerte cuando la vemos cerca, solo hay que fijarse en las iglesias, llenas de gente mayor. Algunos creen que es porque son tradicionales, pero no es así. Conozco a muchos de ellos: de jóvenes eran los más ateos, ahora son más devotos que el papa. El miedo a la muerte, eso lo cambia todo. Cuando la ves cerca necesitas creer, y eso es bueno. Al menos los rezos calman tu miedo, mejor eso que vivir con temor. ¿Ha vivido usted alguna vez con miedo? No se lo recomiendo, los días se hacen largos.

—Me voy, me están esperando.

Santos asintió.

—Tenga cuidado con los fantasmas, esos sí que vienen a veces a visitarnos.

Se marchó y una vez en casa siguió dándole vueltas al manuscrito. Volvió a llamar a Blas, pero no había manera de que cogiera el teléfono. Se quitó el reloj de pulsera de su padre y pensó en él. Pensaba mucho en su padre, sentía que aunque había fallecido estaba a su lado. Era una intuición, pero la realidad es que lo sentía cerca de ella. Ojalá fuera verdad.

16

La sombra

Al subir la escalinata Carlos, el vigilante, le lanzó una mirada cómplice. Silvia llegaba tarde al trabajo. Descendió hasta el segundo sótano de la Biblioteca Nacional y se deslizó hasta su mesa, intentando pasar lo más desapercibida posible, sobre todo para Pilar Fernández. Esperaba que su jefa no se percatara de su hora de llegada. Mucha gente todavía estaba tomando el primer café de la mañana, por lo que su retraso tampoco fue muy evidente. Una vez encendido el ordenador, recordó que no sabía nada de Blas y lo llamó por la línea interna, pero no respondió. «Estará tomando café», pensó. Al fondo de la sala notó cómo María Ángeles la vigilaba desde su mesa, pero se comportó como si no se hubiera dado cuenta y empezó a trabajar. Contestó e-mails retrasados y terminó un dossier sobre una futura exposición de libros prohibidos que se ocultaban en lugares secretos de las bibliotecas y que se conocían como «infierno». Un tema apasionante que le distrajo hasta la hora del almuerzo, que se limitaba a una visita a una de las máquinas de vending de la primera planta.

«¿Por qué hoy en día todo lleva pavo? ¿Y por qué el pavo sabe tan poco a pavo? —pensó—. Cuando era niña, nunca se comía pavo». El pan estaba muy seco y el pavo ni siquiera se lo terminó. Cuando iba a por un café, le sonó el móvil. Era Jaime.

—¿Qué querrá? —murmuró.

Dudó si cogerlo o no, entretanto el teléfono dio más de una docena de tonos.

—Hola, Jaime, perdona es que estoy muy liada. Sí, sí... ya. —Jaime empezó a contarle un rollo de por qué no la había llamado—. De verdad, no es el momento. Estoy hasta arriba... Mira, luego hablamos. No te enfades... bueno, pues adiós.

Se quedó mirando el móvil con la certidumbre de que había metido la pata y de que Jaime tenía razón. Cuando levantó la vista María Ángeles se había dado la vuelta y ya no la vigilaba. Más tranquila, reflexionó sobre todo lo sucedido la noche anterior. Cogió un boli y empezó a garabatear unos dibujos en un folio, a la vez que pensaba en sus dos encuentros con aquella sombra, primero en su piso y luego en la calle. Entonces, las imágenes de Alex se hicieron más claras, así que cogió el teléfono y se dispuso a llamarle, pero se dio cuenta de que no tenía su número. «¡Qué tonta soy!», pensó.

Llamó a Vicky y no obtuvo respuesta de su amiga. Cuando levantó la cabeza de la mesa, se encontró frente a un hombre alto y fuerte, de pelo castaño y ojos grandes, bastante atractivo y bien vestido. Detrás de él aparecieron dos agentes de policía de menor estatura y corpulencia.

—¿Señorita Rubio? —preguntó—. ¿Silvia Rubio?

—Sí, soy yo. ¿Ocurre algo? ¿Han encontrado al asaltante de mi piso?

—¿A quién?

—¿No vienen por eso?

—Soy Daniel Torralba, inspector de policía —dijo el hombre corpulento enseñando su placa—. ¿Conoce a Blas González?

—¡Blas! —Jamás hubiera pensado que le preguntarían por su amigo—. Sí, claro. ¿Por qué? ¿Le ha pasado algo?

—¿Cuándo fue la última vez que lo vio?

—Ayer, tomamos un café juntos a la hora del almuerzo —respondió Silvia algo nerviosa.

—¿Puede decirme dónde?

—En el pabellón de El Espejo, aquí al lado. Pueden comprobarlo si quieren.

El inspector Torralba hizo un gesto con la cabeza a uno de sus hombres.

—Lo haremos —respondió—. Y después, ¿no volvió a verlo?

—No.

—Ya veo —dijo el inspector mientras sacaba una libreta del bolsillo de su chaqueta y la comprobaba—. ¿Y tampoco habló con él por teléfono?

—No, no he sabido nada de él desde entonces.

—¿Y tiene alguna idea de dónde puede estar?

—¿A qué se refiere? ¿Ha desaparecido?

—Me temo que sí, nadie lo ha visto desde ayer al mediodía —respondió el inspector mientras seguía ojeando su libreta—. Aunque no han pasado las cuarenta y ocho horas establecidas, su mujer está preocupada y ha denunciado la desaparición. ¿Usted sabe si andaba metido en algo?

—¿En qué?

—Eso es lo que queremos averiguar —aclaró el inspector Torralba con una sonrisa—. Ayer vino a visitarlo un experto en paleografía de Estocolmo. Según dicen sus compañeros, debía ser una persona importante. Pero no conseguimos identificar a ese individuo. Al parecer el señor González le enseñó un documento, pero nadie sabe identificar cuál es. Además, en su caja de seguridad de la biblioteca no hay nada.

—¿Nada? —preguntó Silvia sorprendida.

—No, ¿cree usted que debería haber algo?

—Imagino que sí —respondió Silvia intentando ocultar sus nervios—, Blas era muy cuidadoso con su trabajo.

El inspector la miraba como si algo no le convenciese.

—¿Puede decirnos algo más que nos pueda ayudar?

—Me temo que no.

—Creo que eso ha sido todo por el momento. —Guardó la libreta y sonrió—. Eran muy amigos, ¿verdad? Quiero decir que hablaban con frecuencia por teléfono y todo eso.

—A veces.

—¿Y ayer no habló con él? —insistió el policía, que fue agachándose, aproximándose cada vez más a Silvia, que permanecía sentada en su silla.

—No, ya le he dicho que no volví a saber de él después del almuerzo.

—Sí, pero usted le llamó.

Silvia tuvo que concentrarse para salir de aquella encerrona; le temblaban las piernas y le latía el corazón a gran velocidad. Debería haber explicado antes lo de las llamadas, ahora ya era tarde.

—Sí, perdón. Quería hablar con él, pero fue imposible —contestó lo más serenamente que pudo—, ahora sé por qué.

El inspector la miró a los ojos e hizo una mueca con los labios.

—¿Qué era eso tan importante que tenía que contarle?

Silvia no sabía qué responder.

—Hemos comprobado las llamadas recibidas en el móvil a nombre de Blas González. Ayer después de las tres de la tarde le llamó en siete ocasiones. ¿Por qué? —preguntó desafiante el inspector—. Una de esas llamadas se realizó a las once de la noche.

«Estoy perdida. Me tiene atrapada —pensó—. Si le hablo del manuscrito lo perderé para siempre».

—No se encontraba bien por la mañana y estaba preocupada por él —explicó—. Pensé que quizá estuviera enfermo. ¿Usted cree que le ha podido pasar algo?

El inspector Torralba permaneció unos segundos en silencio, como si estuviera procesando la respuesta de Silvia y necesitara tiempo para llegar a la conclusión de si era convincente o no.

—Esperemos que no. Muchas gracias, señorita Rubio.

—Gracias a usted, inspector. Si averiguan algo, llámenme, por favor.

—La llamaremos, no se preocupe. Una cosa más, tome mi tarjeta, puede que en algún momento la necesite.

El inspector se marchó seguido de los dos agentes de policía.

—Torralba, esa mujer miente —dijo uno de sus ayudantes con el ceño fruncido—, se huele a un kilómetro.

—Ya lo sé, Espinosa. Seguidla, a ver qué sucede —ordenó—. Yo me quedo aquí, quiero volver a ver las grabaciones de las cámaras de seguridad de la biblioteca. Hay algo extraño en este asunto. Este hombre estaba a punto de jubilarse, no iba a hacer ninguna locura a estas alturas. Y no estaban liados, con la diferencia de edad y la forma en que ha respondido no es plausible, así que tenemos que olvidarnos del asunto de la infidelidad. Además, si se dejó aquí el móvil no fue queriendo y ella no lo sabía. Tal y como tú dices, esa mujer nos está ocultando algo.

Silvia se quedó pensativa tras la marcha del inspector Torralba. ¿Y si Blas hizo una copia del manuscrito original? ¿Quién era ese experto extranjero? ¿No le enseñaría el texto?

Su jornada laboral era intensiva y eso le dejaba mucho tiempo. Salió de la Biblioteca Nacional camino de la calle Argumosa, pero alguien la detuvo.

—Disculpe —dijo una voz detrás de ella.

Silvia se volvió y se encontró a un anciano con un traje oscuro y una corbata negra. A pesar de su edad, parecía conservarse extraordinariamente bien. Sus misteriosos ojos eran brillantes y tenía un fuerte aire aristocrático.

—Perdóneme, espero no haberla asustado —se disculpó con una sonrisa—, soy Alfred Llull.

—¿Nos conocemos?

—No. Pero para mí sería un placer.

—Lo siento, pero no tengo tiempo. En otra ocasión.

—En efecto, tiempo es lo único que no tenemos, Silvia.

—¿Cómo sabe mi nombre? —preguntó—. ¿Quién es usted?

—Ya le he dicho quién soy, mi nombre es Alfred Llull. Y si yo conozco cuál es su nombre, es porque un amigo suyo me lo ha dicho.

—¿Quién?

—Blas González.

«Mierda», pensó. Al menos estaban en un sitio público y no podía hacerle nada.

—¿Dónde está?

—No lo sé.

—¿Cómo es que lo conoce?

—Él me llamó —adujo mientras sacaba una caja metálica y escogía un cigarrillo—. Se puso en contacto conmigo para venderme un manuscrito.

—¿Cómo? ¡Imposible! No le creo. Blas no es de esos.

—¿De esos? —dijo mientras encendía el cigarrillo—. ¿Y quiénes son esos? ¿Los que quieren hacerse ricos para poder disfrutar de la vida? ¿Es que acaso usted trabaja por gusto? ¿No le gustaría tener dinero para irse lejos de aquí?

Silvia hizo un leve gesto que Alfred Llull interpretó con rapidez.

—Le gustaría no tener que ir cada día a la Biblioteca Nacional a encerrarse en un sótano y ver cómo se consumen allí las horas, su preciado tiempo, su vida, ¿verdad? O aguantar a su jefa. Debe de ser duro recibir sus órdenes todos los santos días.

—¿Le ha hecho algo malo a Blas?

—Más bien ha sido al contrario.

—La policía no lo encuentra.

—Lo que él haya hecho con el dinero no es asunto mío —afirmó mientras inspiraba el humo de su cigarrillo—. Por cierto, yo que usted no confiaría tanto en la policía.

—¿Qué? Déjeme en paz o…

—No mire, pero al lado del café de la izquierda, junto a la sombrilla, hay un policía que la está siguiendo.

Silvia miró con disimulo y, a pesar de que llevaba un traje de paisano, reconoció a uno de los dos policías que acompañaban al inspector Torralba cuando fue a verla.

—¡Qué cabrones! Odio que me controlen.

—Ya le he dicho que debe tener cuidado con la policía.

—¿Y usted qué quiere?

—El manuscrito, su amigo solo tenía una copia. Le pagué

muy bien por ella, pero quiero el original. Soy coleccionista de arte. Llevo tiempo tras esa pieza —dijo mientras sacaba su cartera del bolsillo de la chaqueta—. ¿Cuánto quiere? Le haré ahora mismo un talón.

Silvia estaba confusa. «¿Y si es verdad que Blas contactó con este hombre para venderle el manuscrito y se ha fugado con el dinero?», pensó. Ella dudaba que Blas fuera así. Aunque, por otro lado, sabía bien que su amigo estaba ya cansado de todo: de su trabajo, de su matrimonio y de su vida. Si Alfred Llull le había pagado bien, y tenía pinta de hacerlo, pudo decidir marcharse para siempre y disfrutar los años que le quedaban.

—De ninguna manera. No pienso venderle el manuscrito original —respondió Silvia enojada—. Es más, voy a avisar a ese policía de lo que me está proponiendo.

—Adelante, aunque entonces ellos se lo quitarán y usted lo sabe —le contestó—. Piense que está ante la oportunidad de su vida.

—No creo…

—¿Ve ese edificio de ahí enfrente? Imagine que es suyo. Está en mal estado. Sería rentable tirarlo y construir uno nuevo. Pero antes tendría que hacer una excavación arqueológica, ya que estamos en una zona histórica, y tendría que pagarla usted, la excavación, e imagínese que apareciera, no sé… un antiguo palacio árabe. Pararían la obra y le supondría unos cuantiosos costes. Pero suponga que encuentran un tesoro durante las excavaciones, un cofre de oro. No sería suyo, aunque está en su propiedad y lo han encontrado por una excavación que usted paga. Sin embargo, se lo llevarían y no le darían ni las gracias.

—Me sé la ley.

—Con su manuscrito sucede lo mismo, Silvia. Si las autoridades lo descubren, olvídese de él. Así que sea lista, véndamelo a mí y disfrute de la vida. Si quiere el consejo de un viejo, aproveche cada minuto, cada segundo. La existencia es un suspiro. Seguro que tiene amigas, ¿un novio? ¿Ha pensado en tener hijos? ¿No quiere viajar a Nueva York? ¿A Tokio? ¿Islandia?

—Australia.

—¡Ahí lo tiene! Esto es como si le hubiera tocado la lotería. Imagínese con dinero para hacer lo que quiera. Si acude a la policía solo tendrá problemas.

Él vio el brillo de la duda en sus pupilas.

—Déjeme que la invite a comer y podremos seguir con más tranquilidad esta agradable conversación —dijo Alfred Llull.

Silvia no podía quitarse de la cabeza la imagen de Blas vendiendo el manuscrito que ella había encontrado, ni la del policía que la seguía, ni la del ladrón que había intentado entrar en su casa. Si tanta gente quería el manuscrito, ¿por qué no venderlo y olvidarse de todo? Al fin y al cabo, Alfred Llull ya tenía una copia, ¿por qué no venderle también el original?

—Usted es una mujer intuitiva, ¿verdad?

«¿Cómo puede saberlo?». Silvia no daba crédito.

—¿Nunca se ha preguntado qué es la intuición? Saber cosas que no deberías saber.

—Eso es imposible.

—Y sin embargo, sucede. Todo el mundo cree en la intuición, pero casi nadie sabe lo que es, o mejor dicho, se atreve a decir lo que es.

—¿Y qué es, si puede saberse?

—Déjese llevar por su intuición y acompáñeme. Sabe que no voy a hacerle ningún daño.

—Está bien —respondió Silvia no sin cierto recelo—. ¿Dónde vamos?

—Usted solo sígame.

17

El arte

Alfred Llull inició el camino hacia el Centro de Arte Reina Sofía, ante la mirada dubitativa de Silvia, quien le seguía algo insegura. El señor Llull no entró por el acceso principal del museo, sino que continuó hacia delante, dando la vuelta al edificio.

—La entrada está en la parte moderna del museo, en el inicio de la calle Argumosa.

«No me lo puedo creer», pensó.

Siguió a Alfred Llull hasta el acceso al restaurante. Al entrar descubrió una instalación moderna, con un diseño minimalista de vanguardia. A Silvia le fascinó el lugar, la distribución de las mesas y las sillas. Habían usado el color rojo como base, combinado con el blanco y materiales transparentes. La iluminación de las mesas no provenía de lámparas convencionales, sino de las barras y del suelo. La decoración era exquisita, muy chic. Los camareros llevaban un uniforme bastante original, confeccionado con tela vaquera, pero de diseño.

—El jefe de cocina es Sergi Arola, uno de los chefs más reconocidos en España —le comentó Alfred Llull—, cuenta con dos estrellas Michelin.

El encargado de sala saludó sonriente a Alfred Llull y los guio hasta una mesa situada en la mejor zona del restaurante. Uno de los camareros les trajo rápidamente la carta.

—Le recomiendo la crema de lentejas —sugirió Alfred Llull.

—Gracias, lo tendré en cuenta —respondió Silvia mientras examinaba la carta—, pero creo que tomaré foie a la plancha con patatas soufflé.

Silvia solía tener serios problemas en los restaurantes, ya que no le gustaban la mayoría de los platos.

—Buena elección. Yo tomaré las lentejas y merluza a la plancha con puré de patata. Para beber un Arzuaga reserva estará bien.

El camarero tomó nota y se llevó las cartas.

—¿Cuánto tiempo lleva trabajando en la Biblioteca Nacional?

—¿Ahora le interesa mi vida laboral?

—Uno nunca sabe dónde puede encontrar algo fascinante —contestó con una amabilidad exquisita—, en mi vida he aprendido que las cosas que merecen la pena, o las personas, no se ven a primera vista. Por eso me gusta conocer a la gente con la que voy a hacer negocios.

—Llevo cuatro años trabajando allí.

—¿Le gusta? ¿Le divierte?

—Divertido no creo que sea la palabra adecuada para definir mi trabajo.

—Pero usted lo eligió.

—Yo quería trabajar con libros, porque para mí los libros antiguos tienen algo especial, como si albergaran una pequeña parte de todos aquellos que los han leído antes, como si tuvieran vida.

—¿Como si tuvieran alma?

—Eso es —dijo Silvia ilusionada—. Cuando llegan a mí están enfermos. Yo tengo la posibilidad de cuidarlos, curarlos y devolverles el aspecto que mostraban el primer día que alguien los leyó.

—Un trabajo precioso.

—Ahora pierdo más tiempo haciendo informes, gestiones, papeleo… que restaurando libros. Mi jefa es una auténtica explotadora, que tiene un puesto cojonudo y solo piensa en su carrera. La mayoría de mis compañeros están ya quemados y han perdido la ilusión en lo que hacen. Vamos, ¡que es una maravilla trabajar allí!

—No se apure. Yo le voy a proponer una solución para que se olvide de sus papeleos y pueda hacer lo que desee —le prometió Alfred Llull—. ¿No le gustaría montar una pequeña librería de libros antiguos y dedicarse a hacer lo que le gusta, lejos de aquí?

No respondió y al mismo tiempo el brillo de sus ojos habló por ella.

—¿Conoce Urueña? Es el único pueblo con más librerías que bares en España.

Claro que lo conocía, era uno de sus lugares favoritos en el mundo.

—También podría crear una nueva Shakespeare and Company.

Ni en sus mejores sueños podría haber imaginado algo mejor. Era una especie de utopía hecha librería en el corazón de París. Se trataba de la librería independiente más famosa del mundo. La visitó siendo universitaria, y tuvo la sensación de viajar en el tiempo y sentirse en el París de Victor Hugo.

—La creó Sylvia Beach, fue lugar de encuentro de escritores de la generación perdida como Ernest Hemingway, F. Scott Fitzgerald y Joyce.

—Beach cerró la tienda durante la ocupación nazi. Pero otro estadounidense tomó el relevo y la abrió.

Un vicio inconfesable de Silvia era el turismo de librerías, le encantaba visitar las de las ciudades a las que viajaba. Por ejemplo, recordaba Mapas y Compañía en Málaga, su olor a madera mezclado con el papel, la sensación de tener el mundo al alcance de la mano, los globos terráqueos colgando del techo.

Silvia se sintió sorprendida de la compenetración con Llull.

¿Quién demonios era aquel hombre?

Lo observó mejor y se fijó en sus manos. De la manera más disimulada que pudo las escrutó detenidamente, parecían como enfermas.

El camarero sirvió el vino, al que Alfred Llull dio el visto bueno. A continuación, llegaron los primeros platos. Muy de diseño, pero que estaban deliciosos.

—¿Por qué tanto interés en ese manuscrito?

Alfred Llull no respondió de inmediato, siguió comiendo su crema de lentejas y luego tomó la copa de vino.

—Igual que su pasión son los libros antiguos, la mía son los manuscritos extraños, inclasificables, peculiares digamos. Es lo que me hace feliz. Todos tenemos una pasión y no podemos hacer nada para evitarlo, es más, no debemos hacer nada para evitarlo. —Dio un sorbo a la copa de vino—. Hay gente que colecciona sellos, películas, construye maquetas de trenes, recorta noticias de los periódicos y miles de otras aficiones. Todo el mundo tiene una pasión.

Aquel hombre estaba en lo cierto. Y Silvia pensó en que su pasión por los libros poco a poco menguaba y se preguntó si esa era la razón de que su vida fuera cada vez más infeliz.

—¿Tan singular es este manuscrito?

—Usted lo ha visto —respondió Alfred Llull—. ¿No se lo parece?

—La verdad es que sí. Seis descripciones o algo semejante y siete símbolos. ¿Qué tienen que ver los símbolos con los textos?

Alfred Llull sonrió de nuevo.

—Al final hace más preguntas usted que yo —comentó—. Podemos decir que es un mensaje. Pero nadie lo sabe, nadie ha conseguido relacionarlos. El documento se daba por perdido hasta que usted lo encontró. Existen manuscritos en el mundo que ninguna persona comprende, quizá el más famoso sea el manuscrito Voynich, el mayor misterio de la Edad Media. Escrito en una lengua desconocida ha traído de cabeza a los expertos. Repleto de ilustraciones de estrellas, planetas, plantas, mujeres o símbolos del zodiaco.

—¿Y sabe quién escribió este?

—Me temo que no.

—¿Conoce a un hombre llamado Archer?

—Lo siento, pero no.

—¿Y George y Michael?

—No lo sé... ¿Cuáles son sus apellidos?

—Da igual, no se preocupe.

—¿Tienen relación con el manuscrito?

—No, son solo cosas mías. —Silvia resopló—. Sabe, he llegado a soñar con ellos, con los símbolos.

—La creo —pronunció con firmeza Llull—. Los sueños tienen una pequeña parte de realidad, esconden y a la vez muestran cosas que no somos capaces de ver cuando estamos despiertos. Si uno es capaz de moverse en sus sueños, de ser un personaje más, puede descubrir cosas increíbles.

—¿De verdad cree eso?

—No lo dude. Nuestro problema es que olvidamos lo que soñamos. Hay investigaciones que se realizan en personas que son despertadas de forma forzada mientras duermen, y se les pide que cuenten lo que estaban soñando. —Llull hizo una pequeña pausa para comer un bocado—. Los resultados son increíbles.

El camarero retiró el primer plato y seguidamente les sirvió el segundo. Mientras degustaban el foie y la merluza, Alfred Llull sacó una tarjeta y una elegante pluma dorada; a continuación, escribió algo. Después alargó su mano y le entregó la tarjeta a Silvia.

—¿Qué es?

—Lo que voy a darle por el manuscrito.

—¿Cómo sabe que lo tengo yo? —preguntó Silvia sin mirar la tarjeta.

—Por favor, no menosprecie mi inteligencia de esa manera. Es ofensivo.

«¿Cuánto dinero le pudo llegar a ofrecer a Blas?», se preguntó la joven.

En ese momento dio la vuelta a la tarjeta y tragó saliva mientras se agarraba a la silla. Miró a Alfred Llull y observó cómo este seguía comiendo impasible. «Dios mío», dijo para sí misma. En la tarjeta estaba escrita una cifra: 500.000 euros.

—A su amigo le di la mitad —confesó Alfred Llull—, era solo una copia. Las cosas funcionan así.

—¿Siempre consigue lo que quiere? —planteó Silvia desafiante—. Todo tiene un precio, ¿no es así?

—Logro lo que quiero porque me esfuerzo para lograrlo. Si deseas algo tienes que luchar por ello. Si me gusta una mujer atractiva, la beso. No pienso que es imposible solo porque sea viejo o feo. La vida son dos días y ya llevamos uno.

«¿Es posible que Vicky y Llull hayan pronunciado la misma frase? —pensó asombrada—. ¿Qué extraño complot del universo es este?».

—Si quieres viajar, coge una mochila y agarra el primer tren que salga en la dirección de tu destino, ya conseguirás llegar. Si quieres hacerte rico, no lo dudes, esfuérzate, busca algo en lo que seas bueno y céntrate en la manera de ganar dinero con ello. Todos tenemos virtudes, no he encontrado todavía a nadie que no sea bueno en algo. Puedes ser bueno haciendo muebles, cocinando, hablando, en la cama; incluso puedes serlo haciendo cosas horribles. Una vez que sepas cuál es tu ventaja competitiva solo tienes que explotarla y ganar dinero con ella —expuso Alfred Llull con mucho aplomo.

—Y usted, ¿en qué es bueno? —preguntó Silvia intrigada.

—Yo soy científico —respondió con una sonrisa—. Y también soy bueno coleccionando cosas.

—¿No parece demasiado halagador?

—Bueno, los mayores hombres de negocios del siglo pasado eran coleccionistas de arte. Rockefeller, William Randolph Hearst...

—¿El que inspiró *Ciudadano Kane*?

—Así es —sonrió complacido—. De hecho, también hay grandes coleccionistas de películas antiguas y perdidas, pero eso es otra historia...

—Ya veo, podemos decir que le gusta el arte.

—¿Qué es el arte? A mí me parece magia. Los grandes artistas dicen que están inspirados, como si de repente alguien les dictara un verso o vieran la imagen de lo que quieren pintar y solo deben plasmarlo en un lienzo.

—¿Eso qué quiere decir?

—El arte es algo maravilloso, pero cuesta creer que un hombre por sí mismo sea capaz de componer la *Quinta sinfonía* o de pintar el *Guernica*.

—¿Entonces?

—No lo sé —sonrió de forma forzada—. Quizá hay una divinidad que los guía. Eso es lo que dicen todos los grandes artistas. Que sus obras son expresiones divinas, o eso decían hasta que se empezó a usar el término «inspiración».

—Las musas —comentó Silvia.

—Sí; nosotros no somos artistas, así que no podemos saberlo. Pero la inspiración y la intuición se parecen, ¿no es cierto? Una persona puede ser inteligente, increíblemente inteligente, pero eso no tiene nada que ver con el arte. La inteligencia analiza, entiende, describe, pero no crea. Para crear hay que estar tocados por un don, ¿verdad? Como si tuviéramos acceso a una conciencia superior.

Silvia no entendía el cariz que estaba tomando la conversación y Alfred Llull lo percibió en su mirada.

—Y respecto a su anterior pregunta sobre si todos tenemos un precio, no lo dude, Silvia, toda persona está en venta. Lo único que varía es la cantidad por la que está dispuesta a venderse —argumentó terriblemente seguro—. ¿Ha visto la película *Una proposición indecente*?

—Sí, hace tiempo. Me encanta Demi Moore.

Silvia se sintió ofendida, pero el medio millón de euros pesaba mucho frente a su dignidad.

—Las cosas nunca pasan por casualidad, el manuscrito estaba esperando a que usted lo hallara por alguna razón. ¿Sabe? Todo tiene un motivo, porque hay un plano superior que de verdad da sentido a la vida.

Silvia se quedó unos segundos pensativa; luego levantó la mirada y vio cómo Alfred Llull la observaba, confiado y tranquilo. Y entonces su intuición, la misma de la que él había estado hablando, le puso en alerta. Se levantó de la silla y Alfred Llull cambió la expresión de su cara.

—¿Ocurre algo? —preguntó él.

—Sí, que no acepto su propuesta y que me marcho.

—¿Cómo?

—Lo que ha oído. No todos tenemos un precio —contestó la joven mientras se apartaba de la sofisticada mesa del restaurante y cogía su bolso marrón—. Lo siento.

Alfred Llull la agarró del brazo.

—Le ofrezco un millón. ¡No sea tonta!

—Haga el favor de soltarme o empezaré a gritar —replicó y le mantuvo la mirada.

Él obedeció sorprendido por la reacción de Silvia.

—Dos millones —dijo con voz más pausada mientras ella se detenía de espaldas a él—, dos millones por un trozo de papel, y para que se olvide de todo esto para siempre. Con ese dinero podrá hacer lo que quiera.

—Ya le he dicho que yo no estoy en venta.

Silvia salió corriendo sin mirar atrás, convencida de que Alfred Llull la seguiría. Pero al abandonar el restaurante no vio a nadie que lo hiciera. No sabía cómo había sacado fuerzas para resistirse a la suculenta oferta, pero empezó a caminar todo lo rápido que pudo, orgullosa por su valentía y por irse con su integridad intacta. También con miedo. ¿A qué? No estaba segura, pero eso es lo que sentía ahora.

18

Los fantasmas

Sonó su móvil, era Vicky. No le contó nada, pero ella notó por el tono de voz que no estaba bien.

—Pareces desanimada, eso lo solucionamos esta noche.

—No sé si...

—¡Chis! No se hable más, tú ponte guapa, de lo demás me encargo yo.

Un par de horas después le mandó una dirección y cuál fue su sorpresa cuando al llegar sus dos amigas la esperaban frente a un karaoke cerca del Retiro.

—Ni de coña —dijo Silvia nada más darse cuenta.

—Anda, tira para adentro —le ordenó Vicky.

—¿No pretenderéis que cante?

Estaba claro que negarse no era una opción, lo que no esperaba nunca era la primera canción que le obligaron a cantar.

—¿En serio?

Cuando sonaron los primeros acordes no podía creerlo, sus amigas la escoltaban en el escenario, mientras ella las miraba avergonzada, sin cantar. Ellas la cogieron por la cintura y se movieron al son de la música y de las primeras estrofas, pero Silvia quería estar en cualquier lugar lejos de allí. Y entonces... sonó el estribillo y sin saber por qué arrancó a cantar llevada por un tsunami de emociones acompañando la letra de una pasional puesta en escena: alzando los brazos, señalando a sus amigas y cantando como si de verdad fuera Melendi en un concierto en Las Ventas.

> *Aunque pensándolo bien,*
> *¿cuál sería nuestro futuro?*
> *Tú qué prefieres un peso que un beso*
> *y yo no tengo ni un puto duro.*
> *Tú que solo comes hojas*
> *y yo solo carne roja.*
> *Yo vivo en un cuento chino*
> *y tú en una peli de Almodóvar.*

Silvia liberó la tensión y los malos rollos. Cuando bajaron del escenario se abrazaron las tres antes de acabarse sus copas. Se sentó junto a Vicky, todavía emocionadas por la actuación.

—¿Te pasa algo? Estás un poco rara últimamente. Quiero decir un poco más de lo habitual en ti —bromeó Vicky.

—No, no me pasa nada.

—¿Es por Jaime? ¿O es por otro?

—No te inventes cosas.

—Sí, es por otro. ¿Dónde lo has conocido? ¿Cómo se llama?

—Vicky, no he conocido a nadie...

—Lo sabía —dijo su amiga mientras las dos se echaban a reír—, esta canción nunca falla.

—Que no, en serio, que no he conocido a nadie.

—No seas así, ¿está bueno?

—Vicky, no insistas —respondió Silvia en un tono un poco agresivo.

—Vale, no te enfades.

—Perdona, es que he tenido un día duro. Me he pasado toda la mañana preparando un dosier y no he podido ni parar a comer.

—Ahora olvídate del trabajo. Vamos a pensar en algo realmente importante. ¿Dónde nos vamos las próximas vacaciones? ¿A Cuba o a Grecia?

—¡Vicky! Eso ni se pregunta, ¡a Cuba! —intervino Marta, que llegaba con más bebida.

—¡Mojitos! ¡Mojitos! —empezaron a decir al unísono.

Las tres se echaron a reír. Visitaron un par de garitos cerca de la plaza de España, con sucesivas rondas que hicieron que su tasa de alcohol en sangre alcanzara límites peligrosos. Una retirada a tiempo es una victoria, pero no resultaba fácil huir de sus amigas. Así que lo hizo justo antes de no cometer ninguna estupidez. Sobre todo con un chico moreno que no le quitaba ojo.

«Veta a casa de una vez, Silvia, que nos conocemos», se repetía a sí misma.

Por fin las tres amigas se despidieron y ella cogió el metro en la estación de Ópera. Callejeó y cruzó frente al mural del capitán Alatriste, pintado donde el novelista Pérez-Reverte ubicó la taberna del Turco, y donde abrieron luego el bar con el nombre del famoso personaje. Silvia jugó a que se batía en duelo con el espadachín y se echó a reír ella sola.

Llegó de milagro a su piso en la calle de la Cava Baja y entonces se acordó de Blas. Dudó qué hacer, pero de manera inconsciente decidió llamarle. Nadie cogió el teléfono. Pensó en llamar a Jaime, pero recuperó la cordura un instante y corrió a guardar su móvil personal en un cajón del salón antes de cometer un error monumental. Se quedó solo con el teléfono del trabajo.

La suave embriaguez le impedía dormir, así que no se le ocurrió nada mejor que hacer a esas horas que encender el portátil e investigar acerca del castillo de Calatrava la Nueva. A pesar de su estado, logró descubrir que se trataba de una monumental fortaleza, de las más notables de España; también en este caso parecía que todo lo que le había contado Alex era cierto.

Dejó el ordenador, miró el viejo reloj de pulsera de su padre y cogió de nuevo el móvil para llamar a Blas, quien tampoco contestó esta vez. Lo volvió a intentar, nada. De repente, oyó un ruido en la pasarela metálica que la distrajo un instante. Pero siguió llamando a Blas sin respuesta. Entonces, de pronto, se apagó la luz y todo quedó en la más absoluta oscuridad.

Silvia se levantó indignada.

—Ya ha saltado el diferencial, ¡mierda! —dijo en voz alta.

Fue a la mesa del salón y abrió uno de los cajones en busca de una linterna. A continuación, oyó de nuevo un chasquido, pero esta vez no era en la pasarela, sino junto a la ventana.

«¿Está cerrada?», se preguntó.

Ella creía recordar que sí. El siguiente ruido fue de cristales, alguien estaba intentando entrar por la ventana.

Un escalofrío le recorrió el cuerpo.

El manuscrito estaba en su bolso y, por instinto, fue hasta el sofá a cogerlo. Después corrió hacia la puerta. Al abrirla para escapar, se encontró una sombra alta y esbelta frente a ella. Lanzó un grito de terror que inundó todos los rincones del patio, incluida la vieja muralla. La sombra le tapó la boca con su mano, pero Silvia reaccionó mordiéndola con fuerza, lo que provocó que la sombra profiriera un leve grito de dolor y liberara a su presa. Entonces aprovechó para huir y llegar hasta al ascensor que por suerte estaba todavía en su planta; pulsó para que se abriera mientras veía cómo la sombra se volvía. Una vez dentro, su enemigo se abalanzó hacia ella. Intentó cerrarlo presionando repetidamente sobre el botón del primer piso.

No se cerraban.

«¿Por qué? ¡Vamos!».

El asaltante corría hacia ella.

Presionó de nuevo el botón y lo miró rezando para que funcionara de una vez.

Lo hizo.

Las puertas casi alcanzaron a cerrarse, pero las manos de la sombra lo impidieron. Silvia se quitó un zapato y golpeó con el tacón varias veces los alargados dedos de su asaltante. Estos empezaron a sangrar y liberaron la puerta que se cerró por completo. Apoyada contra la pared descendió, con el recuerdo del salto que vio hacer al ladrón de la otra vez. Si era el mismo, la estaría esperando. Sin embargo, cuando se abrió la puerta del ascensor no había nadie. Solo la oscuridad. No lo dudó un instante y salió corriendo hasta alcanzar la calle, donde se sintió más segura.

Todavía tenía el móvil en su bolsillo. Llamó de nuevo a Blas, pero seguía sin responder. Recordó lo que le había dicho el viejo que había conocido en Lavapiés: «Tenga cuidado con los fantasmas, esos sí que vienen a veces a visitarnos». Y sin saber qué hacer, continuó caminando hasta coger un taxi.

—A la calle Argumosa, por favor.

19

Moriría por vos

Silvia estaba muerta de miedo. Aquel tipo no la había atrapado de milagro, había estado tan cerca… Era la primera vez que le pasaba algo parecido. No estaba asustada, estaba aterrada. El taxi la dejó frente al portal donde vivía Alex. Miró el telefonillo, luego la hora del reloj. No creía que fuera verdad lo que estaba a punto de hacer.

—¿Quién es?

—Soy Silvia.

—¿Qué quieres ahora?

—He venido aquí… no sé por qué, pero necesito que me abras, por favor.

Alex tardó en responder.

—Sube.

No estaba segura de por qué había acudido allí.

«Quizá hubiera sido mejor ir a casa de Vicky o Marta, incluso a la de Jaime», pensó.

Por alguna extraña razón terminó acudiendo a la calle Argumosa. Cuando llegó al último piso, Alex estaba esperándola con la puerta abierta y un rostro de extrañeza.

—¿Qué te ha ocurrido? ¿Estás bien?

¿Cómo le iba a explicar que alguien había entrado en su casa, que creía que buscaba el manuscrito que había encontrado en la contraportada de un libro comprado por internet sobre Quevedo, el cual no le había enseñado todavía porque estaba convencida de que ocultaba algún secreto?

—¿Has bebido?

—Sí, pero eso da igual.

Entonces rozó su mano. Silvia siempre había creído que cuando tocas a alguien hay un intercambio de energías. Y creía tener la cualidad de percibir si alguien era afín a ella o no, con ese contacto. Por eso había gente a la que prefería no tocar. Se trataba de su intuición, de nuevo.

—Silvia, ¿qué te pasa? —Alex la miraba preocupado.

Ella no conseguía hablar, no sabía qué decir. Así que no se le ocurrió nada mejor que besarle. Alex, totalmente superado por los acontecimientos, se dejó llevar y entraron con sus lenguas entremezcladas hasta el salón, donde los gigantescos ojos de la chica del póster de la exposición de Modigliani parecían mirarlos con celos. Silvia ignoraba por qué lo había hecho, pero una vez lanzada a los brazos de Alex se olvidó de todo, del manuscrito, del ladrón y de cualquier otra cosa que no fuera él.

Y una canción de Amaral que había escuchado en el último bar volvió a sonar en su cabeza.

> *Será tu voz, será el licor,*
> *serán las luces de esta habitación,*
> *será el poder de una canción,*
> *pero esta noche moriría por vos.*
> *Será el champán,*
> *será el color de tus ojos verdes de ciencia ficción,*
> *la última cena para los dos,*
> *pero esta noche moriría por vos.*

Le desabrochó la camisa y se deshizo de ella. Alex la abrazaba con fuerza y sus manos bajaban por su espalda hasta llegar a los muslos. Silvia sintió el agradable olor que desprendía el torso de Alex, un olor tan distinto al de ella que hizo que empezara a sentirse cada vez más excitada. No dudó en desprenderse de la camiseta verde, dejando sus pechos sin más defensa que un sujetador negro.

—Vamos al dormitorio —le pidió.

Alex la miró y Silvia se perdió en lo más profundo de sus ojos, en cuyo fondo descubrió que brillaban pequeños puntos verdosos, y de donde pensó que quizá ya no podría escapar. A trompicones, llegaron hasta la cama. En la pared, Silvia pudo ver cuatro fotografías, pero no consiguió distinguir las formas, atrapada en los besos que le daba. Se tumbó sobre la cama, mientras en su cabeza seguía escuchando la misma canción. Alex buscó algo en la mesilla y, de pronto, empezó a sonar una melodía.

Sin dejar de mirarle desde la cama, Silvia se desprendió de los zapatos. Alex le ayudó con el pantalón, acariciando sus rodillas mientras se lo quitaba. Después subió recorriendo despacio sus muslos y se entretuvo jugando con el elástico del tanga hasta que lo deslizó con cuidado. La joven no podía controlar su excitación. Buscó el rostro de Alex y encontró su pelo, que se hallaba justamente donde ella quería, entre sus piernas. Lo acarició y él la agarró de los muslos con fuerza y abrazándose a su ombligo, deslizando su lengua por cada centímetro húmedo de su piel. Ella, desnuda, con la mirada perdida en el techo, descubrió que aquel chico sabía hacer algo más que leer libros y contar historias. Se escapó de sus brazos deseando que él la siguiera por la cama. Lo hizo y Silvia recorrió a besos su cuello hasta que alcanzó su boca, su dulce boca.

—Sórbeme a besos, todo el fuego de mi vida —le susurró Alex al oído.

Entonces, Silvia abrió todo lo que pudo sus sentidos con los ojos bien cerrados, entregada a las palabras que todavía rebotaban en sus oídos, y devoró a besos, que más bien parecían mordiscos, el cuello de Alex. Le faltaba el aire y lo separó de ella para poder respirar. Desde ese mismo momento, él no se detuvo en su frenético baile y cada vez que Silvia miraba sus ojos se veía atrapada en el fondo sin ninguna posibilidad de salir, sin ningún deseo de huir, sin ninguna esperanza de sobrevivir. Y cuando empezó a sentir con más fuerza el peso del cuerpo de su amante, de sus músculos y de su deseo, cerró de nuevo los párpados y llegó a olvidarse de quién era y de dónde estaba. En ese placentero viaje, se marchó tan lejos que tardó varios segundos en volver, aunque a ella le pareció una eternidad reducida a un largo instante que no olvidaría jamás.

Cuando abrió los ojos, Alex estaba a su lado. Su corazón aún latía con fuerza y su respiración era forzada. Tenía la vista perdida en el infinito y la cara cubierta de sudor.

—Eres una caja de sorpresas —le dijo ella—. ¿Siempre engañas así a todas tus víctimas?

—Pensaba que la víctima era yo.

«Eso creía también yo hasta esta noche», pensó Silvia.

El peso del alcohol cayó sobre ella y sintió que había dado todo lo que tenía. Se abrazó fuerte al cuerpo desnudo de Alex, enroscándose a él como una serpiente a su presa, y cerró los ojos. Estaba feliz, también mareada y agotada. Entonces se oyó un ruido, un golpeteo metálico.

—¿Qué es eso? —preguntó Alex, que se apartó un momento del cuerpo de Silvia.

Volvió a oírse un ruido. Esta vez él se incorporó y se sentó sobre el borde la cama, Silvia se tapó con la sábana y echó un vistazo a la habitación. Observó mejor las fotografías de la pared y vio que se trataba de varias reproducciones de pinturas de Warhol. Miró a la esquina, junto a la ventana, por donde se filtraba un rayo de luz proveniente de las farolas de la calle, y vio pasar el reflejo de una sombra. En ese preciso momento volvió a la realidad, recordó dónde estaba y con quién. Y sobre todo, por qué se encontraba allí y qué había sucedido horas antes en su apartamento. Para entonces Alex ya estaba levantado y se había vestido. Le hizo un gesto para que permaneciera en la cama; ella ya intuía que se hallaban en peligro. Buscó su tanga y su sujetador, pero no dio con ellos. Era imposible recordar dónde los había perdido. Alex salió al salón, mientras ella iba rescatando su ropa. Ya estaba casi vestida cuando él volvió.

—No era nada, solo unos ruidos de los vecinos —explicó—, no te preocupes.

Silvia se calzó los zapatos.

—Tengo que contarte una cosa —le confesó—. Alguien ha entrado esta noche en mi casa, me enfrenté a él y hui. Por eso he venido aquí.

—¿Qué?

—Creo que, quienquiera que fuera, está ahora intentando entrar en tu casa.

—Estás loca, ¿por qué te iba a perseguir…?

Alex no terminó la pregunta y la expresión de su cara cambió. Le hizo un gesto a Silvia llevándose un dedo a los labios para que permaneciera en silencio y se colocó detrás de la puerta. La joven vio entrar una sombra por el hueco de la puerta que estaba entreabierta, pero justo en ese momento Alex la cerró con todas sus fuerzas, golpeando al ladrón en el mismo instante en que accedía al dormitorio. El asaltante chocó con violencia contra la pared. Cuando iba a rematarlo en el suelo con una patada, el ladrón se revolvió con suma habilidad, como un fantasma, y esquivó el golpe. Después lanzó un derechazo que derribó a Alex y se abalanzó contra él. Silvia, aterrorizada, buscó a su alrededor y solo encontró una lámpara, y, en un acto reflejo, la utilizó para golpear la cabeza del intruso que cayó malherido al suelo.

—¡Corre! —le gritó mientras ella misma abría la puerta del dormitorio e intentaba escapar.

Alex huyó hacia el salón mientras la sombra se levantaba como si el golpe no le hubiera afectado.

—¡Este tío es de acero! —exclamó Alex.

Ella le esperaba con la puerta del piso abierta.

—¡Tenemos que irnos! —gritó Silvia.

—Espera —le pidió Alex mientras cogía rápidamente unas llaves y el casco de la moto—. ¡Vamos!

—¡Mi bolso! —exclamó la joven que corrió para cogerlo del suelo del salón.

—¡Pero ¿qué haces?! ¡Déjalo! —gritó incapaz de comprender por qué Silvia perdía el tiempo con semejante tontería.

—No puedo.

—¡Venga, cógelo!

La sombra apareció en el salón cuando los dos huían ya hacia las escaleras.

—¡Mierda! —Alex cerró la puerta del piso—. ¡Corre!

Bajaron todo lo rápido que pudieron, sin mirar atrás. Nada más llegar a la moto, Alex sacó el otro casco y la arrancó, apretando fuerte el acelerador, huyendo de la calle Argumosa.

Condujo a toda velocidad, por las céntricas calles de Madrid, hasta detenerse lejos del peligro. Alex paró la moto y se quitó el casco.

—¿Me vas a explicar qué coño ocurre? —preguntó enojado—. ¿Por qué ha entrado un tío en mi casa y nos ha atacado?

Silvia le miraba confusa.

—Te lo contaré, pero vamos a un lugar seguro, por favor.

—¿Y cómo se te ocurre detenerte a coger el bolso?

—Lo siento, pero no podía dejarlo allí. Estamos bien, eso es lo que importa, tranquilízate.

—Lo que voy a hacer es llamar a la policía, ¡ahora mismo! —dijo Alex—. Ese tío es peligroso.

—Te lo contaré, de verdad, vamos a un sitio seguro. Luego llamamos a la policía, ¡te lo prometo!

—Más te vale. Conozco un lugar donde es imposible que nadie nos encuentre.

20

El ángel caído

A las tres menos cuarto de la tarde Svak entró al parque del Retiro. No hacía demasiado buen tiempo y, como era la hora de comer, poca gente paseaba. Cruzó junto al monumento en honor de Cuba y luego el del rey Alfonso XII, situado en uno de los lados mayores del estanque del Retiro. Delante de él unas escalinatas bajaban hacia el estanque, donde había cuatro leones de piedra y cuatro sirenas. Se sentó en los escalones y ojeó de nuevo la copia del manuscrito que acababa de robar.

Repasó los símbolos, eran sencillos y habituales, pero estaba claro que ocultaban algo dibujados allí, sobre aquella hoja de papel. No tuvo problemas para comprender los textos en escritura cursiva, aunque no llegara a concretar de qué hablaban. Tenía una extraña sensación que le hacía pensar que lo que escondía ese manuscrito era importante.

«Es una lástima no tener el original. Al menos ese estúpido de la Biblioteca Nacional había hecho una copia», pensó.

A las tres en punto llegó al lugar fijado para el encuentro con Alfred Llull, la fuente del Ángel Caído. En cada uno de sus lados figuraba una carátula de bronce que representaba a una especie de demonio, que agarraba con sus manos a lagartos y delfines. Rematado en lo más alto por una escultura, con las alas desplegadas y con una postura contorsionada, alrededor del cual se enroscaba una enorme serpiente. Svak se quedó unos instantes apreciando el sufrimiento y el dolor que mostraba el rostro de la figura.

—Este monumento se encuentra a una altitud topográfica oficial de exactamente 666 metros sobre el nivel del mar. —Alfred Llull apareció de la nada y se situó a su lado—. Dicen que representa a Lucifer.

—¿Y usted cree en esas leyendas, señor Llull?

—Yo creo en otro tipo de mitos —respondió mientras sacaba una hermosa caja metálica con un extraño símbolo formado por una escuadra y un compás, y extraía de ella un cigarrillo—. El hombre siempre ha creído en algo superior a él que le trasciende. Pero lo hemos interpretado mal. Conforme hemos ido adquiriendo conocimientos científicos, médicos... nos hemos centrado más y más en lo material. En lo inmediato, en lo placentero.

—Todos queremos ser felices.

—Se equivoca, ya no buscamos la felicidad, sino el placer. La felicidad requiere esfuerzo y sacrificio. El placer es inmediato, como una droga.

—En eso tiene razón.

—Mire a la gente que hay en este parque, todos viven el famoso *carpe diem*, el momento, la inmediatez, el ahora. Están engañados, nadie de ellos piensa en el futuro.

—Quizá porque no lo haya.

—Esa es la mayor mentira de nuestro tiempo, siempre hay un futuro. No hay un final.

—¿Es usted un hombre creyente, señor Llull?

—Soy científico, sé que estamos hechos de moléculas, cuando morimos esas moléculas desaparecen, pero ¿y la energía? ¿Qué ocurre con ella?

—No lo sé.

—Estamos compuestos por un cuerpo, materia; y por emociones, sentimientos, memoria, conciencia y una mente. ¿Está de acuerdo conmigo?

—Sí.

—¿Y qué sucede con todo lo que no es material?

—¿Me está hablando de… el alma? —preguntó Svak.

—Algunas religiones lo llaman alma, sí.

—¿Cree usted en el alma?

—¿Y usted? ¿Cree en Dios o en el diablo?

—Lo siento, pero yo no creo en nada —respondió firme Svak—. He leído demasiado para saber que las religiones nos han engañado y manipulado desde el principio de los tiempos. Hereje fue durante gran parte de la historia la peor de las acusaciones que podían lanzarte.

—¿Y?

—Herejía proviene del griego y significa «libre de elegir». Un hereje es alguien que quiere elegir con libertad en qué creer. Y yo elijo no creer en nada.

—De verdad que lamento oír eso —aseveró Alfred Llull mientras encendía el cigarrillo—. Es un gran error, ya que, si no se cree en nada, se corre el peligro de creer en cualquier cosa.

—Le aseguro que yo no creo en nada.

—La gente normal tampoco cree en nada, y luego dice que esta escultura representa al diablo y que por eso está a 666 metros de altitud —dijo Llull inspirando una calada profunda—. Sin embargo, en Madrid la altitud media de la ciudad es de 667 metros, por lo que medio Madrid está endemoniado.

—Usted tiene respuestas para todo, ¿verdad?

—Dicen que cuando crees que tienes todas las respuestas, viene el universo y te cambia todas las preguntas.

Svak no supo qué decir.

—¿Tiene el manuscrito?

—Tengo la copia. El contacto que me indicó no tenía el original —respondió Svak mientras sacaba un sobre del interior de su chaqueta—. ¿Y usted el dinero?

—No tener el original es un contratiempo. Si no lo tiene él, entonces lo tiene la chica —comentó Llull contrariado—. Su dinero está ya ingresado en la cuenta que me dio.

—Gracias, en ese caso debo marcharme.

—Espere, me gustaría seguir contando con sus servicios —señaló el señor Llull—. Le recompensaré con generosidad.

—¿Dónde está su guardaespaldas? —preguntó Svak.

—Está trabajando, tiene que solucionar un pequeño problema. Quiero que descifre el enigma de los siete símbolos que hay en el manuscrito. —Alfred Llull sacó una tarjeta de su bolsillo—. Le pagaré esta cantidad. Y no me diga que no sabe de qué le estoy hablando, estoy seguro de que ha visto los símbolos.

El ladrón de libros observó la tarjeta y tuvo que hacer un estimable esfuerzo para no parecer impresionado. Sí, había leído la copia del manuscrito y aquella desorbitante cifra… Había prometido que se iba a retirar, pero esa cantidad lo cambiaba todo.

—¿Por qué yo?

—Hace unos meses llegó usted a consultar hasta un total de cuarenta ejemplares de libros antiguos de la Biblioteca de Castilla-La Mancha, ubicada en el Alcázar de Toledo, hasta que consiguió robar dos mapas de Ptolomeo. Antes había estado en Valladolid, en la Biblioteca del Palacio de Santa Cruz, donde logró hacerse con un libro y veinticuatro láminas del siglo XVI. Después fue a la Biblioteca de La Rioja y tras consultar varios ejemplares del siglo XVI, entre ellos tres biblias, robó otros cinco mapas del siglo XVI —relató Alfred Llull mientras miraba al Ángel Caído—. Mis fuentes me han avisado de que también pudo estar involucrado en la sustracción del Códice Calixtino de la catedral de Santiago de Compostela. Pero hay tan poca información al respecto que no se aventuran a señalarlo a usted como el responsable.

—Desconozco sus fuentes —comentó con cierto retintín—, pero le aseguro que no fui yo.

—Aunque sí podría haberlo hecho. Si se lo hubiera propuesto, era sencillo para usted.

—No me gusta que me adulen y tampoco que me espíen, y como puedo comprobar, usted se ha divertido vigilándome.

—Entre otras cosas. Necesito a alguien como usted, capaz

no solo de robar sino de buscar y, sobre todo, de encontrar lo que desea. Y, lo más importante, que sea rápido —explicó Alfred Llull—. Porque muy a mi pesar tenemos una inesperada competencia.

—¿Qué demonios está buscando? —preguntó Svak.

—Tengo ya una edad y quiero hacer algo relevante en esta última etapa de mi vida.

—No parece usted alguien altruista.

—Deseo que la gente me recuerde, para no perderme en el olvido. Digamos que quiero aparecer en los libros.

—¿Hacerse famoso?

—Más bien dejar un legado, al final la vida va de eso, ¿no? De sobrevivir cuando ya no estemos, ¿no le parece?

Svak se quedó en silencio. En ese momento pasaron dos chicas en patines, riéndose con una alegría como solo pueden hacerlo los jóvenes.

—¿Qué quiere que haga exactamente?

—Averiguar cuáles son los castillos que nombra el manuscrito, y buscar la relación que hay entre ellos y los siete símbolos.

—Puede que no tengan nada que ver —sugirió Svak.

—¿Por qué dice eso? —preguntó Alfred Llull sorprendido—. Créame, todo en la vida tiene una razón de ser. Ese manuscrito ha estado perdido durante casi cien años. Su autor era un estudioso del arte medieval, que recorrió esos castillos cuando aún conservaban sus secretos. No ahora, cuando son parques temáticos. Y descubrió algo único, pero lo ocultó en ese texto. Se creía perdido para siempre, hasta ahora.

—Pensaba que era más antiguo.

—Eso quiso que pareciera él —aclaró Llull—. Era de una moral dudosa, pero de unas habilidades incuestionables. Seguro que me entiende, ¿verdad?

—¿Quién era?

—Eso no le incumbe.

—Quiere que lo descifre, ¿no? Pues necesito todos los datos.

—En los inicios del siglo XX, España se puso de moda en la

boyante Norteamérica y dada nuestra situación de atraso, muchos aprovecharon para venir aquí y llevarse sus tesoros, acumulados después de siglos de grandeza. España era una cápsula del tiempo, no se había abierto a la modernidad, así que resultaba posible hacer increíbles hallazgos. El *Poema de Mio Cid* lo guardaba un particular en su casa; magníficas bibliotecas centenarias se subastaban al mejor postor; se vendían monasterios enteros, Murillos y Tizianos buscaban nuevos dueños.

—Conozco lo que pasó, se llevaron de todo.

—Cierto, España se llenó de buscadores de tesoros. Y hubo un norteamericano que supo moverse mejor que ningún otro; disfrazado de hispanista respetado, arrasó con todo lo que pudo. Y encima le dieron las gracias, el primero, el Gobierno de turno.

—La ignorancia es atrevida —apostilló Svak.

—Uno de esos expoliadores de nuestro arte y nuestra historia hizo un inesperado hallazgo.

—¿Cuál? —inquirió Svak.

—Por eso debemos descifrar el manuscrito. Era tan amante del Medievo que lo ocultó como si fuera un manuscrito medieval; eso es su copia. ¿Me comprende ahora? —dijo Llull mientras se terminaba el cigarrillo—. Descubrió un tesoro más importante que un cuadro o un relicario. Por desgracia, murió antes de poder sacarlo a la luz. Ese manuscrito es lo único que existe y es un milagro que haya sido encontrado. Debemos aprovechar la oportunidad y resolver el secreto. Confío en usted, Svak, sé que puede hacerlo.

—Sería más fácil si tuviera el original, pero lo intentaré.

—No, hágalo o no lo haga, pero no lo intente —replicó irritado el señor Llull—. Disculpe mi tono, no hay nada que deteste más en este mundo que la cobardía. Se puede ser mejor o peor en algo, pero lo que no se puede ser nunca es un cobarde. No me gustan los matices, las cosas se hacen o no se hacen. Como le acabo de decir, confío en su pericia. No se preocupe por el manuscrito original, yo lo obtendré.

Svak asintió.

—De todas formas, antes necesito que me consiga otro objeto. Un beato, el Beato de Liébana.

El ladrón de libros se quedó sorprendido con el encargo y tardó en responder.

—Le costará caro.

—No se preocupe por eso. ¿Puede hacerlo?

—Claro.

—Pues no pierda ni un minuto.

—¿Cómo podré contactar con usted cuando lo tenga?

—Yo le buscaré, no se preocupe —respondió Alfred Llull mientras clavaba su mirada en la estatua del Ángel Caído—. Hasta pronto, señor Svak.

Svak abandonó el Retiro por un paseo flanqueado por estatuas de los reyes de España. Alfred Llull encendió otro cigarrillo frente a la fuente del Ángel Caído, entonces su ayudante se acercó por detrás.

—¿Qué ha pasado con el manuscrito original?

—Lo tiene la chica y ha buscado ayuda —puntualizó el hombre alto y delgado—. Ha recurrido a un historiador que habla por la radio de castillos.

—¿Por la radio? —dijo entre risas el magnate—. No me hagas reír. Una pobre funcionaria y un locutor de radio.

—¿Quiere que los elimine, señor?

—No, la sangre es difícil de limpiar, siempre quedan restos. No vamos a arriesgarnos por esos dos pobres desgraciados. Yo mismo me ocuparé de ella.

Su ayudante asintió.

21

La metamorfosis

Alex condujo en su moto hasta llegar a la calle Mayor que estaba a rebosar de jóvenes. Por el retrovisor observó un coche negro, un Seat León que los seguía en todos los giros.

Callejeó durante un rato y llegó a la plaza de Tirso de Molina. Aparcó la moto cerca de los cines Ideal y cogió a Silvia del brazo. Cruzaron la plaza de Tirso hasta llegar a un edificio singular. En su fachada tenía unos azulejos que en el piso inferior eran simples formas geométricas. Pero conforme uno recorría la fachada de manera ascendente, contemplaba cómo los cuadrados se iban transformando poco a poco en lagartos o salamandras en una especie de metamorfosis. Le recordó uno de los cuadros de Escher, en el que debía estar inspirada aquella maravilla. Alex llamó varias veces al timbre hasta que se abrió el cristal de la puerta.

—¿Alex? ¿Qué quieres a estas horas?

—Necesitamos entrar, ahora te cuento.

—Venís juntos… Veo que encontró lo que buscaba, señorita —dijo el viejo riéndose.

La puerta se abrió.

—Pensaba que esto era ya casi imposible, recibir sin previo aviso a alguien que llama a tu casa —comentó Silvia—. Yo nunca hubiera abierto, pensaría que es un repartidor que trae un paquete o el cartero que busca que se le abra la puerta principal.

—Yo te he abierto antes…

—Lo que te decía, yo no lo habría hecho.

—Ya… Supongo que es lo normal. En las grandes ciudades, donde las distancias son enormes, el hecho de ir a ver a alguien implica cierta preparación para el desplazamiento. Pero eso lo hace todo más aburrido, ¿no crees, Silvia?

Por una escalera oscura, con una simple lámpara iluminándola desde un alto techo, los tres subieron al primer piso sin decir una sola palabra. Por alguna extraña razón ninguno de sus dos acompañantes hablaba ni encendían la luz. Llegaron a la primera planta y allí Alex la guio por el apartamento a través de varias puertas hasta un amplio salón decorado con pósters de conciertos, instrumentos musicales, sombreros, estampitas y otros objetos que daban a la estancia un toque cinematográfico. Se trataba de un lugar increíble, donde parecía que se había detenido el tiempo.

—Santos fue actor —le explicó Alex, que por fin habló.

—Y muy bueno, señorita, he actuado en muchas películas. Ahora por desgracia solo me dedico a visionarlas.

—Pertenece a un club muy peculiar, donde solo ven películas perdidas, ¿verdad?

—Mira que te gusta hablar más de la cuenta, Alex.

—¿Películas perdidas?

—Sí, cosas de cinéfilos. Pero dudo que hayáis venido a horas intempestivas para hablar de cine.

Desde el medio del salón, Silvia examinó con su mirada los pósters que forraban las paredes; eran de la época de la dictadura y muchos estaban dañados, pero algunos eran magníficos. Aquello, más que un salón, parecía un museo. En el centro de la pared había un retrato de un hombre bastante atractivo, vestido con sombrero, chaleco y pantalones altos y ajustados, que recordaba levemente a Santos.

—¿Es usted?

—El mismo que viste y calza —respondió orgulloso—, tenía veinticinco años. Creo que todos deberíamos conservar siempre esa edad. Envejecer es la mayor putada que hay en la vida.

—Si está usted estupendo —dijo Silvia.

—No tienes que hacerme la pelota, ya os he dejado entrar —dijo sonriendo—. Pero ¿me vais a contar qué sucede? ¿Por qué habéis venido aquí?

Entonces Silvia les dijo que era restauradora de libros antiguos en la Biblioteca Nacional y lo contó todo. El descubrimiento de un extraño manuscrito en la contraportada de un libro sobre los amoríos de Quevedo. La transcripción llevada a cabo por Blas, consistente en una serie de seis textos a modo de adivinanzas, y la presencia de siete signos. Además de esa foto de un castillo y el enigmático telegrama de 1929. También les habló de la aparición de un ladrón en su casa en dos ocasiones, que era el mismo que los había atacado en casa de Alex, y les reveló la imposibilidad de contactar con su amigo Blas.

—Pues sí que es una historia curiosa —afirmó Santos asintiendo con la cabeza.

—¿Y dónde está ese manuscrito tan misterioso? —preguntó Alex.

—En un lugar seguro.

—¡Qué lástima! Me vas a dejar con las ganas de verlo —lamentó Santos.

—¿Y la transcripción? Porque has comentado que tu compañero la transcribió al castellano actual, ¿no? —Alex parecía cautivado con aquel singular documento, que poseía la facultad de intrigar a todo el mundo.

—Yo guardo una copia de la transcripción y él otra.

—¡Joder! Y nos tienes en vilo sin decirnos nada, ¡enséñanosla! —le recriminó el viejo de diminutos ojos.

Silvia cogió su bolso marrón con tachuelas, buscó en su interior y dejó sobre sus piernas el libro de los amoríos de Quevedo. Después, sacó un sobre y volvió a guardar el libro. Cuidadosamente extrajo un papel doblado por la mitad. Alex la miró con cara de pocos amigos, ahora entendía por qué no quiso dejar el bolso en su piso y se arriesgó tanto por cogerlo. Santos hizo sitio sobre la mesa y Silvia desplegó la hoja de papel dejando al descubierto su enigmático contenido.

—Aquí lo tenéis.

Santos y Alex miraron con detenimiento el documento, examinando los párrafos transcritos y los símbolos de su parte inferior. Silvia se levantó, no quería volverlo a mirar. Así que se acercó a una de las paredes y se entretuvo revisando los recuerdos de Santos. Le gustó una vieja fotografía de unas chicas bailando en un parque. «Será el Retiro», pensó. Junto a ella, una en la plaza de las Ventas y otra muy curiosa de la Puerta del Sol, donde se veía a un hombre, que debía ser el propio Santos, fumando mientras posaba para la cámara. En una esquina había una gran jaula metálica. Parecía ser para algún tipo de pájaro y tenía un aire barroço. Se dio la vuelta y encontró a sus dos acompañantes cuchicheando.

—¿Algo que deba saber? —preguntó, y ambos se volvieron hacia ella.

—Sin duda son algo parecido a acertijos sobre castillos. Una especie de pistas para dar con ellos —respondió Alex mientras se tocaba el labio con un dedo de su mano, a golpes constantes—. ¿Y los símbolos? ¿Qué son?

—No lo sé, dímelo tú —repuso Silvia.

—¿Yo? No tengo ni idea. Son símbolos sencillos, pero no tienen ninguna relación con el texto. Es más, hay siete símbolos y solo seis descripciones.

—Es que estás carcomido por el germen de la ignorancia, Alex —adujó Santos mientras se reía—. Puede que los símbolos sean también pistas.

—La hipótesis de Santos no es mala —comentó Silvia.

—¿O quizá un mensaje? —sugirió Alex.

—Lo que está claro es que están relacionados. El cómo es otra cuestión —interrumpió Silvia, quien ya había pasado por todo aquello. Las mismas preguntas que se hacían ellos, ya se las había hecho ella mentalmente una y otra vez desde la primera vez que lo tuvo en sus manos.

—¿Y no os habéis preguntado quién narices lo escribió? —inquirió Santos.

—Por el tipo de escritura es antiguo, siglo XIV o XVI —aclaró Silvia.

—Y luego lo metieron dentro de una encuadernación de un libro del siglo XIX... —recapituló Santos—. ¿Y quién lo vendió por internet?

—Eso da igual —intervino Alex—, el vendedor no tendría ni idea.

—De acuerdo. ¿Y no había ningún dato más en el libro? No sé...

—Solo la foto y el telegrama. ¿Sabes qué castillo es el de la foto?

—No, es una foto en blanco y negro y el castillo se ve mal. Y el telegrama..., pues vete a saber. Pero son todo nombres ingleses.

—Elemental, querido Watson —dijo Santos—. Perdona, es que para darse cuenta de eso tampoco hay que ser Sherlock Holmes.

—En fin... —Alex resopló.

—El telegrama y la foto son muy posteriores al manuscrito, quizá no tengan relación —adujo Silvia—. Lo que a mí me extraña es ¿por qué castillos? Hasta ahora tú eres el único que ha encontrado algo de sentido a los textos, bueno, al primero de ellos.

—Sí, y ya veo que me has ocultado los cinco restantes.

—Fue una medida de precaución, entiéndelo.

—No sé, Silvia —Alex no parecía muy convencido—, creo que está claro que son adivinanzas sobre diferentes castillos. Lo de los símbolos no lo sé, pero dudo que esto sea algo azaroso, seguro que oculta algo. —Alex dejó el papel y se levantó para ir junto a Silvia—. ¿Y el hombre que nos ha atacado? ¿De dónde ha salido? ¿Cómo se ha enterado de la existencia del manuscrito si lo llevas tan en secreto?

—Lo desconozco, créeme. Solo yo, y ahora también vosotros, sabemos que existe. Bueno, y también mi compañero Blas, pero… Hay un tío, un tal Llull, que dice que ha conseguido una copia del manuscrito y quiere el original.

—¿Que tiene una copia? —preguntó Alex mientras metía una cámara fotográfica en una mochila de mano de color rojo.

—¿Qué haces con eso? —Santos le miró enojado.

—Te la devolveré.

—Esa vale más que tú cabeza.

—Tendré cuidado —respondió Alex, que volvió de nuevo la vista a Silvia—. ¿La única copia no la tenía tu amigo?

—Sí, Blas… Es largo de explicar. Pero ese tío es… —dudó qué decir—, no me da buena espina.

—¿Fue él quien entró en tu piso y en el mío? —inquirió Alex.

—No creo, no parece que sea su estilo —respondió Silvia—, pero sí creo que está obsesionado con el manuscrito.

—Si quiere el original, habrá que tener cuidado. —Alex se detuvo un instante—. Perdona que te lo pregunte, ¿dónde lo tienes guardado?

—Bien escondido, no pienso decirle a nadie dónde está, ni siquiera a ti.

—Silvia, no te preocupes, mantenlo a buen recaudo —dijo Santos.

—Tenemos la transcripción con las seis descripciones y los siete símbolos —continuó Alex—. No necesito el original. Lo que debemos hacer es irnos ya.

Silvia agradeció que no insistiera en el tema del manuscrito original. Ya era hora de ponerse en marcha e ir a ese castillo, pese a que lo más probable era que no encontraran nada. Aun así, tenían que intentarlo.

—De acuerdo, pero antes debo pasar por mi apartamento, necesito recoger alguna cosa —dijo Silvia ante la cara de satisfacción de Alex—. Por cierto ¿no pensarás ir en tu moto hasta Ciudad Real?

—No.

—¿Entonces?

—Pues no sé… Déjame que haga una llamada.

Alex se retiró con el móvil, mientras Silvia resoplaba. No tardó en regresar.

—Un amigo mío me deja su coche unos días a cambio de la moto y de las llaves del piso. ¡Vamos!

—Muy bien. —Silvia se percató de que el rostro de Santos era de desaprobación—. ¿Qué sucede?

—¿Te puedes creer que no me deja ir con vosotros?

—No seas pesado, ya te he dicho que no puede ser. —Alex le puso mala cara.

—Vigilar, psss. Yo soy un hombre de acción.

—¡Santos! Esta vez no.

—Está bien —contestó con resignación—. Silvia, cuida de él, es algo cascarrabias, pero qué le vamos a hacer. Es buena gente, un poco feo…

—No te preocupes —respondió Silvia—, volveremos pronto.

Se despidieron de Santos. Salieron de nuevo a la calle, cogieron un taxi y fueron hasta donde vivía su amigo, quien en efecto les prestó un Citroën C4 de color rojo. Decidieron irse sin pasar por casa de Silvia, así que ella fue a una tienda cercana y compró algo de ropa, una bolsa de deporte y otros artículos. Mientras, el amigo de Alex le prestaba a él ropa y otra mochila. Arrancaron el coche y emprendieron el viaje. Al poco Alex miró por el espejo retrovisor. El Seat negro seguía detrás. Estacionó y vio cómo el coche pasaba a su lado. Lo conducía un solo individuo que no hizo amago de mirarle.

—Creo que ese tío nos ha estado siguiendo desde mi casa —Alex le señaló.

Silvia se giró justo cuando pasaba de largo, pero le dio tiempo para reconocer al agente que la había espiado cerca del Museo Reina Sofía.

—¡Mierda! —exclamó mientras se quitaba el cinturón—. Es un policía. Me ha estado siguiendo desde que salí de la Biblioteca Nacional ayer.

—¿Por qué te sigue la policía?

—Ha desaparecido mi compañero de trabajo, Blas —explicó Silvia—. Me interrogaron, pero no les dije nada. No te preocupes.

—¿Cómo que no me preocupe?, ¡nos sigue la poli! O me dices toda la verdad, o no me muevo de aquí —amenazó Alex, que había parado el coche en la calle Bailén, frente a la iglesia de San Francisco el Grande—. Me has tomado por tonto, ¿no es así?

—Si este pronto es por lo de anoche… Yo iba un poco contenta, y nerviosa por lo que había sucedido en mi piso. Lo entiendes, ¿verdad?

—Eh… sí, claro —balbuceó de manera poco convincente Alex.

—Nos acostamos, quizá no deberíamos haberlo hecho, pero no tiene nada que ver con esto. Ahora lo que debemos hacer es ir a ese castillo. Es mejor que no mezclemos las cosas.

Un profundo silencio se hizo dentro del habitáculo del coche, como si ambos hubieran olvidado cómo se utilizaban las palabras o tuvieran miedo de mover sus labios. En la calle varios taxistas pitaban recriminándoles por haber estacionado en plena vía, cortando uno de los carriles.

—Mira, no sé si quiero seguir. —Alex torció el gesto.

—Llull me ofreció muchísimo dinero por venderle el manuscrito, ¿contento? —confesó Silvia.

—¿Y no aceptaste?

—¿Tú qué crees? Me asaltó en plena calle, me llevó a comer a un sitio caro y me lo propuso —explicó Silvia, que tenía ganas de desahogarse, como si aquel secreto le pesase demasiado—. Y me contó que había comprado también la copia a mi amigo Blas.

—¿Y es verdad?

—No lo sé, Blas está ilocalizable. —Silvia dejó entrever un ligero aire de frustración en sus palabras—. Le busca la policía, por eso nos están siguiendo.

—¿Creen que tú sabes dónde está Blas?

—Supongo que sí, pero no tengo ni idea. A mí también me gustaría poder hablar con él.

—Será mejor que sigamos —sugirió Alex—. No te lo quería decir, pero tu amigo el policía está aparcado detrás de nosotros, en la parada de autobús.

—¿Qué hacemos?

—Perderlo.

Alex arrancó de nuevo el coche para contento del resto de los vehículos que pitaban detrás. Continuó la calle hasta la puerta de Toledo, allí hizo un amago de salirse hacia el río Manzanares y el estadio de fútbol del Atlético de Madrid, pero en el último momento giró el volante e hizo la rotonda entera. Pisó fuerte el acelerador y salió todo lo rápido que pudo, pasando demasiado cerca de dos motoristas que le maldijeron de todas las maneras posibles.

22

Liébana

Aquel día las nubes surcaban el cielo como grandes águilas, planeando lentamente y amenazando con descargar su cólera en cualquier momento. Conducía por una carretera encajonada entre las imponentes paredes verticales de un angosto cañón junto al río Deva, conocido como el desfiladero de La Hermida. Llegó a la localidad de Potes algo mareado y enseguida vio desde el automóvil la señorial torre del Infantado. Las calles permanecían húmedas por la lluvia de la noche anterior y el día era tan gris que parecía que los colores se habían refugiado entre las montañas, aterrorizados por la tormenta, y convirtiendo el paisaje en una película en blanco y negro. Prosiguió su camino por otra carretera más pequeña, hasta llegar al lugar escogido hacía quince siglos por unos monjes para fundar un modesto enclave monacal.

Santo Toribio de Liébana estaba situado en el municipio de Camaleño, pero próximo a Potes. A pesar de albergar obras del Beato de Liébana así como de un *lignum crucis* —según muchos católicos el trozo más grande conocido de la cruz donde murió Jesucristo—, no era excesivamente conocido. Su Puerta del Perdón se abría al comienzo de cada año jubilar lebaniego para recibir a los peregrinos. Junto a Jerusalén, Roma, Santiago de Compostela y Caravaca de la Cruz, era uno de los lugares santos del cristianismo.

Svak bajó del coche vestido con su mejor traje, como siempre que se disponía a dar un golpe. Caminó hacia el monasterio concentrado y vigilante. En el conjunto monástico el edificio que más destacaba era la iglesia. Se dirigió hacia ella.

La portada era románica, estaba formada por un arco de medio punto ligeramente apuntado, rodeado de arquivoltas que se apoyaban en capiteles cuyas representaciones parecían hacer referencia a los sacramentos. A cada lado había tres columnas con capiteles, donde se podía observar la efigie de varias cabezas humanas, racimos de uvas y una paloma con las alas extendidas. También se apreciaban dos figuras que portaban un escudo con las llaves de san Pedro. Atravesó la puerta y entró en el templo. En su interior había una atmósfera hechizante.

Caminó por la nave más amplia, entre unos pocos turistas y varios devotos que rezaban arrodillados en los viejos bancos de madera. Continuó por una de las naves más pequeñas hasta llegar a una capilla abovedada de estilo barroco, en el muro norte de la iglesia. Según se explicaba en uno de los paneles, el *lignum crucis* que se conservaba allí correspondía al brazo izquierdo de la Santa Cruz, y en él había quedado íntegro el agujero sagrado donde clavaron la mano de Cristo. Era uno de los pocos *lignum crucis* que la Iglesia católica admitía como auténtico, y el fragmento más grande de toda la cristiandad.

Continuó hacia el claustro, que acogía una exposición sobre el Beato de Liébana. A Svak no le había sorprendido el encargo, se trataba de una pieza de inmensa trascendencia y su temporal traslado al monasterio suponía una oportunidad irrepetible. Pero era una obra imposible de colocar en el mercado, así que solo podía robarse a petición de algún excéntrico millonario. Los beatos eran muy codiciados por la calidad y colorido de sus miniaturas. El de Liébana consistía en una serie de complejos comentarios sobre el Apocalipsis. Su autor había usado diversas fuentes para escribirlo, pero no las utilizó para elaborar un texto independiente, sino que las transcribió de las copias que tenía a su disposición. Quizá de su propia cosecha eran solo un par de páginas, por lo que la labor de este beato había sido, sobre todo, la compilación y ordenación de textos de distinta procedencia para crear un conjunto con sentido propio.

El Beato de Liébana puso principal interés en el enfrentamiento entre Dios y el diablo. Además, pretendió preparar a los creyentes para el fin del mundo que había de sobrevenir, según sus cálculos, en el año 800 de nuestra era. La figura del Anticristo era el hilo conductor de este beato y a él se le dedicaban páginas enteras: a su número, a su nombre y a su papel en el final de los tiempos.

El lugar no estaba demasiado vigilado, apenas había un par de cámaras pero fáciles de esquivar. El sistema de vigilancia de las vitrinas del beato iba a ser desactivado por mediación de Alfred Llull. Mientras repasaba las medidas de seguridad, oyó unos pasos detrás de él. Se volvió y descubrió un monje mayor. Vestía un hábito negro, tapado con una capucha y un cordón de tres nudos sujetaba su ropa. Se trataba de un hermano franciscano. Permanecía de pie con una sonrisa hermética y las manos juntas a la altura del estómago, observando a los pocos turistas que había en el claustro. Seguro que él podría servirle de ayuda.

—Perdone.

—Sí, hijo —respondió el franciscano.

—Ando un poco perdido con tanta gente.

—Es normal, con la conmemoración de la bula el monasterio está recibiendo muchas visitas.

—Tuvo que ser importante.

—Ya lo creo —afirmó el monje—. Concedió carácter jubilar al monasterio, es decir, permitía la redención de los pecados, cualesquiera que estos fueren o portaren los visitantes y peregrinos en sus conciencias.

—Entiendo, solo por ello vale la pena visitar el monasterio. Además, está el beato. Este códice habla del Apocalipsis, ¿verdad? —preguntó con voz dubitativa.

—El libro del Apocalipsis —murmuró el monje—, qué gran misterio. A ese libro también se le llama el Apocalipsis de San

Juan, es el último del Nuevo Testamento. Fue escrito por san Juan después de la muerte de Jesús.

—Es un libro profético, ¿no es verdad? —preguntó Svak.

—Hay muchas maneras de interpretar el Apocalipsis, sin duda es el texto con más simbología de toda la Biblia. Y esto complica la tarea de interpretarlo —continuó explicando el monje franciscano—. Los símbolos son mucho más poderosos que las meras palabras, porque engloban íntegramente ideas, cosa que no pueden hacer las palabras por sí solas. Por ello, los símbolos son tan difíciles de estudiar y comprender.

—El significado se ha ido perdiendo.

—Un círculo en una ventana no significa nada para nosotros, pero para un hombre hace doscientos años era una manera de protegerse de un temor y que no entrara en su casa.

—¿Y el beato? Quiero decir la persona que lo escribió —puntualizó Svak—. ¿Él sí que logró interpretar los símbolos?

—Bueno, con su gran sabiduría y la ayuda de Dios, ha sido el que mejor lo ha hecho. Sin embargo, debido a nuestra infinita ignorancia, muchos de los símbolos y apreciaciones del beato no somos capaces de comprenderlos.

—¿Por qué hay tantos símbolos y dibujos?

—El Apocalipsis era un libro realmente complicado de leer e interpretar. Por eso el beato creó las ilustraciones en forma de miniaturas, a modo de comentarios. Para que se entendieran mejor.

Svak conocía perfectamente ese mapa, había robado varias copias antiguas de él.

—¿Usted trabaja aquí? —preguntó.

—Sí, estoy a cargo del cuidado del claustro. Este es un monasterio franciscano —dijo señalando un escudo en la pared formado por dos brazos con dos estigmas y una cruz—. Vienen muchos fieles, sobre todo en año jubilar. No tantos como peregrinan a Santiago, pero no nos podemos quejar. Con la conmemoración de la bula hemos preparado esta muestra y hemos expuesto el beato, el auténtico.

Svak permaneció en silencio, dubitativo. Algo nada común en él.

—¿Puedo hacerle una pregunta? —inquirió el fraile franciscano.

—Claro.

—Hay algo que le perturba, ¿verdad?

—No sé a qué se refiere.

—A veces hay heridas en el corazón que nunca llegan a cicatrizar del todo. Y que debemos acostumbrarnos a que sangren de vez en cuando.

Svak no supo cómo reaccionar.

—Perdone, ¿a qué hora cierra el claustro? —Intentó reconducir la situación.

—En dos horas.

—¿Y es posible visitarlo fuera del horario?

—Me temo que no. Han instalado grandes medidas de seguridad para poder exponer el beato aquí, aunque nosotros no las veamos, cámaras y todo eso, ¿sabe?

—Sí, ya imagino. Es una pena no poder admirarlo con más tiempo. Supongo que usted también desearía poder estar aquí solo leyéndolo y estudiando sus símbolos.

—No se preocupe por mí, cuando todo el mundo se marcha yo siempre me quedo por aquí un rato y entonces aprovecho. Me gusta la soledad, supongo que esa fue una de las razones de hacerme monje —confesó con una amable sonrisa en su rostro—. Esa y la llamada de Nuestro Señor Jesucristo, por supuesto.

—Pero con las medidas de seguridad, si se queda dentro… luego no podrá salir.

—Oh, no, no. Yo tengo mi propia llave. Además, hay una puerta al final de este pasillo —la señaló—. Yo siempre entro y salgo por allí, es un acceso directo a la sacristía.

—Qué listo es usted.

—Más sabe el diablo por viejo que por diablo… —dijo sonriendo.

Svak se despidió de la forma más amable que pudo del monje franciscano y abandonó el monasterio. Anotó en una libreta los horarios de cierre y volvió al coche. En unos minutos llegó al municipio de Camaleño. Allí buscó un restaurante donde poder comer tranquilamente. Volvió a acordarse de su maestro, ya que la traición de un italiano de su banda, cuando planeaba robar uno de los beatos, le costó su primera estancia en la cárcel. Iban a robar en la catedral de El Burgo de Osma, pero el italiano bebió demasiado y lo delató, así que su maestro acabó en la cárcel de Soria. Hacía tiempo que no hablaba con él, desde su enfrentamiento por un robo que nunca cometieron, el de la biblioteca del Vaticano. El viejo quería retirarse con él, era su sueño, pretendía que fuera el mayor robo jamás cometido. Decía que quería robarla para fotocopiar sus fondos y hacerla accesible a todo el mundo. Pero en aquella época Svak creyó que era todavía demasiado joven para pasar a la historia y no se arriesgó.

Tras la comida volvió al monasterio. Faltaban pocos minutos para la hora de cierre. En media hora, parecía que todos los turistas habían salido ya y se cerraron las puertas.

Una hora después, tras haber paseado en soledad por el claustro, el monje franciscano abrió la puerta que comunicaba con un estrecho pasillo que llevaba a la sacristía. Cuando se disponía a cerrarla por dentro, alguien le golpeó en la base del cráneo y cayó inconsciente sobre el suelo empedrado.

SEGUNDA PARTE

Los castillos

23

Castilla

Al salir de Madrid y entrar en la provincia de Toledo, Silvia y Alex estaban convencidos de que no los seguían. Habían realizado varias maniobras para distraer a cualquiera que pudiera ir tras ellos, ya fuera la policía o Alfred Llull, de quien Silvia no se fiaba ni lo más mínimo. Alex conducía rápido y sin hablar, parecía enfadado. La joven no sabía qué decir, también permanecía callada, contemplando el paisaje castellanomanchego que empezaba a extenderse ante sus ojos. Encendió la radio para que el silencio fuera menos violento y sintonizó una emisora de música. Pronto sonó una melodía. Era una canción de Fito. Al escuchar el estribillo, el gesto del rostro de Alex cambió; no sonreía, pero ya no parecía enfadado.

> *Lo que nos llevará al final*
> *serán mis pasos, no el camino.*
> *No ves que siempre vas detrás*
> *cuando persigues al destino.*

Con la música el viaje era más ameno, y es que, en ciertas ocasiones, no hay nada más molesto entre dos personas que el silencio. Cruzaron la provincia de Toledo rumbo al sur. Desde la autopista se veía un paisaje claro y limpio, ¡tan diferente a Madrid! Sin edificios que taparan la luz del sol, el mundo parecía infinito y una sensación de libertad invadía a Silvia.

—Gracias.

Alex se volvió hacia su acompañante al oír esa palabra.

—Quería darte las gracias por todo lo que estás haciendo por mí —dijo Silvia mirándole fijamente—. Sin tu ayuda, no sé qué estaría haciendo ahora.

—Bueno, no te preocupes, que tampoco estamos seguros de que yo tenga razón con lo del castillo.

—Pero por mi culpa entraron en tu piso.

—Tú no asaltaste mi casa y además a mí me interesan los castillos, ¿recuerdas? ¿Cómo no voy a querer buscar uno que aparece en un manuscrito de hace cinco siglos que estaba escondido en la contraportada de un libro del siglo XIX?

Alex parecía ir poco a poco olvidando su enfado.

—Y respecto a lo de la policía y Blas, no te lo oculté, simplemente no quería meterte también a ti en ese lío.

—Está bien —Alex miró a Silvia con gesto amable—, pero no me gusta que me oculten cosas.

—Prometo no ocultarte nada más —dijo Silvia levantando los dedos índice y anular de su mano derecha.

—¿Y la otra mano? —preguntó Alex entre risas.

Silvia sacó la izquierda mostrando los mismos dedos, pero esta vez estaban cruzados.

—Eres tremenda.

Silvia se rio.

—Anda, déjalo —le dijo Alex con cara de resignación—, pero no me vuelvas a ocultar nada.

—Prometido. —Silvia se acomodó en el asiento—. ¿Has estado antes en Calatrava?

—Sí, claro, viajo mucho. Además de trabajar en la radio, tengo una beca como investigador para mi doctorado —dijo Alex algo nervioso—. Estoy realizando mi tesis.

—Qué interesante, ¿y sobre qué investigas?

—Mi tesis se titula «El castillo español frente al europeo, fortaleza militar frente a residencia nobiliaria» —respondió con una voz muy seria.

—¡Vaya! —exclamó Silvia impresionada—. Y ese título..., ¿qué les pasa a los castillos de Europa, no te gustan?

—¿Tú no habrás hecho por casualidad la ruta de los castillos del Loira?

—Pues sí, con mis amigas durante el Erasmus. —A Silvia le brillaban los ojos solo de recordar aquella época de su vida—. Recuerdo que estuve en Chambord, en Bois y en aquel que salía siempre en los libros de Tintín, pero no me acuerdo del nombre.

—¿Donde viven Tintín, el capitán Haddock y el profesor Tornasol?

—Sí, ¿cómo se llama?

—Cheverny.

—No recuerdo los nombres...

—Si has hecho la ruta estuviste en Cheverny, en Chambord, en Chenonceaux y muchos otros, entre ellos en el de Amboise, donde descansan los restos de Leonardo da Vinci —explicó Alex mientras seguía con la mirada atenta en la carretera—. Son maravillosos, fueron edificados o reconstruidos en el Renacimiento. Sin embargo, esos *châteaux* son más bien palacios, ¿no crees?

—Puede ser —contestó Silvia algo dubitativa.

—Son palacios, extraordinarios, espectaculares, de una enorme calidad artística, pero no están pensados para rechazar un ataque militar. Si tienen fosos o almenas, son exclusivamente decorativos. Están construidos para residencia de la más alta nobleza parisina, no para albergar compañías de sucios y pobres soldados.

—Supongo que son un poco más palacios que castillos. —Silvia intentó rectificar sus palabras.

—¿Un poco? Cuando se habla de castillos, se debería hablar de España. No hay en ningún otro lugar del mundo tal cantidad y variedad de auténticos castillos como en la Península —relató Alex entusiasmado—, pero si incluso tenemos una región que se llama Castilla y el origen del topónimo Cataluña podría hacer referencia a sus castillos.

Silvia cabeceó poco convencida.

—Te aseguro que en Europa no hay nada parecido. También es verdad que no son muy originales poniendo nombres: Francia, tierra de francos; Dinamarca, tierra de daneses; y así puedo seguir con media Europa.

—Bueno, Alex, eso de los nombres es un tanto rebuscado…

—¿Tú crees? —le preguntó—. Yo creo que es una característica muy significativa acerca de la gente que vive en un país. Es mucho más honesto cuando llegas a un lugar aceptar cómo se llama que ponerle tú un nombre. Más aún cuando lo que haces es llamarlo igual que tú. ¿No te parece? Castellanos, aragoneses, italianos, portugueses, todos han respetado el nombre histórico de la tierra donde viven, que no depende de quiénes sean sus habitantes, sino que esa tierra tiene nombre propio, la habite quien la habite…

—Puede que tengas razón —dijo resignada Silvia, que no podía evitar apreciar la pasión con la que Alex hablaba del tema.

—Pero lo que yo te quería explicar es que en España es donde la palabra «castillos» adquiere su verdadero y original significado. Un lugar donde refugiarse en caso de ataque, provisto de defensas, un lugar creado para protegerse.

—En Europa son más palacios, eso lo entiendo.

—Imagínate si tendría que haber castillos en la Castilla de la Edad Media para que le pusieran ese nombre, en la época en que más fortalezas se construyeron, cuando el paisaje de toda Europa debía estar surcado de castillos. —Alex aminoró la marcha para centrarse en sus explicaciones—. A pesar de esa proliferación, hubo una reducida porción de tierra, porque sobre el año 1000 Castilla era un pequeño condado en parte de lo que hoy es Burgos, que la denominaron «tierra de castillos». Algo de especial debían tener esas fortalezas para poner ese nombre a esta región; algo verían los viajeros, muchos de ellos europeos, para al volver a sus hogares contar que habían estado en una tierra de castillos.

—¿Tantos castillos había?

—Había muchos, sin duda, ya que los cristianos del norte al abandonar por primera vez las montañas y llegar al llano, a la meseta, no encontraron dónde refugiarse de los ataques de los ejércitos del califato de Córdoba. Todo el río Duero estuvo abandonado durante casi dos siglos porque los cristianos no se atrevían a crear asentamientos, prefirieron arrasar las defensas que los bereberes construyeron en esa zona y llevarse a los mozárabes que vivían allí...

—¿Los mozárabes eran los cristianos que vivían en suelo musulmán? —interrumpió Silvia.

—Sí, los musulmanes respetaban a judíos y a cristianos, las religiones del libro, aunque les hacían pagar fuertes impuestos.

—Nada es gratis en esta vida —comentó con ironía Silvia.

—Supongo que no —respondió Alex mientras seguía con su explicación—. Los reyes astures decidieron despoblar esa zona creando una extremadura, una tierra de nadie que les servía de defensa. Solo el norte de Burgos y la Rioja se repobló, dada también su proximidad a los jóvenes reinos de Navarra, Aragón y la poderosa taifa de Zaragoza. Aunque los cristianos que llegaron a estas tierras estaban a merced de cualquier ataque, así que hicieron varias cosas.

—¿Construir castillos?

—Sí, entre otras. Como nombrar caballero a todo aquel que tuviera un caballo.

—Qué gracioso —interrumpió Silvia— y qué lógico.

—También se rigieron por un fuero propio y acumularon una gran autonomía, en parte gracias a la gran construcción de castillos. Por eso se fue formando aquí un poderoso condado, que finalmente conseguiría la independencia de los reyes asturleoneses.

Silvia parecía muy interesada, nunca le habían contado esa parte de la historia de España o, al menos, no de esa manera tan apasionada y atrayente.

—Había muchos castillos en el condado de Castilla en esa

época, también los había en Normandía, en Bretaña y en el valle del Rin. Sin embargo, los caballeros europeos que cruzaban los Pirineos y llegaban a esas tierras veían algo totalmente distinto a lo que había en sus lugares de origen. —Alex estaba tan seguro de lo que decía y se expresaba con tal entusiasmo que era difícil no prestarle atención—. En Europa los castillos se construían en suaves colinas, en los campos de viñas, rodeados de bosques; formaban parte del paisaje, como las granjas, los molinos, como si siempre hubieran estado allí. Se configuraban como un elemento más del paisaje agrícola y pertenecían a la estructura social. El castillo se constituía en el icono de la sociedad feudal, donde vivía el señor, conformaba el núcleo de sus dominios. El castillo representaba su poder y funcionaba como un centro administrativo además de un bastión militar.

—Ya entiendo —dijo Silvia, que seguía atenta todas las explicaciones de Alex, totalmente embriagada por su entusiasmo—. Y en España no era así, aquí estábamos en guerra.

—Estuvimos setecientos años en guerra con los musulmanes, la primera cruzada se luchó aquí; permanecimos en estado de guerra constante durante todos esos siglos —la corrigió Alex—. Cuando esos ricos caballeros, que vivían de forma placentera en sus palacios, cruzaban los Pirineos, veían un escenario que les parecía increíble; sorprendentes castillos levantados al borde de enriscados acantilados, que se confundían con la propia montaña, erigidos sobre el paisaje, desafiándolo, nunca integrados en él. Los europeos no estaban acostumbrados a ver castillos surcar los cielos como barcos, encaramados a cualquier cerro que se levantase en la seca meseta castellana. En España eran auténticos gigantes, desafiantes, preparados para la guerra y tenían una clara misión: resistir cualquier ataque. Podían caer las poblaciones, arrasar los campos y quemar las granjas, pero mientras el castillo resistiese, el territorio no estaba conquistado.

—Me has convencido —comentó Silvia—. ¿Y te conoces todos los castillos que hay en España?

—Casi.

—Eso ya no me lo creo —dijo ella con su cara de niña mala, mientras veía pasar un letrero en la autovía que marcaba un desvío hacia un pueblo que se llamaba Tembleque—. ¿Qué castillo hay aquí cerca?

Alex la miró sonriente, pero rápidamente volvió a centrarse en la carretera ya que un coche rojo le adelantó a gran velocidad.

—Dentro de poco pasaremos cerca de Consuegra, allí hay un castillo de la Orden de San Juan muy importante —respondió con seguridad—. Además, es famoso porque en la cima del cerro donde se asienta hay como media docena de molinos de viento, así que imagínate la estampa. Y en agosto realizan una famosa recreación de una batalla, donde murió el único hijo del Cid.

—¿En serio? Si me quieres impresionar lo estás consiguiendo otra vez.

—¿Otra vez? ¿No lo dirás por lo que pasó en mi casa?

—Alex, habíamos dicho que lo íbamos a olvidar…

—Pero quizá sí deberíamos hablarlo.

—No hay nada de qué hablar. —Silvia dejó de mirar a Alex y perdió su vista en el paisaje manchego, buscando los molinos y el castillo de Consuegra—. Fue un polvo, nada más.

—Bueno, como quieras —intentó disculparse él.

Entraron en la provincia de Ciudad Real; entonces empezaron a ver, además de los de cereal, campos de viñas.

—Hace poco que fue la vendimia —comentó Alex—. Lástima no haber venido hace unas semanas, hubiéramos visto cómo la recogían.

Alex tomó una salida y el paisaje se hizo más rural y la carretera se volvió de ambas direcciones. La conducción era sencilla, ya que circulaban escasos vehículos.

—Vamos a pasar cerca del primer castillo de la Orden de Calatrava, el de Calatrava la Vieja. Más bien es una ciudad islámica fortificada junto al río Guadiana, que luego pasó a manos cristianas. En ese castillo nació la más importante orden de caballeros, quizá con la de Santiago, que ha dado España y la más antigua: la Orden de Calatrava. Una vez conquistada a los árabes, ¿sabes que fue una fortaleza templaria?

—¿Los templarios? Los odio.

—¿Que odias a los templarios? Pero eso es absurdo. —Alex no salía de su asombro—. Nunca había escuchado a nadie decir eso.

—Me agotan. Hay infinidad de libros y películas sobre ellos.

—Bueno, fueron muy relevantes en la Edad Media.

—Yo creo que se ha exagerado demasiado su historia. —Silvia se removió en su asiento—. ¿De verdad es templario ese castillo que dices?

—De hecho, fue una de las primeras edificaciones templarias en el reino de Castilla. Aunque sin mucha suerte, porque los templarios fueron incapaces de defenderla de los ataques musulmanes. El rey castellano pidió voluntarios para su defensa. Y fue un simple monje el que convenció al abad de un monasterio navarro, en Fitero, para que reclamara la fortaleza como propia. Todos pensaron que era un suicidio entregar la plaza a unos monjes. Sin embargo, reunieron en poco tiempo un ejército de más de veinte mil soldados. Esto obligó a los musulmanes a abandonar la fortaleza y retirarse sin presentar batalla.

—Había oído hablar de la Orden de Calatrava pero no sabía la historia. Hay tantas órdenes, que si templarios, San Juan, Santiago…, son demasiadas para recordarlas.

—Sí. Proliferaron mucho en España, pero esta es peculiar. —Alex continuó relatando la historia de la orden a Silvia—. Hubo dos batallas que marcaron el destino de Calatrava la Vieja. La primera fue la terrible derrota de Alarcos. El ejército castellano, con su rey a la cabeza y con ayuda de los soldados de las órdenes de Calatrava y Santiago, sufrieron una terrible derrota frente a los almohades. La sangre de los soldados calatravos inundó el campo de batalla, y tuvieron tantas bajas que abandonaron su fortaleza. Además, la cruz negra que era emblema de la orden pasó a ser roja, en recuerdo de tanta sangre derramada, según cuenta la leyenda.

—¿Y murieron todos los caballeros?

—No, todos no. La orden consiguió recuperarse rápidamente ya que muchos buenos hombres se unieron a su causa.

—Y Calatrava la Vieja, ¿está en buen estado? ¿Se puede visitar?

—Ya lo creo. A principios de los años ochenta era un campo de remolacha, pero ahora forma parte de un parque arqueológico junto a la ciudad medieval de Alarcos, donde fue la famosa batalla que te he contado que perdieron los castellanos frente a los almohades. —Alex parecía conocer ciertamente la zona—. Calatrava la Vieja contaba con tres corachas para abastecerse de agua del Guadiana.

—¿Corachas?

—Sí, grandes norias que elevaban el agua hasta las murallas de la ciudad —explicó Alex sin dejar de conducir.

—Parece mentira que estuvieran tan adelantados.

—Calatrava la Vieja contaba con dos *castellum aquae*, es decir, castillos de agua. La coracha alimentaba un torreón, desde donde se vertía agua al foso a través de las numerosas bajantes de cerámica que atraviesan sus muros. Podía utilizarse como arma en caso de asedio, como una especie de surtidor a presión. Semejante mecanismo es único en la arquitectura militar medieval —aclaró Alex—. Luego los cristianos construyeron una gran torre pentagonal que seguramente servía para disponer en ella grandes máquinas de guerra, que lanzaban enormes bolas de piedra a gran distancia. ¿Te imaginas cómo sería aquello?

A Silvia lo que le vino a la mente fueron las escenas de la batalla del Abismo de Helm en *El Señor de los Anillos*.

Todavía había bastante luz cuando llegaron a Aldea del Rey. Alex siguió los carteles que indicaban el camino al Sacro-Convento y Castillo de Calatrava la Nueva.

—Nos quedan un par de horas de sol —dijo él—, puede que nos dé tiempo.

Alex continuó conduciendo y en el horizonte empezaron a divisarse dos figuras a ambos lados de la carretera, como dos centinelas de piedra. Él de la izquierda se veía mejor; conforme se fueron aproximando la forma de una torre en el centro se hizo más evidente.

—Estamos ya a las puertas de Sierra Morena, por aquí pasaban en la Antigüedad y la Edad Media los caminos que unían Toledo, Sevilla y Mérida. Y ahí tienes otro de los castillos de los que te hablé, el castillo de Salvatierra.

—Parece que está en ruinas, ¿no? —preguntó algo decepcionada Silvia.

—Sí, pero eso no quiere decir nada. A veces unas ruinas son más evocadoras que una mala reconstrucción.

Al dejarlo atrás, Silvia descubrió el otro centinela de piedra a la derecha, desafiante, subido a lo alto de un cerro inexpugnable. Era una construcción pesada, de monumentales dimensiones, se trataba del castillo-convento de Calatrava la Nueva. Silvia recordó todo lo que Alex le había comentado, y comparó la visión del castillo que veía a lo lejos con sus recuerdos del valle del Loira, aquellos castillos entre bosques y vegetación, rodeados de agua. No tenían nada que ver con la fortaleza que se elevaba sobre el paisaje seco de la Mancha, como uno de los famosos molinos contra los que luchó don Quijote. Sintió un golpe de adrenalina y cómo el corazón bombeaba con más rapidez la sangre a todas las partes de su cuerpo conforme ascendían el empinado camino empedrado, como Alicia siguiendo el sendero de las baldosas amarillas.

—Este camino se acondicionó para que el rey Felipe II y su esposa, Isabel de Valois, visitaran el castillo. Así que puedes sentirte como una reina. Estás a punto de penetrar en uno de los más grandiosos castillos de toda Europa.

24

El Valle de los Caídos

Svak condujo por la autovía de Burgos hasta el desvío al monasterio de El Escorial. Antes de llegar a él vio la indicación del Valle de los Caídos. Desde el acceso al recinto, una serpenteante carretera conducía, a través de un precioso paisaje, hasta los pies del famoso monumento. Hacía frío; el abrigo negro, largo y cerrado con botones, no le abrigaba lo suficiente. El aire llegaba helado tras su paso por la sierra y un leve manto formado por pequeñas gotas de rocío había caído durante la noche. El día permanecía difuminado entre la niebla, como si la noche se resistiera a retirarse.

La altura de la cruz era la mayor que había visto nunca. En su base destacaban unas colosales estatuas a modo de titanes. En una enorme explanada se encontró con la entrada a la basílica excavada bajo la montaña. Se cerró todo lo que pudo el cuello del abrigo mientras sujetaba fuerte el maletín que portaba consigo.

—Vaya día para quedar aquí —murmuró.

Según explicaba uno de los carteles de la entrada, Franco había ordenado crearla después de la Guerra Civil, empleando en la obra miles de presos republicanos. Él mismo estaba enterrado allí junto con José Antonio Primo de Rivera, fundador de la Falange Española, así como más de treinta mil combatientes de ambos bandos.

La puerta de entrada era de bronce y tras ella una magnífica rejería de hierro forjado de tres cuerpos, rematada en el centro con la figura del apóstol Santiago, daba paso a la nave. La presidían dos monumentales arcángeles de bronce que parecían poder tomar vida en cualquier momento y atacar con sus temibles espadas.

Un siniestro silencio llenaba toda la basílica, la atmósfera era pesada y húmeda y el olor a incienso tan profundo que conseguía asustar. Se sentía como dentro de la nave Prometheus de la precuela de *Alien* que había visto recientemente en el cine. Caminó por la alargada nave, vestida con enormes tapices, hasta el centro del templo. La bóveda de medio cañón se apoyaba sobre monumentales figuras de aspecto medieval, con togas y capuchas sobre la cabeza, las manos asentadas en poderosas espadas, que vigilaban desde lo alto. Parecían fantasmas que le recordaban los siniestros caballeros negros, antiguos reyes caídos en desgracia, y también le vino a la mente la cripta de Invernalia en *Juego de tronos*.

La cabecera de la basílica tenía más luz, con una espectacular cúpula decorada con un mosaico en cuyo centro se hallaba representado Cristo sentado como un moderno pantocrátor rodeado de una corte de ángeles. Avanzó entre las filas de bancos. Miró hacia lo alto de la gran cúpula y se dio cuenta de que estaba justamente debajo de la colosal cruz de piedra que había visto en el exterior coronando la montaña.

Se dio la vuelta y retrocedió a la entrada al templo. Pasó de nuevo por las tenebrosas esculturas medievales y encontró el innegable porte de Alfred Llull. Resignado, se acercó a él.

—Señor Svak, usted siempre tan puntual —dijo como si tuviera ojos en la espalda—, se nota que no es español. ¿Había estado antes en el Valle de los Caídos?

—No, es la primera vez —se limitó a decir Svak, a quien el frío de aquella mañana no había sentado nada bien—. ¿Por qué me ha hecho venir hasta aquí?

—Me gusta este lugar. No se deje llevar ni por la monumentalidad ni por los tintes políticos, esto al fin y al cabo es un enorme mausoleo con miles de muertos.

—¿Y eso le gusta?

—Que se nos recuerde, ese es nuestro anhelo. Por eso la gente dejaba en su testamento sus bienes a la Iglesia a cambio de unas cuantas misas al año. Siempre hemos querido que nos recuerden, ahora y antes.

—Hace demasiado frío, ¿no le parece? —Svak intentó suavizar sus primeras palabras, y se frotó las manos para entrar en calor.

—Usted es del este, debería estar acostumbrado.

—¿Por qué cree que dejé mi país?

Alfred Llull sonrió de manera nada normal en él. Estaba claro que, por alguna extraña razón, el ladrón de libros era del agrado del misterioso personaje.

—A mí me gusta el frío, nos mantiene alerta.

—Señor Llull, ¿por qué me ha citado aquí?

Él señaló uno de los tapices. Svak lo miró sorprendido y dio unos pasos hacia atrás para poder observarlo mejor.

—¿Son flamencos?

Svak no obtuvo respuesta.

—Realizados en el siglo XVI. No... espere, son copias —rectificó Svak—, copias modernas del siglo XX.

—Correcto, por un momento me había preocupado. Representan escenas del Apocalipsis, el último libro del Nuevo Testamento, atribuido a san Juan Evangelista. Apocalipsis es una palabra griega y significa revelación.

—Después del viaje a Cantabria ya me he puesto al día en ese tema.

—¿Ha conseguido lo que le encargué?

Svak señaló el maletín. Le hubiera gustado preguntarle para qué quería esa hoja del Beato de Liébana, pero conocía que en su trabajo la discreción era clave, no debía hacer preguntas.

—Ahora necesito que se dedique en exclusiva a la búsqueda e interpretación de los símbolos del manuscrito y su ubicación.

—Alfred Llull sacó un documento de su bolsillo interior.

Svak conocía los símbolos, los había examinado en el parque del Retiro, antes de entregarle la copia del manuscrito. Y desde entonces habían deambulado por su cabeza. No se lo había dicho a nadie, pero incluso los había visto en sueños.

—Esos pequeños textos parecen tener una extraña relación con una serie de castillos. Podrían ser descripciones. En todos ellos se menciona un castillo, pero es más un acertijo que otra cosa —explicó Llull mientras seguían recorriendo el muro de los tapices—. Quien lo escribió era un fanático experto en la Edad Media española, no se puede imaginar hasta qué punto. Son los siete símbolos dibujados debajo lo más peliagudo y lo que me inquieta.

—¿Qué son?

—Estoy seguro de que usted encontrará la explicación, no escatime en medios —subrayó Llull.

—Lo que me pide es complicado, ¿no posee más información?

—El beato puede ser una pista. Aquellas gentes próximas al fin del primer milenio estaban atemorizadas con el fin del mundo. No temían la muerte, sino el final de todo. ¿Entiende?

—Creían en sus almas inmortales, pero temían el día del juicio final.

—Eso es —asintió Llull complacido.

—El Apocalipsis es un texto intrincado, no sé en qué me puede ayudar. Esto que me pide de los símbolos… no sé. —Svak mostró un gesto confuso en su rostro.

—Ya le comenté en cierta ocasión que lo que más detesto de un hombre es la cobardía.

—Soy realista, no un cobarde.

—En la vida es necesario correr ciertos riesgos, mejor dicho, grandes riesgos. El mundo está lleno de cobardes, no sé dónde terminarán, pero le puedo asegurar que los cobardes no van al cielo.

—Suponiendo que haya un cielo —musitó Svak.

Alfred Llull sonrió.

—La historia no es algo fijo ni estable. —Llull dio un pequeño suspiro y varios pasos a su derecha, con la mirada perdida en
el final de la nave—. Hay teorías que afirman que nuestro calen-
dario es erróneo. Que tiene trescientos años de desfase.

—Con todos mis respetos, ¡eso es una tontería! Puede haber
algún error, ¡pero jamás de tres siglos!

—Puede ser. Sin embargo, hay investigadores que aseguran
que la Alta Edad Media nunca existió. Que esos siglos oscuros
de transición entre la Antigüedad y el Medievo son una invención de la Iglesia y de un rey deseoso de hacer coincidir su reina-
do con el cambio de milenio y legitimar su corona. Carlomagno
solo habría sido un mito, una invención, y eso explicaría por qué
apenas hay información de esos tres siglos. Y por qué las edificaciones de su corte parecen tan modernas: porque no son del
siglo VIII sino del X.

—Eso es un bulo. Como argumento para un ensayo literario
no tiene precio, pero ¿y la historia de otras culturas en esa época? ¿La de la propia España? Según su teoría, ¿contra quién lucharon los musulmanes cuando invadieron la Península? ¿Contra los visigodos o contra los romanos?

—No se enerve —dijo Llull mientras hacía amago de reírse—. Lo que quiero que entienda es que nada es seguro al cien
por cien en la historia. Porque nadie estuvo allí. Por ello solo
podemos interpretarla, con nuestras limitaciones, nuestras ideas
preconcebidas y nuestros errores.

Svak no cambió la expresión seria de su rostro. Alfred Llull
se dio la vuelta y miró de nuevo los grandes tapices que colgaban
de los muros de la basílica.

—¿Ve usted el último símbolo?

Svak se acercó la copia del manuscrito a los ojos y lo examinó.

—También aparece en el beato. —Alfred Llull desvió la vista
hacia la gran cúpula de la basílica—. Hace tiempo que sospecho
que esconde un importante secreto. Cuando ese estúpido de la
Biblioteca Nacional empezó a hacer preguntas acerca de una se-

rie de símbolos que podían tener algún tipo de mensaje, mis contactos me informaron y supe que por fin había llegado el momento.

Alfred Llull se giró y clavó su mirada, llena de vida y fuerza a pesar de sus muchos años, en el rostro de su acompañante.

—Señor Svak, quien lo escribió era el último poseedor de un increíble secreto que ocultó en este libro. Ahora tenemos la oportunidad de descifrarlo. Esos símbolos esconden un mensaje, y si los castillos de los que habla el texto pueden ayudarnos a desentrañarlo, los encontraremos.

—¿Espera que localice el primer castillo, así sin más? —le reprochó Svak.

—Puede que ya hayan realizado ese trabajo por nosotros. —Llull se dio de nuevo la vuelta—. Como en todo buen negocio, al principio la competencia es buena, puede hacer el trabajo sucio por ti y, además, te obliga a trabajar más para ser mejor que ella. Utilizaremos todos los medios necesarios para descubrir el secreto.

—¿Todos? ¿A qué se refiere con eso?

—No se asuste, la diferencia entre el bien y el mal es escasa. —Llull movió su pie derecho describiendo una recta—. La línea que los separa es muchas veces demasiado delgada. La mayoría de las personas caminan cerca de ella y, en algunas ocasiones, cruzan de un lado a otro sin muchos problemas. Como algo natural. Alguien que es un tirano con sus empleados puede ser el mejor padre del mundo. Un cirujano que salva vidas a diario puede ser infiel a su marido cada día. Un inocente niño puede hacer una maldad terrible.

—Todos podemos ser ángeles o demonios en ciertas ocasiones, todos hemos cruzado la delgada línea que separa el bien y el mal.

—Pero solo algunos se atreven a separarse de ella, a caminar y adentrarse en la más absoluta oscuridad, allí donde muchos se pierden para siempre y deambulan como fantasmas en la más negra noche. Solo los elegidos son capaces de volver de allí, de encontrar el camino entre las tinieblas y regresar. —Llull se acercó de nuevo a su acompañante, abandonando la zona oscura del templo—. También hay otros que se acercan demasiado a la luz, tanto que terminan quemándose. Señor Svak, aquellos que son capaces de ver en la oscuridad y no se abrasan con la luz, son capaces de cualquier cosa, tienen un don.

—No sé qué quiere decirme, yo no soy ningún…

—Querido amigo, no se esfuerce. Lo sé todo sobre usted, lo bueno y lo malo, sus luces y sus sombras. Por todo ello lo elegí —musitó Llull mientras se despedía haciendo un suave gesto con su mano—. No me defraude, señor Svak, no me defraude.

25

Castillo de Calatrava la Nueva

El camino era empinado y costaba subir con rapidez. El sol estaba ya bastante bajo y pronto caería inmisericorde. No tenían mucho tiempo. Conforme ascendían hasta la antemuralla encontraron restos de una antigua puerta, construida con unas extrañas rocas. Estaba en ruinas y parecía no guardar disposición alguna con el trazado de la muralla. Más adelante alcanzaron otra construida con una llamativa piedra roja, que contaba con un rastrillo metálico. Al cruzarla, el camino hacía un ángulo de noventa grados y otra empinada cuesta, protegida por una muralla, los llevaba hasta la siguiente puerta.

—Es una puerta en recodo, una técnica muy utilizada por los musulmanes y que los cristianos copiamos. Dificulta un ataque frontal al tener que girar los atacantes cuando acceden por la puerta —explicó Alex atento a todos los detalles—. Parte del castillo está construido con roca volcánica —añadió—, sobre todo la iglesia gótica del castillo, pero también en la puerta que acabamos de pasar.

—¿Aquí cerca hay un volcán?

—Sí, de él proceden esos sillares rojos.

Tal y como Alex había explicado en el coche, las murallas se asentaban directamente sobre roca y seguían la disposición de la cumbre del cerro. El castillo era de unas dimensiones colosales.

Parecía tener varios recintos amurallados, ocupando una superficie extensa.

Seguían avanzando entre las murallas del castillo, con Silvia
fatigada por la ascensión. Se introdujeron bajo una bóveda de
mampostería, con unas ventanas a la izquierda y dos arcos a la
derecha. De ahí pasaron a un patio amplio, que parecía ser el
lugar desde donde se accedía a las dependencias.

—Buenas tardes —saludó un hombre de piel morena y vestido de modo informal que salió de una sala contigua acompañado por dos gatos.

—¿Qué tal? Venimos a ver el castillo —dijo Alex.

—La visita es libre —contestó sin poner mucho más interés—, solo tienen que seguir los paneles. Cerramos a las seis.

Cuando se iban a despedir, el hombre ya se había introduci-
do de nuevo en la sala y solo los gatos permanecían junto a ellos.

—¡Vaya con míster simpatía! Un poco más y nos echa del
castillo —ironizó Silvia.

—Bueno, no te preocupes. Creo que debemos ir a la parte
norte —dijo Alex mientras avanzaba por el gran patio—. El sol
se está escondiendo por el oeste, así que el norte tiene que ser la
zona de la iglesia.

Rodearon la parte central del castillo, acompañados por los
gatos. El camino era laberíntico. Llegaron a una estancia que se
abría por tres arcos apuntados a un patio pequeño y desde allí
subieron por unas escaleras hasta la parte alta del castillo. Los
gatos no quisieron seguirles en su ascensión. Allí Alex se asomó entre las almenas y pareció no estar conforme. Así que volvieron sobre sus pasos. Dejaron atrás un lienzo de muralla que
parecía más antiguo que los otros y llegaron hasta la zona norte del castillo. La puerta principal de la iglesia miraba en dirección a donde se empezaba a esconder el sol. Tenía un rosetón
espectacular. Junto a la puerta del templo había un cartel expli-
cativo, en el que Silvia leyó que el rosetón fue construido en
época de los Reyes Católicos y estaba realizado también con
roca volcánica.

Entraron dentro del templo, estaba oscuro. Era una iglesia distribuida en tres naves cerradas con bóvedas de crucería. Tenía varias hileras de bancos en la central, todos ellos con la cruz de Calatrava impresa. Silvia se dirigió hacia la zona del altar, mientras Alex investigaba en una de las dos capillas que había en el ábside. El sol incidía justo en el centro de la fachada principal y por la puerta entraba un poderoso haz de luz que dibujaba una alargada línea en el suelo de la nave principal. La luz que penetraba por el rosetón estaba filtrada por su hermosa vidriera y daba un aire místico al lugar. La soledad y el silencio dotaban a todo el templo de un ambiente mágico.

—¿Has encontrado algo? —preguntó Silvia, quien con la caída del sol empezaba a tener frío.

—No, estos muros no tienen nada de particular. Están hechos de mampostería, piedra suelta de la zona, sin tallar —dijo Alex algo desesperado—. La verdad es que no sé qué estamos buscando aquí.

—Yo tampoco, pensaba que si veníamos encontraríamos alguna respuesta —confesó Silvia mientras salían de la iglesia—. Pero no sé dónde ni qué debemos buscar.

Ambos siguieron mirando a su alrededor, examinando todos los aspectos del interior del castillo. Se asomaron desde el adarve de la muralla y a lo lejos vieron unas formaciones rocosas; a un nivel inferior al suyo había otra línea de murallas. Apoyados en la muralla miraron de nuevo hacia el interior del castillo, los altos muros subían más de veinte metros.

—El manuscrito habla de la muralla norte —afirmó Silvia—. Y tú dices que es esta de aquí. La iglesia está pegada a la muralla, ¿verdad?

Alex se volvió hacia el templo religioso y abrió los ojos desmesuradamente; después miró a Silvia y la cogió por los hombros.

—¡Eso es! —exclamó—. La iglesia está incrustada en la muralla norte. ¿Te das cuenta de lo que eso significa?

Tomó a Silvia de la mano y la guio, de nuevo, hasta el interior de la iglesia gótica. Alex pronto vio lo que tenía en mente y pidió a la joven que le siguiera hasta el final de las naves. En la cabecera del ábside principal se detuvo y tocó el muro con sus manos.

—Los tres ábsides están insertados en la propia muralla —afirmó exaltado—, creo que es aquí donde debemos buscar.

—Pero ¿él qué? —preguntó Silvia.

—No sé, hay muy poca luz. —Alex parecía confuso—. Espera, tengo una idea.

Sacó la cámara que le cogió prestada a Santos y de manera intermitente fue accionando el flash, que a ráfagas iluminaba el ábside de forma algo rudimentaria pero que al menos permitía distinguir los elementos que allí había.

—Todos los soportes, arcos y nervios de las bóvedas, así como en las puertas y el rosetón están realizados con sillares, y casi todos son de piedra volcánica de diferentes colores: pardos oscuros, violáceos y amarronados. Tenemos que buscar algo diferente, algo que no debería estar aquí.

—¿Y esa teoría? —preguntó poco convencida Silvia.

—Es lo que siempre hacen en las películas —dijo Alex encogiéndose de hombros—, ¿tienes alguna idea mejor?

—Debemos buscar en la muralla, acuérdate del manuscrito, menciona la muralla —insistió Silvia.

Ambos miraron la cabecera y los tres ábsides. Alex le hizo caso. De pie, frente al ábside, permaneció unos instantes examinando el conjunto. Él no paraba de darse golpecitos en el labio inferior con un dedo de su mano.

—¡Dios mío! —exclamó Alex aturdido como si hubiera visto un fantasma—. ¡Marcas de cantero!

—¿Qué?

—¡Hay marcas de cantero!

—¿Marcas? ¿De cantero? —preguntó Silvia ajena a la emoción de él—. ¿De qué estás hablando?

—¿Ves esos sillares de ahí? —Alex indicaba hacia una parte del muro de la iglesia—. ¿Ves unas sencillas marcas grabadas en ellos? Casi no se distinguen, pero espera que las ilumine con el flash.

—Sí, las veo —contestó Silvia sin saber muy bien qué era lo que pasaba.

—Son marcas hechas en los sillares por los canteros que las tallaron. En teoría para poder cuantificar las piedras que tallaban y cobrar por ellas. —Alex aumentó el zoom de su Nikon para fotografiar las marcas—. ¿Puedes sacar la transcripción del manuscrito?

Silvia no entendía qué estaba pasando, pero lo buscó mientras Alex no dejaba de fotografiar aquellas paredes.

—Dime qué símbolos aparecen.

—¿Quieres decir que crees que estos símbolos son iguales a esas marcas de los sillares?

—No lo sé, puede que encontremos alguno que coincida. —Alex seguía sacando fotografías con mucho cuidado ya que había poca luz y necesitaba utilizar velocidades de obturador muy lentas para que no salieran oscuras.

—Pues en este muro tenemos la estrella con la cruz, la estrella de David, una especie de ángulo, un pico, algo parecido a un bastón con una cabeza, una cruz latina…

—Esa es, la he fotografiado antes. —Alex buscó en la pantalla de su cámara esa marca en alguna de las fotografías—. ¡Sí, mira, aquí está!

Se desplazó hasta la pared y palpó con sus manos los fríos sillares en busca de la marca. Silvia se acercó con la transcripción del manuscrito y comparó los dos símbolos. No había duda, coincidían.

—Es una cruz latina —confirmó Alex.

—¿Habrá más?

—No sé, sigamos buscando —sugirió él.

—Pero son casi las seis. No tenemos tiempo.

—Bueno, hagámonos los locos con la hora, ya vendrán a buscarnos. No nos van a dejar aquí encerrados.

«Eso espero», dijo Silvia para sí.

Estuvieron unos veinte minutos revisando los sillares de esa parte del muro de la iglesia; aunque había más marcas, ninguna coincidía con las del manuscrito, solo esa.

—¿Qué demonios está haciendo ahí? —Escucharon unos gritos en la entrada de la iglesia.

Se volvieron, pero la luz del sol del atardecer que entraba por la puerta era muy intensa y no se veía nada fuera del templo.

—Alex, son las seis y media, hace rato que habrán cerrado el castillo —le recriminó Silvia.

Los habían descubierto, aunque nadie entró en la iglesia. Sin embargo, una sombra alargada se proyectó desde la puerta hasta el altar. Alex y Silvia se miraron sin saber qué hacer. Se acercaron a la puerta, pero la sombra desapareció.

—¡Alto ahí! No se mueva —ordenó de nuevo una voz, aunque seguían sin ver a nadie—. ¿No me ha oído? ¿Qué hace aquí?

Había alguien más en el castillo, aquella era la voz del guarda que se estaba encarando con algún otro turista despistado de mala manera.

—Al menos no somos los únicos en salir tarde —comentó irónicamente Silvia.

Entonces se oyó un fuerte golpe y un grito de dolor.

—¿Qué ha pasado?

—No lo sé, pero no me gusta. —Alex miró al fondo del templo—. La iglesia solo tiene una salida, será mejor que salgamos cuanto antes.

—¿Fuera?

—¿Dónde si no?

—Pero… no creo que sea buena idea.

—¿Prefieres que entre alguien aquí?

Silvia miró a su alrededor antes de responder.

—Vamos.

Se acercaron a la puerta, Alex miró de reojo fuera. En principio parecía no haber nadie. Para asegurarse avanzó un poco más, con mucho sigilo. Después volvió al templo.

—Cuando salgamos, corre hacia la salida.

—De acuerdo. —Silvia estaba asustada.

Salieron de la iglesia corriendo en dirección a la puerta de acceso. Desde lejos Silvia miró a la fachada de la iglesia, donde la luz del atardecer incidía sobre el espléndido rosetón haciendo brillar sus cristales en unos tonos anaranjados y pardos. Al lado de la puerta una sombra golpeaba a un hombre en el suelo, a quien pudo identificar como el guarda de seguridad que los había ignorado en la entrada. Se detuvo un momento y miró al otro personaje; este dejó de golpear al vigilante y levantó su cabeza en su dirección. Aunque no fue capaz de verle los ojos, estaba segura de que era la misma sombra que había asaltado su apartamento.

—¡Silvia! No te detengas, ¡vámonos!

El hombre de los castillos pronto entendió que aquella situación era peligrosa. Cogió a Silvia de la mano mientras huían corriendo hacia la puerta del castillo.

La sombra se percató de su huida y empezó a ir tras ellos con grandes zancadas. Era muy atlético y rápido. Alex miró atrás y se aterrorizó al verlo acercarse. Tiró con todas sus fuerzas del brazo de Silvia para escapar de allí. Giraron al lado de una esbelta torre, estaban dando la vuelta al cuerpo principal del castillo, llegando de nuevo hasta la entrada. Accedieron a la sala abovedada, pero al intentar salir, la puerta de hierro estaba cerrada. Por suerte, tenía las llaves puestas. Alex la abrió y dejó pasar a Silvia, después cogió las llaves y justo cuando llegaba la sombra cerró de un fuerte portazo. A continuación, echó el cerrojo desde fuera con las llaves, dejándolas en la cerradura para que todavía fuera más difícil abrirla.

—Nos ha seguido —dijo Silvia mientras se llevaba las manos a la cabeza—. Tuvimos mucho cuidado, tomamos varias direcciones opuestas para que nadie nos siguiera. ¡Es imposible que nos haya encontrado!

—Silvia, te olvidas de una cosa.

—¿De qué?

—Puede que él tenga la copia del manuscrito —dijo Alex,

que aún tenía problemas para respirar con normalidad por la carrera—. Tú misma dijiste que un tipo aseguró que la había conseguido. Tu amigo, el que guardaba la copia, ha desaparecido y la policía lo estaba buscando. Si ese tipo entró en tu casa y en la mía, puede que también fuera a la de tu amigo y que allí sí tuviera éxito. Si tiene la copia del manuscrito puede que también haya descifrado el primer texto y por eso sabía dónde estábamos. No necesita seguirnos, está buscando lo mismo que nosotros.

—Pero ese no es el tipo con el que yo hablé.

Entonces Silvia pensó en contarle su almuerzo con Alfred Llull, todo lo que le había dicho, cómo había comprado a Blas. Quizá Alex tuviese razón. No hubo tiempo para seguir reflexionando, ya que una sombra sobre lo alto de la muralla llamó su atención.

—¿Qué pretende hacer ese loco? ¿No pensará saltar desde esa altura? —Alex no salía de su asombro con aquel extraño individuo que los perseguía—. Como poco se rompería el tobillo, si no las dos piernas.

—¡Mierda! —Silvia conocía a aquel personaje y sabía de lo que era capaz, lo había visto saltar desde una altura similar en su casa e irse corriendo como si nada—. ¡Al coche!

—No te preocupes, no puede…

—¡Vámonos, Alex!

Silvia descendió corriendo la rampa empinada que llevaba a la primera puerta. Alex la siguió más despacio, sin apartar la vista de la sombra de la muralla. Entonces pudo ver cómo aquel loco saltaba desde el muro y tardaba unos instantes en golpear contra el duro suelo donde se asentaba el castillo. Esperaba verlo retorcerse de dolor sobre el firme del empedrado, pero nada más lejos de la realidad. La sombra se levantó como si nada y de nuevo empezó a correr con enormes zancadas. Llegaron a la primera puerta, la que tenía el rastrillo. Este estaba sujeto por un mecanismo manual. Silvia no se detuvo, siguió corriendo. Sin embargo, Alex al ver el rastrillo no lo pensó dos veces. Intentó accionarlo mediante la palanca que lo sujetaba, pero no cedía.

Así que se apartó y le propinó una fuerte patada al sistema de sujeción. A continuación, se oyó un potente ruido y el rastrillo cayó tan rápido que Alex tuvo que tirarse al suelo y rodar por la rampa. Pudo sentir cómo los hierros terminados en punta chocaban contra el suelo, solo un instante después de que su cabeza hubiera pasado por allí.

—¡Alex! ¡Corre! —Silvia gritaba desde el aparcamiento; estaba anocheciendo y el castillo se pobló de sombras—. ¡Vámonos!

Cuando se levantó, había rodado por la rampa y ya se encontraba a escasos metros del aparcamiento. Una luz anaranjada iluminaba de forma tenue la silueta del castillo, resaltando el rojo de los sillares volcánicos. El rastrillo estaba echado, y en cualquier momento esperaba ver al tipo que los seguía tras él, como un prisionero entre rejas. No fue así. Al alzar la mirada hacia la luna creciente que ya se veía en el cielo, distinguió una sombra humana sobre lo alto de la puerta que saltó como un felino, cayendo al otro lado del rastrillo.

«Maldita sea —se dijo Alex—. Otra vez».

Corrió de nuevo hasta llegar al Citroën C4, con la sombra todavía a cierta distancia. Silvia le esperaba impaciente para entrar en el coche y escapar de allí. Mientras Alex abría el vehículo y lo arrancaba, aquella sombra, que se movía ahora entre la oscuridad de la noche, los alcanzó cuando Alex se disponía a meter la primera marcha y salir de allí como fuera. Entonces la sombra golpeó el cristal del copiloto, aunque no pudo romperlo. Cuando Alex aceleró, la sombra se perdió entre el polvo que levantó. Bajaron por la rampa de entrada y cuando miraron por los espejos, ya no volvieron a verlo. El golpe en el cristal había dejado una mancha de sangre.

—¿Tú crees que estaba herido? —preguntó Silvia.

Alex negó con la cabeza mientras bajaba el empinado camino empedrado a mucha velocidad, cogiendo las curvas cerradas como si estuviera en un rally.

—Entonces ¿de quién es esa sangre?

26

La mujer

Poco después sonó el móvil.

—¿Tienes el original? —preguntó Alfred Llull.

—No.

—¿Cómo? —le recriminó enojado—. ¿Se te han vuelto a escapar? ¡Esto es inadmisible!

—No todo son malas noticias —contestó el otro interlocutor con una voz que parecía provenir de muy lejos.

—Explícate.

—Cuando se escaparon he vuelto al lugar donde los hallé.

—¿Y...?

—Aunque parezca mentira, creo que han encontrado el primer símbolo —dijo la voz—. No sé qué hacer, necesito nuevas instrucciones.

—¿Cómo? —preguntó atónito Alfred Llull—. ¿Que esos dos inútiles han encontrado el primer símbolo? ¡Es imposible! ¿Dónde?

—En la iglesia. —Durante unos segundos hubo un profundo silencio—. Estaba labrado sobre uno de los sillares.

—¿Y cuál es? ¿Cuál es el primer símbolo?

—La cruz latina.

—Claro, la cruz, la invocación —dijo Alfred Llull, que, poco a poco, se iba calmando—. ¿Dónde estás ahora?

—Los estoy siguiendo, esos infelices ni siquiera pueden imaginarse que voy detrás de ellos.

—¿Adónde se dirigen?

—Creo que están volviendo a Madrid. ¿Qué debo hacer?

—Parece ser que nuestra bibliotecaria y el locutor de radio nos han salido unos investigadores muy eficientes... y baratos —dijo en tono irónico Llull—. Síguelos, pero no les hagas nada, al final nos van a resultar útiles.

—Como ordene —asintió la voz antes de colgar.

Alfred Llull dejó el móvil sobre la gran mesa de nogal y se sentó en un sillón tapizado con una elegante tela roja. Sacó su cajetilla metálica y extrajo un cigarrillo que encendió con suma tranquilidad, como si fuera capaz de detener el transcurrir del tiempo. A su derecha había una mesilla de caoba donde descansaba la copia del manuscrito que Silvia había encontrado en el libro de los amoríos de Quevedo. Lo alcanzó con su mano derecha y examinó el primer texto con calma. Después buscó entre los siete símbolos el de la cruz latina.

«Nunca pensé en un castillo de la Orden de Calatrava, no encaja —caviló—. Sin duda el secreto se guardó bien».

Dejó aquel trozo de papel sobre sus rodillas y su mirada se perdió en el fondo de la habitación, aunque con su pensamiento daba la impresión de estar volando lejos de allí, a otro lugar, incluso a otro tiempo. Sus pupilas se dilataron y fue como si entrara en trance. Sus pulmones apenas inspiraban aire, su pulso se ralentizó hasta convertirse en un lejano eco y su piel se volvió fría. Permaneció en este estado varios minutos, periodo en el que pareció que el tiempo se había detenido en aquella sala. Después, su corazón volvió a bombear sangre a una velocidad normal, sus pulmones se llenaron otra vez de aire y su mirada recuperó la vida. Entonces cogió de nuevo el móvil, buscó en la agenda un número de teléfono y lo marcó.

—¿Sí? —contestó una voz de mujer.

—Ya tenemos el primer castillo —Llull dio una calada al cigarrillo—, es el de Calatrava la Nueva.

—De acuerdo, iré ahora mismo para allí.

—No —interrumpió Alfred Llull—. No es necesario, también tenemos el primer símbolo.

—¿Cómo?

—No importa —respondió Llull—. Es la cruz latina. Ahora debemos seguir adelante, esto es solo el principio.

—Déjame que vaya para allí.

—No insistas, pequeña, no hace falta.

—Lo sé, pero si ya tenemos el primer símbolo, mi trabajo ya no es tan necesario.

—Eso debo decidirlo yo. —Llull pareció dudar—. ¿Has solucionado ya el tema de los cuadros?

—Todavía no.

—Robar arte es fácil. Lo difícil es venderlo, ya te lo advertí —sentenció Llull.

—He contactado ya con la gente de Bruselas. Hoy cerraré el acuerdo.

—¿Bruselas? ¿Y los de Zúrich?

—No aceptaban el precio.

—¡Tendrías que haberme consultado! —dijo en un tono más elevado de lo normal—. No vuelvas a tomar la iniciativa en un asunto así, o lo lamentarás, ¿entiendes?

—Sí, lo siento.

—No me pidas perdón, ya no eres una cría.

—Por favor, déjame volver a Madrid.

Alfred Llull permaneció unos segundos en silencio.

—«Una mujer, vestida del sol, con la luna bajo sus pies y una corona de doce estrellas sobre su cabeza».

—*Apocalipsis* 12,1-2 —apuntó la voz al otro lado del teléfono.

—De acuerdo, puedes venir.

27

El Tajo

Volvieron de noche a Madrid. Eran cerca de las diez y estaban
hambrientos, no se habían atrevido a detenerse en todo el trayecto de vuelta.

—¿Quién demonios era ese tío? —murmuró Alex.

—Ya te he dicho que no es con quien yo hablé. Es el loco que
nos atacó en tu casa, no puede tener la copia del manuscrito
—dijo Silvia desanimada.

—¿Seguro?

—¡Te digo que no es él! —exclamó Silvia mientras Alex conducía en dirección a la estación de Atocha—. Tengo que ir a mi
apartamento.

—No creo que sea buena idea.

—Pues vamos a tu casa, necesito descansar.

—Tampoco creo que sea lo mejor —dijo Alex en tono preocupado—. Iremos con Santos.

A Silvia pareció no disgustarle la alternativa, el viejo le caía
bien y allí nadie los buscaría.

Tal y como hicieron la primera vez, fueron hasta la plaza de Tirso de Molina y llamaron a la puerta de Santos sin previo aviso.

—Vaya sorpresa. ¿Tanto me queréis que habéis venido a ver-

me a estas horas? —preguntó Santos de forma un tanto iróni-
ca—. O mucho me equivoco o creo que estáis metidos otra vez
en un lío.

No contestaron, pero sus caras los delataban.

—Pasad —dijo Santos resignado—, sacaré una botella de
vino.

Entraron en el amplio salón decorado con los pósters
de conciertos, sombreros y otros objetos peculiares. Santos los
dejó solos allí mientras se perdía en la oscuridad del resto de la
casa.

—Tengo que llamar por teléfono, ¿me disculpas? —comentó
Silvia, que se levantó y fue hacia una habitación para tener algo
de intimidad a la hora de hablar.

Santos regresó con tres vasos y una botella de vino sin eti-
queta. Los dejó sobre la mesa y fue a la cómoda del salón donde había un antiguo tocadiscos al lado de un ajedrez. Buscó un
disco de vinilo de la extensa colección que atesoraba en la estantería contigua y lo colocó en la arcaica máquina. Pronto sonaron unos viejos acordes y una voz rota de mujer rasgó el
ambiente de aquella destartalada habitación. Repleta de nostalgia, recuerdos y dolor, cantaba Chavela Vargas. Alex le contó
lo sucedido a su amigo mientras este se terminaba su primer
vaso de vino.

—Está claro que tenéis que seguir adelante —sugirió Santos—. ¿Cuál es el siguiente acertijo?

—Es bastante complicado —comentó Silvia ya de regreso.

—¿Puedo verlo? —preguntó Alex.

Silvia abrió su bolso, dejó sobre la mesa el libro de Quevedo
y, a continuación, sacó la transcripción y leyó en voz alta.

Para defender nuestra añorada capital,
el emperador ordenó a los caballeros
levantar el mayor castillo a la izquierda del río,
con sus grandes torres a proa.

—¡Joder!, esto parece un concurso de la tele. En mi época había uno que se llamaba *El tiempo es oro*, y la prueba final era una «superpregunta» que había que responder buscando de una enciclopedia a otra, sabiendo usar bien la bibliografía.

—Eran otros tiempos. —Silvia le miró como si un enorme muro generacional se hubiera levantado ipso facto entre ambos.

—Sí, no me mires así. Cuando queríamos saber algo lo buscábamos en las enciclopedias. Hoy la gente cree que está todo en internet sin saber que esa información ha salido de los libros. Dile a uno de quince o treinta años que busque algo en una de ellas y no sabrá ni por dónde empezar. Eso es lo que le hace falta a la juventud, buscar las cosas en un libro y no como ahora que van todos al móvil.

—Bueno, centrémonos en el ahora. —Alex intentó reconducir la situación.

—No te rías, pero vaya con las adivinanzas estas.

—La verdad es que sí.

—Hombre…, supongo que cuando habla de capital será de Madrid.

—O no —interrumpió Silvia—. España ha tenido más capitales: Valladolid y Toledo.

—Además, hay que recordar que es un texto con referencias medievales, por lo que debemos tener en cuenta que Oviedo y León fueron capitales del reino asturleonés y que Zaragoza fue capital de Aragón —continuó Alex.

—Pero nombra a un emperador, al único que yo conozco es a Carlos V —subrayó Santos—. Al menos eso me enseñaron en el colegio.

—Hubo más —interrumpió Silvia—. Uno de los primeros reyes astures, Alfonso…

—Alfonso III, lo nombraron emperador los mozárabes que llegaron a Oviedo huyendo desde Toledo en el siglo X. —Alex a veces parecía una verdadera enciclopedia con piernas—. No obstante, creo que tiene razón Santos: en esta ocasión se cumple la famosa teoría de Sherlock Holmes.

—¿Cómo? Ahora resulta que te gustan las novelas de misterio —comentó entre risas Santos.

—No, pero a mi tía le encantaban —aclaró Alex—. Tenía toda la colección de Agatha Christie y también algunas de Sherlock Holmes. No me acuerdo exactamente de las palabras, pero venía a decir que cuando todas las teorías, incluso las más sofisticadas, que se aplican a las pistas no dan resultados, entonces la teoría más sencilla es la acertada.

—Traducido a nuestro caso, por favor, señor Holmes —dijo Silvia con tono burlón.

—Que el emperador tiene que ser Carlos V y la capital Toledo, señorita Watson.

—Vamos, lo que yo decía —precisó Santos—, y eso que ni leo novelas de misterio ni he ido a la universidad.

—Habla de un emperador y de una capital añorada; tiene que ser Toledo, que fue la capital imperial.

—Pero estás hablando de la época de los Austrias —dijo Silvia mientras se acercaba a coger su vaso de vino— y esa no es medieval.

Las miradas se volvieron hacia Alex.

—Ahí te ha dado —comentó Santos.

—Tienes razón, pero Toledo fue también la capital del reino visigodo, y durante años fue anhelada por los cristianos.

—Me ha convencido —dijo Santos que salió del trance al encontrarse sin vino, y rápidamente buscó la botella y rellenó también el vaso de Alex que estaba casi vacío—. Entonces el río tiene que ser el Tajo, ¿no?

—Yo creo que sí. —Alex bebió un buen trago.

—Pero ¿hay algún castillo en Toledo? —preguntó Silvia.

—El Alcázar —contestó Santos.

—El Alcázar es un edificio complejo, quizá los mayores restos actuales pertenecen a la época de los Austrias, pero también tenemos toda la parte islámica y medieval —respondió Alex—. Aunque yo creo que buscamos un castillo enteramente medieval, quizá sea el de San Servando.

—¡Yo conozco ese castillo! Está al lado del Tajo y del puente de Alcántara —comentó Silvia—. Estuve hace años durmiendo allí con unas amigas, ahora es un albergue juvenil.

—¿Un albergue en un castillo? ¡Válgame Dios! —Santos no salía de su asombro.

—Entonces ¿se trata de ese castillo? —preguntó Silvia expectante.

—Me temo que no, no tiene torres a proa —replicó Alex—. El castillo no tiene por qué estar en Toledo capital. El manuscrito solo comenta que se levantó después de conquistar la ciudad, pero puede emplazarse más al sur y formar parte del sistema defensivo de la capital imperial.

—Pues estamos bien, anda que no tiene que haber castillos en Toledo —murmuró Santos algo desesperado.

—Bueno, el manuscrito dice que es el mayor castillo a la izquierda del Tajo, algo es —afirmó Silvia.

—Ya lo creo, y lo de las grandes torres a proa... eso tiene que ayudarnos. —Alex parecía el más optimista de los tres—. ¿Qué importante castillo tiene grandes torres a proa cerca del Tajo y de Toledo?

Durante unos minutos no se oyó otra cosa que el disco de Chavela Vargas, que seguía sonando.

—¿Tienes internet, Santos? —preguntó Silvia.

—¿Para qué? —respondió extrañado el viejo.

—No te preocupes, Silvia, Toledo está próximo a Madrid. Conozco muchos de los castillos de esa provincia. Santos, ¿tienes un mapa de España?

—¡Joder! No hacéis más que pedir —se quejó—. Sí, claro que tengo.

Santos se levantó y desapareció por unos instantes del salón. Al poco tiempo volvió con un gran mapa de España y lo extendió sobre la mesa.

—¿De qué año es esto? —preguntó Alex nada más examinarlo.

—Qué más da, es un mapa. Que yo sepa no hemos conquistado ningún nuevo territorio en los últimos cien años, ¿no? ¿O es que hemos recuperado Gibraltar y no me he enterado?

—Tranquilo. —Alex fue a la mesa del ajedrez y tomó varias figuras que fue posicionando sobre la provincia de Toledo—. Mirad, hay castillos en Orgaz, en Maqueda, en Malpica de Tajo, en Oropesa; de hecho, ese se ha convertido en parador de turismo.

—¿Y cuál es el más importante? —preguntó impaciente Silvia.

—No sé. El de Escalona es impresionante; además, está construido sobre restos romanos.

—¿Tiene torres? —insistió Silvia.

—Sí, ¡eso es! Tiene unas impresionantes torres albarranas.

—¿Albarranas? —interrumpió de nuevo Silvia.

—Son torres que están separadas de la muralla, son como una especie de avanzadilla del castillo; los asaltantes pueden tomar la torre, pero no tienen acceso al castillo. Y al revés, pueden alcanzar las murallas de la fortaleza, pero las torres albarranas seguir resistiendo.

—¿Sabes, Silvia, que en la universidad lo llamaban «la enciclopedia»? Parecía que tenía metida una dentro de su cabezota.

—¡Santos! No te inventes cosas —dijo Alex echándole una mirada asesina a su viejo amigo.

—Entonces ¡es Escalona! —exclamó convencida Silvia.

—Puede ser, pero…

—¿Pero? ¿Cómo que «pero»? —le reprochó ella.

—El Tajo no pasa por Escalona, sino que lo hace otro río, el Alberche —apuntó Santos—. ¿Verdad, Alex?

—Así es. Y, sobre todo, el castillo de Escalona está en la margen derecha de la cuenca del Tajo, y buscamos uno que está en la izquierda.

—He ido por allí mil veces, tenía un amigo que vivía en esa zona hace muchos años —explicó Santos—. Ahora está muerto, como todos.

—Si suponemos que el río es el Tajo, o al menos está a la izquierda de su cuenca, el tema se restringe mucho. —Alex examinaba el mapa con detenimiento—. Las torres, necesitamos encontrar dos grandes torres…

Entonces la mirada de Alex se detuvo en el centro de la provincia de Toledo.

—Hay un gran castillo aquí —murmuró señalando una zona en el centro de la provincia—, en San Martín de Montalbán.

Sus dos compañeros no habían oído nunca antes ese lugar.

—Se encuentra al sur del Tajo y formaba parte del cinturón de fortalezas que defendían Toledo. Además, la zona está en parte relacionada con la de Calatrava, por lo que enlazamos con el anterior. Después de perder Toledo, los reyezuelos musulmanes de las taifas no tuvieron más remedio que pedir ayuda a los almohades, que eran bastante más estrictos con las costumbres islámicas que los hispanomusulmanes. Las tropas almohades destrozaron a las cristianas en la terrible batalla de Alarcos.

—De Alarcos ya me has hablado —intervino Silvia—. Por lo que, en cierto modo, sigue el patrón del anterior acertijo. Para que yo me aclare, cuando los cristianos recuperan Toledo, construyen una línea de castillos por el sur del Tajo para protegerse de una contraofensiva musulmana.

—Exacto —afirmó Alex.

—Entre esos castillos está el de Montalbán —continuó analizando Silvia—. Los musulmanes pidieron refuerzos, atacaron Alarcos y vencieron. Luego, imagino que fueron derrotados en la batalla de las Navas y por eso la frontera avanzó hasta el castillo de Calatrava donde hemos estado antes.

—Perfecto, Silvia. El origen del castillo de San Martín de Montalbán es anterior al de Calatrava la Nueva, pero muchos elementos importantes, como sus torres albarranas, son posteriores.

—¿Sabéis? Vosotros dos hacéis buen equipo, ¿os habéis liado ya? —interrumpió Santos, a quien los dos regalaron una mirada de desaprobación—. ¿Por qué me miráis así? ¡Es verdad!

—¿Por qué estás tan convencido de que es Montalbán? —retornó a las preguntas Silvia—. ¿No hay más castillos en el Tajo?

—Como ese no, cuando lo veas me entenderás.

—¡Estupendo! Y entonces ¿cuándo salimos para Toledo? —preguntó Santos.

—Tú no vienes —contestó Alex mientras se levantaba del sofá—. Nosotros saldremos mañana temprano.

—Desde luego eres un aguafiestas —dijo Santos resignado—. Silvia, ¿a que tú sí quieres que vaya?

—Santos, ¡no!

—Mira que eres aburrido, Alex. De todas maneras, mañana tengo un asuntillo que hacer, así que estaré muy ocupado.

—No te metas en líos.

—Sé cuidarme solo. Además, si no quieres que vaya contigo, algo tendré que hacer. ¿No le parece a usted, señorita?

—Claro que sí —contestó Silvia cogiéndole de forma cariñosa el brazo.

—Suerte que tienes que ya eres muy viejo para que te metan en la cárcel —dijo Alex quitándole la botella de vino, que ya estaba casi vacía—. Pórtate bien.

—Es que lo que no puede ser es que se exija a un pobre que, además de pobre, sea honrado. ¡Hasta ahí podíamos llegar!

—Vámonos a dormir, mañana tenemos que madrugar —dijo Silvia intentando apaciguar los ánimos.

Alex quiso ayudar a su amigo a llegar a la cama, pero este rechazó su ofrecimiento. Aquella noche Silvia durmió en el sofá y Alex en la otra habitación. Parecía que ambos se habían olvidado de la noche que pasaron juntos en el apartamento de la calle Argumosa.

Por la mañana Santos se despertó como si nada, lleno de energía, igual que siempre. Les preparó un magnífico desayuno con zumo de naranja, café con leche, bollos, fruta cortada y unas porras que fue a comprar a un puesto de la plaza de Tirso de Molina. Después, los tres salieron de la casa. La luz de la mañana hacía todavía más especial la decoración de la fachada de la metamorfosis, donde los lagartos de la parte superior brillaban dando una sensación de vitalidad. Recorrieron las estrechas calles del Madrid de los Austrias, que llevaban el nombre de los antiguos gremios que las habitaban, latoneros, cuchilleros, herreros y cerrajeros... Además, las placas estaban ilustradas con un dibujo que hacía referencia al nombre. Mientras caminaban, Santos saludaba continuamente a camareros, comerciantes, barrenderos, personas que estaban leyendo el periódico en alguna terraza. Incluso habló con una mujer vestida con escasa ropa, a la que Silvia se quedó mirando convencida de que era una prostituta.

—Santos, esa mujer ¿era una...?

—Amiga mía —dijo sonriente—. Aquí me despido, mucha suerte en Toledo y mantenedme informado.

El viejo siguió su camino mientras la pareja se montaba de nuevo en el coche.

—Siempre se mete en líos —comentó Alex antes arrancar el coche—. Hace lo que quiere, no piensa las cosas. Parece un niño y eso que ya tiene unos cuantos años.

—¿Y tú? ¿Y nosotros? ¿Te parece normal en el lío en que estamos metidos?

—Por eso no quiero que venga, no me perdonaría que le pasara algo malo. Bastante tenemos con la maldita sombra esa que salta desde murallas de veinte metros.

—Es imposible que nos siguiera, quizá la policía le haya detenido. Aquella sangre...

—Esperemos que sí.

Salieron en dirección a la catedral de la Almudena. Había bastante tráfico, como todas las mañanas entre semana en Madrid. No conseguían apenas avanzar con tanto automóvil.

—El Madrid medieval estuvo rodeado por una muralla de la que todavía hoy quedan vestigios. Algunos de ellos se ven desde aquí, están junto a la catedral.

—Sí, tengo una ligera idea de ello —contestó Silvia.

Alex ignoraba que ella tenía un lienzo de esa muralla de diez metros de altura en el patio de su casa.

—¿Y no quedan más restos de muralla que estos de la catedral? —preguntó Silvia, que quería comprobar si Alex sabía de la existencia de un trozo de muralla en su edificio—. ¿Llegaba a la Cava Baja?

—Sí, era uno de los límites, la Cava Alta y la Cava Baja son los antiguos fosos que se situaban en el exterior de la muralla. Cuando Madrid fue convertida en capital de España, en esa calle se establecieron la mayoría de las fondas, tabernas y hospederías. Ahora hay una a la que han puesto el nombre de Capitán Alatriste, por las novelas.

Silvia prefirió mantener la muralla de su casa en secreto, quizá algún día se la enseñara al chico de los castillos.

28

San Martín de Montalbán

Desde San Martín de Montalbán siguieron una carretera comarcal que llevaba a La Puebla de Montalbán. A unos cinco kilómetros de la primera localidad llegaron a un desvío que marcaba por la izquierda «castillo», y por la derecha «santuario visigótico de Santa María de Melque». Continuaron en dirección a la fortaleza.

—¡Prohibido el paso! ¡Propiedad privada! —exclamó Silvia indignada—. ¿Qué es esto? ¡Animales protegidos! ¡Se caza los domingos y festivos! ¿En qué quedamos? ¿O se protege a los animales o se cazan?

—Sí, se me olvidó comentar que el castillo es privado, de los marqueses de… no me acuerdo. Como dice el cartel, solo se puede visitar los sábados por la mañana. Además, se encuentra en una zona protegida por la anidación de aves, por eso del 1 de febrero al 31 de mayo no se puede entrar.

—¿Y qué hacemos? —gritó alterada Silvia—. Es que estas cosas me ponen de los nervios. ¡Un castillo privado en pleno siglo XXI! ¿No esperarás que llamemos para pedir permiso y entrar?

—Es más normal de lo que crees.

—¿Sí? Explícame cómo puede terminar un castillo en manos privadas. Estos marqueses de lo que sea lo heredarían porque algún tatarabuelo suyo fue un señor feudal.

—Silvia...

—¡Los monumentos deberían ser públicos! —insistió con más virulencia si cabe.

—Ya lo sé, pero hay muchas maneras de que un castillo, una iglesia o un palacio termine en manos privadas, y no precisamente de gente con mucho dinero.

—¿Cómo?

—Por ejemplo, con la desamortización del siglo xix. Entonces, muchos bienes de la Iglesia, entre ellos de las órdenes militares, que tenían cientos de castillos, se pusieron a la venta y fueron adquiridos por gente de todo tipo.

—No me convencerás, Alex.

—Además, en el siglo xx se subastaron un gran número de castillos y, en muchas ocasiones, las instituciones no quisieron adquirirlos, por lo que también terminaron en manos de particulares. Conozco un caso en Teruel que lo compró el novio de una pareja de canadienses de luna de miel, y nunca volvieron a España.

—Peor me lo pones...

Cuando Alex se quiso dar cuenta Silvia había saltado la valla que cerraba la puerta y seguía un camino que parecía llevar a la fortaleza. Era una zona preciosa, rodeada de encinas y donde, de vez en cuando, se veía algún conejo correr. No había ni una sola indicación sobre cómo llegar al castillo. Sin embargo, Silvia parecía tenerlo claro, como si supiera el camino exacto. Tras diez minutos andando empezaron a divisar el castillo de Montalbán, en un paraje solitario; parecía un cuadro de algún pintor romántico, como Friedrich. Ellos habían elevado el paisaje a lo sublime, convencidos de que el hombre había dejado ya de ser el centro del mundo.

Así era el castillo de Montalbán, increíble, rodeado por tres de sus flancos de paredes naturales de acantilados de roca, encinas, tomillo y romero. La más impresionante fortaleza que Silvia había visto nunca se abría ante sus ojos, con sus murallas de piedras pardas en total contraposición con las aristas blancas construidas con sillares de piedra caliza, para que fueran más resistentes a los impactos de proyectiles. Y sus colosales torres albarranas, adelantadas de las murallas como proas de navíos, con sus coronas almenadas que recortaban el otoñal cielo de aquella mañana.

—¡Qué maravilla!

—Sí, ya te lo dije —asintió Alex después de un gran suspiro.

Él había estado ahí años atrás, pero ello no minaba un ápice la sensación de asombro que provocaba aquella silueta. Así que ambos permanecieron unos instantes de pie frente a la colosal construcción.

—También es templario...

—Otra vez los templarios, qué raro —apostilló con ironía Silvia.

La joven no tardó en acercarse al castillo, aunque primero tuvo que sortear una muralla de pequeña altura y rasgada por unas saeteras muy vistosas, ya que estaban encuadradas por piedra caliza de color blanco.

—¡Qué complicado es llegar al interior! —comentó Silvia, quien avanzaba con cierta dificultad entre los muros de las defensas de la fortaleza.

—Esto es la barbacana, es una defensa adelantada, ya que este es el flanco más débil del castillo; por el otro lado hay un río. Es una barrera de mampostería, semejante a la muralla pero de menor tamaño.

Silvia seguía derecha hacia las murallas principales, ajena a las explicaciones de Alex.

—¡Dios! ¿Cuánto medirán de alto?

—Puede que más de veinte metros —respondió Alex—. Además, aquí había un foso, aún se puede apreciar la escarpa y contraescarpa.

—¡Esto es una pasada! —dijo Silvia señalando una gran torre unida a la muralla por un arco apuntado de dimensiones monumentales—. ¿Qué tipo de torre es esta?

—Es una torre albarrana.

—¿Como las que comentaste ayer?

—Sí. Y como la de allí enfrente, que ahora está tabicada y que tiene unos matacanes de ladrillo —contestó Alex—. Y creo recordar que este es el arco de arquitectura no religiosa de mayores dimensiones de España. Podían caer las murallas y las torres seguir inexpugnables, ya que solo una estrecha pasarela las unía con la fortaleza, y era muy fácil de defender por unos pocos hombres.

Silvia y Alex entraron por una de las puertas de la muralla, situada al lado de una de las dos torres, bastante estrecha para las dimensiones de aquel lugar.

—¡Es enorme! —Silvia estaba como hipnotizada—. ¿Cómo vamos a encontrar algo aquí?

—Va a ser difícil, no tenemos muchas indicaciones. —Alex sabía que aquello iba a ser tremendamente complicado—. Empecemos a buscar.

—¿Por dónde?

—Recorramos juntos las murallas. Debemos fijarnos en cualquier detalle —sugirió Alex—, una marca de cantero o no sé, quizá la forma de un sillar. Tenemos tiempo, es pronto, seguro que encontramos algo.

Estuvieron durante dos horas recorriendo el perímetro de las murallas.

—¿Cómo sabes que es este castillo? —preguntó Silvia agotada de buscar—. ¿Cómo estás tan seguro?

—La descripción coincide: «con sus grandes torres a proa». Quien ha estado aquí alguna vez no puede olvidar estas torres.

Fueron hasta la torre del homenaje, a la que accedieron por una empinada escalera. Allí se abrían numerosas puertas, pero algunos accesos tenían poca altura. Silvia se quedó mirando a Alex.

—¿No querrás que entre por ahí? —Él sonrió—. Espero por tu bien que valga la pena.

Silvia entró de rodillas por uno de ellos. Tras el primer acceso había un segundo paso y continuó hasta alcanzar la parte superior de la torre albarrana. El suelo tenía varios huecos, la bóveda de cañón que había en la sala inferior había sufrido algunos desprendimientos.

—Aquí no parece haber nada —se lamentó Alex, que se asomó al borde de la torre para poder ver el otro lado del castillo.

—Pues busquemos en la otra —respondió Silvia ya de camino hacia el adarve—. ¡Vamos!

Se volvieron a arrastrar por los estrechos accesos hasta alcanzar el adarve que recorría toda la muralla del castillo y llegaron a la segunda torre albarrana.

—¿Y este hueco? ¿Es para tirar aceite?

—Cuánto daño han hecho las películas y las novelas… Es una buharda, desde aquí podían tirar todo tipo de proyectiles o líquidos hirviendo a los enemigos. Aceite precisamente no, te lo aseguro. ¿Tú sabes lo que costaba un litro de aceite? Como para tirarlo.

—Películas….

—Hay alguna buena, como *El señor de la guerra*, una en la que Charlton Heston es el señor de un territorio y tiene que defenderse en una torre de un asalto, pero el resto…

—Tendré que verla. —Silvia giró sobre sí misma—. Aquí no hay nada. ¿Y si miramos abajo?

Silvia observó cómo Alex posaba sus manos sobre las piedras de forma inusual. En cierto modo, le recordó a ella misma en la muralla de su casa en Madrid.

—¿Por qué haces eso? —le preguntó ni corta ni perezosa.

—¿El qué?

—Ya lo sabes, me he fijado en cómo miras las piedras del castillo. ¿Qué pasa?

—Nada.

—Por favor, no me tomes por tonta —le advirtió—. ¿Sientes algo cuando las tocas?

—No exactamente.

—¿Entonces qué? Quiero saberlo —insistió Silvia.

—Mi padre decía que las piedras hablaban. Cuando era pequeño no le creía, pero a base de observarlas, un día lo entendí. Y sí, en cierto sentido te hablan, te cuentan por qué están aquí, lo que han sufrido, cuándo las esculpieron... Supongo que es una de esas tonterías que te explican de pequeño y tú te las crees.

—No, yo te entiendo —afirmó Silvia con sinceridad.

Alex sonrió complacido. Bajaron por la escalera que había en la torre del homenaje y fueron a la puerta por la que habían entrado. Entonces él observó algo en el arco de la puerta, dio unos pasos hacia atrás y tocó con sus manos los sillares blancos que formaban las dovelas.

—¡Dios mío! —exclamó ante la cara de asombro de Silvia, que no sabía qué estaba pasando—. Creo que son... ¡marcas de cantero!

—¿Como las de Calatrava?

—Pero estas sí que parecen de las típicas, es decir, para contabilizar sillares. Ven, fíjate.

Silvia se colocó delante de él, dándole la espalda. Alex pasó su brazo sobre su hombro y le indicó unas marcas en forma de escuadra que había en los sillares.

—Todos los sillares están marcados y son sencillas, una escuadra en diferentes posiciones. Los trajeron de lejos, por aquí no había canteras. Todo el castillo está construido con piedras sueltas de la zona, pero los arcos están enmarcados con sillares de buena calidad; serían caros y por eso están marcados.

—Bueno, pero eso no nos ayuda. —Silvia se volvió y sus labios quedaron a la altura de los de Alex y muy próximos entre sí—. Son marcas normales, nosotros buscamos algo especial.

—Tienes razón.

—¿Seguimos buscando o tienes alguna idea mejor? —le preguntó ella de una forma provocativa.

Silvia se alejó de Alex, quien no dejó de mirarla. Por unos instantes, el chico de los castillos recordó la noche que pasaron juntos, pero pensó que no era ni el momento ni el lugar para repetirlo.

—Por ahora no, pero nunca se sabe —respondió Alex mientras daba un paso al frente y tomaba la iniciativa de la búsqueda.

Silvia lo hubiera matado allí mismo. Pero, en cambio, se dio la vuelta enojada y examinó despacio los sillares del monumental arco que unía la torre albarrana a la muralla.

—¡Ahí! —gritó Silvia—. ¡Mira! ¡Son también marcas de cantero!

Alex corrió hacia ella.

—¡Joder! Es verdad —se frotó los ojos, incrédulo—; pero hay muchas: cruces, ángulos, herraduras, círculos… ¿Cómo no nos hemos dado cuenta antes? Todos los sillares blancos deben estar marcados.

—¿Cómo sabremos cuál es la buena? —preguntó Silvia.

—No sé, hay que localizar una que no esté repetida, que tenga una simbología diferente o que sea especial. —Alex sonrió—. Dame la transcripción del manuscrito.

Silvia obedeció, aunque todavía estaba algo molesta por el comentario que le había hecho antes.

—Debemos buscar alguna de las marcas que aparecen en él. —Alex fue señalando uno a uno los símbolos del muro de la torre.

Durante unos segundos ninguno dijo nada. Ambos escudriñaban con ahínco las marcas talladas en los sillares blanquecinos.

—Hay muchos —comentó Silvia—. No va a ser nada fácil.

Continuaron su escrutinio. Conforme buscaban en la parte más alta del muro, más difícil era precisar la forma de los símbolos. Pero había buena luz y tenían tiempo suficiente para identificarlos.

—¡Ya está! ¡Ahí! ¡Mira! —gritó Silvia.

—¿Dónde? Yo no veo nada. —Alex se esforzaba todo lo posible por ver alguno de los símbolos del manuscrito en la parte del muro que Silvia señalaba con su mano.

—¿No lo ves? Justo ahí al lado. La estrella de David.

—Así es, y en aquella otra, a la misma altura. Pero no está en ningún otro sillar.

Alex lo buscó de inmediato en la transcripción del manuscrito.

—Creo que ya tenemos el segundo signo, la estrella de David corresponde al segundo castillo.

En ese momento, se volvieron y vieron cómo se acercaba alguien armado con lo que parecía un fusil. Se miraron y por instinto echaron a correr, cuando un enorme perro negro se interpuso en su camino amenazante, ladrando sin parar y enseñando sus afilados dientes. Se dieron la vuelta y se encontraron con el filo del cañón de lo que parecía una escopeta de caza.

—¿Qué hacen aquí?

29

El guardián

Era un hombre ataviado con ropas militares, con un espeso bigote y poco pelo, de aspecto noble, pero de aguantar mal las bromas.

—Solo queríamos hacer unas fotos al castillo —contestó Alex—. Soy investigador, ya he estado antes aquí.

—Entonces, si ha estado antes ¿qué hace aquí de nuevo?

—Perdónenos, aunque no se puede entrar, pensamos que no haríamos daño a nadie.

—O sea, que ni siquiera intentan excusarse diciendo que no sabían que estaba prohibido. ¡Válgame Dios!

El hombre analizó a Alex con la mirada de arriba abajo, no muy convencido con las explicaciones.

—¿Y qué si hemos entrado? —intervino Silvia—. ¿Cómo puede ser que semejante castillo sea privado, y encima tengan la cara dura de prohibir el paso? ¡Ya no estamos en la Edad Media!

—Pero quién se ha creído que...

—¿Qué es lo siguiente? ¿Derecho de pernada?

—¡Agustín! Espera, no pasa nada. —Detrás del hombre apareció una figura femenina montando un caballo negro de un porte precioso.

Era una mujer mayor, distinguida, con el pelo rubio y suelto, vestida con pantalones claros y unas botas altas marrones. Y una mirada con un halo de elegancia como jamás había visto antes Silvia.

—Señorita, el castillo es visitable los sábados desde la diez de la mañana hasta las dos de la tarde. No puede estar abierto todo el día porque tiene que haber alguien aquí vigilando que no suceda ningún accidente o para que no entren gamberros a dañar la fortaleza. Y permanece cerrado desde el 1 de febrero hasta el 16 de mayo porque es la época de anidación de las aves, y esta es una zona protegida por el Ministerio de Medio Ambiente.

Agustín la ayudó a bajar del caballo. Era sin duda una mujer que había sido hermosa en su juventud y todavía conservaba esa belleza en sus facciones.

—Perdónenos por haber entrado sin permiso, estamos preparando un trabajo de investigación y necesitamos ver esta magnífica fortaleza de cerca. No queríamos molestar ni mucho menos hacer daño alguno al castillo.

—¿Así que están realizando un estudio? —preguntó la dama—. Ayer también vino otro investigador, era polaco creo, tenía mucho acento y dijo que era doctor en Historia medieval. Iba muy bien vestido, eso es verdad. Y da la casualidad de que estaba buscando algo junto a la torre, igual que ustedes.

A Alex le preocupó enormemente esa noticia. «Demasiada casualidad», pensó. O mucho se equivocaba o la dama pensaba igual que él.

—¿Por qué no me acompañan a mi casa y me cuentan de qué va esa investigación? —les pidió la mujer mientras volvía a subirse al caballo negro—. Agustín los llevará en el 4×4.

Alex hizo una señal a Silvia para que aceptara, pues la joven no parecía nada cómoda en presencia de aquella dama.

—Mi nombre es Ángela —dijo mientras se marchaba a galope—. Soy la duquesa y propietaria del castillo.

Agustín los guio hasta su 4×4. Metió al perro en una zona

habilitada en el maletero y dejó la escopeta junto a él. Desde allí fueron por un estrecho camino en dirección a la casa de la duquesa. Una vez hechas las presentaciones, Agustín resultó ser una persona amable y su perro negro de lo más cariñoso, de hecho, Silvia se pasó todo el viaje acariciándolo.

—¿En serio es la duquesa? —preguntó Silvia.

—Así es, nueve veces grande de España.

—¿Qué quiere decir eso? —preguntó de nuevo.

—La suya llegó a ser la casa nobiliaria más importante de nuestro país, aglutinando trece ducados, doce marquesados, trece condados y un vizcondado... —explicó Agustín.

—¡Joder! —exclamó Silvia ante las risas de Alex.

—La duquesa ostenta uno de los cuatro títulos más relevantes de España. Incluso sus antepasados fueron retratados por Goya.

Pronto llegaron a un palacio en una propiedad vallada. Al abrir la puerta del coche el perro salió corriendo.

—¡Laika! ¡Ven aquí! —gritó—. Esa perra es llegar a casa e ir directa a comer.

Agustín los llevó hasta el interior del palacio, austero en su fachada, pero cálido y confortable en su interior.

Silvia empezaba a albergar serios motivos para odiar a la duquesa. «Qué suerte tienen algunas», pensó.

Llegaron hasta un salón abierto a una galería, donde la duquesa los esperaba sentada en un sofá rojo, de estilo moderno, sin respaldo. Se había cambiado de ropa, llevaba un pantalón blanco, una blusa a juego y unas sandalias grises. Sin ninguna joya ni adorno. Seguía mostrando un aire elegante, como si fuera parte de su aspecto natural.

—Agustín, llama a Concha y que nos prepare un almuerzo. Siéntense, por favor.

Silvia se había quedado mirando un cuadro de los que adornaban el salón, donde aparecía quien debía ser un antepasado de la duquesa.

—Es mi abuelo —comentó la duquesa al ver el interés de la

joven—. Era una persona maravillosa. Mi padre murió cuando yo tenía ocho meses, y mi madre y yo nos fuimos a vivir al palacio de mis abuelos en Sevilla.

—Tiene que ser increíble poseer tantos títulos.

—No he tenido un excesivo interés por los títulos. Al contrario, he repartido entre mis hijas y, después, entre el resto de mi familia casi todos ellos.

Silvia se moría de envidia al imaginar toda la fortuna que tenía aquella mujer, sus títulos, sus palacios, el tipo de vida que debía llevar. Sin tener que estar metida en una oficina todo el día, soportando a Pilar Fernández o a cotillas como María Ángeles, sino montando a caballo, descansando en su castillo o paseando por sus palacios.

El servicio de la duquesa trajo café y lo sirvió al gusto de los presentes.

—Cuéntenme de qué va esa investigación suya sobre el castillo de Montalbán.

—Bueno… —Alex tomó la iniciativa—, estamos buscando una serie de castillos que parecen estar relacionados.

—Qué interesante —afirmó la duquesa—. ¿Y cuáles son esos castillos?

—Hasta ahora solo tenemos dos, el de Calatrava la Nueva en la provincia de Ciudad Real y el suyo, el de Montalbán.

—¿Y qué tienen en común? —La duquesa parecía curiosa.

Alex no sabía si responder a eso.

—Todavía no estamos seguros —contestó Silvia.

—Es interesante eso que hacen ustedes, supongo que les apasionará, ¿no es así? ¿Y en qué trabajan?

—Yo trabajo en otras cosas, estoy en la radio, soy escritor… bueno, escribí una novela hace mucho tiempo. Ahora hago artículos para revistas y otras publicaciones, también preparo mi doctorado y un libro sobre castillos de España.

—¿Una guía?

—Algo así, pero una autoficción, contando mis aventuras

visitando castillos, mis pensamientos en general —explicó Alex con un brillo especial en los ojos—, mi forma de ver el mundo... No creo que lo publique nadie, la verdad.

—¿Le gustan mucho los castillos y el Medievo?

—Si yo le contara... Umberto Eco decía que vivimos una nueva Edad Media. El autor de *El nombre de la rosa* publicó un ensayo que anunciaba que, al igual que cuando cayó el Imperio romano, en nuestros días se iba a producir un colapso de los poderes establecidos, un choque de civilizaciones y nuevas invasiones bárbaras, una nueva Edad Media.

—Ya veo, ¿y usted, señorita?

—Soy restauradora de libros.

—Qué oficio tan maravilloso. Yo de pequeña quería ser bailaora de flamenco, ahora lo que más me gusta es ir a Gandía con mis hijas y mis nietos. —La duquesa parecía una persona cercana y amable.

Entonces Silvia, que había cambiado sus recelos iniciales hacia la duquesa por cierta simpatía, pensó que era una mujer culta y quizá pudiera servirles de ayuda.

—Perdone, duquesa, ¿usted no conocerá por casualidad a un tal Alfred Llull? —preguntó Silvia sin muchos rodeos.

Durante unos segundos la duquesa no respondió.

—¿De qué le conocen? —dijo con gesto serio doña Ángela—. Pues no, pero sí sé que es un hombre poderoso.

Alex no entendía muy bien lo que estaba sucediendo.

—Él también está interesado en lo que estamos investigando —confesó Silvia—; si no lo descubrimos nosotros, me temo que lo hará él.

A la duquesa no parecía agradarle nada la situación. Miró de nuevo a sus invitados e hizo un gesto de rendición.

—Es un rico empresario, posee varias clínicas en diferentes países. Y es... digamos que un tanto extraño.

—¿En qué sentido? —insistió Silvia.

—Se codea con las altas esferas, muchos acuden a él para sanarse. Sé que es bueno en medicina, pero siempre me ha parecido que no es de fiar. No puedo decirles más. Yo creo que es peligroso.

—Duquesa, ¿usted nos puede ayudar a dar con otro castillo? —intervino Alex.

—¿Y cuál es?

—No lo sabemos, solo tenemos una descripción.

—¿Pueden decírmela, por favor?

Alex miró a Silvia y ella encogió los hombros, como dando su aprobación. «¿Qué daño puede hacernos?», pensó. A continuación, sacó la transcripción y leyó en voz alta.

> Siguiendo el río
> hasta la ciudad del puente,
> cerca de donde los caballeros
> tomaron un castillo,
> en lo alto de una roca
> con nombre de mujer.

—Qué descripción más poética —dijo la duquesa—. ¿Qué río es? ¿El Tajo?

—Supongo que sí —contestó Alex—. Por lo que tenemos que buscar una ciudad con un puente.

—En San Martín hay un puente sobre el Tajo del siglo XIV; no está lejos de aquí —sugirió la duquesa.

—Podría ser, pero necesitamos que también haya un castillo.

—¿Y Toledo? El castillo de San Servando vigila un puente sobre el Tajo —se atrevió a decir Silvia.

—Pero el manuscrito dice «siguiendo el río», no podemos volver hacia atrás.

—Siguiendo el Tajo pasamos ya a Cáceres, en esa provincia el ducado de Plasencia pertenece a una de mis hijas, por lo que conozco esa zona. Quizá sea en Cáceres, pueden buscar alguna ciudad por donde pase el Tajo y exista un puente.

—Pero habrá muchas.

—No crea, señorita, el Tajo es un río muy grande cuando se

acerca a la frontera con Portugal. No hay tantos puentes que lo crucen, se lo aseguro. Por otra parte, cuando el Tajo entra en la provincia de Cáceres hay varios pantanos. No sé si les servirá, pero por esa zona pasa la Vía de la Plata —comentó la duquesa.

Silvia y Alex se miraron atónitos.

—¿Qué ocurre? —La duquesa se percató de que había dicho algo relevante.

—Vera, yo no creo en las casualidades, así que o mucho me equivoco o el castillo que buscamos tiene que estar relacionado con la Vía de la Plata. —Alex adoptó un tono muy serio—. ¿Tiene un mapa de España?

—Agustín puede que tenga uno.

El guarda de la finca tardó en encontrarlo, pero terminó trayendo un viejo mapa de carreteras. Alex lo cogió y lo abrió sobre una mesa baja de madera que había en el salón.

—Aquí está la A-66, la autovía Ruta de la Plata, que cruza el Tajo cerca de la desembocadura del río Almonte.

—Pero ¿es ese el camino original de la Vía de la Plata?

—No, la calzada romana unía Augusta Emerita, lo que hoy es Mérida, con Asturica Augusta, Astorga en la actualidad. Y si no me equivoco cruzaba el Tajo a través de un puente que había donde ahora está el pantano de Alcántara.

—¿Y ya no está? —preguntó Silvia.

—Creo que no, lo trasladaron. —Alex se quedó pensativo unos instantes—. Pero no tiene que ser el de la Vía de la Plata, sino otro más importante si cabe.

—¿Sí? —La duquesa parecía más entusiasmada incluso que sus invitados—. Pues díganos cuál, no nos deje con la duda.

—Alcántara.

—¡Es verdad! Allí hay un puente romano precioso —dijo la duquesa muy contenta—. Pero ¿cómo sabe usted que es Alcántara?

—Porque Alcántara proviene del árabe *Al Qantarat*, que quiere decir «el puente», y es un nombre puesto por los árabes a esta ciudad debido al puente romano. Además, allí fue donde se fundó la Orden de Alcántara, por eso creo que nombra a unos caballeros el texto —terminó de explicar.

—¡Increíble! —La duquesa nos salía de su asombro.

—No se lo diga tanto que luego se lo cree y no hay quien le aguante —comentó Silvia, que tampoco podía disimular su alegría.

—Pero ¿y lo de la piedra y el nombre de mujer? —La duquesa seguía intrigada.

—Eso va a ser más complicado —contestó Alex—. Porque castillos sobre una roca, en lo alto de una cumbre los habrá a decenas. Que fueran tomados por los caballeros de la Orden de Alcántara imagino que la mayoría, y lo del nombre de mujer es algo ya más rebuscado. Tendremos que ir localidad a localidad hablando con sus habitantes a ver si alguien conoce un cerro o una roca que tenga nombre de mujer.

—Si puedo ayudarles en algo…

—No, duquesa, usted ya nos ha ayudado bastante —contestó Alex.

—Es ya tarde para ir a Cáceres. ¿Por qué no pasan la noche aquí? Hay muchas habitaciones. Pueden descansar y mañana salir temprano —insistió la duquesa.

Era difícil decirle que no a la noble dama. Ambos se miraron; estaba claro que deseaban aceptar, pero a la vez no querían abusar de la hospitalidad de la duquesa.

—Yo mañana tengo que levantarme pronto y llamar a la radio para grabar un par de programas sobre castillos —explicó Alex.

—¿Cómo? —preguntó interesada la duquesa—. ¿Por teléfono?

—Sí, lo hago siempre cuando no estoy en Madrid.

—Razón de más para que se queden a dormir aquí, así mañana se levanta cuando quiera y hace sus programas. ¿De acuerdo? Pues dicho queda.

Aceptaron la propuesta, qué remedio, a ver quién le decía que no a la duquesa.

Se fueron a descansar, había sido un largo día. Silvia había transformado su inicial recelo respecto a la duquesa en una profunda admiración. Le había impresionado su forma de ser y, a pesar de su habitual desconfianza crónica, con ella se sentía extrañamente a gusto, cosa que no le sucedía con la mayoría de la gente. Comprobó de nuevo su móvil. Tenía dos llamadas perdidas, una de Jaime y otra de un número desconocido, además de un mensaje de Vicky preguntándole dónde estaba. Respondió a su amiga explicándole que estaba de viaje y se durmió agotada pero contenta. Ya no era como en Madrid, no sentía que al día siguiente le esperaba la misma función, ni que tuviera que repetir ningún guion. Al despertar todo sería nuevo, otros personajes, otro escenario.

30

La investigación

Espinosa llevaba varias horas hablando con diferentes oficinas europeas y había activado el protocolo para impedir que algún objeto del patrimonio histórico saliera del país por aeropuertos.

—El contrabando de arte es fácil dentro de Europa a causa de la apertura de fronteras.

—Lo sabemos —respondió el agente de policía español.

—Si podemos ayudarles en…

—Por ahora no, les informaré cuando tengamos más datos. Gracias y hasta pronto —se despidió con evidente desgana.

Espinosa entró en el despacho del inspector Torralba.

—¿Qué sucede?

—He hablado con esos de Art Loss Register, la ALR.

—No me gusta nada —espetó el inspector Torralba.

—A mí tampoco, pero la ALR opera en la zona «oscura» del mundo del arte. Posee la base de datos más extensa de obras de arte robadas que existe.

—Claro —cabeceó Torralba—, lo que le permite rastrear y encontrar objetos, recibiendo comisiones de aseguradoras y víctimas de robo.

—Es efectiva.

—Se pasan por el forro la ética y la legalidad.

—Incluso sus críticos más severos están de acuerdo en que

sin los recursos de ALR, la situación en el campo de las obras de arte robadas empeoraría —insistió Espinosa sin desaliento—. En todo el FBI, solo hay catorce agentes con capacitación especializada para investigar delitos relacionados con el arte, la mayoría de los cuales tienen otras responsabilidades.

—Lo sé, los ladrones de arte son de guante blanco, no hay víctimas violentas, no hay sangre y la mayoría de las pérdidas están cubiertas por un seguro.

—La base de datos de obras de arte robadas por Scotland Yard incluye cincuenta y siete mil quinientos artículos, Interpol cuarenta mil, y el FBI tiene una lista de solo ocho mil objetos. En cambio, la base de datos ALR contiene información sobre más de trescientos cincuenta mil artículos robados, saqueados o faltantes. Además de diez empleados a tiempo completo, la organización colabora con una empresa india que envía a su personal a todas las subastas, ferias de arte y eventos similares para rastrear la aparición de obras de la lista.

—Eso es nuevo.

—Y hay más, jefe. Dicen que muchos agentes del FBI recomiendan que las víctimas acudan a la ALR, al menos para registrar la sustracción. La última vez que les pedimos ayuda en un robo, tenían un dosier de cincuenta páginas, mientras que nosotros o el FBI ni siquiera teníamos una triste imagen, solo cuatro líneas de descripción.

—Está claro que nos puede ser útil —claudicó Torralba ante su subordinado—. La prensa no hace más que repetir que no tiene precio en el mercado negro.

—¿Qué comprador puede adquirirlo?

—Para un libro raro completo no se puede hablar de «mercado». No se puede colocar. Lo más probable es que el beato sea cortado en pedazos y sus páginas vendidas por separado.

—Pero eso es un sacrilegio —afirmó Espinosa.

—Sí, pero el vendedor puede pretender que el origen del beato no se note si se vende así. En general, la mayoría de las obras de arte famosas se roban para pedir un rescate al propietario o a la compañía de seguros, así que en semanas venideras deberíamos saber si este fue el motivo principal. Si no llega una petición de rescate, el libro está destinado a ser cortado en páginas individuales y vendido.

—El mercado negro de obras de arte está en crisis o, al menos, ya no funciona como antes. Mira lo de Bélgica. Un cuadro de Magritte, *Olympia*, pintado en 1948 y valorado entre tres y cuatro millones de euros. La tela no podía venderse y prefirieron devolverla antes que dejar que se deteriorase. Así, el experto en arte se presentó ante la policía con el cuadro bajo el brazo.

—Pero se siguen robando —puntualizó Torralba—. Y te digo que lo del beato me da mala espina.

—De todas maneras, quien lo robó sabía lo que hacía —dijo Espinosa—. Era una exposición temporal, algo excepcional. El sistema de seguridad de la vitrina donde se guardaba fue desactivado. Y me han asegurado que es lo más moderno y fiable que existe.

—Pues para lo que ha servido…

—Luego consiguió salvar las cámaras de seguridad. Conocía la entrada secreta que utilizaba un fraile y también desactivó la alarma del monasterio.

—Vamos, que era un profesional, Espinosa. Estos libros a menudo están menos protegidos que los cuadros. Cada año se roban miles de ellos, pero pocos son descubiertos porque los inventarios no se hacen de forma regular o porque se roban páginas sueltas, lo más habitual, antes que el libro completo. Muchos museos exhiben falsificaciones para proteger los originales, o porque los han robado y así ocultan su ineficacia.

—¿Como el reciente robo de mapas de Pamplona? —planteó Espinosa.

—Exacto. —Torralba revisó algunos papeles del escritorio buscando algo—. Un momento… ¿y si los dos robos están conectados?

—¿Unos mapas y un beato?

—Cosas más raras se han visto, no hay tantos ladrones de arte. Puede que sea el mismo hombre.

—No sé… Hay una cosa más, las cámaras de seguridad. Hemos comprobado que había varias cámaras vigilando el lugar donde se custodiaba el beato, aunque ninguna apuntando al códice.

—Sí, ya lo sé. Es más de lo que muchas bibliotecas tienen. Que estuviera dentro de una vitrina con sistema de protección ya es impresionante y aun así lo robaron.

—Pero lo que no sabes, jefe, es que una cámara lateral captó una imagen del criminal.

—Brillante, ¿y podemos identificarlo?

—Todavía no, pero estamos trabajando en ello.

—¡No me jodas, Espinosa! Cuando tengas algo me informas de inmediato.

El inspector Torralba cogió una piruleta del cajón de su escritorio y fue a la ventana de su despacho.

—Esto de no poder fumar en ningún sitio me va a matar. Estamos bien jodidos con este caso. La Iglesia, los del Ministerio de Cultura, los gobiernos de Cantabria y Navarra y el comisario jefe…, todos me están presionando —murmuró mientras se comía la piruleta—. Necesitamos resultados ya.

31

Alcántara

A la mañana siguiente desayunaron con la duquesa, quien insistió en darles su número de teléfono para mantenerla al corriente de sus descubrimientos. Después salieron en dirección a la ciudad de Alcántara.

Cruzaron el puente romano y al pasar por debajo del arco triunfal situado en la parte central parecía como si todo el Imperio romano hubiera renacido. Impresionaba saber que esta construcción llevaba dos mil años en pie. Fueron hacia el convento de San Benito, un edificio magníficamente restaurado que había sido residencia de la orden militar de Alcántara. Entraron dentro y llegaron a una galería porticada que formaba parte de una hospedería. Tenía tres plantas. Sobre unas columnas jónicas se levantaba una arquería y en sus extremos había dos torrecillas cilíndricas rematadas con pináculos, con diferentes escudos de los Austrias. En diez minutos empezaba una visita guiada.

—Puede que averigüemos algo, ¿no?

—¿En la visita guiada? —dijo poco convencido Alex.

—Quién sabe, por probar…

—Puede que tengas razón, no perdemos nada por intentarlo —contestó resignado—. Reconozco que aquí estoy totalmente perdido.

A las doce en punto, una mujer de unos cuarenta años, bien arreglada y sonriente, organizó a los presentes, unos veinte, y repartió una serie de folletos turísticos. Acto seguido empezó a desgranar la historia del convento.

—La Orden de Alcántara fue una orden militar creada en la segunda mitad del siglo XII en el reino de León con el nombre de San Julián del Pereiro. —La guía ponía mucha pasión en la explicación—. Tras su conquista a los musulmanes, la defensa de la ciudad de Alcántara fue otorgada a la Orden de Calatrava, pero cuatro años más tarde renunciaron. Entonces, se encomendó la defensa a los caballeros de Julián del Pereiro a cambio de cierta dependencia respecto a la Orden de Calatrava. A raíz de esto, el primitivo nombre de la orden fue desapareciendo.

La guía siguió explicando la extensión de la orden por la provincia de Badajoz y su participación en la conquista de Andalucía. Parecía que iba a ser más complicado de lo que creían encontrar el castillo de la Orden de Alcántara, ya que sus posesiones eran extensas.

—Los miembros de la Orden de Alcántara vestían una túnica de lana blanca larga y capa negra, que sustituían por un manto blanco en las ceremonias solemnes, y adoptaron como distintivo una cruz flordelisada de sinople, que es un color verde en heráldica.

Silvia se aproximó a Alex y le susurró al oído:

—¿Cómo lo ves?

—Mal —murmuró Alex molesto—. Ya has oído a la guía, la orden tenía posesiones en toda Extremadura y también en Andalucía.

—¿Y si le preguntamos a la guía?— sugirió Silvia mientras arqueaba las cejas—. No perdemos nada.

Alex asintió. Esperaron hasta el final de la visita al monasterio y cuando la guía se quedó sola, Silvia se acercó con cara sonriente.

—Muchas gracias por todo —esbozó su mejor sonrisa—, ha sido una visita interesante.

—De nada, es mi trabajo —respondió muy halagada la guía—. Si puedo ayudarles con cualquier pregunta que tengan no duden en pedírmelo.

—Pues a lo mejor sí que puede ayudarnos —Silvia saltó como una hiena al oír el ofrecimiento de aquella mujer—, estamos buscando un castillo.

—¿Un castillo? Aquí hay muchos. ¿Cuál en concreto?

—Uno especial, me habló una amiga de él hace tiempo. Lo visitó cuando estuvo en Extremadura, comentó que estaba cerca de Alcántara, pero no recuerdo su nombre.

—En Cáceres hay castillos relevantes como los de Trujillo, Belvís de Monroy, Coria…

—No sé, tiene que haber pertenecido a la Orden de Alcántara —interrumpió Alex a la guía.

—Eso es ya complicado para mí, yo no soy historiadora —se excusó la mujer.

—Es muy importante para nosotros. —Silvia sonó tan sincera que la guía se quedó pensativa.

—Si les interesa tanto… sé quién puede ayudarles. Pero les advierto que es un tanto peculiar.

—¿En qué sentido?

—No se asusten, es la persona que más sabe de la Orden de Alcántara, pero es un poco fanático.

—Nosotros no nos asustamos con nada, ¿verdad, Alex? Por cierto, yo soy Silvia.

—Y yo Victoria.

La guía sacó su móvil e hizo una llamada. Se retiró unos metros y habló unos segundos con alguien, después colgó.

—¿Tienen coche? —preguntó.

Alex y Silvia asintieron.

—Vamos a casa de Ricardo, él les ayudará. Es un fanático de la Orden de Alcántara.

La guía no les mandó muy lejos, apenas a un par de calles. Se trataba de un chalet de planta baja, con un moderno tejado a dos aguas terminado en punta que parecía como un sombrero. Al llamar a la puerta, los recibió un hombre ataviado con una cota de malla, un yelmo de hierro y una maza de acero.

—Fanático es poco —murmuró Silvia.

Alex la miró con una media sonrisa en los labios.

—Hola, Victoria. Entren, por favor —indicó el caballero—, Ricardo está entrenando, ahora mismo les atiende. Yo soy Fermín.

—Silvia y Alex —les presentó Victoria.

—¿Quieren algo de beber? —les ofreció el caballero de Alcántara.

—No, muchas gracias —masculló Alex.

—Como quieran. Pueden pasar al jardín, por favor —les sugirió el caballero.

Allí otros dos compañeros suyos, también ataviados con trajes medievales, luchaban con total realismo, armados con una gran hacha, una espada de casi dos metros y un escudo circular. El primero de ellos llevaba un traje azul con un león, y el segundo la insignia de la Orden de Alcántara.

—¿Les gusta la recreación histórica? —preguntó Fermín, que sujetaba la maza con las dos manos.

—Es interesante, debe ser costoso todo ese material, ¿no? —comentó Alex.

—Sí, es carísimo. Son todo réplicas exactas. Tenemos una asociación donde cuidamos que todas las armas y vestimentas sean fieles recreaciones de las originales —explicó el caballero—. ¿Ve esta maza? Es una réplica de una original del siglo XIII. El yelmo, los guantes, la cota de malla, incluso la camisa son también idénticas a las que se utilizaban en ese siglo por los caballeros de la Orden de Alcántara.

Después de un violento forcejeo, el individuo del traje con el león lanzó un golpe con su hacha que no alcanzó al escudo, cayendo por su propia inercia contra el suelo y rodando para ponerse de nuevo en pie.

—¿Y no es peligroso?

—Un poco; al fin y al cabo, son armas. Pero nosotros lo hacemos todo siguiendo las normas de seguridad, aunque a veces hay algún accidente. Pero son casos aislados, suelen ser aficionados que lo único que quieren es disfrazarse y coger una espada. Lo que nosotros hacemos no es una fiesta de disfraces, es una recreación histórica, ¡somos profesionales! La mayoría historiadores. Y es nuestra forma de vivir la historia.

El caballero del león realizó una serie de ataques que fueron respondidos con varias cintas por su oponente. Hasta que el hacha y la espada chocaron con virulencia, permaneciendo durante unos segundos forcejeando. Momento en que el caballero del león no pudo resistir el empuje de su oponente, el caballero de la Orden de Alcántara, quien le obligó a retroceder y dejar al descubierto su flanco derecho. Hábilmente se giró sobre él y le tocó con su espada en la espalda y dio por concluido el combate. Acto seguido, se aproximó hacia ellos y se quitó el yelmo que protegía su cabeza.

—Es solo una demostración para una feria medieval —se excusó—. Hola, soy Ricardo, ¿en qué puedo ayudaros?

Silvia nunca había estrechado la mano a un caballero medieval.

Ricardo resultó ser de indudable ayuda, ya que conocía a la perfección las encomiendas de la Orden de Alcántara. Les avisó de que había pocos castillos en buen estado.

—Da igual, lo que buscamos son castillos que hubieran sido construidos o habitados por esos caballeros.

—Pues yo creo que el que se encuentra en mejor estado de todos es el castillo de Piedrabuena —dijo rascándose la perilla—. Desde finales del siglo XIII fue cabeza de una encomienda de la Orden de Alcántara, para la que tuvo siempre notable importancia. Se ubica en una finca privada en el término municipal de San Vicente de Alcántara, provincia de Badajoz.

Alex sacó su libreta del bolsillo de la chaqueta y anotó el nombre.

—No te preocupes por el estado de conservación, nos interesan las fortalezas en general de la orden, con independencia de que estén o no en buen estado de conservación —insistió Alex.

—Ricardo, diles todos los castillos, aunque solo queden unas piedras —apuntó Victoria.

—Dejadme pensar.

Ricardo seguía rascándose la perilla mientras hacía memoria. El yelmo y la pelea con su compañero le habían dejado el pelo sudado.

—Portezuelo, ese castillo es de Alcántara también.

—¿Dónde está? —preguntó Silvia.

En un arrebato, Ricardo se dio la vuelta y se introdujo en la casa. Al rato regresó con un mapa de Extremadura y lo extendió en una mesa metálica que había en el jardín.

—El nombre del castillo es Marmionda y, aunque está algo alejado, pertenece a la localidad de Portezuelo —explicó y la señaló en el mapa.

—No sé, Silvia, no conozco estos castillos. Nos llevará mucho tiempo descubrir de cuál habla el acertijo —murmuró Alex muy contrariado.

—¿Acertijo? —preguntó el hombre con la cruz de Alcántara en el pecho—. ¿De qué habláis?

Silvia miró a Alex y él asintió.

—Tenemos una especie de descripción del castillo que buscamos —aclaró Silvia—, pero no dice mucho, solo hemos descubierto que debe ser un castillo de la Orden de Alcántara.

—¿Puedes leérmelo, por favor? —le pidió Ricardo.

Silvia asintió con la cabeza y, acto seguido, abrió su bolso y leyó en voz alta.

> Siguiendo el río
> hasta la ciudad del puente,
> cerca de donde los caballeros
> tomaron un castillo,
> en lo alto de una roca
> con nombre de mujer.

—Suponemos que es Alcántara porque venimos siguiendo el Tajo, y porque el topónimo Alcántara proviene del árabe *Al Qantarat*, que significa «el puente». Además, fue elegido por los árabes por el puente romano —explicó Alex—, y dado que aquí se fundó la Orden de Alcántara, pensamos que esos caballeros serían los que se nombran en el texto, y que levantaron el castillo que buscamos.

—¿Y las últimas frases? —preguntó la guía.

—Sí, esa es la clave —contestó Alex—. Esperábamos acotar un poco la lista de castillos de la orden y luego buscar uno que coincida. Supongo que preguntando en las localidades encontraremos un cerro con nombre femenino. Eso ya es cosa nuestra, solo queríamos que nos ayudaseis a situar los posibles castillos.

—Va a ser mucho más sencillo que todo eso. —Ricardo tenía una gran sonrisa en su rostro—. Perdonad, pero creo saber cuál es.

Silvia y Alex se miraron incrédulos.

—¿Por qué no habéis empezado por ahí? —les recriminó Ricardo—. «Un castillo en lo alto de una roca con nombre de mujer». Es el castillo de Peñafiel, justo en la frontera con Portugal, cerca de Zarza la Mayor.

—¿Cómo sabes qué es ese? —Alex no creía que fuera tan fácil.

—Porque en origen fue una fortaleza árabe conocida con el nombre de Racha-Rachel: «la roca de Rachel» —dijo Ricardo mientras volvía a desaparecer dentro de la casa, dejando a sus visitantes perplejos con su descubrimiento.

—Aquí está. —Ricardo trajo un libro abierto por una página donde había una foto del castillo de Racha-Rachel o de Peñafiel, en Zara la Mayor, y leyó la descripción—: «Fortaleza construida en el siglo IX por los bereberes. Se cree que en un primer momento solo fue una torre de vigilancia que se utilizaba para proteger el territorio de los reinos cristianos del norte».

—¿Por qué tiene nombre de mujer? —inquirió Silvia.

—Espera —dijo Ricardo y siguió leyendo la descripción—.

«Según algunas leyendas, el nombre tiene su origen en la historia de Rachel, la amante del señor del castillo, que se enamoró de un caballero cristiano. Racha significa "piedra" o "roca", y hace referencia a la situación de la fortaleza, en lo alto de un promontorio granítico. Racha-Rachel se traduciría como "La roca de Rachel"».

—¿Y es de la Orden de Alcántara seguro? —intervino Alex.

—«El castillo fue reconquistado en 1212 y cedido a la Orden de Alcántara» —continuó leyendo Ricardo.

Alex mostró una expresión de sorpresa en su rostro.

—Entonces… ¿es ese el castillo qué andáis buscando? —preguntó Ricardo.

—Creo que sí.

32

La frontera

Quedaban pocas horas de luz cuando atravesaron la localidad de Zarza la Mayor. Era un pequeño pueblo, con una iglesia que parecía del siglo XVI y un interesante edificio industrial. Fueron despacio al pasar junto a él y pudieron leer que había sido una Real Fábrica de Seda. Después llegaron a una curiosa fuente, con unos hermosos arcos ojivales de granito. A continuación, aparecieron indicaciones para varias ermitas, y por fin la que señalaba «castillo». Alex condujo muy atento unos tres kilómetros, hasta que en una enorme peña sobre el desfiladero vio levantarse las ruinas de una fortaleza.

—¡Ahí está! —gritó Silvia.

—Te estás volviendo toda una cazadora de castillos.

—¡Ya te dije que aprendo rápido! —bromeó ella.

—Obsérvalo bien, es como un viejo centinela, un gigante de piedra. Lleva toda la vida ahí, sobre esa roca, viendo pasar ejércitos y hombres. Con el tiempo suspirando entre sus grietas.

—Qué melancólico te has puesto, Alex.

—Estos castillos roqueros encaramados a las cimas de las montañas me recuerdan cuando era un niño e iba de excursión con mi padre a visitarlos.

—Ya de pequeño te gustaban los castillos. Qué rarito tenías que ser... —masculló Silvia con cierto retintín.

—Raro no, especial —matizó Alex.

—Ya. Venga, vamos. Que se nos va a ir el sol.

Dejaron el coche en un acceso y caminaron, mejor dicho, escalaron por unas empinadas laderas, teniendo que saltar paredes de varios muros que limitaban parcelas agrícolas. Aquel lugar era, sin duda, un viejo asentamiento humano. El castillo estaba en ruinas, pero su ubicación, sus torres y, sobre todo, sus almenas recortando el horizonte le daban un aire tan melancólico como misterioso. Los rayos del atardecer incidían en sus murallas y penetraban en los huecos, formando sombras y reflejos que aumentaban el aura enigmática de aquella fortaleza.

—Me encantan los lugares abandonados —comentó Silvia.

—Te entiendo.

—No se lo digas a nadie, pero me chiflan los cementerios.

—Y luego dices que el raro soy yo…

—¡Oye!

—Es broma. Hay todo un turismo de cementerios, que tiene una gran tradición en Europa, aunque no en España —explicó Alex—. Vamos.

Silvia no dijo nada, pero le regaló una sonrisa felina. Al llegar frente al castillo, la joven continuó hasta el final de la montaña.

—Hay un desfiladero increíble y, al fondo, parece que corre un río.

—Creo que marca la frontera entre España y Portugal. Mira tu móvil.

Silvia le obedeció extrañada.

—¿Qué es esto?

—Es una compañía portuguesa, estamos tan próximos que en vez de darnos cobertura las líneas españolas lo hacen las lusas —aclaró Alex.

La estructura del castillo era sencilla, una torre en el centro y una muralla rodeándola. La puerta en arco de medio punto, flanqueada por dos medios cubos circulares, no estaba cerrada ni tapiada, así que los dos visitantes no tuvieron problemas para acceder al interior del recinto. Una vez dentro, comprobaron que no quedaba nada de la muralla que miraba al precipicio.

—No es una fortaleza de grandes pretensiones, vigilaba la frontera con Portugal. Seguro que en época islámica había ya una atalaya, aunque los restos actuales son cristianos.

—¿Por qué lo sabes?

—Por la torre del homenaje, que es gótica, tiene que ser de mediados del siglo XIV. Con esos matacanes no puede ser de otra época.

Entraron por la puerta de la planta baja, en arco apuntado.

—Tiene tres pisos, ¿no? —preguntó Silvia.

—No lo sé. Esta puerta es posterior. Fíjate bien, la entrada a esta planta se realizaba desde el piso superior, ¿ves ese hueco? La puerta original es esa que se ve en el piso de arriba.

Al tercer piso se accedía por unas escaleras de cantería.

—Esta escalera tampoco es original, tiene que ser de alguna reforma posterior.

—¿Y esa ventana tan bonita?

—Esa sí es gótica con arcos trilobulados y un pequeño óculo entre ellos. ¡Mira la bóveda de crucería!

—Hay un escudo en la clave de la bóveda.

—Silvia, si este castillo tiene marcas de cantero han de estar en esta torre. No hay muchos sillares, así que debemos buscar bien.

La luz era cada vez más tenue, la noche pronto caería sobre el castillo de Peñafiel. Alex lo sabía y se afanaba en encontrar algún símbolo en los muros de la torre.

—¡La bóveda!

—¿Qué?

—Mira los nervios, ¡son sillares de granito! ¡Ahí puede haber marcas!

De repente se oyó un ruido.

—¿Has oído eso? —preguntó Silvia.

—No sé, será un animal —respondió Alex concentrado en los sillares.

Se oyó de nuevo.

—Parecen pisadas —comentó ella preocupada.

Alex no dijo nada. Miró por la ventana de la torre y vio que pronto se haría de noche. Continuó buscando el tercer símbolo, cuando se oyeron de nuevo los ruidos.

—¡Alex! ¿Qué hacemos? Creo que viene alguien.

No contestó, siguió examinando los nervios de los arcos de la bóveda.

—Ya está, ¡ahí! —Alex se dirigió hacia el centro de la sala—. En ese arco, fíjate bien, hay un símbolo, una marca de cantero. Es una «V», ¡ese es el tercer símbolo!

Entonces se oyó un golpe seco, como si alguien hubiera golpeado una puerta. Silvia miró a Alex aterrada, su cara era el vivo retrato del miedo. Estaba arrinconada en una de las esquinas de la sala, apoyada en las frías paredes de piedra. Alex empezó a inquietarse; había dejado de mirar la bóveda y permanecía con las rodillas flexionadas, en completo silencio, como esperando que algo sucediera para poder reaccionar con la máxima velocidad. Su mirada estaba fija en la puerta de entrada. La noche estaba cayendo muy rápido, ya solo unos pocos rayos de sol iluminaban la torre del castillo. Alex se dio cuenta de que se les había hecho demasiado tarde y, además, no llevaban ninguna linterna. No iba a ser fácil salir del castillo y menos aún si tenían una visita inesperada.

—¡Joder! —exclamó Silvia asustada.

—¿Qué pasa?

—He visto una sombra —dijo la joven.

—¿Dónde?

—Por ese hueco del suelo. Era una sombra como la que vi en mi edificio —apuntó muy nerviosa—. Ese tipo nos ha estado siguiendo.

—Tranquilízate.

Alex fue hacia la salida de la escalera. Era una pequeña abertura en el suelo, si alguien subía por allí lo verían.

—¿Estás segura? —preguntó Alex nada convencido.

—Que sí, ¡joder! Que te digo que he visto una sombra.

Alex se asomó por el agujero y miró si había alguien allí abajo. En ese mismo instante, oyó unas pisadas detrás de él. No le dio tiempo a decir nada; apretó su puño y giró sobre sí mismo, lanzando su brazo hacia delante con todas sus fuerzas, esperando encontrar algo o alguien a quien golpear. Por desgracia estaba demasiado oscuro y cuando completó el giro buscando hacia dónde dirigir su golpe, se dio cuenta de que la sombra que venía de la pared estaba demasiado lejos. Aun así, se estiró todo lo posible para intentar golpearla, pero aquel hombre reaccionó rápido y esquivó el golpe con mucha facilidad.

—¿Qué coño hace?

Tras fallar el golpe, un hombre corpulento lo agarró del pecho y lo lanzó contra los muros de la torre.

—¿Está loco?

Alex se golpeó la cabeza contra la pared y no atinó a decir nada.

—¡Espere! Nos hemos equivocado —gritó Silvia.

—¿Cómo?

—Déjeme explicarle. —Silvia se interpuso entre aquel hombre y Alex—. Pensábamos que era otra persona y que quería atacarnos.

—Pero… ¿qué está diciendo, señorita? Esto es un parque natural, no deberían estar aquí tan tarde. ¿Lo sabían?

—No, lo sentimos, ha sido todo una confusión. —Silvia hablaba muy nerviosa—. Solo somos turistas. Estábamos visitando el castillo, oímos ruidos y pensamos que sería alguien que quería atacarnos o robarnos.

Aquel hombre empujó de nuevo a Alex de malas maneras.

—Soy guarda forestal, he visto su coche aparcado y he pensado que tenían problemas. Como no los encontraba, he creído que podía haberles pasado algo, que se habían caído o yo qué sé. Es muy tarde para andar por las ruinas de este castillo.

—Tiene razón —interrumpió Alex—. Lo sentimos, como le ha explicado mi amiga estábamos visitando el castillo y nos hemos despistado.

El guarda forestal miró a Silvia y dio un par de pasos hacia atrás; después, echó una mirada a la ventana.

—Se está haciendo de noche, será mejor que volvamos al pueblo.

—Claro —respondió Alex—. Vamos, Silvia.

—Síganme, este lugar es peligroso —ordenó el guarda.

Los tres salieron juntos de la torre y recorrieron el camino hasta la puerta de acceso al castillo. Antes de irse, Silvia miró atrás y vio por última vez la silueta del castillo de Peñafiel. «Es precioso», pensó.

Junto al guarda forestal bajaron hasta el coche por las empinadas laderas. La noche había venido muy rápido, casi de puntillas, y había tapado todo con su manto oscuro. El castillo era ya solo un recuerdo en el paisaje.

—Les dejo aquí —dijo el guarda—. Tengan más cuidado la próxima vez.

—Lo tendremos, muchas gracias —aseguró Alex—, y perdone por haber intentado golpearle.

El guarda hizo un gesto de despreocupación con la mano. Dejaron a su acompañante y entraron en el coche, ambos estaban deseando irse de allí. Arrancaron de inmediato.

33

Habemus papam

Conducir de noche no era lo que más le gustaba a Alex y menos por aquellas carreteras perdidas en el linde entre España y Portugal.

—Aún no me creo que tengamos el tercer símbolo —dijo Silvia.

—La cruz latina, la estrella de David y la «V». Solo nos faltan cuatro símbolos más por descubrir.

—¿Y ahora qué? —preguntó ella muy excitada.

—¿Tú qué crees?

La joven no respondió, pero su sonrisa lo dijo todo. Sacó la transcripción del manuscrito del interior de su bolso marrón con tachuelas y leyó en voz alta.

> De origen musulmán,
> de pasado templario,
> los nuevos caballeros del rey
> defenderán en su reino la única fe y su frontera.
> El que se levanta al nombre de Dios.

—Este todavía es más complejo, ¿verdad?

—Fácil no es —respondió Alex riéndose mientras seguía conduciendo—, eso está claro. Es un castillo de origen musulmán, que después fue de los templarios.

—¿Por qué no me extraña? —murmuró Silvia—. No entiendo cómo podían tener castillos unos monjes. ¿No deberían dedicarse a rezar?

—Los templarios, como los sanjuanistas, además de los tres votos de pobreza, castidad y obediencia, tenían el de las armas. ¿Por qué les tienes tanta manía?

—Tuve un novio que estaba enganchado a un videojuego, *Assassin's Creed*. No dejaba de hablarme de los malditos templarios. Creo que le gustaban más que yo.

—¿En serio?

—No te rías —le advirtió Silvia.

—Claro que no. —Pero no pudo disimular una sonrisa.

—¡Te he dicho que no te rías! Ya sabía yo que no te lo tenía que contar.

—Perdona, es que es gracioso. Compréndelo.

—¡Alex! ¿No crees que tenemos cosas más importantes que hacer ahora?

—Vale, disculpa —dijo, y volvió al texto—. Todas las órdenes militares contaron con muchos castillos. Es normal que los templarios aparezcan en la investigación de la historia de una fortaleza. Los sanjuanistas poseyeron todavía más castillos que los propios templarios ya que cuando cayó la Orden del Temple ellos heredaron muchas de sus propiedades.

—¿Los «nuevos caballeros del rey» son los sanjuanistas?

—Podría ser. Los templarios fueron disueltos a principios del siglo XIV, y sus posesiones repartidas entre otras órdenes militares. Lo que dice de «los nuevos»…

—«Los nuevos caballeros del rey defenderán en su reino la única fe» —leyó Silvia—. Tiene que hacer referencia a la orden militar que recibió el castillo después de los templarios.

—Sí, pero fueron cientos los castillos que perdieron los templarios a favor de otras órdenes, no solo la de San Juan.

—No sé, dice «nuevos caballeros». Quizá…

—¿Quizá qué? —insistió Alex—. ¿Qué ibas a decir?

—Yo no soy una experta, pero si dice «nuevos caballeros», será que antes no existían, ¿no?

—¡Vaya con la restauradora de libros!

—¿Qué pasa?

—Pues que puede que tengas razón. Tiene que ser una orden militar nueva la que recibió el castillo.

—Eso quería decir. —Silvia estaba orgullosa de su contribución—. ¿Y entonces?

—No sé, déjame pensar.

Llegaron a un cruce de carreteras.

—Aunque primero debemos pensar adónde vamos ahora. ¿Volvemos a Madrid?

—Alex, no podemos hacer eso. ¿Madrid? Pero ¿y si el cuarto castillo está en otra dirección?

Silvia no insistió más. Miró por la ventanilla, pero la noche había caído ya y no se apreciaba casi nada del paisaje.

—No sé dónde estará el próximo castillo, la verdad es que más al este ya no podríamos ir. Esperemos que esté por el norte o por Andalucía, o no sé, quizá en Levante, por Valencia…

—¡Espera! —la interrumpió Alex—. ¿Qué has dicho?

—¿Yo? —Silvia no entendía aquel sobresalto—. Nada, que ojalá esté en Andalucía o Levante.

—Eso es. —Alex parecía iluminado—. Tenemos que buscar el castillo de una nueva orden militar, que antes fue templario y en una zona de frontera…

—¿Y…?

—Pues que esos nuevos caballeros que buscamos pueden ser los de la Orden de Montesa.

—¿Montesa?

—Las órdenes militares no se dedicaban solo a defender los castillos, tenían más funciones: la defensa fronteriza, o la explotación económica sus tierras. Se ocupaban de territorios fronterizos, muchas veces recién conquistados, por lo que se solían enfrentar a una zona socialmente desestructurada, sin lazos de servidumbre con la nobleza. Tenían que integrar a estas nuevas gentes en la sociedad cristiana.

—¿Y la Orden de Montesa?

—La Orden de Santa María de Montesa se circunscribía solo al reino de Valencia. Las razones de su fundación a principios del siglo XIV son muy peculiares, así que no se puede equiparar con las otras órdenes militares.

—A ver, más despacio —pidió Silvia, que intentaba juntar toda la información en su cabeza—. ¿Qué tiene de especial esta orden?

—Fue creada por un monarca aragonés ante el temor de que la Orden del Hospital, es decir, los sanjuanistas, concentrara bajo su poder un inmenso patrimonio en bienes y castillos cuando se disolvió el Temple a principios del siglo XIV.

—Muy hábil, así los tenían bajo control.

—Sí, a este monarca no debió gustarle que una orden internacional extendiera sus largos tentáculos sobre numerosos territorios de la Corona de Aragón.

—Que era precisamente lo que habían hecho los templarios —añadió ella.

—Al tratarse de una nueva orden militar no tenían muchos efectivos y la frontera en el sur era tan peligrosa como el mismo interior del reino de Valencia. Además, la población musulmana dentro de su territorio era numerosa, así que el peligro los rodeaba. Hace poco tiempo hice una ruta por Castellón y visité algunos de esos castillos: Xivert, Onda y Peñíscola.

—¡Ahí he estado yo! En la playa y en el castillo del Papa Luna. Al final sí me voy a volver una experta en castillos.

—¿Sabes la historia del Papa Luna?

—Pues... la verdad es que no tengo esa suerte —resopló Silvia.

—¿Te la cuento?

—Lo estás deseando.

—Pues no te la cuento.

—Venga, no te hagas de rogar, Alex, que no eres un crío.

—Bueno, en...

—¿Lo ves? —dijo Silvia riéndose.

—Ya no te la cuento.

—Vale, vale, me callo. Cuéntamela, por favor —le pidió Silvia intentando ponerse seria—, así me podré dormir.

—Ahora sí que no.

—¡Que era broma! Cuéntame la historia del Papa Luna. Por favor.

—A finales del siglo xiv, la Iglesia vivió uno de los momentos más dramáticos de su historia. —Alex miró a Silvia para ver si esta le escuchaba—. La elección del sucesor del papa abrió una herida que tardaría muchos años en cicatrizar, ya que una multitud enfervorizada asaltó por primera vez en la historia el lugar donde se celebraba la sagrada y secreta elección del sumo pontífice, intimidando a los cardenales y exigiendo que el nuevo papa fuera italiano.

—*Habemus papam*, me encanta cuando sale la fumata blanca.

—Sí —respondió entre risas—, *habemus papam*. Pero se alzaron voces contra esta decisión de... dudosa legitimidad. Entre ellas, la del cardenal de Aragón, don Pedro de Luna, que junto a otros se vieron forzados a huir de Roma y elegir en libertad a un nuevo papa, que trasladaría su sede a Aviñón, en Francia.

—Ahí también he estado yo —interrumpió Silvia—, cuando estuve de vacaciones por la Costa Azul.

—Con este suceso se inició el Cisma de Occidente y se creó un hecho sin parangón en la historia, ¡dos papas distintos al mismo tiempo! Poco después falleció el papa elegido en Aviñón y el cardenal Pedro de Luna, por votación unánime, fue elegido sumo pontífice con el nombre de Benedicto XIII.

—¿Un papa aragonés? No tenía ni idea. ¿Y qué ocurrió con el papa de Roma?

—Seguía habiendo dos papas.

—Pero eso no puede ser —replicó Silvia.

—Aunque parezca imposible sucedió así —insistió Alex ante la cara de incredulidad de Silvia—. Pero había que buscar una solución a todo este jaleo, así que los cardenales disidentes de ambas obediencias se reunieron en Pisa. Y nombraron a un nuevo papa, que lejos de arreglar la situación provocó que hubiera un tercer pontífice de la cristiandad.

—¡Tres papas! Surrealista —apuntó Silvia.

—Dos de los tres papas abdicaron, tan solo restaba el último protagonista que, cómo no, era el aragonés. Este defendió su elección durante toda su vida y murió a los noventa y seis años, aislado en el castillo de Peñíscola. Fue el único papa aragonés de la historia, el Papa Luna. El pobre fue excomulgado y considerado un antipapa, por lo que hubo después otro Benedicto que tomó idéntica numeración, pero este creo que gobernó en el siglo XVIII.

—¿Y tú crees que su castillo es el que buscamos?

—Fue templario, eso no hay duda, y de la Orden de Montesa. Lo de musulmán no lo tengo tan claro, pero pudo haber allí alguna fortaleza islámica que vigilara la costa y defendiera el reino de Valencia.

—¿Y la última frase? «El que se levanta al nombre de Dios» —puntualizó Silvia.

—Eso lo tendremos que descubrir cuando lleguemos allí.

34

Peñíscola

Silvia se había acostumbrado a la compañía de Alex. Ella que era tan reticente a entregar demasiada parte de su tiempo a ningún hombre, solo la estrictamente necesaria. Nada de obligaciones, nada de reuniones familiares ni nada parecido. Para esto Jaime era perfecto, quizá en exceso. Muchas veces le hubiera gustado que Jaime le pidiera acompañarle a algún compromiso, pero a la vez tenía miedo de que en tal caso ella misma le hubiera dicho que no. Que deseara algo no significaba que en realidad quisiera hacerlo.

Con Alex era distinto.

Había como un pacto de no agresión entre ellos, una especie de guerra fría, de paz tácita. Por ejemplo, en ese mismo instante deseaba besarlo, pero sabía que quizá al segundo siguiente se arrepentiría de ello. Le daba coraje la manera en que aquel hombre se metía en sus pensamientos. Ella hacía lo imposible por evitarlo, pero volvía a caer al menor descuido. Y todo ello a pesar de que en el fondo de su cabeza tenía otras preocupaciones más importantes, el encuentro con Alfred Llull y sus palabras seguían revoloteando en su mente como animales salvajes.

No dejaba de pensar en su proposición.

Mirando por la ventanilla del coche, recordó la escena en Calatrava la Nueva, cuando la sombra golpeó el cristal manchada de sangre. No sabía cómo acabaría aquella historia, pero estaba segura de que cuando finalizara su vida habría cambiado para siempre, para bien o para mal. «Al menos cambiará y eso ya es un paso adelante», pensó.

—¿Quieres ir del tirón hasta Peñíscola? ¿Sin dormir? ¡Está muy lejos!

—Ya lo sé. Llegaremos tarde —puntualizó Alex.

—¿Tarde? Más bien de madrugada.

—Podemos parar en algún pueblo antes de llegar a Valencia —sugirió él—. Mañana madrugaremos y llegaremos a primera hora a Peñíscola.

—De acuerdo —asintió Silvia medio dormida—. ¿Te importa si me duermo?

—No.

—Gracias.

Alex también estaba cansado. Aunque intentaba centrarse únicamente en conducir, su cabeza seguía dándole vueltas al tema de la orden militar. Silvia permanecía recostada sobre su asiento, se había descalzado y sus diminutos pies estaban al descubierto. Una tobillera colgaba de uno de ellos, su piel parecía suave y fresca. Aquello distrajo por un instante a Alex, pero al pisar la raya continua del arcén el ruido le devolvió a la carretera y también despertó a su acompañante.

Condujo durante unas dos horas más, hasta que se empezó a formar una fuerte tormenta que hizo todavía más oscura la noche. Solo los relámpagos, con sus fogonazos de luz, iluminaban el horizonte. Ante el peligro de que empezara a llover, cogió una salida en la autovía A-3, a pocos kilómetros de Valencia. Una noche cerrada lo oscurecía todo cuando entraron en el pueblo de Buñol. Una gran fábrica, que parecía abandonada, presidía la llegada al municipio, como un gigante de hierro. No había mucha gente en la calle. Siguió las indicaciones de «centro urbano», ascendiendo por una colina y dejando gran parte del casco urbano a sus pies. Pronto se dio cuenta de que la localidad estaba dividida en dos barrios, ahora estaban accediendo a la parte alta.

Empezaron a aparecer carteles indicando «castillo». «No sabía que allí hubiera una fortaleza», pensó Alex. No obstante, se centró en encontrar un hotel. Entonces cruzó las vías del tren por un paso a nivel. Aquello le daba mala espina, siempre le atemorizaba pasar por las vías del tren. En cambio, esta vez le dieron suerte, ya que nada más cruzarlas se encontró con una especie de posada antigua que había sido restaurada.

—¿Ya hemos llegado? —preguntó entre bostezos Silvia, estirando sus delgados brazos de forma graciosa.

—Voy a ver si quedan habitaciones. Espérame aquí, vuelvo enseguida.

—Es muy tarde, igual no te abren —comentó Silvia volviendo a cerrar los ojos y acurrucándose en el asiento del coche.

Permaneció en el vehículo dormida durante unos minutos, hasta que Alex volvió muy sonriente.

—Es una antigua posada de caballos del siglo XVII, me han explicado que era parada obligatoria para los viajeros que hacían el trayecto Madrid-Valencia y que numerosas personalidades han pasado por aquí. Incluso el pintor Joaquín Sorolla, quien pintó Buñol en varios de sus cuadros, o escritores como Blasco Ibáñez. ¿Qué te parece?

—Genial, pero tienen camas, ¿no? Pues me vale —murmuró Silvia—. ¿Dan de cenar?

—Dentro hay un restaurante que tiene buena pinta, pero hay que darse prisa, ¡están a punto de cerrar!

Los dos viajeros salieron del coche cuando más llovía. La tormenta parecía estar esperándoles para descargar contra ellos nada más bajarse del automóvil. Cruzaron el vestíbulo de la posada, que no era sino la antigua entrada donde se dejaban los carros. Aún se conservaba parte del empedrado y agarres de hierro clavados en la pared, donde se atarían las caballerizas. Las enormes puertas y los grandes espacios confirmaban el pasado de aquel lugar. Los atendió una mujer de trato amable, tendría unos cincuenta años muy bien llevados, el pelo castaño demasiado repeinado y una amplia sonrisa.

—¿Han venido por el congreso?

—¿Congreso? —preguntó Silvia.

—Sí, por el congreso de música —respondió la mujer sin perder la sonrisa.

—No, solo somos turistas.

—Ah. —La mujer se extrañó con la respuesta.

—Estamos haciendo una ruta por esta zona —aclaró Silvia—. Nos hemos perdido un poco al entrar, parece que la ciudad está dividida en dos partes.

—Sí, estamos en el pueblo viejo, en el barrio alto.

—Hemos visto que hay un castillo —comentó Alex.

—Está muy cerca de aquí. Si salen a la derecha, después de las vías del tren, pueden ir andando, son cinco minutos.

—Muchas gracias. —Silvia estaba tan cansada que decidió saltarse la cena—. ¿Para ir a la habitación? Por favor.

—A la derecha, en el primer piso, es la 108.

La habitación parecía agradable y, sobre todo, confortable. Disponía de dos camas separadas por una mesilla, una pequeña nevera y una televisión analógica, situada a demasiada altura, pero por lo demás era perfecta para pasar una noche.

—¡Estamos al lado de las vías del tren! —exclamó Silvia al abrir la ventana.

—Era de esperar —masculló Alex—, las hemos cruzado para llegar aquí, pero no te preocupes, no creo que pase ningún tren por la noche. Será una vía secundaria.

El mando de la tele no funcionaba demasiado bien, pero consiguió hacerse con él. En la pantalla apareció el actor Patrick Swayze en *Ghost*, intentando contactar desde el más allá con una jovencísima y guapísima Demi Moore. A Silvia le encantaba esa película. Ojalá la vida después de la muerte fuera como en ese filme.

Tras hacer zapping durante unos segundos, dejó un canal de música donde ponían canciones variadas, de grupos de los ochenta hasta la actualidad.

Silvia cogió varias cosas de su maleta y se encerró en el baño mientras Alex escuchaba el canal de música. Abrió el agua caliente de la ducha y se desnudó. Estaba cansada del viaje en coche y necesitaba sentir que el agua acariciaba su piel. Agachó la cabeza y dejó que cayera sobre su nuca. No tuvo ninguna prisa en cambiar de posición. Allí, bajo aquella lluvia artificial, volvieron a invadirle las dudas. Fue como un paréntesis en el tiempo, un instante de calma que le permitió elevarse sobre los acontecimientos, subir muy alto y desde allí contemplar la escena con más tranquilidad. Estaba en Buñol, junto a Alex, a quien había conocido apenas una semana antes, buscando unos extraños símbolos o marcas por los castillos de media España. Su jefa le habría puesto en la lista negra por tomarse tantos días libres, solo le mandó un e-mail. Además, estaba segura de que Alfred Llull los seguía.

«¿Valdrá la pena todo esto?», se preguntó.

Ella no lo sabía, pero por el momento estaban avanzando y hasta podía decir que estaba disfrutando con aquella búsqueda. De hecho, cada vez se sentía más cómoda junto a Alex. Aunque la charla con Alfred Llull en el Reina Sofía seguía rondando por su cabeza, como un eco que volvía pasado el tiempo a golpear su conciencia.

Cerró el grifo y al salir de la ducha el vapor llenaba todo el cuarto de baño. El espejo estaba totalmente empañado y detrás de la puerta se oía una canción de La Oreja de Van Gogh que sonaba en la televisión.

Al pasar la toalla por el espejo, descubrió una mirada que no recordaba, unos grandes ojos castaños y una sonrisa que hacía mucho que no veía. Como una vieja amiga que crees perdida y un día te encuentras de repente en la calle. Se tapó con el albornoz que había colgado detrás de la puerta, se desenredó el cabello con dificultad, el pequeño peine que llevaba en su neceser no ayudaba mucho. Se observó de nuevo en el espejo, donde un reflejo más parecido ya a ella la miraba fijamente. El pelo mojado le quedaba bien, más natural. Decidió olvidarse por el momento de sus pensamientos.

Abrió la puerta. Alex se volvió al verla salir, estaba sobre la cama. La canción todavía sonaba en el canal de la televisión. «Dame una sola razón para no lanzarme sobre él —se pidió a sí misma—. Solamente una, antes de que sea demasiado tarde». Entonces se aproximó a la cama y dejó caer el albornoz, que se deslizó con suavidad sobre su piel.

Alex se levantó y le acarició con su mano toda la espina dorsal con delicadeza, sintiendo el estremecimiento de la piel al contacto con los dedos. Luego continuó sin detenerse en su trasero y bajando hasta su muslo. No se dejaron de mirar ni un solo instante. Cuanto más penetraba Silvia en sus ojos, más se excitaba, hasta que entró tan adentro que volvió a perderse en ellos. Cayó sobre la cama con Alex acariciándola y ella perdida en su mirada. Sintió cómo recorría su piel y se detenía en sus pechos, y después cómo bajaba y bajaba. Cuando volvió a ver su dulce mirada, se mareó y perdió la noción del tiempo y del espacio mientras se movían por la cama, bailando el uno sobre el otro. Al terminar el baile y regresar de sus ojos, no recordaba cuánto rato había pasado. Estaba muy cansada y se durmió sobre su pecho.

A la mañana siguiente, cuando se despertó, él todavía dormía. Ella sabía que había hecho lo que deseaba desde hacía tiempo, otra cosa es que hubiera sido lo correcto. Se levantó sin hacer mucho ruido, aunque no pudo impedir que Alex se moviera al sentir que ella ya no estaba, pero sin llegar a despertarse. Se vistió y miró el reloj del móvil. Eran las nueve y media; si querían desayunar tenían que darse prisa, el horario terminaba a las diez.

—Alex, Alex. —Solo obtuvo unos murmullos indescifrables—. Tenemos que bajar a desayunar, es tarde.

Abrió los ojos y vio a Silvia sentada a su lado.

—¿Qué hora es?

—Casi las diez.

—¡Ya! Qué tarde.

—Vamos, quiero desayunar.

—Voy a ducharme.

—No tenemos tiempo.

—Son cinco minutos.

Entonces, cuando Silvia se incorporó, Alex la cogió por la cintura y la atrajo hacia él.

—A no ser que quieras que hagamos otra cosa —dijo, y la besó.

—Más tarde, ahora tenemos que irnos. —Silvia se liberó de sus brazos y se levantó—. ¡Venga! ¡Dúchate! Te espero en el comedor.

Desayunaron y abandonaron la posada bastante pronto. El ambiente entre ellos dos había cambiado. Silvia estaba sonriente y Alex mucho más atento, intercambiaban miradas y bromas. Pasaron por las afueras de Valencia y se encaminaron hacia el norte, en dirección a Castellón. Silvia aprovechó para enviar un mensaje a Vicky, contarle dónde estaba y que no sabía cuándo volvería. Desde la carretera vieron Sagunto, con su alargado castillo de origen romano dominando la ciudad; después le siguieron Benicàssim, Oropesa, Alcossebre, hasta que finalmente empezaron a ver los desvíos hacia Peñíscola.

—Este castillo es de acceso público, habrá muchos turistas. Será difícil buscar una marca de cantero —comentó Alex.

—¿Qué te pasa? Te noto negativo. ¿O estás cansado?

—¿Lo dices por alguna razón en especial? —preguntó Alex entre risas.

—No sé. Quizá hayas dormido poco —respondió irónicamente Silvia.

—¿Y tú? ¿Has dormido lo suficiente?

—No, pero ha valido la pena.

Alex no se atrevió a responder a la insinuación.

—Mira, ya estamos entrando en Peñíscola —comentó Silvia al ver la silueta de la ciudad a lo lejos.

Enseguida llegaron a la playa, el casco histórico estaba situado en una pequeña península amurallada, con el castillo del Papa

Luna coronándola. Dejaron el coche en un aparcamiento público sobre la arena de la playa, en la parte trasera del conjunto histórico, cerca de una de las puertas de acceso al recinto. Entonces sonó el móvil de Silvia. Esta lo miró e hizo un gesto de desprecio.

—Es mi jefa.

—Pero te has cogido unos días, ¿no? —preguntó Alex.

—Sí, aunque a esta le da igual y a mí también, no pienso responder. Que llame todo lo que quiera.

Hacía buen día, el sol iluminaba los blancos sillares de las murallas y las fachadas de las casas, las cuales tenían un agradable aspecto mediterráneo. Las gaviotas eran las dueñas del cielo y sus gritos retumbaban por todos los rincones. Allí donde miraras veías el mar, un mar tranquilo y hermoso, como en un cuadro de Sorolla. Cruzaron una de las puertas de la muralla y se sumaron al agobio de turistas que inundaban las estrechas y empinadas callejuelas medievales de la parte más famosa de Peñíscola. Los comercios con recuerdos de la ciudad lo inundaban todo, aunque también había muchos restaurantes, algunos realmente preciosos, así como tiendas de moda o de artesanía y otros establecimientos curiosos. Serpenteando por las calles llegaron hasta uno de los miradores, desde allí el mar parecía infinito.

—Tendría que ser genial vivir aquí en la Edad Media sin tanto alboroto —comentó Silvia.

—La verdad es que sí, pero no creo que te tengas que ir tan atrás —puntualizó Alex, que estaba apoyado en una de las grandes troneras que había en la muralla, donde antaño se situarían los cañones que defendían la ciudad—. Seguro que hace treinta años este era un lugar totalmente diferente, sin turistas ni tiendas.

—Puede ser. Sin duda el Papa Luna no tenía un pelo de tonto y se buscó un buen retiro —dijo Silvia.

Continuaron subiendo hasta que llegaron a la plaza del castillo; allí se ubicaba una pequeña iglesia a la izquierda y la gran fortaleza en el centro. A su derecha había una estatua en bronce del Papa Luna y la entrada al castillo. Numerosos turistas se estaban haciendo fotos subidos a la figura de Benedicto XIII. El gentío era enorme, los gritos de los niños, el incesable movimiento de los visitantes, las cámaras de fotos, etc.

—¿Qué hacemos? —preguntó Silvia desorientada—. ¿Entramos al castillo?

Él tenía la mirada fija en la fachada de la fortaleza.

—¡Alex!

—Perdona. Sí, entremos —contestó mientras enfilaba el camino hacia la entrada—. Silvia, esta vez va a ser realmente difícil.

Siguieron al río de turistas hacia el interior del castillo del Papa Luna. Era un edificio gótico, la mayor parte realizada en el siglo XIII, construido por los templarios con buenos materiales. Posteriormente, en el siglo XIV, fue ampliado y luego reformado en el XVI, cuando se añadieron las troneras para las armas de fuego. Según se podía leer en los numerosos paneles informativos del interior del castillo, el Papa Luna había dejado su impronta en la fortaleza y era a él, en realidad, a quien se debía su configuración actual. Él otorgó al castillo un aspecto más palaciego, a la vez que fomentó también un mayor carácter religioso. Fueron de sala en sala, retrocediendo en busca de alguna señal o pista. Recorrieron cada centímetro de muro que estuviera a la vista, e incluso movieron algunos elementos para descubrir partes ocultas de las paredes, donde pudiera ocultarse alguna marca de cantero. Así deambularon durante horas, hasta que se dieron por vencidos y abandonaron el castillo.

—No te desanimes —Silvia intentaba ser optimista—, hay mucha gente y es grande. Es normal que nos cueste trabajo, pero lo encontraremos.

—¿Y si no es este castillo?

—Venga, ¿por qué dices eso?

—No sé, es un presentimiento. —Alex miraba a Silvia contrariado—. Quizá nos hemos precipitado.

—Hasta ahora lo hemos hecho todo bien.

—Hemos tenido suerte —puntualizó Alex.

—Sí, pero también hemos sabido buscar. Tú has encontrado

todos los castillos anteriores, este no será diferente. Quizá debamos centrar un poco más la búsqueda —sugirió ella

—¿Qué quieres decir? —preguntó intrigado Alex.

—Pues que... puede que debamos pensar un poco mejor dónde buscar exactamente. Esto es enorme, seguro que podemos acotar más la zona donde investigar.

Alex permaneció unos instantes en silencio, pensativo, mientras se acariciaba el labio con un dedo de su mano.

—Déjame la transcripción.

Silvia sacó el papel de su chaqueta y se lo entregó.

—«De origen musulmán, de pasado templario, los nuevos caballeros del rey defenderán en su reino la única fe y su frontera» —leyó Alex—. Eso lo tenemos claro, pero nos hemos olvidado del final: «El que se levanta al nombre de Dios». ¿Qué quiere decir eso?

—Parece algo religioso, ¿no?

—«El que se levanta al nombre de Dios» —repitió Alex pensativo—. Parece una cita bíblica, una especie de invocación.

—«El que se levanta al nombre de Dios». No lo había oído nunca —negó Silvia con cara de extrañeza.

—La verdad es que yo tampoco, puede que sea una cita poco conocida —dedujo Alex menos animado—. Supongo que tienes razón, debemos acotar más la búsqueda en este castillo.

—Si es una cita religiosa, quizá debamos buscar en la iglesia que hay junto al castillo —sugirió Silvia—. Al fin y al cabo este castillo era de un papa.

—Tienes toda la razón.

—Me encanta que me la des. —Silvia había recuperado la sonrisa, y Alex también.

—No te acostumbres.

Fueron directos hacia el templo. Al pasar de nuevo por el castillo, Alex se quedó mirando fijamente un escudo que lucía en la fachada.

—¿Qué pasa? ¿Has visto alguna cosa? —Silvia se percató de que Alex había encontrado algo.

—Nada.

—¿Nada?

—No, quiero decir que… Es el escudo del Papa Luna, Benedicto XIII, quien procedía de uno de los grandes linajes de la nobleza aragonesa, los Luna. Por eso en su escudo hay una luna.

—Qué gracia, casi parece un escudo musulmán y es el de un papa, ¿no?

Alex la miró desconcertado.

—Lo digo por lo de la Media Luna… Más que un escudo de un papa da la impresión de que sea algo relacionado con el islam. Déjalo, era solo una tontería. Vamos a la iglesia.

—¡Espera! Lo que has dicho es verdad.

—Estoy empezando a cogerle gustillo a esto de que me des la razón.

—Has dado con la clave —dijo Alex mientras retrocedía sobre sus pasos.

—¿Qué clave? ¿Que el escudo parece musulmán?

—No, el escudo no, la cita. —Alex cogió a Silvia por los hombros—. No es una invocación cristiana, es islámica: «El que se levanta al nombre de Dios».

—¿Y entonces? ¿Qué significa?

—Significa que tenemos que ir a un locutorio.

Alex cogió del brazo a Silvia, que no entendía nada en absoluto de lo que estaba ocurriendo, y bajaron por el otro lado del casco histórico hasta llegar a la playa. Allí caminaron por el paseo marítimo, siempre con el castillo de fondo, hasta encontrar un locutorio.

Era un local pequeño, con unos diez ordenadores colocados en dos filas, la mitad vacíos. La encargada era una chica joven, que estaba chateando en su propio ordenador. Les dio el número 5. Alex abrió la página de Google y en el buscador escribió «El que se levanta al nombre de Dios».

35

El desafío

Alfred Llull paseaba por el salón de la suite inusualmente impaciente. Vestía con un elegante traje gris de raya diplomática, un chaleco a juego y corbata roja lisa. Los mocasines parecían nuevos y hacían un ruido característico al pisar sobre el suelo. El humo de un cigarro formaba pinceladas azuladas que rodeaban su singular rostro, mientras absorbía la nicotina por el filtro como si de un vampiro sediento de sangre se tratase. En el otro extremo del cigarro, brillaba una brasa palpitante.

Sonó el móvil. Llull consultó su reloj de pulsera e hizo un gesto de desaprobación.

—¿Sí?

—He estado en Alcántara, Cáceres —contestó una voz profunda al otro lado de la línea—. Tengo el tercer símbolo.

—Perfecto, ¿cuál es? —Esperó a oír la respuesta que ya conocía.

Asintió con la cabeza y sonrió a modo de mueca mientras apagaba el cigarrillo contra el cenicero de mármol blanco que había sobre la mesa.

—Muy bien, siga adelante. ¿Sabe ya cuál es el siguiente castillo?

—Creo que sí.

—¿Y bien?

—He buscado la invocación y es islámica. Esta vez tendré que ir a la provincia de Castellón. El castillo es de origen árabe, conquistado por los templarios tras tres meses de asedio. Después, el rey Jaime I de Aragón lo cedió a la Orden de Montesa.

Edgar Svak explicó con detenimiento sus deducciones a Alfred Llull, el cual escuchaba atentamente cada una de las palabras del ladrón de libros.

—¿Está seguro?

—Sí, no hay duda.

—Llámeme cuando tenga nuevas noticias —ordenó—. Adiós.

Nada más terminar la conversación, Alfred Llull marcó un nuevo número de teléfono. Al instante obtuvo respuesta a su llamada.

—Señor.

—Nuestro Svak ha encontrado también el tercer símbolo, coincide con el que encontró la parejita —dijo Llull con desprecio—. Ahora va camino del cuarto. ¿Dónde están ellos?

—En Peñíscola.

—¿En Peñíscola? —preguntó sorprendido Llull.

—Sí. Han subido por el casco histórico hasta el castillo, han entrado dentro y han estado buscando durante horas, pero creo que esta vez no han encontrado nada. Ahora están en un locutorio del paseo marítimo.

—Creo que nuestros amigos ya no dan más de sí —dijo Llull muy satisfecho—. Nos han sido muy útiles.

—¿Continúo siguiéndoles? ¿O acabo con ellos?

—El señor Svak está sobre la pista buena. Pero no los pierdas de vista, ya decidiré más adelante qué hago con ellos.

—Como ordene, señor.

Terminó la llamada y dejó el móvil sobre la mesilla, junto a la espada con la que practicaba esgrima antigua. Llull estaba solo. Miró por el amplio ventanal al fondo de la plaza Santa Ana, que a esas horas ya se hallaba repleta de gente. Hacía un bonito día, uno de esos días en que parece que todo va a salir bien.

Caminó hasta el escritorio y cogió una libreta, cortesía del hotel. Sacó una pluma plateada del bolsillo interior de su chaqueta y dibujó una cruz latina, una estrella de David y una «V». Los tres símbolos encontrados hasta el momento. A continuación, cogió un sobre y extrajo de él la copia del manuscrito que colocó al lado de la libreta. Faltaban todavía cuatro símbolos por ordenar. Pensativo, los repasó con las yemas de sus dedos varias veces y pareció entrar en un estado de trance. Permaneció así durante varios minutos.

Llamaron a la puerta de la suite. Alfred Llull fue hacia la entrada y abrió sin preguntar quién era.

—¡Por fin has llegado!

—Lo bueno siempre se hace esperar —dijo una voz femenina.

36

El cuarto símbolo

Salieron del locutorio con las caras bastante largas, algo no iba bien. En vez de subir de nuevo por el casco histórico, dieron la vuelta a las murallas y llegaron al aparcamiento ubicado en la propia arena de la playa, donde estaba aparcado el Citroën C4. Alex introdujo un nuevo destino en el navegador. Después arrancaron y tomaron la dirección que los sacaba de la ciudad. Tras callejear un poco, salieron a la carretera nacional. Había mucho tráfico, pero por suerte se desviaron pronto por una carretera secundaria. El mar estaba cada vez más lejos y las montañas de las estribaciones del Maestrazgo más cerca. El paisaje empezó a cambiar, la zona más desértica de la costa dio paso a unas amplias huertas rodeadas de altos relieves que parecían protegerlas. Al poco tiempo apareció un desvío hacia una población. Alex lo tomó y nada más entrar en el casco urbano giró a la derecha, donde se encontraban unas vías de tren. En el centro del municipio se levantaba una esbelta torre gótica de proporciones monumentales. A continuación, llegaron a la estación y más adelante pararon frente a un extraño edificio que tenía un aire de palacio fortificado pero que parecía una obra moderna.

—No es por aquí —dijo Alex.

—¿Y entonces? —preguntó Silvia desorientada.

—Volvamos a la entrada del pueblo —sugirió mientras giraba a la izquierda.

Regresaron a la carretera por un puente y, tras cruzarlo, se dirigieron a una ermita; nada más pasarla se detuvieron.

—¡Ahí está! —gritó Silvia—. ¿Seguro que es ese? Está muy alto —comentó al tiempo que se esforzaba por ver mejor un lejano castillo—. Pues como no se pueda subir con el coche hasta la cima estamos apañados.

—Los castillos islámicos por esta zona son así, se ubican en nidos de águila, ya que tenían que defender estos territorios de los ataques cristianos.

—No parece que estemos en Castellón —dijo Silvia—, da la impresión de que estemos en el sur, en Andalucía.

—Tienes razón. Pasa lo mismo en Granada, son castillos verticales. Sigamos, a ver qué encontramos allá arriba. Yo también espero que se pueda subir con el coche hasta el final. —Alex arrancó de nuevo el vehículo—. ¿Conoces el significado del topónimo Alcalá?

—No, pero me gustaría saberlo —sonrió convencida de que Alex se lo contaría.

—Es un topónimo de origen árabe, quiere decir «castillo» —explicó Alex—. Esta localidad de Alcalá de Xivert es de origen musulmán. El castillo fue templario y de la Orden de Montesa, y según leímos en internet parece que en uno de sus muros hay una inscripción en letra cúfica. Veremos si no nos hemos vuelto a equivocar.

Subieron por una pista de tierra, en no demasiadas buenas condiciones, durante varios kilómetros, alejándose cada vez más de la población. La pista ascendía por la montaña por el lado contrario al que daba a Alcalá de Xivert y desde el cual no se veía el castillo, por lo que tenían la sensación de que no iban a ningún lugar. Llegaron a una especie de aparcamiento, dejaron el coche allí y se internaron en una zona montañosa y arbolada, donde un estrecho sendero era su única pista hacia el castillo. Después de unos minutos, vislumbraron una de las torres. Hacía tanto rato que Silvia no veía la fortaleza que había empezado a dudar de que ese fuera el camino correcto, pero su cara cambió al llegar hasta él.

—Este es el primer recinto, es islámico —murmuró Alex.

—¿Por qué lo sabes?

—Por los materiales y la técnica constructiva, que es tapial, y el tipo de encofrado es islámico. Este gran lienzo de muralla, entre las torres, es musulmán, no hay duda.

Se acercaron más a la muralla, que era realmente alta y estaba en buen estado. Todo el conjunto parecía formar una gran fortaleza.

—¿Qué es aquello? —preguntó Silvia señalando algo en la muralla.

Alex tardó en responder. Caminó en dirección al muro y señaló su parte superior.

—Eso es la invocación: «El que se levanta al nombre de Dios». Es la inscripción islámica en escritura cúfica —dijo él mientras se acercaba a comprobarlo mejor—. Parece que esta vez vamos por buen camino.

Después de revisar la inscripción, bordearon el muro islámico y entraron en el recinto. Allí un lienzo de muralla con almenas partía en dos zonas el interior del castillo y de él, en ángulo recto, salía otro muro que descendía de forma escalonada por la pendiente de la montaña, hasta una zona donde había gran cantidad de restos de una población que creció bajo la protección de la fortaleza.

Desde el castillo dominaban todos los alrededores. La elección de aquel emplazamiento no había sido causal, era un perfecto punto de observación y vigilancia, además de una plaza fácil de defender en caso de un ataque.

Subieron por unas escaleras que habían sido restauradas hasta una zona a mayor altura, cerca del acantilado que daba a la planicie.

—Esta parte es diferente —comentó Silvia mientras sorteaba unos obstáculos en su camino.

—Yo diría que esta es la parte que edificaron los templarios y que reutilizaría y ampliaría la Orden de Montesa. Busquemos la entrada.

Dieron la vuelta a esa zona del castillo por el sur, pasaron junto a una torre y llegaron a una abertura en la muralla a cierta altura, que era escalable y por donde podían internarse. Alex entró primero y después intentó ayudar a Silvia, pero esta demostró estar ágil y accedió fácilmente. El interior del patio de armas estaba en obras por motivo de algún tipo de intervención.

—Mira, fíjate en los torreones circulares —dijo Alex—. ¿No ves nada raro?

—Las almenas, su fábrica es diferente al resto.

—Eso es porque se aumentó su altura, taparon las almenas originales. En los muros pasó lo mismo, elevaron su altura, incluso en la torre rectangular que tenemos a nuestra espalda.

—Pero no encuentro marcas o símbolos en los muros —comentó Silvia.

—En esta parte del castillo no hay muchos sillares, casi todo está construido con tapial o sillarejos. No encontraremos marcas de cantero —se lamentó Alex—. Necesitamos buscar alguna parte del castillo que se realizara en sillería y no en tapial ni con rocas de la zona sin tallar.

Recorrieron el patio de armas e intentaron entrar en las pocas estancias que estaban en pie, aunque no hallaron nada de interés. Continuaron buscando hasta que dieron con la entrada original del castillo, que no habían visto antes porque hacía un ángulo recto. No era necesario acceder por la abertura de la muralla, aquella entrada estaba abierta. Salieron del castillo cristiano y recorrieron la muralla hasta llegar a una de las torres circulares. Era esbelta y parecía haber sido levantada sobre la misma roca.

—Esto no pinta bien. —Alex caminaba dubitativo.

—Bueno, relájate un poco. Parece que esta marca está más escondida que las anteriores. —Silvia se sentó sobre uno de los muros que daba hacia la amplia llanura que se extendía a los pies de la montaña sobre la que se emplazaba el castillo—. Tenía que ser bonito vivir aquí en la Edad Media.

—No creas. —Alex se sentó a su lado—. Tenemos una visión del Medievo como una época de caballeros y princesas, de trovadores, torneos, leyendas, magia y épicas batallas. Lo que había era escaramuzas y guerras de castillos; se luchaba por cada fortaleza, hasta que no se conquistaba una no se pasaba a la siguiente. Y castillos como este en el que estamos ahora podían resistir largos asedios.

—A la gente le gustan los castillos y la Edad Media. En el imaginario colectivo es una época preciosa —repuso Silvia.

—Y lo fue, a su manera, y el emblema, el símbolo, el resto más visible de ese periodo son los castillos; por eso cuando lo visitamos es como transportarnos a otra época, viajar en el tiempo e imaginarnos rodeados de caballeros.

—Que vigilaban el horizonte por donde llegaban los enemigos —añadió Silvia sonriente.

—Con hermosas armaduras y montados sobre preciosos caballos. —Alex continuó el juego de su compañera.

—Sí, y que escribían bonitas cartas de amor para sus doncellas —reseñó ella mientras se recogía un mechón de pelo que le tapaba la cara—. ¿Te imaginas cómo sería vivir en este castillo?

—La verdad es que sí, siempre que visito uno me lo imagino. —Alex no dejaba de mirarla; ella se dio cuenta y se levantó de pronto.

—Debemos encontrar esa marca de cantero. Vamos, arriba.

Alex obedeció y ambos volvieron a la zona central de la fortaleza. Desde allí se podía ver todo el horizonte.

—Desde luego elegían bien dónde construir los castillos —comentó Silvia.

—No hay duda. Siempre puntos muy estratégicos, inaccesibles y fáciles de defender —añadió Alex con el gesto algo contrariado—. Aunque a veces, en contadas ocasiones, también elegían lugares extraños, parajes con pocas ventajas militares. Imagino que por razones más bien simbólicas.

—¿Simbólicas?

—Sí, los castillos son un símbolo de poder. Hay algunos que incluso aseguran que se levantan sobre puntos podemos decir «mágicos».

—¿Mágicos? —preguntó contrariada Silvia.

—Sí, por eso están siempre relacionados con leyendas e historias de magia. Pero no es lo habitual —intentó excusarse Alex—. Sigamos buscando.

Bordearon el castillo por el flanco norte para volver luego al centro. También inspeccionaron algún resto que había por la pendiente y terminaron en el muro sur. Alex se detuvo para repasar mejor los muros, mientras ella continuaba andando hasta una de las torres de la entrada.

—Creo que hemos encontrado algo. —A Silvia le brillaban los ojos—. ¡Mira la torre!

Alex se acercó hasta el lugar donde señalaba la joven.

—¡Son sillares y están todos marcados!

—De nada —murmuró Silvia.

—¡Muchas gracias! —le dijo Alex antes de abrazarla y darle un apasionado beso—. ¡Lo tenemos!

—Pero hay muchas marcas…

—Busquemos alguna de las cuatro que nos quedan.

Les llevó unos minutos, pero entre todas las marcas que había en aquellos sillares solo había una que coincidía con los símbolos del manuscrito: una flecha.

—Tiene que ser esa.

—Solo esta parte del castillo tiene sillares. Es alguna reforma que se haría en tiempos de la Orden de Montesa. Ha costado, pero lo logramos.

—Es increíble que tengamos ya cuatro símbolos, nunca pensé que llegaríamos tan lejos.

Silvia abrazó a Alex y, esta vez, fue ella quien le besó. Pero él la agarró con fuerza y le respondió con un beso más apasionado que el primero. Entonces se oyó el ruido del motor de un vehículo y los dos se miraron.

—Tranquila, serán turistas —comentó Alex—. No nos pongamos nerviosos, recuerda lo que pasó en Alcántara.

—Tienes razón, pero ¿cómo han llegado hasta los pies del castillo en coche?

—Habrá algún camino que no hemos visto —supuso Alex.

Instantes después apareció un hombre de mediana edad que parecía extranjero, con unos prismáticos en una mano y una carpeta azul en la otra. No pareció inmutarse al encontrarlos allí. Siguió andando, más preocupado en admirar el castillo que en prestar atención a los dos visitantes que estaban junto a él. Al llegar a su altura los saludó con la cabeza y continuó su camino, hasta que se detuvo cerca de la torre.

—¿Nos vamos? —preguntó Alex.

—Sí —respondió Silvia mientras observaba al turista.

Cuando abandonaban el castillo, ella se volvió y vio cómo aquel hombre estaba justo delante de la torre estudiando la muralla con sus prismáticos y consultando unos papeles de su carpeta.

«No es él, solo se trata de un turista», pensó aliviada. Por un momento temió que fuera la sombra.

Entraron en el coche.

—Tenemos un problema, el siguiente castillo tiene mala pinta. Cada vez se complican más. Mira si nos ha costado encontrar el de Alcalá de Xivert. Un poco más y todavía estaríamos en Peñíscola, rodeados de turistas, buscando por todos los rincones del castillo.

Ambos se rieron.

—Seguro que también damos con él.

—No tengo ni idea de dónde buscar y además… tengo que devolver este coche. —Cogió el móvil y le enseñó un mensaje—. Mi amigo lo necesita, se lo pedí un par de días…

—¿Y qué hacemos?

Alguien llamó con unos golpecitos en la ventanilla. Alex bajó el cristal y apareció el rostro del inspector Torralba acompañado de varios agentes.

—Buenas tardes, señorita Rubio, es un placer verla de nuevo.
—Miró a Alex y añadió—: ¿Nos conocemos?

Él negó.

—Bueno, creo que vamos a tener tiempo para ello.

37

Torralba

Silvia fue conducida a la sede de la Comisaría General de Policía Judicial, en el complejo policial de Canillas, al sur de Madrid. Eran unas modernas instalaciones inauguradas ese mismo año, donde estaban los cuerpos de élite de la Policía Nacional, con avanzados laboratorios de balística forense, ADN, entomología, antropología y química, así como la zona de pericias informáticas y el área de infografía. Pensó que la llevarían a una comisaría normal, pero al llegar allí se dio cuenta de su error.

Durmió en una celda y a la mañana siguiente los hombres de Torralba, entre los que se encontraba quien la había estado siguiendo cuando almorzó con Alfred Llull, la llevaron a una reducida habitación con una sencilla mesa en el centro y dos sillas espartanas. Solo faltaba el espejo típico de las películas americanas de polis desde donde te observan al otro lado. Sí había una cámara de seguridad en la esquina superior del techo. Silvia estuvo media hora esperando hasta que entró el inspector Torralba con una carpeta en las manos.

—Buenos días, ¿ha dormido bien?

—¡Y una mierda!

—¿Quiere un café o alguna otra cosa? —le ofreció el inspector.

—Lo que quiero es irme a mi casa.

—Como todos —sonrió—. Ya me conoce: soy el inspector Torralba. Pertenezco a la Unidad de Delincuencia Especializada y, además, soy el inspector jefe de la Brigada del Patrimonio Histórico. —Torralba quería dejar clara la importancia de su cargo y su cometido—. Mi equipo y yo nos encargamos de la investigación y persecución de las actividades delictivas relacionadas con el patrimonio histórico-artístico.

Silvia empezó a entender que la situación era más grave de lo que pensaba y que estaba allí por culpa del manuscrito.

—Tanto la brigada de homicidios como la de desaparecidos quieren quitarme este caso, pero tengo razones para que siga estando en mis manos.

—¿Cuáles?

El inspector abrió la carpeta, sacó la fotografía de un hombre y se la mostró.

—¿Le conoce?

Silvia la miró unos instantes.

—No le he visto en mi vida.

Torralba no hizo ningún gesto; luego buscó en su chaqueta y extrajo un paquete de chicles. Se lo acercó a Silvia para ofrecerle y ella los rechazó negando con la cabeza. El inspector cogió uno y se lo llevó a la boca. Entonces le enseñó otra fotografía, estaba más borrosa y mostraba a un hombre con traje y un maletín.

—Corresponde a un fotograma de una de las cámaras de seguridad de la Biblioteca Nacional —explicó el inspector—. ¿Está segura de que no sabe quién es este hombre?

—No tengo ni idea.

—Fue la última persona que habló con Blas González antes de desaparecer. —Torralba esperaba algún tipo de reacción de la joven—. Creemos que se llama Alexander Kukoc, aunque ¿quién sabe? Ha utilizado decenas de nombres falsos en los últimos años. Lo que sí que parece seguro es que es eslovaco o húngaro, que es doctor en Historia medieval y ¡el mayor ladrón de antigüedades de Europa! Su especialidad consiste en sustraer libros y mapas de las principales bibliotecas europeas. Últimamente ha cogido aprecio a las españolas. En la Biblioteca Nacional se identificó como ciudadano sueco, un enviado de la Universidad de Estocolmo que venía para hablar con Blas González.

—¿Y qué tiene que ver todo eso conmigo?

—Eso es lo que me gustaría saber. —Torralba se levantó de la silla y empezó a moverse por la habitación—. Los compañeros de Blas dicen que llevaba un par de días extraño. Desconfiaba de todos, había dejado de ser una persona extrovertida y estaba interesado en publicaciones referentes a simbología medieval. Incluso había contactado con varios especialistas. Hemos comprobado todas sus llamadas de las últimas dos semanas.

—Blas es una persona muy trabajadora —comentó Silvia.

—Sus compañeros dicen que estaba investigando algo secreto, y que la única persona que podría saberlo es usted. —Torralba se acercó a Silvia—. Solo quiero que me diga qué estaba buscando, así podré seguir con la investigación. Si usted es amiga suya querrá que demos con su paradero, ¿no?

Silvia pensó la respuesta antes de contestar a aquella encerrona.

—Sé que estaba trabajando en algo relacionado con unos símbolos, pero nada más. —Creyó que contándole una verdad bastante vaga podría salir de aquella situación.

—Ya veo. —El inspector se sentó de nuevo y extrajo otra fotografía de la carpeta. Se trataba de un hombre moreno con un uniforme de vigilante de seguridad—. ¿Le conoce?

—No.

—¿Seguro?

—Por completo.

—Esta vez tendrá que contarme algo mejor si quiere que la crea. Hay varios testigos que la vieron a usted y a su compañero, Alex Aperte, entrar en el castillo de Calatrava la Nueva media hora antes de su cierre —relató Torralba—. Este hombre era el guarda de seguridad, se llama Óscar Moratín. Lleva también tres días desaparecido.

—¿Y qué quiere que le diga de ese hombre? No le conozco.

—¡No me joda! Hemos encontrado restos de sangre con el ADN de Óscar Moratín cerca de la entrada a la iglesia del castillo de Calatrava la Nueva. Sospechamos que ha sido asesinado. Así que tenga cuidado con lo que dice. ¡Esto no es ningún juego!

Silvia recordó la escena de aquella sombra golpeando al guarda frente a la iglesia, y la mancha de sangre que dejó en el cristal del automóvil que les habían prestado.

—¿No esperará que me acuerde de la cara de un guarda de seguridad?

—¿Qué hacían allí? —preguntó Torralba visiblemente molesto—. ¿En aquel lugar?

—Turismo, fuimos a ver el castillo —contestó Silvia, que empezaba a estar bastante nerviosa—. El atardecer allí es muy bonito, debería ir a verlo.

—Claro, turismo. —Torralba asintió con la cabeza—. ¿Y después? Porque hemos descubierto que han estado en los castillos de San Martín de Montalbán y Alcántara. ¿Qué? ¿También de turismo?

—Pues sí, nos gustan mucho los castillos.

—Mire, señorita, hay dos desaparecidos, un ladrón de arte que ha entrado como si nada en la Biblioteca Nacional, y lo único que relaciona todo eso es usted. ¿No tiene nada más que decirme?

Silvia pensó la respuesta.

—Lo siento, pero no.

—Estoy acostumbrado a investigar robos de códices, imágenes de santos, cuadros, hasta reliquias. Hay coleccionistas que pagan lo que sea por algunos de estos objetos. Es algo miserable robar parte de la historia de un pueblo. —El inspector cambió de forma inesperada su tono de voz, que se volvió bastante amenazador—. En los primeros años del siglo xx, los nuevos ricos americanos pusieron sus ojos en España. Aprovecharon nuestra decadencia, unos funcionarios corruptos y unos políticos nefastos para arramplar con siglos de arte. En mi pueblo, desmontaron un monasterio y se lo llevaron piedra a piedra.

—¿Adónde?

—William Randolph Hearst, el gran magnate de la prensa estadounidense que inspiró *Ciudadano Kane* a Orson Welles, se fijó en él y adquirió el claustro, el refectorio y la sala capitular con intención de llevárselos a una de sus mansiones en California. Cada pieza fue empaquetada en un total de once mil cajas de madera acolchadas con heno y numeradas para su posterior identificación. A continuación, fueron transportadas por barco a través del Atlántico hasta Estados Unidos.

Torralba se levantó de la silla, se estiró la camisa y miró a la cámara.

—A Estados Unidos arribó el cargamento a la vez que la noticia de que una epidemia de fiebre aftosa estaba azotando España, y el Departamento de Agricultura norteamericano decidió abrir las cajas. Al ver que las piedras habían sido protegidas con paja, las quemaron para evitar que el virus se pudiera propagar.

—Pero las piedras no arden.

—No, las dejaron tiradas en el muelle, sin orden ni concierto. Ocho siglos de historia y cultura amontonados como si fueran basura.

—Qué barbaridad...

—Después, los problemas financieros de Hearst le hicieron olvidarse de ellas y las piedras del desmantelado monasterio permanecieron arrumbadas en un almacén de Brooklyn durante veintiséis años, hasta que unos empresarios las compraron. La revista *Time* llamó a aquello «el mayor rompecabezas de la historia».

—¿Y lo recuperaron?

—Ahora lo llaman Ancient Spanish Monastery y es el edificio más antiguo de toda Norteamérica, una atracción turística de Miami y un lugar solicitado para... bodas.

—¿Por qué me cuenta todo esto?

—Para que entienda a lo que nos dedicamos. No somos el enemigo, no somos los malos, ¿comprende?

Silvia no dijo nada.

—Espero por su bien que no se haya metido en nada relacionado con esto. Y que aparezcan pronto sanos y salvos, tanto su amigo como el vigilante de seguridad. Si no, yo mismo me encargaré de que se vaya directa a una celda, ¿entendido?

—Yo no he hecho nada. No sé si ese tono y ese discursito le sirven para impresionar a ladrones de tres al cuarto, pero le aseguro que a mí no. ¿Con quién se cree que está hablando?

El inspector cambió la expresión de su rostro.

—Si todo esto está relacionado con el robo de obras de arte, sepa que está metida en un buen lío —la amenazó el inspector—. Ya no estamos en la época de Randolph Hearst, nadie puede arramplar con el patrimonio histórico de un país. Es uno de los delitos más perseguidos del Código Penal. Usted trabaja en la Biblioteca Nacional, ¡por Dios santo!

—No sabe de lo que está hablando.

—Entonces ayúdeme. —Torralba intentó tranquilizarse—. Le voy a ser franco. El índice de objetos de arte robados que son recuperados es muy bajo. Como mucho, alrededor del diez por ciento, y la persecución exitosa de quienes cometen el delito es incluso menor, de entre un dos y un seis por ciento.

—Ese es su trabajo, encuéntrelos.

—Los ladrones tienen ventaja. Pero, por contra, también es difícil vender lo que sustraen. Todo el mundo sabe lo que se robó en pocas horas gracias a internet.

—¿Puedo hacerle una pregunta, inspector?

—Aquí el que hace las preguntas soy yo, señorita.

—Usted se está refiriendo a obras de arte como cuadros y esculturas. —Silvia hizo caso omiso a las palabras del policía—. ¿Qué pasa con los libros? Yo soy restauradora de libros antiguos, y también son robados. Así que no me dé lecciones.

Torralba se quedó mirando a Silvia un buen rato sin decir nada; luego se levantó y abandonó la habitación. Minutos después entró uno de los policías que acompañaban siempre al inspector. Fue mucho menos amable. En esta ocasión el interrogatorio duró más de una hora. Silvia tuvo que repetir la misma historia una y otra vez, con el riesgo de caer en alguna contradicción. Por suerte, permaneció serena durante toda la interpelación.

—Señorita Rubio, puede hacer una llamada. Podrá salir de aquí en cuanto rellene unos impresos. Espero por su bien que nos haya contado toda la verdad.

—¿Y...? ¿Dónde está mi amigo?

—A Alejandro Aperte le soltamos hace rato —puntualizó el policía.

Silvia esperaba que Alex tampoco hubiera dicho nada del manuscrito.

Pensó qué hacer ahora, necesitaba ayuda. «¿Dónde estará Alex?», se preguntó. «Supongo que se habrá alejado de la comisaría», se dijo a sí misma. Buscó su móvil y llamó a Vicky.

—Necesito que vengas a buscarme... Escúchame, estoy en una comisaría.

—¿Cómo? —dijo Vicky preocupada—. ¿Qué ha pasado?

—No te lo puedo explicar por el móvil. —Silvia estaba a punto de echarse a llorar—. ¿Puedes venir a recogerme?

—Vale, no te preocupes —dijo en tono tranquilizador su amiga—. Dame la dirección y voy para allá.

El mismo policía de antes volvió a entrar y le dijo que tenía que marcharse, a no ser que tuviera algo más que declarar. Silvia recogió sus cosas y salió de la comisaría. Mientras esperaba en la calle a Vicky sonó su móvil; de nuevo era un número desconocido.

—Le avisé. ¿Qué tal ha ido?

—No he dicho nada, pero el guarda de seguridad de Calatrava está desaparecido y nosotros vimos cómo le golpeaban.

—Tranquila, no se preocupe. Si quiere zanjar este tema para siempre ya sabe lo que tiene que hacer. —La voz hizo una pausa—. Le ofrezco tres millones por el original y que se olvide de todo este asunto. Coja el dinero y váyase lejos de aquí. Sea feliz.

—¡Tres millones!

—Blas no recibió tanto y aceptó el trato, seguro que ahora está disfrutando mientras usted y la policía se preocupan por él. Olvídese de este asunto y coja el dinero. Recuerde que tiene que volver a su trabajo, hoy se acaban sus días libres.

—¿Cómo sabe eso?

—Yo sé muchas cosas. Mi oferta sigue en pie hasta mañana. A partir de entonces dejaré de protegerla y estará sola. —La voz hizo otra pausa—. Le ofrezco tres millones, es mi última oferta. La llamaré mañana.

Cuando colgó estuvo un tiempo reflexionando delante de la comisaría, hasta que vio llegar a Vicky.

—¿Qué ha pasado?

—Gracias por venir. —Se saludaron con un par de besos—. Vámonos de aquí, rápido.

Las dos mujeres se montaron en el vehículo. Silvia sentía que el inspector Torralba y sus ayudantes las estaban observando desde algún lugar.

—¿Dónde vamos, Silvia?

Entonces sonó de nuevo su móvil. Lo miró aterrada, temiendo que volviera a ser ese número desconocido, pero no.

—¡Alex! ¿Dónde estás? Acabo de…

—Tranquila, estoy escondido detrás de una esquina, al lado de la comisaría. No quiero que nos vean juntos de nuevo.

—Me ha venido a buscar una amiga, necesitaba estar con alguien —se excusó Silvia.

—Ya he visto el coche, no te inquietes. Id al metro Mar de Cristal y recogedme allí.

Esperaron un poco y obedecieron las instrucciones. Vicky condujo hasta la cercana parada del metro, allí estaba Alex. Tenía buen aspecto, al verlas llegar sonrió. Silvia salió del coche y le abrazó con fuerza, besándolo como si hiciera una eternidad que no lo veía.

—¡Eh! Dejad de llamar la atención —se rio Vicky.

—Tenemos que irnos —dijo Alex con una sonrisa en su rostro.

Silvia se sentó en la parte trasera y dejó el asiento del copiloto a Alex.

—Yo soy Vicky. —Le tendió la mano.

—Encantado, siento que te hayamos metido en todo este lío.

—¡Estás de coña! No todos los días saco de la comisaría a mi mejor amiga y conozco a su novio desconocido —bromeó.

—¡Vicky! —gritó Silvia.

Los tres se echaron a reír. Mientras, un coche detrás de ellos empezó a pitarles para que se movieran.

—¿Adónde vamos? —preguntó Vicky.

—Nos estarán siguiendo —comentó Alex.

—¡No me lo puedo creer! —exclamó Vicky y volvió la cabeza—. Me encanta este nuevo novio tuyo, Silvia.

—No es…

—Tú dale caña, que es lo que necesita. ¿Dónde os llevo, parejita?

—Vamos hacia la M-30, una vez allí ya decidiremos a dónde ir —respondió Alex ante una Silvia avergonzada.

La amiga de Silvia obedeció y arrancó el Opel Corsa, ante la impaciencia de los conductores que tenía detrás.

—¿Qué tal ha ido? —preguntó Silvia a Alex susurrándole al oído.

—No saben nada del manuscrito. Intuyen que hay algo, pero no tienen ni idea —respondió tranquilo—. Lo malo es que nos estarán siguiendo.

—Tenemos que despistarles —dijo Vicky y a continuación añadió—: ¡Tengo una idea!

—A ver, loca, ¿qué se te ha ocurrido?

—¿Y si nos separamos? —sugirió Vicky con su aplomó natural—. Mira, a mí no me buscan, así que es mejor que nos cambiemos las chaquetas, Silvia. Dejaremos el coche en un parking, yo me voy con Alex y tú sola, para despistarles. Luego yo me separo también de él, así no sabrán a quién seguir.

—Joder con tu amiga —murmuró Alex rascándose la perilla—, parece el mismísimo Al Capone.

Los tres se echaron a reír.

—¿Por qué no vamos al aparcamiento de plaza España? Es bastante grande. Dejamos el coche allí, y tú sales conmigo hacia la plaza Mayor. Con tantos turistas y callejuelas por esa zona es imposible que nos puedan seguir, ¿OK?

—Perfecto. —A Alex le apareció la mejor idea.

—Yo me cambio la chaqueta y salgo hacia San Bernardo. Luego cojo el metro, ¿dónde quedamos? —preguntó Silvia.

—En casa de Santos —respondieron al unísono.

38

Santa Ana

Svak cruzó la plaza, con las terrazas a rebosar de gente, en dirección al hotel donde tenía previsto el encuentro, que no era el mismo de la última ocasión. Estaba situado en un gran edificio completamente blanco, cuya entrada consistía en una puerta giratoria bastante sencilla. Una vez dentro un vanguardista vestíbulo con sillones rojos y sofás blancos, con una decoración demasiado moderna y sofisticada para su gusto, le daba la bienvenida. Ya en el ascensor, presionó el botón del penúltimo piso, en la parte más alta parecía haber un restaurante.

La habitación de Alfred Llull no le defraudó, con una decoración al estilo del resto del hotel, pero lo que verdaderamente llamaba la atención eran las vistas a la plaza Santa Ana, con el Teatro Español al fondo.

—Buenos días, señor Svak —le saludó Llull con esa característica expresión de seguridad en sí mismo que casi siempre tenía—. ¿Quiere tomar algo?

—Un whisky estaría bien.

A un gesto de Llull apareció una mujer de piel de un pálido excesivo que contrastaba con su pelo liso, de color negro intenso y que llevaba cortado a la altura de los hombros y peinado hacia un lado. Vestía con una especie de quimono de color negro. Svak no supo diferenciar cuál sería su nacionalidad ni su cometido exacto en aquella habitación. La singular mujer trajo un vaso y una botella de Cardhu. Sin dejar de mirarle, pero en el más absoluto silencio, le sirvió una copa y luego desapareció en una de las estancias de aquella habitación de hotel.

—¿Ha cambiado de mayordomo? —preguntó Svak.

—No es mi mayordomo y no se preocupe por él. —Llull se apoyó en el generoso ventanal que daba a la plaza—. Está haciendo su trabajo.

A Svak no le gustaba nada ese sujeto.

—¿Qué tiene para mí?

—Los cuatro primeros símbolos —respondió Svak—. La cruz latina, una estrella de David, una «V» y, el cuarto, una flecha.

—Vamos por el buen camino —comentó Llull sin expresar el más mínimo entusiasmo—. ¿Y qué sabemos del resto?

—Creo saber cuál es el quinto castillo, pero el último todavía no lo he conseguido identificar.

—Lo hará, no se impaciente. —Llull se mostraba muy confiado.

—De todas maneras, sigo sin saber el significado de los símbolos. Para mí son simples marcas de cantero, ignoro por qué aparecen en el manuscrito y qué estamos logrando al identificar los castillos.

Alfred Llull parecía no participar de esas preocupaciones.

—Dios no juega a los dados con el universo.

—¿Perdón?

—«Dios no juega a los dados con el universo» es una frase mítica de Albert Einstein. ¿Cree en las casualidades? —Llull no esperó a escuchar la respuesta—. Yo no. Las cosas suceden por alguna extraña razón, por algún motivo que se escapa a nuestro entendimiento, pero que existe. A veces podemos averiguarlo; sin embargo, en la mayoría de las ocasiones no somos capaces, ni remotamente, de entender esos mecanismos.

Svak puso una cara ambigua.

—Usted me dijo que no cree en Dios y como usted, hay

otros que aseguran que con la ciencia actual está demostrado que no hay cabida para Dios en la creación del universo. En cambio, en los últimos cien años más del noventa por ciento de premios Nobel en física teórica creen en la existencia de una divinidad. Póngale el nombre que quiera. ¿No le parece revelador?

—¿De qué me quiere convencer?

—Absolutamente de nada, pero si no existe Dios, entonces yo me pregunto ¿por qué estamos aquí usted y yo? ¿Qué sentido tiene nuestra existencia?

—No sé, quizá ninguno.

Alfred Llull le miró con una media sonrisa en su rostro.

—Es más, ¿por qué existe el universo? ¿Por qué no la nada? —divagó Llull haciendo un gesto sutil con su mano derecha—. Si no hay un fin para la existencia de algo, ese algo no existe.

—Es un tema complejo, no creo que vayamos a solucionarlo en esta habitación.

—¿Por qué no? Quizá estemos más cerca de la solución de lo que usted piensa. ¿Es que de verdad hay alguien que cree que la muerte es el fin? Entonces ¿qué sentido tendría vivir?

Svak giró con disimulo la vista y observó de nuevo a la mujer; estaba de pie frente a un escritorio rococó. Por un momento dejó de prestar atención a las divagaciones de Llull, ensimismado en ella. En su mirada y en su expresión corporal podía sentir que tenía una gran fuerza interior, una especie de energía que le atraía y le impedía dejar de observarla. Estaba inmóvil, inerte, como si formara parte de la vanguardista decoración de aquella habitación de hotel. Algo de ella le hipnotizó y sintió un extraño escalofrío, como si un sexto sentido le avisara de un grave peligro.

—Esos símbolos del manuscrito son tan antiguos como el hombre: la cruz latina, la estrella de David… fueron tallados en la Edad Media, pero son muy anteriores.

Al escuchar esas palabras Svak reaccionó.

—¿Qué me quiere decir?

—Tienen un significado, sin duda alguna. No están dibujados en el manuscrito por casualidad, ni tallados en los sillares de las murallas de esos castillos por placer. Tienen un fin.

—¿Cuál? —se atrevió a preguntar Svak.

—¿Para qué cree que lo contraté? —Llull se acercó tanto a Svak, que este podía verse reflejado en sus pupilas—. No me dirá que no ha buscado su significado. Puede decirme la verdad, ya contaba con que lo haría —insinuó al ladrón de libros, quien tardó en responder.

—He investigado en códices medievales de simbología, he llamado a varios amigos de distintas universidades...

—¿Y qué ha descubierto? —interrumpió Llull—. Estoy seguro de que tiene una teoría, aunque no se atreve a decírmela.

—Los maestros canteros se agrupaban en gremios, que en la práctica eran sociedades secretas, donde era complejo acceder. Trabajaban según las técnicas y los conocimientos heredados de la Antigüedad, de época romana. Pero los romanos lo heredaron de los griegos, y estos a su vez de los minoicos, y ellos quizá de las primeras culturas, de los mesopotámicos, los asirios... No sabemos a ciencia cierta de qué civilizaciones procedían todos los conocimientos de arquitectura e ingeniería que puso en práctica Roma.

—Creo que va por buen camino. —Alfred Llull parecía contento con los progresos—. La civilización romana fue espléndida, se apropió de lo mejor de los pueblos que iba conquistando: etruscos, cartaginenses, griegos, hispanos, mesopotámicos... Y no solo asimiló sus conocimientos científicos, llegó incluso a adoptar sus religiones. Primero los dioses griegos a los que cambió el nombre, después el culto al emperador propio de las zonas orientales, pero más tarde también supo ver las posibilidades del cristianismo. Cada vez que encontraban algo mejor que lo que tenían lo aceptaban y lo hacían suyo, como si siempre hubiera formado parte de su cultura. Increíble, ¿no le parece?

—Por algo dominaron el mundo conocido durante tantos siglos —señaló Svak.

—El pragmatismo, amigo mío. Muchas veces todo se reduce a ser pragmáticos. No hay nada más inteligente que saber apreciar la inteligencia de otros —afirmó Alfred Llull mientras miraba por la ventana el bullicio de la plaza Santa Ana.

—Pero yo no he logrado encontrar el significado de esos símbolos —insistió Svak.

—No se preocupe, le vuelvo a decir que es cuestión de tiempo. Siga investigando, pero primero necesitamos localizar el quinto castillo.

—Salgo mañana a primera hora para el norte.

—Manténgame informado. —Llull hizo un gesto con el brazo y apareció de nuevo la chica morena y de tez pálida—. Margot le acompañará hasta la recepción.

Svak se dirigió a la puerta y se despidió de Llull con un saludo militar, quien respondió con una leve sonrisa muy forzada.

Salió de la habitación acompañado de la misteriosa mujer y fueron juntos hasta el ascensor. Mientras esperaban ella no le miró en ningún instante, ni pronunció palabra alguna. Cuando llegó el ascensor, esperó a que entrara Svak, para a continuación acompañarle. No hizo amago de hacer o decir nada hasta que llegaron a la recepción del hotel. Confuso por la actitud de la mujer, se dispuso a salir a la plaza Santa Ana, entonces oyó por primera vez su voz.

—Buena suerte.

Se detuvo sorprendido por la frase, la había pronunciado una voz cálida y sensual. Al volverse ya no encontró a la joven. El ascensor estaba cerrado. Salió del hotel.

Cuando Margot entró de nuevo en la habitación, Alfred Llull estaba hablando por su móvil.

—Mi oferta sigue en pie hasta mañana. A partir de entonces dejaré de protegerla y estará sola. —Llull hizo una pausa—. Le ofrezco tres millones, es muy última oferta. La llamaré mañana.

La chica morena se sentó en el sofá aterciopelado que había

en el lujoso salón de la suite y cogió uno de los cigarrillos de la caja metálica que había sobre la mesa de cristal. Llull colgó.

—No entiendo por qué te tomas tantas molestias con ella —dijo la chica de pelo negro y piel pálida.

—Puede sernos útil.

—¿Útil esa estúpida?

—Ella encontró el manuscrito. ¿Crees que fue una casualidad? ¿Que un documento que llevaba desaparecido tanto tiempo aparece porque sí?

—Es él quien encuentra los castillos. Ella solo le sigue.

—Te repito que fue Silvia quien encontró el manuscrito y se acabó la discusión. No tengo tiempo para tus tonterías.

Margot no respondió e hizo como si le ignorase.

—No me gusta nada cuando adoptas esa actitud —le recriminó Llull— y lo sabes perfectamente.

La chica no contestó.

—Las casualidades no existen. ¿Conoces la historia de Kennedy y Lincoln? —Margot ni se inmutó—. Abraham Lincoln fue elegido al Congreso en 1846, John F. Kennedy en 1946. Abraham Lincoln fue elegido presidente en 1860, John F. Kennedy en 1960. Las esposas de ambos perdieron hijos cuando todavía estaban en la Casa Blanca. Los dos presidentes fueron asesinados el mismo día de la semana, un viernes. A ambos les dispararon en la cabeza.

—Fascinante. —Margot no mostraba ningún interés en aquella historia.

—La secretaria de Lincoln era de apellido Kennedy y la secretaria de Kennedy era de apellido Lincoln.

—Eso no puede ser —interrumpió la chica, por fin interesada en el relato de Llull—, ¿te estás quedando conmigo?

—Los dos fueron asesinados por sureños y ambos fueron reemplazados por sureños con el mismo apellido: Johnson. —Alfred Llull se divertía contando aquella retahíla de casualidades—. Y esto no es todo, a Lincoln le dispararon dentro de un teatro llamado Ford y a Kennedy le dispararon dentro de un coche modelo Lincoln, hecho por la compañía Ford. Y para terminar, una semana antes de que lo mataran, Lincoln estuvo en Monroe, Maryland; y una semana antes de que lo asesinaran, Kennedy estuvo con Marilyn Monroe.

Entonces Llull se acercó a la chica y la cogió de la barbilla para que le mirara a los ojos.

—No me subestimes. Me gusta cómo trabajas, pero no permitiré que nada ni nadie se interponga entre el secreto que guarda ese manuscrito y yo.

—Sé cuáles son tus prioridades —respondió mientras apartaba su mano.

—No te equivoques, todo lo que tienes me lo debes a mí. Yo te he enseñado todo lo que sabes y te he pagado todos tus caprichos.

—Es lo único que has hecho —murmuró Margot—, yo no te debo nada.

—Eres buena, pero también demasiado impulsiva —Llull la cogió por el brazo— y yo no admito errores, recuérdalo. No podemos arriesgarnos a perder el manuscrito. Necesitamos que nos lo entregue en perfecto estado, y por eso mismo no podemos hacerle daño.

—Espero que tu confianza en ella no sea un error.

—Solo necesita tiempo. —Llull parecía convencido de lo que decía—. Yo solo me fío de las personas que se mueven por una sola razón: el dinero. Aquellos que lo hacen por sentimientos o ideales no son de fiar. Los ideales cambian, un comunista se vuelve empresario. ¿El amor? Siempre termina, alguien que está locamente enamorado puede llegar a odiarte de la manera más cruel si le rechazas. Con el dinero no pasan estas cosas, quien se mueve por dinero siempre te será fiel mientras le pagues, cuanto más le des más fiel será.

—¿Por eso te fías del ladrón de libros?

Margot rodeó a Llull y se puso detrás de él. Empezó a darle un masaje en los hombros.

—Ese hombre es de quien más nos podemos fiar. No cree en

nada, él mismo me lo dijo. Solo le importa el dinero. No tiene familia, ni casa, ni país, ni nombre. Es perfecto.

—¿Crees de verdad que dará con los seis castillos e identificará los símbolos?

—Sí, tiene un don.

Entonces dos golpes secos retumbaron en la entrada de la habitación. La puerta se abrió despacio, como pidiendo permiso, y tras ella apareció una silueta triste y gris que caminó hacia ellos.

—¿Y este? ¿Qué hace aquí? —preguntó indignada Margot—. ¿No debería estar siguiéndolos?

—¿Desde cuándo das tú las órdenes? —ironizó Llull mientras hacía un ligero gesto con la cabeza, como dando la aprobación al visitante—. Le he mandado llamar yo.

—Pero vamos a perder la pista a esos dos.

—No —negó tajante Llull—. Los tienen detenidos nuestros amigos de la Brigada del Patrimonio Histórico. Además, sé a dónde irán cuando salgan de allí.

Margot miró con desprecio al recién llegado.

—Siéntate, Albert —dijo Llull señalándole una de las elegantes mesas que poblaban la habitación del hotel—. No me has traído lo que te pedí. Estoy bastante preocupado, quizá estés perdiendo facultades.

—Señor, lamento mis equivocaciones.

—Esos dos pardillos se te han escapado varias veces —interrumpió Margot—. Por tu culpa no tenemos el manuscrito.

—Yo le ordené que no llamara la atención, por eso sé que esta vez ha sido más complicado. Pero puesto que no ha funcionado, ahora me encargaré yo mismo de ello. Albert, prepara el coche.

—¿Adónde vas? —preguntó ella sorprendida.

—Vamos, los tres —rectificó Llull con tono firme.

Margot se acercó a él.

—Me alegro de haber venido —le susurró al oído del recién llegado—. Ya no es el que era.

—Albert —dijo Llull llamando la atención de su ayudante—. Margot duda de tus habilidades, ¿cierto? Por favor, ¿serías tan amable de hacerle una demostración?

El hombre se levantó despacio de la silla y fue hasta uno de los ventanales de la habitación. Lo abrió con tranquilidad. Abajo, la plaza estaba llena de turistas comiendo y bebiendo en alguno de los múltiples bares que la llenaban. Con agilidad, Albert salió fuera apoyando los pies en la cornisa. Una ligera brisa hizo que perdiera levemente el equilibrio, pero nada más lejos de la realidad. Un instante después, cogió impulso y dio un enorme salto al vacío, cayendo como un gato a varios metros de distancia, en una terraza contigua. No se detuvo, echó a correr y fue saltando de tejado en tejado. Su silueta gris y sombría recorrió las alturas de la mitad de la plaza Santa Ana.

—¿Contenta?

—Nunca me has dicho de dónde lo sacaste —murmuró Margot aturdida.

—Albert es un pobre desgraciado, una víctima. Lo saqué de un circo donde lo explotaban cuando solo tenía diez años. Ya entonces poseía unas habilidades únicas. Pero no dejaba de ser un marginado, yo le rescaté.

—¿Como a mí?

—Exacto —afirmó Llull mientras se colocaba bien la corbata—. Cuando te encontré eras solo una niña abandonada que pirateaba servidores, robaba ordenadores y se peleaba con chicos más mayores que ella. Y mírate ahora.

Margot se separó unos metros de Llull y se giró para que se deleitara mirándola.

—¿De verdad piensas que yo soy como él?

39

Tortugas

Llegó a la casa con la fachada decorada por la metamorfosis de Escher y llamó a la puerta. Santos apareció enseguida, tenía un aire de preocupación poco frecuente en él.

—¿Y Alex?

—Me llamó para avisarme de que vendrías —dijo el viejo mientras salía de la casa—. Se ha producido un cambio de planes, me ha dicho que vayas a la estación de Atocha. Que le esperes en el invernadero.

—¿Por qué?

—No lo sé, solo me ha dicho eso. —Santos cogió a Silvia del brazo—. Soy un viejo, por eso tengo el lujo de poder ser sincero y no tener que quedar bien con nadie, es la única ventaja de vivir mucho, lo demás es una mierda. Lo más deprimente del mundo es un anciano que mide sus palabras. Por eso te voy a decir esto: ten mucho cuidado. Lo digo en serio, sé que estás en peligro.

—¿Por qué dices eso?

—Eso debes responderlo tú misma, Silvia. No cometas un error del que te arrepentirás para siempre, la vida puede ser muy larga con remordimientos.

—Gracias, Santos. —Silvia no supo cómo reaccionar, el viejo había conseguido asustarla—. Hasta pronto.

Cogió un taxi, pasó junto al monumento en homenaje a las

víctimas del 11-M y la dejó en la entrada del AVE. Desde allí descendió por las escaleras mecánicas hasta el invernadero. Se trataba de un lugar especial dentro de aquel gran conjunto. Junto a la zona moderna, convivía esta parte, el origen de la antigua estación que se había transformado en una zona verde, un fantástico invernadero con plantas de los cinco continentes. Con una temperatura diferente a la de toda la estación y a la de la propia ciudad. Los viajeros solían pasear por allí y tomarse algo en alguno de los restaurantes que lo rodeaban, pero últimamente este lugar se había vuelto conocido por las tortugas. Era costumbre soltar allí las tortugas que la gente compraba para tener en casa y que, con el paso del tiempo, se habían hecho demasiado grandes o sus propietarios se habían cansado de ellas. Lo que empezó siendo una curiosa solución, se había convertido en una atracción y un serio problema. Hasta tal punto, que se había prohibido dejar allí más tortugas ante la superpoblación que existía.

Mientras esperaba, Silvia se acercó a una de las fuentes donde la gente estaba haciendo fotografías. El espectáculo era increíble, casi daba miedo. Cientos de tortugas lo ocupaban todo, allí donde había una piedra o una planta que sobresaliese del agua había decenas de tortugas amontonadas unas encima de otras. En el agua la cosa no era mucho mejor, mirara donde mirara había tortugas con apenas espacio para moverse. Silvia fue a otra de las fuentes y la situación era la misma. Resultaba difícil precisar cuántos animales se aglutinaban allí.

Alguien la cogió del brazo, era Alex.

—No digas nada, acompáñame —dijo mientras la llevaba hasta las escaleras mecánicas—. Nos vamos de viaje.

—¿Y Vicky?

—Nos ha echado una buena mano; para despistar a la policía nos hemos separado cerca de la plaza Mayor. Esa amiga tuya es muy lista.

—Sí, lo sé.

Subieron al primer piso del edificio donde se encontraba la puerta de acceso al tren de alta velocidad, que se había convertido en el orgullo de la ingeniería española; si llegaba más de media hora tarde te rembolsaban el dinero del billete. Decían que España iría bien siempre que el AVE fuera puntual. Hasta el presidente estadounidense Obama lo había valorado como ejemplo a seguir. Pasaron por el detector de metales y Alex mostró dos billetes al personal de seguridad.

—Sale en cinco minutos —avisó Alex.

—Pero ¿me quieres decir a dónde vamos?

—A Huesca. Tenemos que ver a una persona que puede ayudarnos. —Alex le hizo un gesto para que hablara en voz baja—. Confía en mí, ya lo verás. He tenido que despistar a dos tipos que me seguían, me ha sido imposible ir a casa de Santos. Pero he sacado los billetes y es poco probable que les dé tiempo de coger el AVE; los despistaremos seguro.

Con una puntualidad perfecta el tren llegó al andén y ambos pasajeros subieron al vagón número nueve. No había mucha gente, el viaje no era largo: Madrid-Huesca, con parada en Zaragoza, cuatrocientos kilómetros en una hora y cuarenta minutos.

Ambos estaban exhaustos. Alex se levantó a buscar alguna revista que leer. Una de las azafatas le dio el número de aquel mes de *Paisajes*, la revista que Renfe publicaba mensualmente para sus viajeros del AVE. Alex la conocía, un par de años antes había escrito un reportaje sobre una ruta por los castillos del Pirineo catalán con espectaculares fotografías. El artículo tuvo buena acogida y siempre esperó que le llamaran para realizar otro, pero nunca volvieron a ponerse en contacto con él. Al regresar a su asiento, Silvia se acurrucó en su hombro y se durmió.

Aparte de un artículo sobre el prerrománico de Palencia, no había nada más que le llamase la atención y pronto acompañó a Silvia por los mundos de Morfeo. La joven abrió los ojos al entrar en Zaragoza. La imponente estación de tren llamó su atención. Para entonces Alex llevaba ya algún tiempo despierto.

—Siempre he creído que esta es la mejor estación de tren del país.

—Dicen que aquí fabrican el frío y lo exportan a toda España —sonrió Alex—, es colosal, pero poco práctica. En invierno es un congelador, no hay quien caliente semejante espacio. Pronto llegaremos a Huesca.

Silvia se dio la vuelta y volvió con Morfeo.

Huesca era una pequeña capital de provincia, situada en un lugar privilegiado, a las puertas de los Pirineos, entre Navarra, Cataluña y Francia. Desde allí era fácil alcanzar todos los famosos valles del Pirineo aragonés: Ordesa, Monte Perdido, Tena o Guara; estaciones de esquí como Formigal, Cerler, Astún, Candanchú o Panticosa; y muchos otros paisajes de singular belleza con pantanos, ríos, parques naturales, villas medievales, iglesias románicas, monasterios y, cómo no, castillos.

Cruzaron la calle hacia el casco histórico de la ciudad.

—Alex, ¿te has dado cuenta de que aquí los semáforos van más lentos que en Madrid?

—Supongo que en Madrid todo va más rápido, hasta la propia vida.

La pareja cruzó el casco histórico recorriendo estrechas calles empedradas, luego llegaron hasta la hermosa catedral y pararon junto a una torre.

—Esta es la torre del Amparo, es una torre defensiva de la antigua muralla. —Alex le indicó que cruzara la calle—. Subiremos por aquí, estamos muy cerca.

—¿Conoces bien Huesca?

—Sí, viví una temporada aquí —respondió con cierto aire de melancolía—. Dicen que no se debe volver a los lugares donde se ha sido feliz.

—Eso lo canta Sabina: «Al lugar donde has sido feliz no debieras tratar de volver» —canturreó Silvia.

—Tiene razón. Guardamos un recuerdo tan idealizado de ellos que la más mínima alteración nos puede decepcionar.

—¿Crees que nos habrán seguido? —Silvia intentó cambiar de tema.

—No creo. Hemos tomado muchas precauciones.

—Aún no me has dicho qué hacemos aquí. ¿Está el siguiente castillo en Huesca?

—No exactamente.

—¿Qué quiere decir eso? —dijo enfurruñada y se detuvo en medio de la calle.

—No llames la atención —la regañó Alex.

—Dime para qué hemos venido.

—Estamos buscando marcas de cantero, ¿no?

Silvia asintió.

—Bueno, pues necesitamos entender qué son esas marcas —razonó Alex—. Saber qué estamos buscando. No sé si daremos con todos los castillos, pero suponiendo que sí, ¿qué pasará luego?

—No te entiendo.

—Yo tampoco. —Alex, preocupado, se rascó la cabeza—. Ese es el problema, no sé qué narices estamos haciendo. Necesitamos que alguien nos ayude, al menos con las marcas.

—¿Y ese alguien vive aquí?

—Sí —respondió más tranquilo—. Es un experto en arte románico.

—¿De qué le conoces? ¿Es de fiar?

—Es un profesor de Medicina retirado, solemos coincidir en simposios y congresos de patrimonio. Es un buen hombre, confía en mí. A pesar de su formación científica, está siempre abierto a considerar alternativas alejadas del mundo académico para ciertos aspectos relacionados con la simbología. Él nos ayudará.

Alex alargó su mano y Silvia, después de unos segundos pensándoselo, la cogió con la suya. A continuación, se besaron.

—¿No te fías de mí? —preguntó Alex.

—La vida me ha enseñado que no hay que fiarse de nadie, ni de uno mismo —apuntó Silvia.

—Cómo eres…

—¿Cómo soy?

—Especial —respondió mientras se besaban de nuevo.

Continuaron caminando por las estrechas calles del casco histórico de Huesca. La ciudad estaba tranquila, no había mucha gente y ellos pasaban desapercibidos.

—Nunca había estado en Huesca —confesó Silvia—, no me la imaginaba así.

—¿Cómo entonces? —inquirió Alex.

—No sé, diferente.

—¿Sabes que Huesca fue una poderosa ciudad musulmana? En aquella época se la conocía con el nombre de Wasqa. Era la capital de la Marca Extrema y dependía de Zaragoza, capital de la Marca Superior —comentó Alex—. Pero en gran medida era independiente y durante todo el siglo XI resistió el avance de los aragoneses. Sus murallas tenían noventa y nueve torres y fue tomada en la batalla de Alcoraz en la misma fecha que los castellanos tomaban Toledo, el año 1085. Date cuenta de la diferencia, y es que los musulmanes del valle del Ebro eran unos poderosos y temibles guerreros, por eso el avance del reino aragonés fue mucho más lento y duro que el del castellano. En esa batalla, según cuenta la leyenda, apareció san Jorge a lomos de un caballo para guiar a los cristianos; de ahí que san Jorge sea el patrón de Aragón, era el emblema de sus ejércitos y su cruz aparece en uno de los cuarteles de su escudo.

Silvia permaneció callada. En el fondo le encantaba que Alex le contara aquellas historias, aunque no pensaba decírselo.

—Ya hemos llegado.

Alex se detuvo junto a una enorme puerta de madera y llamó al telefonillo.

—¿Le has avisado de que veníamos?

—No.

—¿En serio? Venimos hasta Huesca y no avisas, ¿de verdad? No entiendo esa manía, la gente no está en casa esperando a que alguien llame, eso es de otra época.

—¿Quién es? —se escuchó a través del aparato.

Alex la miró con una sonrisa de triunfo dibujada en su rostro y Silvia resopló.

—Unos hambrientos que necesitan de tu caridad —respondió en tono burlón.

—¿Quién es? —preguntaban por el telefonillo mientras Alex se reía—. Dígame quién es.

—Tranquilo, soy Alex Aperte.

—¿Alex? —La voz sonó muy sorprendida—. ¡Cuánto tiempo! Sube, por favor.

El portal de la casa daba acceso a un pequeño recibidor, y al fondo había un estrecho ascensor que debía haber sido colocado no hacía mucho aprovechando el escaso hueco que dejaba la escalera. Alex ni lo miró, empezó a subir a pie hasta la segunda planta sin decir nada. Frente a una de las puertas del piso, Alex alcanzó una cuerda que colgaba y la agitó dos veces sonando un agradable sonido de campana. Al instante se abrió la puerta y apareció un hombre mayor, con el pelo plateado pero todavía abundante y unas finas gafas que le daban un aspecto intelectual. Vestía un jersey liso de cuello redondo, color marrón, y unos vaqueros. Tenía un aire interesante y sonrió mucho al ver a Alex.

—¿Qué tal, Antonio?

40

El profesor

Alex le dio un fuerte abrazo al profesor.

—Veo que tú estás mucho mejor que yo. ¿Quién es la dama?

—Hola. Yo soy Silvia —se presentó y le dio dos besos.

—Este es Antonio Palacín, un viejo amigo.

—Lo de viejo es verdad.

—Pero si te conservas de maravilla —dijo Alex mirando el buen aspecto de su amigo—. ¿Cuántos años tienes? ¿Sesenta?

—Ojalá. —Antonio Palacín se rio—. Setenta y cuatro.

Silvia se quedó sorprendida, no le hubiera echado más de cincuenta y pocos. Aquel hombre estaba estupendo para su edad. Iba a ser cierto que allí la vida transcurría más despacio que en Madrid.

Avanzaron hasta el gran salón, una habitación decorada con cuadros y dibujos en las paredes. Silvia se encaminó hacia uno de ellos mientras se quitaba la chaqueta.

—Antonio colecciona grabados y mapas —le explicó Alex—. Esto no es nada, si vieras cómo tiene el trastero, ¿verdad?

—Lo cierto es que sí —contestó—, tengo demasiados.

Silvia fue moviéndose por la estancia admirando los numerosos grabados, la mayoría mostraban escenas y batallas de la guerra de la Independencia. Los mapas eran de lo más diverso, si se dejaba guiar por las fechas que aparecían escritas en ellos pertenecían a los siglos XVI y XVII. Aquello era como un museo en miniatura. Para alguien como ella, que se divertía comprando esos mismos objetos por internet, aquel lugar era increíble. En el salón las dos prominentes estanterías llegaban hasta el techo y sus baldas estaban a rebosar de libros, lo que las hacía doblarse por el peso, amenazando con partirse.

—¿Queréis tomar algo? ¿Un vino?

—Sí, por favor —contestó Alex—. Un vino de estos que hacéis por aquí y que no están nada mal podría valer.

—¿Un Enate, por ejemplo?

—No sé, Silvia es muy exigente con el vino —puntualizó Alex.

—¿Yo? ¡Pero qué dices! No le hagas caso.

Silvia dio un codazo a Alex, quien no paraba de sonreír. El profesor Palacín se quedó un momento pensando y después se dirigió a otra habitación.

—Os traeré uno que seguro que os gusta, es excelente.

Mientras Silvia seguía admirando los grabados y los mapas, Alex se sentó en uno de los sillones. Junto a él había una mesa de madera llena de revistas y ojeó alguna sin prestar mucho interés. Palacín sirvió la bebida y los tres se sentaron a la mesa.

—Antonio, aunque es médico, es uno de los mayores expertos en románico de España. Ha visitado y ha fotografiado todas las iglesias, ermitas y castillos románicos del país. Hasta tiene una página web. Y ahora está viajando por Francia, ¿no es así?

—Tengo fotografías de todas las iglesias románicas de España.

—Hemos venido por eso. Necesitamos que nos ayudes con una simbología que, o mucho me equivoco, o es románica.

—Si es románica te ayudaré, no lo dudes —le prometió—. ¿A ti, Silvia, también te interesa el arte románico?

—No tengo nada en contra del románico, pero el gótico es mucho más espectacular, con esas torres, esa altura y su luz —dijo Silvia ante la atenta mirada de Antonio Palacín.

—Mi querida niña, creo que necesitas que te expliquen varias cosas —puntualizó Palacín, que a continuación bebió un sorbo de su copa.

Alex observaba la escena con una sonrisa en el rostro. Sabía que Silvia había despertado a la bestia.

—Un ángel tomó la serpiente, que era el diablo, y la encadenó por mil años. Vencido el plazo, Satanás sería soltado y saldría a destruir a las naciones —dijo Antonio Palacín mientras depositaba la copa en la mesa—. Las gentes que vivieron cuando se aproximaba la llegada del año mil escuchaban, atemorizados, amenazas como estas y mucho peores. Pero una imagen siempre vale más que mil palabras, y por mucho que los monjes predicaban el fin del mundo, las imágenes eran más poderosas que sus discursos. La Iglesia narró estas apocalípticas profecías al pueblo analfabeto e ignorante, con el apoyo de esculturas labradas en la dura piedra que habilidosos canteros modelaron para decorar unos templos sagrados, que debían ser la expresión de la perfección. Unos templos levantados según un estilo armonioso y fascinante, el románico.

Silvia se quedó prendada de sus palabras. Antonio Palacín era un magnífico orador, sabía captar la atención de los que le escuchaban y llevarlos por un camino que conocía muy bien.

—Alex, ¿puedes acercarme el libro de la escultura románica en Castilla y León? Se encuentra en la estantería detrás de ti, en la banda central, el cuarto por la derecha —pidió Palacín sin quitar la vista de Silvia.

Cuando Alex se lo entregó, Palacín buscó una página y le dio la vuelta al libro señalando una fotografía a Silvia. Se trataba de la imagen de un capitel donde se representaban dos extraños seres con restos de policromía en los ojos y en las mandíbulas. Una pareja de animales de aspecto mitológico, como lobos con cara humana; terribles y espantosos.

—En las iglesias, escondidos en los tímpanos o agazapados en lo alto de las columnas, terribles demonios, dragones, monstruos y todo tipo de seres abominables vigilaban a los fieles, prestos a saltar sobre ellos y devorarlos —explicó Palacín—.

Animados por las palabras de los sacerdotes y la ignorancia de las gentes, los seres cobraban vida en sus mentes.

—Pero... ¿de dónde es este capitel? Yo pensaba que en ellos se representaban pasajes de la Biblia, de Cristo... como en los cuadros.

—Es la iglesia de Arenillas de San Pelayo, un pequeño pueblo del valle de la Valdavia en Palencia. Hay muchas más similares, o incluso peores, en el románico —comentó Palacín mientras observaba a Silvia—. Sin embargo, no todas las imágenes son como esta. En el románico también hay esculturas de sensuales bailarinas...

—Sí, pero los monstruos estaban esperando precisamente a castigar a las gentes si sucumbían a las tentaciones representadas en esas esculturas de bailarinas —interrumpió Alex ante la mirada de enfado del viejo.

—Qué cruel... —se lamentó Silvia.

—Bueno, no todo es así en el románico. El sexo es muy relevante en las iglesias de esta época.

—¿Cómo dices?

—Oh, sí. En general, la Edad Media fue mucho más libre de lo que creemos en lo concerniente al sexo.

—No me lo creo —se encaró Silvia.

—Es que en la actualidad pesa sobre nosotros la losa del teocentrismo medieval, que es un bulo del xix. Como tantos otros... ¿Cómo crees que pensaban que era la Tierra en el Medievo, plana o redonda?

—Plana, ¿no?

—Bulo, se sabe que es redonda desde la Antigüedad. ¿El derecho de pernada?

—¿Bulo?

—Aprendes rápido. Nos los hemos tragado, porque están en todos los sitios, te lo repiten siempre pero no, son falsos —explicó con énfasis el profesor—. En la escultura del románico, decorando iglesias hay penes, vulvas... De hecho, en la Antigüedad todos tienen un pene muy pequeño en las esculturas, se representaban así, ¿verdad? ¿Y cómo tiene el pene el *David* de Miguel Ángel?

—Pequeño —asintió resoplando Silvia.

—Pues en el románico son enormes, ¿Qué había sucedido para que se representara a los hombres con un falo gigantesco y siempre en erección? Porque esa es otra, los penes en el románico siempre están en erección.

Silvia asentía sin palabras.

—En esa época se creía que los hombres necesitaban un pene de tamaño considerable porque se pensaba que las mujeres para quedarse embarazadas tenían que tener un orgasmo, es decir, tenían que sentir placer con el sexo.

—Pero... ¿qué me estás contando? —Silvia miró a Alex y este asintió con la cabeza.

—Esta idea desapareció en el siglo XIII cuando se decidió relegar el placer femenino a un segundo plano.

—Eh... —Silvia andaba algo descolocada—, ya me he perdido.

—En el románico se pone mucho énfasis en la reproducción, en esta época es la clave de toda familia, de todo linaje. Hay que tener muchos hijos. Esos templos no los pagaba la Iglesia, por entonces no tenían el poder económico ni político que sí lograron después. Es una cuestión económica, los templos románicos los pagan los pudientes, los nobles. Por eso se representaba a los hombres mostrando que están haciendo todo lo posible para reproducirse y a las mujeres con las piernas detrás de las orejas para que el semen no se caiga para abajo después del coito.

—No le sueltes a la chica toda una clase magistral de historia sobre el románico. Hemos venido a buscar información de algo muy concreto: las marcas de cantero.

Durante unos segundos el viejo se quedó pensativo.

—¿Las marcas de cantero? ¿Por qué? Yo pensaba que estabais interesados en la escultura. Las marcas de cantero —repitió un tanto decepcionado—. ¿Y qué queréis saber?

—Todo —contestó Silvia mientras Palacín la observaba.

—Está bien, pero primero debéis conocer el origen del románico. Porque solo hay un románico, propiciado y extendido desde la abadía de Cluny por medio del Camino de Santiago. Con sillares bien encuadrados y ajustados, abovedados de piedra, profusión de escultura decorativa, triples ábsides representando la Trinidad... y por supuesto marcas de cantería como una de sus principales características. Su éxito frenó en seco la expansión del primer románico que se tiende a excluir de la denominación de «románico» y a llamarse «arte lombardo»; no porque sea mejor ni peor, ni por connotaciones de otra índole; sino porque es considerado un estilo diferente tanto en lo ideológico como en lo edificativo.

A Silvia, Antonio Palacín le recordaba a un profesor de universidad, pero mucho mejor que aquellos que tuvo en la facultad, que convertían sus clases en crueles castigos.

—Las iglesias románicas están llenas de motivos decorativos, escultóricos y pictóricos. Decoración en los muros, bajo los aleros, en los capiteles, en las ventanas, en las puertas de acceso; son templos rebosantes de simbología...

—Disculpa, pero los templos románicos se caracterizan por la limpieza de sus muros. Yo he visto siempre los sillares bien encuadrados tal y como dices, pero sin pinturas, ni cal, ni nada —interrumpió Silvia, que osaba contradecir al experto.

Antonio Palacín se mantuvo en silencio unos segundos mientras sonreía.

—Todos estos lugares se aprovecharon para catequizar e instruir a un pueblo mayoritariamente analfabeto. Hoy tenemos la deformación heredada de pensar que la piedra sillar es bella, porque se ha dejado vista eliminando las capas que sobre la misma había. Pero la verdad es que una vez terminada la obra arquitectónica, el templo no se consideraba acabado hasta que no estuviera enfoscado y convenientemente dotado de un programa pictórico adecuado. —Se podía decir que Palacín disfrutaba con las objeciones de Silvia—. Hoy en día, lo que vemos son esqueletos de templos a los que falta este elemento esencial, las pinturas románicas. Las iglesias están desnudas en su interior, pero esas pinturas al fresco eran la Biblia de los pobres e incultos, que en aquella época era prácticamente toda la población cristiana.

—Desconocía lo de las pinturas…

—Aquí cerca, en un pequeño pueblo de Zaragoza pero próximo al Pirineo, Bagüés, se descubrió el mayor conjunto pictórico del románico de toda España. Lo trasladaron al Museo Diocesano de Jaca para poder conservarlo mejor. Ahí puedes ver cómo absolutamente todo el templo estaba cubierto de pinturas, nada que ver con la sobriedad que nos han vendido como si fuera característica del románico. —Antonio tenía una facilidad innata para explicar las cosas—. Y esto no solo pasa con el románico. Las esculturas romanas, los templos griegos, ¿sin decoración? ¡Por favor! Estaba todo pintado. Todas esas esculturas completamente blancas, todas esas columnas y frontones, todo estaba pintado con colores vivos y hermosos.

—Tampoco lo sabía.

—Pero volviendo al románico. Al igual que no apreciamos sus pinturas, hay otro elemento singular que pasa desapercibido, las marcas de cantero.

—¡Eso es! —exclamó Silvia—. ¿Qué son esas marcas?

—Cuando te acercas a los templos románicos, es probable que adviertas en sus sillares unos símbolos que en principio resultan extraños. En ocasiones no pasan de ser una raya diagonal en alguna de sus esquinas, mientras que otros denotan una cuidadosa y elaborada técnica. Por lo general el visitante no las ve o no las aprecia, ya que solo se ve lo que se conoce. Muchas veces necesitamos que nos enseñen a ver, porque cuando vamos dando un paseo y nos fijamos en algo, normalmente miramos pero no vemos. Tenemos que enseñar a nuestros ojos a ver. Aunque para poder ver es preciso poseer cierta cultura, leer mucho, viajar más, ser curiosos; cuantos más conocimientos tengamos mejor podremos ver las cosas y no solo mirarlas.

—Dicen que la mejor medicina contra la ignorancia es viajar —interrumpió Alex.

—Sí, eso ya lo he descubierto en estos últimos días. Pero ¿cuál era la función de esas marcas? —preguntó Silvia—. Eso es lo que necesito saber.

—Bueno, eso resulta más complicado. Está claro que algunas tuvieron una utilidad práctica para cuantificar el trabajo desarrollado por cada cantero o grupo de canteros a efectos retributivos. En otras ocasiones, las marcas que los canteros dejaron en los bloques recién extraídos de la cantera indicaban la posición del bloque en la misma antes de ser extraído, de manera que al ser colocado en la fábrica se respetase esa disposición, que ya había dado muestras geológicas de ser la adecuada para trabajar a compresión. Lógicamente, estas marcas de posición no son visibles, salvo que los sillares se coloquen de forma inadecuada o se reutilicen en otra posición.

—¿Y ya está? —inquirió Silvia algo nerviosa.

El viejo sonrió.

—Por supuesto que no. Hay marcas de cantería de tan elaborada factura que inducen a pensar que hay algún simbolismo tras las mismas, más allá de la utilidad contable —explicó Palacín—. Nadie se toma tantas molestias en tallar un símbolo si no tiene un significado, una función, un mensaje. Estoy seguro de que hay marcas de cantería que llevaron al cantero más tiempo y esfuerzo que tallar la propia piedra.

—¿Y cuál podría ser su significado?

—Estamos hablando de hombres que vivieron hace mil años, en una época que nada tiene que ver con la nuestra; profundamente influenciados por las creencias religiosas, en una sociedad feudal y que con escasos medios levantaban iglesias maravillosas. ¿Creéis que hoy en día se podrían construir templos como los de aquel periodo?

—Yo creo que no —respondió Silvia.

—No tenemos su sensibilidad, su maestría. Ellos poseían un conocimiento gestado desde la Antigüedad, que los maestros transmitían a sus aprendices de generación en generación. El mundo ha cambiado demasiado. Esas marcas tenían un significado, una simbología, pero me temo que no podemos descifrarla, nos faltan los conocimientos y la fe de aquellos tiempos.

—Seguro que hay alguna manera.

Antonio Palacín miró a la joven y por un momento olvidó lo viejo que era y recordó cuando era más joven y su mujer le miraba mientras bailaban.

—Alex, ¿tenéis tiempo?

—¿Tiempo para qué?

—Me gustaría enseñaros algo —contestó mientras se levantaba de la silla—. Si buscáis marcas de cantero, primero debéis comprenderlas. Y para ello lo mejor es que visitéis un lugar, no está lejos de Huesca, llegaremos en una media hora.

—No tenemos coche —interrumpió Silvia.

—Pero yo sí. Acompañadme.

El viejo profesor se levantó y cruzó el salón hasta desaparecer tras una puerta. A los dos minutos salió embutido en un abrigo negro.

—¡Vamos!

Antonio Palacín continuó andando hacia la puerta. Alex miró a Silvia con cara de incredulidad, indicándole que debían seguir al viejo. Cogieron sus cosas mientras Palacín los esperaba con la puerta abierta. Los tres abandonaron la casa y bajaron al garaje. Allí Silvia y Alex le siguieron hasta una esquina donde, ante su sorpresa, los invitó a montar en un Mini de los años setenta perfectamente conservado.

—Pero ¿esto funciona? —murmuró Alex.

Palacín sonrió. El vehículo arrancó sin problemas y con dos ágiles movimientos de volante el profesor salió del garaje rumbo al oeste.

—¿Dónde nos llevas, Antonio? —preguntó Alex.

—Al reino de los Mallos.

41

El reino de los Mallos

En media hora y a toda velocidad por una carretera nacional que iba en dirección a Ayerbe, dejaron atrás un cartel que señalaba hacia el castillo de Loarre. La indicación no era necesaria, ya que en lo alto de una peña resaltaba una espectacular construcción de dimensiones monumentales, como si se tratase del escenario de una superproducción de Hollywood, pero tan real que a Silvia le hizo sentirse pequeña, diminuta, casi insignificante.

—Parece mentira cómo los hombres del románico pudieron construir tan vasta construcción, en un terreno tan abrupto y a semejante altura, con la única ayuda de animales y herramientas sencillas de construcción —comentó admirada.

Y sin embargo, allí permanecía la fortaleza, anclada en el tiempo.

Avanzaron por una carretera cada vez más serpenteante, hasta llegar a una zona más montañosa donde se veían unas asombrosas formas puntiagudas, columnas pétreas gigantes que parecían desafiar toda lógica, como si las hubiera tallado algún ser mitológico.

—Son los Mallos de Riglos —le dijo Alex indicándole las sorprendentes agujas de piedra a las que se dirigían—. Es una tierra increíble, con el colosal castillo de Loarre, la colegiata de Bolea, los Mallos de Agüero...

—¿Esas agujas puntiagudas de piedra?

—Eso seguro que lo has visto por la tele, aquí vienen a escalar alpinistas de medio mundo.

—Sí, además están llenas de buitres —intervino el profesor.

—Como muchos bares de Madrid —apuntó Silvia.

Alex y Antonio se echaron a reír.

—Es muy espabilada tu amiga, me cae bien. Sigamos un poco más adelante. Allí hay otros Mallos.

Continuaron por la carretera hasta llegar a otra formación rocosa similar. A sus pies había un pequeño pueblo de casas bajas, donde destacaba la torre de la iglesia, cuyo nombre señalado a la entrada del municipio era Agüero.

Antonio Palacín callejeó con el Mini por estrechas calles en un alarde de habilidad, hasta llegar ante una casa de piedra, típicamente de montaña, de dos alturas y tejado de pizarra. Se parecía mucho al resto de las edificaciones de aquel pueblo. Allí, Antonio hizo sonar el claxon tres veces, y enseguida un hombre se asomó por una de las ventanas de la casa, saludó al viejo con la mano y después desapareció.

Al poco tiempo se abrió la puerta del edificio y salió el mismo hombre. Era mayor, con el rostro surcado por profundas arrugas, aradas en su piel por el paso inapelable del tiempo.

—Hola, don Antonio —dijo el hombre que portaba algo en su mano—. Cuánto tiempo sin verle.

—Vengo a enseñarles la iglesia a estos amigos.

—Tome la llave, pero no olvide devolvérmela esta vez —dijo entre risas.

—Lo intentaré —respondió Palacín mientras se despedía con un apretón de manos.

«Así que hemos venido a ver una iglesia», se dijo Silvia. Se preguntaba qué tendría aquel templo de especial. Había visto uno al entrar al pueblo y no le había llamado demasiado la atención, excepto por su gran torre.

El profesor volvió a demostrar su pericia en el manejo del

Mini, al llevarlos en unos segundos de vuelta a la entrada del pueblo, en dirección a Huesca.

—¿No íbamos a ver la iglesia? —preguntó Silvia.

—Así es —respondió el profesor, que quinientos metros después de dejar atrás el pueblo giró a la izquierda.

Era un empinado camino de tierra que los adentraba en una zona con mucha vegetación. Tras recorrer unos metros, entre los árboles, empezaron a ver la silueta de un edificio de piedra, con altos muros, que parecía querer ocultarse entre la naturaleza.

Silvia sintió como si estuviese descubriendo un nuevo secreto.

—Bienvenidos a la iglesia de Santiago de Agüero —dijo el profesor orgulloso.

Detuvo el coche a escasos metros y los tres caminaron hasta la portada después de bajar del vehículo.

—La iglesia se proyectó en la segunda mitad del siglo XII según un ambicioso plan, tiene planta basilical con tres ábsides en la cabecera y tres naves. Y como os expliqué en Huesca, en esta época la Iglesia no tenía tanto poder político ni económico, este es un proyecto de la realeza.

Silvia recordó las palabras del profesor en su casa acerca de los triples ábsides en el románico que representaban la Trinidad.

—Es preciosa —dijo la joven.

—Y eso que no está acabada —respondió el profesor ante la mirada de sorpresa de ella—. Por razones que se desconocen se terminó a toda prisa, precipitándose el cierre de muchas partes y quedando el proyecto inicial inacabado, pero aun así es una joya única y, sobre todo, enigmática.

—¿Enigmática? —preguntó desconcertada Silvia.

Alex permanecía siempre en un segundo plano, sabía que Antonio Palacín disfrutaba siendo el centro de atención y exponiendo los detalles a su nueva alumna. Hacía años había hecho lo mismo con él. El profesor, que era como Alex solía llamarle, sabía envolver a sus víctimas con explicaciones que los atrapaban lentamente, como una araña que tiende de forma minuciosa su tela y aguarda a su presa. Y cuando esta se quiere dar cuenta de su presencia, ya es demasiado tarde. Silvia parecía cautivada con sus palabras y él disfrutaba como un niño. Alex no tenía ninguna intención de interrumpirle, sabía que si quería su ayuda debía dejar que él lo hiciese a su manera.

Frente al pórtico, Antonio Palacín describía los capiteles románicos a Silvia.

—En el primero se puede ver la escena de dos fieras, son lobos de pelo rizado devorando un carnero. En el segundo capitel hay una figura femenina, es una bailarina, ¿la ves? —preguntó el viejo.

—¿Dónde?

—Está en actitud de comenzar la danza, flanqueada por un artista afinando el arpa y otra dama tocando otro instrumento.

—¡Es verdad! —exclamó Silvia sorprendida—. Tal y como dijiste. ¡Una bailarina en el capitel de una iglesia! ¡Alucinante!

—Veo que no me creías —dijo el viejo sonriendo—. Pues en el tercer capitel hay otra bailarina. Esta es una representación característica del maestro que construyó esta iglesia, como podrás ver muestra el momento de su contorsión.

—¡Qué maravilla! ¡Es increíble! Pero es un poco, no sé, me parece una pose demasiado atrevida para una iglesia. Es bastante erótica, ¿no?

—Representa la tentación. Todos tenemos deseos, tentaciones que nos cuesta negar. Para muchos la mayor tentación es el dinero, pero para la mayoría de los hombres es…

—El sexo, vamos, las mujeres —respondió Silvia—, y cuanto más sensuales, más tentadoras.

—Veo que conoces bien a los hombres. —Antonio no puedo evitar reírse—. Mira el siguiente capitel.

—Este es diferente… —dijo Silvia—, son dos soldados con mazas.

—En efecto, pero fíjate más. Uno es musulmán, el izquierdo; y el otro, el de la derecha, es cristiano. ¿No ves las medias lunas y cruces en sus escudos? —le preguntó el viejo.

—Sí, qué curioso. A primera vista esos detalles no se aprecian.

—Muchas veces miramos, pero no vemos. En la actualidad estamos acostumbrados a que nos muestren todo de forma demasiado evidente, de tal manera que no nos suponga ningún esfuerzo identificar la cosas. Pero antiguamente no era así, eran más sutiles, más detallistas. Se valoraban mucho los detalles, los símbolos, las cosas pequeñas y sencillas pero que, en ocasiones, son las más importantes.

—Pero no distinguían lo real de lo que no lo es.

—¿Y ahora? A través de la tecnología, estamos más conectados con el mundo, pero más desconectados de nosotros mismos y de nuestro entorno.

Alex seguía a la pareja sin interrumpirles.

—¿Y ese último? ¡Hay un dragón! Y parece como si estuviera mordiendo la pierna de un hombre, que a su vez le clava una espada y le golpea con una especie de maza.

—Aprendes rápido —murmuró el profesor entre risas—. Los hombres y mujeres del Medievo, en lo fundamental, en lo humano, no eran tan distintos a nosotros. Se planteaban las mismas cuestiones, que siempre se resumen en una sola. Silvia, hay que preguntarse si la muerte es el final, esa es la pregunta más importante de la humanidad, de toda su historia. Cuando le demos respuesta… entonces nuestra existencia tendrá sentido o no.

—¿Cómo que «o no»?

—Si hay una respuesta afirmativa, tenemos un sentido y perduraremos. Si descubrimos que es negativa, nosotros mismos nos extinguiremos, desapareceremos. Ven, te voy a enseñar otro capitel. —Continuaron avanzando y lo señaló.

—Eso es… el rostro del diablo.

—Antonio, no hemos venido para una de tus clases —objetó Alex.

—Cierto, disculpa. Hay otro aspecto de esta iglesia que os interesa mucho más en vuestra búsqueda —explicó mientras abandonaba el pórtico y se dirigía hacia su derecha.

Silvia miró a Alex y le hizo un gesto con la cabeza para que los acompañara. Antonio Palacín llegó hasta el ábside central y se paró allí. Alex cambió su comportamiento hasta ese momento y adelantó a Silvia; sabía que habían llegado al punto importante de la visita. Observó el ábside y pronto descubrió el propósito de su amigo al llevarlos hasta allí.

—¡Una llave!

El profesor asintió con la cabeza.

—Es la llave de Agüero, una preciosidad —comentó mientras la señalaba para que también Silvia la contemplase—. Se repite en abundantes sillares del exterior del templo. He llegado a contarla hasta sesenta veces. Su talla fue un trabajo minucioso. Yo creo que debió de costarle más al artesano tallar esa marca que dar forma rectangular al bloque de piedra.

Silvia y Alex miraban asombrados la presencia de más llaves como esa en diferentes sillares que el viejo les señalaba.

—Pero hay más marcas de cantero. Venid, en el ventanal sobre el ábside norte tenemos un pico de cantero, y más allá una escuadra. Y una «S» con remates triangulares, una estrella de cinco puntas, una «T» inscrita en un cuadrado, un puñal, un diábolo, un taladro y muchas más.

—Es asombroso, todos los sillares tienen marcas. Nunca había visto algo parecido en ninguna iglesia —dijo Silvia sorprendida.

—Hay otros templos con abundantes marcas. Por ejemplo, en el ábside de la iglesia de San Bartolomé de Ucero, en el cañón del río Lobos, hay una marca de cantero que representa la constelación de Cáncer.

—¿Es eso verdad?

—Claro que sí, esa marca es muy curiosa —contestó entre risas Antonio Palacín—. Pero lo cierto es que Agüero es incomparable, sobre todo por su llave.

—¿Cuál es la simbología de la llave? —preguntó Alex.

—Ah. Eso un gran misterio —respondió el profesor

—¿Y por qué talló hasta sesenta llaves? —insistió Silvia—.

Es mucho esfuerzo y no se trata de algo decorativo. Tuvo que haber una razón, un motivo importante.

—Resulta obvio que no fue para contabilizar los sillares, y además es un símbolo muy complicado, le llevó un notable empeño tallarlo.

Palacín se quedó mirándola.

—Es una incógnita, nadie lo sabe. ¿Cuál crees que será el motivo, Antonio? —apuntó Alex.

Tanto él como Silvia buscaban con la mirada al profesor esperando una respuesta.

—Llevo sesenta años preguntándome lo mismo —respondió él entre suspiros—. Quizá las talló el maestro por vanidad, para lucir a través de los siglos la marca de la casa. Aunque también puede que quisiera vincularse él mismo a la obra sagrada como salvoconducto para el más allá. O tal vez es algo mucho más complejo. ¿Por qué una llave? ¿Qué pretendía decirnos? ¿Que esta iglesia es la llave, es decir, el acceso a otro lugar? Ojalá lo descubramos algún día.

—Y el resto de las marcas, ¿qué explicación tienen? —preguntó Alex—. Obviamente en una obra de este tamaño, que es una iglesia y no una catedral, no trabajarían muchos maestros canteros diferentes, a lo sumo uno o dos. Entonces ¿qué deseaban expresar con ellas?

—Es un misterio, mis queridos amigos.

Antonio se había hecho aquellas mismas preguntas tantas veces que no disimulaba una cierta tristeza por no tener las respuestas.

—Debe tener un mensaje —respondió Silvia—. Teniendo en cuenta la simbología del románico que me has comentado y cómo eran aquellas gentes, aterrorizadas por la religión y sus miedos, no me creo que tallaran sesenta llaves porque sí, ni el resto de las marcas. Esto ha de tener algún significado, algún motivo.

—La Edad Media fue una época compleja; por ejemplo, a finales del siglo XIV hubo una elevada mortalidad a causa de epidemias como la peste negra, la pobreza y las guerras. Y la muerte se convirtió en una obsesión entre la ciudadanía. Se asociaba a una supuesta cólera divina en respuesta a los pecados cometidos por la humanidad.

—En un mundo donde la religión lo abarcaba todo, es normal —añadió Alex.

—Esta idea arraigó y comenzó a diferenciarse entre la muerte física, inevitable, de la buena o mala muerte.

—¿Buena o mala muerte? —Aquí Silvia se vio perdida.

—La buena muerte coincidía con el hecho de haber dictado testamento y tener el alma preparada para el momento último. La mala muerte, o muerte impura, se asociaba a la muerte repentina, al suicidio o a la muerte por ajusticiamiento.

—Morir bien… —murmuró ella.

—Hasta que en el siglo XV un profesor de la Universidad de París, en el Concilio de Constanza, cambió esta idea. La muerte dejó de ser un hecho terrible, se convirtió en un tránsito y debía ser un triunfo sobre los siete pecados capitales. Se publicaron multitud de tratados del bien morir según los preceptos cristianos medievales. A diferencia de las danzas macabras, muy populares hasta entonces, que mostraban la muerte como un hecho colectivo, estos tratados representaban una muerte más íntima. Infundieron serenidad y enseñaron a afrontar mejor el momento de la partida.

—Lo que te quiere decir Antonio es que a finales del siglo XV la muerte dejó de considerarse un hecho terrorífico. A partir de ahí se convirtió en una forma de conseguir la reconciliación del alma con Dios.

—Pero en tiempos del románico no era así. —El profesor levantó el índice—. Y estoy de acuerdo contigo, Silvia, hay marcas de cantería que sí que eran para contabilizar los sillares, otras para colocarlos de forma correcta, pero el resto no. Hasta el siglo XIX nadie les prestó atención, puesto que solo se ve lo que se conoce. La Edad Media es la gran desconocida del público general, porque se le ha engañado y manipulado.

—Ya me he percatado de ello.

—Hasta hace pocos años nadie caía en la presencia de las marcas de cantero en las construcciones medievales. En algunas iglesias se llegó a picar la piedra para eliminarlas, porque creían que eran grafitis modernos.

—¡Qué barbaridad!

—La incultura es capaz de eso y mucho más. Hay gente que afirma que la cultura vale mucho dinero; a esos yo les digo que si piensan que la cultura es cara, que prueben con la ignorancia.

—¿Cómo podemos interpretarlas? —interrumpió Alex.

—Me temo que ese saber está oculto, pero estoy seguro de que hay personas en algún lugar que todavía lo poseen. Se dice que los gremios de albañiles, maestros y artesanos que levantaron las iglesias y castillos románicos guardaban estrictamente sus conocimientos, trasmitiéndolos en secreto únicamente a miembros de su mismo gremio, formando así logias de constructores.

—¿De masones? —preguntó Alex.

—Sí, pero no te dejes confundir. No me refiero a los masones actuales con todo ese rollo de sectas, etc. No olvides que *maçon* en francés significa…

—Albañil.

—¡Eso es! Estas logias transmitían sus secretos y conocimientos, heredados de la ciencia, de la sabiduría de la Antigüedad. Eran constructores, albañiles. Ellos hicieron posible el románico y, después, las grandes catedrales del gótico. Pero con la llegada de la Edad Moderna desaparecieron; su origen y labor inicial se perdió, ya que se permitió la entrada a gentes que nada tenían que ver con la construcción. Burgueses y humanistas que pronto sustituirían a los maestros constructores y con el tiempo los gremios se desvanecerían de las logias, perdiéndose así todo su saber milenario.

—Entonces ¿quieres decir que la simbología de estas marcas también se perdió? —Alex temía la respuesta a su pregunta.

—Me temo que sí. A partir del siglo XVI desaparecieron por

completo las marcas de cantero de las construcciones —lamentó Antonio Palacín—; aunque estoy seguro de que, antes de extinguirse, los maestros constructores intentaron salvar sus conocimientos.

Silvia y Alex se miraron; ambos pensaron que quizá ese conocimiento perdido estuviera en sus manos. De alguna manera, aquel manuscrito guardaba un secreto, y las marcas de cantero eran la clave.

—A veces nos sorprendemos al descubrir cuánto del pasado hay en nuestro futuro —afirmó el profesor mientras acariciaba los fríos sillares del muro de la iglesia—. El románico es un arte en constante descubrimiento. Las iglesias románicas fueron en muchos casos transformadas por reformas góticas, mudéjares, renacentistas, barrocas o neoclásicas. Por motivo de las enfermedades y las epidemias se tuvieron que encalar las paredes de las iglesias. Hoy en día cuando quitamos esa capa de cal en los templos aparecen muchas sorpresas, sobre todo en forma de pintura románica y marcas de cantero. Al levantar los suelos encontramos criptas y tumbas. Al revisar los códices escondidos en las sacristías surgen documentos perdidos. ¿Quién sabe si algún día hallaremos la clave del secreto de las marcas de cantero? ¿Quién sabe si no estará en esta misma iglesia? Aquí, delante de nuestros ojos.

De repente, un extraño ruido se escuchó cerca de ellos, entre la vegetación. Alex intentó ver algo, pero la noche se les estaba echando encima y ya no había casi luz. Sin embargo, él parecía seguro de que había alguien más en aquel lugar. Abandonó la zona del ábside y volvió al pórtico de la entrada. Siguió mirando, pero no veía a nadie más. Silvia y Antonio Palacín le siguieron.

—¿Qué pasa, Alex? —preguntó Silvia.

—No sé. Creo que hay alguien espiándonos.

Alex miró detrás y solo halló la mirada aterradora de las fieras, que le vigilaban desde el capitel, mientras las bailarinas parecían cobrar vida con la llegada de la noche y mover sus cuerpos al son de una música ancestral.

—Cuando el sol se pone y la luz pierde una vez más la partida ante la oscuridad, la incertidumbre y el miedo nos unen por medio de lazos intemporales con aquellos hombres que, en los albores del primer milenio, sintieron que se desataba el fin del mundo —susurró Palacín al viento mientras anochecía—. Andad con cuidado, aquí tenéis un ejemplo de los monstruos que se representaban en la escultura románica. Estos seres son hermosas formas talladas en la piedra. Su magia está congelada, suspendida, pero no bajéis la guardia, amigos. Su mensaje sigue vivo. Aunque hoy en día nuestros demonios adoptan otras formas, están aquí, agazapados, esperando a que el sol se ponga para procurarnos tormento. Llevan más de mil años entre nosotros y todavía siguen intentando extraviar a los hombres.

42

La leyenda de las siete doncellas

Durante todo el viaje de vuelta a Huesca, Silvia no pudo quitarse de la cabeza las últimas palabras de Antonio Palacín. Empezaba a entender la complejidad del asunto que tenían entre manos y por qué alguien como Alfred Llull le había ofrecido tanto dinero y los habían seguido y asaltado.

Se descubrió entonces a sí misma reflexionando sobre lo corta que es la vida. Sin darse cuenta ya tenía más de treinta años y no le gustaba nada de lo que la rodeaba: ni su trabajo, ni sus parejas, ni su casa. Nada.

La muerte es el gran misterio de nuestra existencia, lo ha sido desde siempre. Ella se lo había preguntado alguna vez. ¿Qué ocurre cuando morimos? ¿Tenemos alma?

Se creía joven para reflexionar aún sobre ello, pero... ¿qué sentido tenía la vida si no había nada más? Silvia pensaba que era una pregunta que muchos rehúyen por miedo. ¿Y por qué estaba pensando ahora en esas cosas? ¿Tanto le habían influido las enseñanzas del profesor?

Quizá aquellos días junto a Alex habían sido los más emocionantes en mucho tiempo, pero no era suficiente. La vida pasaba deprisa y había que disfrutarla.

«*Carpe diem*. Porque somos alimentos para gusanos, señores. Porque aunque no lo crean, un día todos los que estamos en esta sala dejaremos de respirar. Nos pondremos fríos y moriremos. Aprovechen el día, muchachos. Hagan que sus vidas sean extraordinarias». Estas palabras de Robin Williams interpretando al profesor Keating en *El club de los poetas muertos* le habían marcado desde que era adolescente.

Silvia tenía claro que no quería vivir atemorizada como los hombres que habían levantado aquellas iglesias románicas, que seguramente trabajaban de sol a sol y que en sus únicos momentos de descanso tenían que acudir a los oficios religiosos, viviendo aterrorizados por los sermones de los sacerdotes y por aquellas temibles criaturas que los vigilaban desde lo alto de los templos.

Después de devolver la llave en Agüero, Antonio condujo de nuevo rápido y en media hora estaban otra vez de regreso en su casa, sentados en el salón. Les preparó la cena a pesar de que intentaron disuadirle, pero era persistente. Mientras cocinaba, Alex le ayudaba y aprovechaban para discutir sobre castillos, iglesias y todo tipo de piedras. Eran cerca de las diez de la noche y Silvia se encontraba sola en el salón cuando sonó su móvil; era un número desconocido.

—¿Quién es? —dijo con toda la firmeza que pudo.

Su interlocutor la saludó y habló durante unos segundos.

—¿Cómo? ¿A quién? Mire… —Silvia no terminó la frase y añadió—: ¿Cómo sabe que estamos en Huesca? —El interlocutor respondió y ella dijo—: No le creo.

En ese momento aparecieron Alex y Antonio con una fuente de ensalada y varios platos con queso, jamón y lomo. Silvia se levantó y se fue al baño.

—Es una joya.

—Sí que lo es —dijo Alex—, pero eso da igual.

—¿No te gusta? —insistió Antonio.

—No te lo pienso decir. Métete en tus asuntos.

—Me preocupo por ti. —Su amigo disfrutaba haciéndole sufrir—. Pero si se nota a una legua que…

—¿Qué?

—Nada, nada,... Hay que ver cómo eres.

—Cambiemos de tema. —Alex se puso serio—. Quiero contarte por qué estamos de verdad aquí.

—¡Ya era hora!

Alex le relató, de la manera más rápida y concreta posible, todo lo acontecido hasta entonces. El profesor escuchó atento y tardó en hablar.

—Las marcas de cantero son una parte del arte constructivo medieval poco conocida. Las logias de constructores enseñaban sus secretos por tradición oral, así que no hay escritos, o al menos no se han encontrado. Puede que esas marcas que decís sean la clave. ¿Puedo verlas?

—Claro. —Alex fue hacia el bolso de Silvia, lo abrió, sacó el libro de Quevedo y lo dejó sobre el sofá. Siguió buscando hasta que dio con la transcripción del manuscrito escondida en el fondo—. Aquí está.

Antonio lo tomó en sus manos con sumo cuidado.

—El original está... Bueno, se encuentra en otro lugar.

Leyó los párrafos de cada castillo y repasó las siete marcas de cantero con detenimiento.

—Todo esto es fascinante. Un auténtico descubrimiento. —Antonio Palacín no salía de su asombro—. Un documento que relaciona diferentes castillos con siete marcas de cantero. La cruz latina, la estrella de David, la «V» y la flecha. Nunca había visto nada igual. ¿Y cuál es el siguiente castillo?

—Todavía no lo sé. Quizá tú puedas ayudarnos, mira el quinto párrafo.

Antonio se inclinó y leyó en silencio la descripción. Después miró a Alex con preocupación, volvió a bajar la cabeza y esta vez leyó en voz alta.

Vestido de blanco y sobre blanco caballo
nos guio en la batalla.
Y arrancamos de su más alta almena la enseña de la media
luna

y colocamos en su lugar la bandera de la cruz de Pelayo poniendo fin a tan deshonroso tributo.

—Imagino que será algún castillo en Asturias —comentó Alex poco convencido—, más que nada por lo de la cruz de Pelayo. El héroe de la famosa batalla de Covadonga que inició la Reconquista. Pero no sé bien cuál puede ser.

—¿Asturias? —Antonio permanecía concentrado repasando la descripción mentalmente y sin levantar la vista del documento—. ¿Y lo del tributo?

Alex se encogió de hombros e hizo un gesto de no saber de qué se trataba.

—La cruz de Pelayo nos evoca al reino de Asturias como tú bien apuntas. Pero no debes olvidar que lo que hoy es Asturias es solo el embrión de lo que fue el reino. Desde Oviedo se expandió y cuando se tomó León trasladó la capital y se transformó en el reino asturleonés. —Antonio parecía razonar por el buen camino—. Por lo que tienes que ampliar el campo de búsqueda.

—Vaya ayuda que me das si encima me haces buscar en todo el norte de España —le recriminó Alex.

—Yo solo te aconsejo —le tranquilizó Antonio—. De todas maneras, lo que me llama la atención es la primera línea: «Vestido de blanco y sobre blanco caballo».

—¿Por qué? Un vestido blanco y un caballo blanco no es una descripción demasiado lograda; vamos, que no dice nada.

—¿Quién va vestido de blanco? —preguntó Antonio Palacín—. O mejor dicho, ¿quién va sobre un blanco caballo?

—Santiago —interrumpió Silvia, que entraba de nuevo en el salón—. El caballo blanco de Santiago. Todo el mundo conoce ese dicho.

Palacín dibujó una amplia sonrisa en su rostro mientras miraba a Alex que, en cambio, mostraba un gesto de indecible sorpresa en su cara.

—¡Santiago, cierra España! —dijo en voz alta Silvia mientras se acercaba a los dos hombres y se sentaba con ellos en el sillón.

—¿Sabéis el origen de esa expresión? —Alex miró a ambos.

—Creo que la gritaban los tercios cuando luchaban en Europa en el siglo XVI —contestó Antonio.

—Yo recuerdo que salía siempre en los cómics del capitán Trueno que leía de pequeña, pero no sabía si era real o inventada.

—Nada de eso —les dijo Alex sonriente—. Nace en el siglo IX durante la batalla de Clavijo, cuando según cuenta la leyenda el apóstol Santiago guio a las tropas del rey de Asturias, Ramiro I, en la batalla frente a los ejércitos de Córdoba.

—Cierto, la batalla de Clavijo que puso fin al…

—¡Tributo de las cien doncellas! —dijeron, en voz alta y a la vez, Antonio y Alex ante la cara de absoluto asombro de Silvia.

—Perdonad mi ignorancia, pero ¡la batalla de Clavijo! ¡El tributo de las cien doncellas! ¿Me podéis explicar de qué va todo esto?

—Será un placer. El tributo de las cien doncellas, al parecer, formaba parte de un acuerdo al que se comprometió uno de los reyes de Asturias con el emir de Córdoba. Según dicho pacto, los cristianos tenían que entregar a Córdoba una vez al año cien doncellas como tributo: cincuenta nobles y otras tantas que no lo fueran.

—¿Entregaban cien mujeres? ¿Para qué? —inquirió indignada Silvia.

—Imagínate…

—Es una historia bastante conocida. Lo cierto es que en Simancas, en la provincia de Valladolid, se rememora este hecho por todo lo alto. Se cree que, de las cien doncellas a entregar, siete debían provenir de Simancas. Un año las siete chicas, para burlar el tributo, optaron por cortarse una mano. —Antonio Palacín ayudó a Alex a explicar la historia—. Ante este acto de extraordinaria valentía demostrado por las siete doncellas, el rey de León juró ante la villa no volver a ceder al chantaje de los invasores. Por su parte, el emir, al ver tan desfiguradas a las siete doncellas, dicen que afirmó: «Si mancas me las dais, mancas no las quiero», y las rechazó.

—Esa parte yo no la conocía —dijo Alex—, veo que aún estás en plena forma.

—¿No te habías dado cuenta de que el nombre de Simancas viene de esta leyenda, «siete mancas»?

—¡No me lo puedo creer! —Silvia no salía de su asombro—, no tengo palabras. Entonces, para que yo me entere, ¿cuál es el castillo?

—El de Clavijo —respondieron los dos hombres a la vez.

—¿Que está en…?

—La Rioja —contestaron de nuevo.

—Veis como no es tan difícil decir las cosas sin dar tantos rodeos, ¡hombres! Y luego dicen que las complicadas somos nosotras.

Silvia se incorporó y fue a donde estaba su bolso.

—¿Quién ha sacado mi libro?

—¿El de Quevedo? —preguntó Alex—. Fui yo.

—¿Cómo te atreves? ¿Quién te ha dado permiso para coger el libro?

—Silvia, solo quería sacar la transcripción, lo he dejado en el sofá.

Silvia tomó su bolso y el libro. A continuación, ante la cara de sorpresa de sus acompañantes, se marchó en dirección al baño.

—Nunca se debe husmear en el bolso de una mujer —comentó Antonio.

—Ya lo veo.

Después de resolver el quinto fragmento del manuscrito, Antonio Palacín los invitó a quedarse a dormir en su casa. Era un piso amplio, y tenía varias habitaciones libres, por lo que aceptaron sin dudarlo. Mientras Alex se duchaba, Silvia se quedó a solas con Antonio.

—¿Que te sucede, Silvia? ¿Estás preocupada por algo?

—Solo estoy cansada. —Le sorprendió la pregunta.

—¿No hay nada más que te inquiete? —Antonio parecía poco convencido—. Desde que hemos vuelto pareces distinta.

—Bueno —Silvia estaba bastante tensa—, cosas que tengo en la cabeza. Ya sabes, a veces es difícil tomar el camino correcto.

—Siempre lo es.

—Cuando pones en una balanza lo que te gustaría hacer y lo que deberías hacer, es complicado elegir.

—No te fíes siempre de la balanza —le advirtió Palacín—. A menudo no la necesitamos, sabemos lo que queremos hacer; otra cosa es que aceptemos sus consecuencias, todas ellas.

Alex apareció de nuevo en el salón con el pelo todavía mojado.

—Me ha sentado de maravilla la ducha.

—Ven, Alex, te enseñaré tu habitación.

—Yo aprovecharé para darme también una ducha.

—Claro, tienes toallas en el baño —comentó Antonio—. Mientras te prepararé la habitación del fondo.

Silvia estuvo un buen rato bajo la ducha. Como si allí se sintiera segura y no quisiera salir. Salió del baño enrollada en una toalla y fue hacia uno de los dormitorios. Al pasar delante del de Alex se detuvo. Ya estaba más tranquila y recapacitó sobre su actitud anterior. La casa permanecía en silencio, pero pudo oír algún ruido detrás de la puerta. Por un momento dudó si entrar o no. Si hubiera tenido dieciocho años hubiera entrado sin llamar, se hubiera quitado la toalla y metido desnuda en la cama. Y se hubiera dejado arrastrar hasta el más caliente de los infiernos, entregándose a Alex sin pensar en donde estaban, en que habría un mañana. Hubiera vivido el momento y se hubiera dejado llevar, sin considerar las consecuencias.

Sin embargo, no tenía dieciocho años y la vida ya era lo suficientemente complicada como para hacerla más difícil todavía. Y recordó de nuevo al profesor Keating cuando uno de sus alumnos le preguntó sobre el *carpe diem* y extraer todo el meollo a la vida. Y Keating le explicó que extraer todo el meollo a la vida no significaba meter la pata. Y que hacer que le expulsaran de la escuela no denotaba valentía, sino estupidez porque se perdería grandes oportunidades.

Así que regresó envuelta en la toalla a su habitación y buscó el móvil.

43

El castillo de Clavijo

Svak salió de la autopista a la altura de Lardero, y a continuación cruzó por un pequeño pueblo cuyo nombre le fascinó, pues no en vano se llamaba La Unión de los Tres Ejércitos. No tenía ni idea del origen de aquel topónimo y tampoco tenía tiempo para detenerse a averiguarlo, pero lo anotó en su memoria. A la salida de tan peculiar municipio, la carretera se empinó de modo considerable. Una señal indicaba una rampa con una pendiente del diez por ciento. Parecía que estuviera subiendo un puerto de la Vuelta Ciclista a España. Al coronarla divisó a lo lejos una forma alargada sobre una mole rocosa, en la que sobresalían unos dientes que mordían el cielo. Conforme se iba acercando comenzó a distinguir cuatro torres circulares, las de los extremos de mayor grosor. En la parte central se vislumbraba un acceso, protegido por un torreón cuadrangular. Sobre una de las torres de los extremos consiguió ver una enorme cruz, tal y como él esperaba.

Entró en el pueblo, que según indicaba un cartel formaba parte del Camino de Santiago, quizá por ello pasó junto a una ermita consagrada al apóstol en la subida al castillo. Al ir acercándose a la fortaleza fue descubriendo lo inaccesible del lugar. El castillo solo tenía una muralla, el otro lado estaba protegido por un terrorífico precipicio. La estructura era bien simple, cerrar la roca en donde se asentaba la fortaleza por su frontal, hasta el mismo borde del abismo. Solo había un acceso, ello explicaba que hubiera sido construida una única muralla para defenderlo.

Svak aparcó el coche en un área de sombra tras un restaurante, lo más próximo posible a la fortaleza. Luego fue andando hasta la zona rocosa donde se asentaba la edificación. Un serpenteante y escarpado sendero remontaba el cerro. Subió despacio, asegurándose de no caerse. Al llegar a lo alto, no encontró puerta alguna que cerrara el acceso. Había que subir por una cuesta empinada, al final de la cual la entrada estaba rematada en un arco de herradura que parecía más moderno que el resto del castillo. Una vez dentro, giró a la derecha y avanzó por un estrecho pasillo ascendiendo al torreón principal que tenía un acceso al nivel del suelo. En su interior no había nada reseñable. Desde allí salían los restos de otro muro que partiendo de la muralla avanzaba hacia poniente encaramado sobre la roca; contaba con unas puntiagudas almenas que recortaban el cielo y terminaban justo antes de una colosal cruz metálica.

La fortaleza tenía un aspecto especial, como sacada del inicio de los tiempos y llena de un extraño aire mágico. Svak pensó por un instante que daba la impresión de que los espíritus de todos los que habían caído delante de sus muros hubieran impregnado el castillo con sus almas y todavía se percibiera su presencia. Muchas partes de la construcción se encontraban derruidas por el paso de los años y las guerras. Algunos otros elementos parecían reconstruidos, como las almenas de la muralla. Todos los muros y torres estaban realizados en piedra, pero no con sillares trabajados por el cincel de un cantero, sino que habían sido levantados con simple mampostería, pedruscos sacados de la propia montaña que daban un aspecto tosco a la construcción. Excavado en la roca había un aljibe que aún conservaba aguas de las últimas lluvias. No era una construcción en piedra sino en tapial, aprovechando piedras de la misma roca sobre la que se asentaba, mezclada con tierra, formando así una masa compacta, homogénea y resistente que había sabido mantener su función a lo largo de los siglos.

Svak revisó las paredes de los muros y no puso buena cara.

—En este lugar no hay sillares de piedra, es imposible que haya ni una sola marca de cantero —murmuró.

Su rostro mostraba una enorme preocupación.

—¿Y si me he equivocado de castillo? No creo que Llull acepte un fracaso.

A través del angosto pasillo se dirigió hacia una de las torres semicirculares esperando encontrar allí algún sillar de piedra, pero fue inútil. Toda la construcción se había levantado en mampostería, no se había trabajado la piedra en ninguna parte del castillo. Tan solo le quedaba la opción de la otra torre, la que más cerca se alzaba del precipicio y en cuyos escasos restos estaba colocada la gran cruz que había visto antes. Resultaba difícil llegar hasta ella. La muralla que la unía al torreón era estrecha, y solo había un delgado camino de ronda por donde apoyarse. Sintió un mareo, la sensación de vértigo era fuerte, pero tenía que intentarlo. Desafiando la razón, cruzó por la muralla almenada hasta la cruz. Se movió todo lo despacio y precavidamente posible, pero el espacio donde asentar sus pies era minúsculo y el abismo que había bajo ellos aterrador. Exhausto alcanzó el final del muro, dio un salto y tuvo que agarrarse a la cruz para no caer al vacío. La estructura metálica medía bastante más que la altura de una persona. Era una grandiosa cruz de Santiago, recuerdo de la legendaria batalla que tuvo lugar frente a aquel lugar cerca de mil doscientos años antes, cuando el rey asturleonés venció a los musulmanes guiado por el apóstol Santiago, quien a lomos de un caballo blanco, empuñando una espada de plata y al grito de «¡Santiago, cierra España!» encabezó las huestes cristianas.

O al menos eso contaba la leyenda.

Él no creía en religiones ni en ningún otro mito, pero tenía que reconocer que aquel lugar irradiaba una fuerza o una energía especial. Mirando al horizonte pudo imaginarse cómo sería ver llegar a lo lejos el polvo que levantarían los inmensos ejércitos enviados desde Córdoba contra los ignorantes e insignificantes cristianos del norte. El miedo que llenaría sus corazones aferrados a aquellas piedras y a sus creencias, confiados o engañados con la fe de que su Dios los protegía. Y pudo sentir el sufrimiento de todos aquellos que habían muerto a los pies del castillo de Clavijo.

Después de volver por la muralla hasta el torreón y recorrer la fortaleza de arriba abajo, de revisar cada metro de muralla, de buscar en el aljibe y de subirse a todas las torres, se dio por vencido. Salió de la construcción y regresó al coche. Contárselo a Llull no iba a ser tarea fácil. Aunque le agradaba la confianza que tenía depositada en él, no creía que hubiera hecho nada especial para ganársela. Sin embargo, Llull parecía convencido de su valía y, en cierto modo, defraudarle le dolería en lo más profundo de su alma y de su orgullo. Alfred Llull había conseguido aumentar su ego en exceso y él ante todo era un profesional, nunca dejaba un trabajo sin terminar. Aquel hombre la transmitía malas sensaciones, pero al mismo tiempo lo consideraba un hombre culto, a la vez que un millonario excéntrico y caprichoso y, sobre todo, un peligroso mafioso. Por un instante, sin saber por qué, pensó en la chica que le despidió de la habitación del hotel de la plaza Santa Ana, ¿quién sería? ¿La amante de Llull? Cualquier cosa era posible, aunque esto último no le encajaba. Todo en torno a este trabajo resultaba demasiado misterioso.

Introdujo la mano en el bolsillo de su pantalón y sacó su piedra negra; jugó con ella como buscando inspiración o algún tipo de señal que le ayudase a cumplir su misión. Pero en aquel lugar tan nostálgico, no pudo evitar recordar su pasado. Y por un momento permitió que sus sentimientos le traicionasen y volvieran a su mente imágenes que creía ya olvidadas. Pensó en el nefasto encuentro con su exmujer en Madrid, había sido mala idea ir a verla. En el fondo ella tenía razón. Su trabajo le impedía llevar una vida normal, tenía que ser un hombre solitario, porque si amaba a alguien, la ponía en peligro. Debía aprender a querer desde la distancia, era lo más seguro. Quizá algún día pudiera dejar todo aquello y recuperar a su mujer y a su hija Blanca. Cogió la piedra y la acarició de nuevo. Miró al horizonte, y acto seguido llenó sus pulmones de aire, movió el brazo hacia atrás y estuvo a punto de lanzarla, pero no lo hizo. ¿Cómo iba a hacer semejante cosa? Esa piedra era lo más preciado que le quedaba. Algún día sí esperaba desprenderse de ella, pero para dársela a su hija. Hasta entonces, era su mayor tesoro.

Observó por última vez la silueta desafiante del castillo de Clavijo, con sus almenas recortando el firmamento, el precipicio al otro lado y la cruz de Santiago con ese brazo tan alargado, cuyo origen se remontaba a la época de la Reconquista. En ese momento una pareja de helicópteros militares apareció en el firmamento. Volaban a gran velocidad, el primero de ellos pasó muy rápido, pero el segundo aminoró la velocidad al llegar a la altura de la fortaleza. El ruido que provocaban sus hélices era ensordecedor. Durante unos instantes permaneció allí, como un enorme pájaro de metal que quisiera posarse sobre ella. Solo fue una impresión, pues enseguida el helicóptero retomó su rumbo y se perdió en el horizonte.

Mirando de nuevo la cruz, recordó cómo los caballeros de la Orden de Santiago antes de entrar en combate tenían que rezar en el campo de batalla y por eso idearon una cruz frente a la que pudieran orar antes de la lucha, una cruz que pudiera ser clavada en el suelo como una espada y rezar frente a ella. Entonces lo entendió todo, miró su copia del manuscrito y sonrió. La vida está llena de casualidades, la propia vida en sí misma es una casualidad, pero al mismo tiempo todo tiene una razón de ser y, aunque el mundo parezca desordenado e inconexo, hay ciertas pautas que lo ordenan. Esa era la única razón que le daba pie a creer que sí podía existir una inteligencia suprema.

Aquel castillo carecía de marcas de cantero porque no había sido construido con sillares, pero contaba con un símbolo, una cruz. Una gran cruz que en cierto modo tenía forma de espada.

Alfred Llull estaba sentado en la mesa del escritorio frente a la ventana que daba a la plaza Santa Ana; ojeaba algunas páginas del Beato de Liébana robadas para él por Edgar Svak. Admiraba las miniaturas y la calidad y precisión de los comentarios. El tacto del papel era rugoso y eso le gustaba, le hacía sentir que el libro tenía cuerpo, como si estuviera vivo. Margot entró en la habitación vestida con un quimono japonés que le llegaba casi a los pies, con el escote en «tita» y amplias mangas, el pelo recogido en un moño adornado por unas largas agujas.

—¿Alguna noticia?

—Todavía no —respondió Llull sin levantar la vista del códice.

—Las cosas de palacio llevan su tiempo —comentó Margot mientras se acercaba a la ventana—. Me has hablado del ladrón de libros y de la mujer que trabajaba en la Biblioteca Nacional, pero ¿qué hay del otro?

—¿Quién? ¿El de la radio?

Margot asintió con la cabeza.

—Ese solo es un cantamañanas.

—¿Seguro? —preguntó Margot.

—¿Cómo dices?

—Llevas años detrás de ese manuscrito, has estudiado todo tipo de textos apocalípticos y de simbología medieval y aun así no eres capaz de descifrar los símbolos. En cambio, ese tipo hasta ahora ha dado con todos los castillos sin ninguna clase de ayuda, como si fuera un simple juego.

—¿Qué insinúas?

—Que quizá le infravaloras.

—Por ahora ha tenido suerte, nada más —se excusó Llull.

—¿No decías que las casualidades no existen?

Alfred Llull permaneció en silencio; la expresión de su cara cambió y tuvo que pensar detenidamente lo siguiente que iba a decir.

—Es un donnadie, la chica fue quien encontró el manuscrito.

—¿Y si no lo es? —insistió Margot, que estaba consiguiendo hacerle dudar de una forma ostensible.

—De todas maneras, da igual. Para su desgracia, pronto se le va a acabar el juego.

—¿Y eso?

—Un inspector de la policía los está siguiendo, cuando lleguen a Zaragoza los detendrá.

—¿Y si lo necesitas para dar con el último castillo? —le susurró Margot al oído—. Piénsatelo.

—¿Se puede saber qué demonios te pasa con ese tipo?

—Le he investigado en internet y parece muy interesante —respondió molesta—, creo que lo estás subestimando.

—Ahora ya es tarde, la policía…

—No es tarde, déjame intervenir —reclamó Margot.

—De ninguna manera.

—Es un error cerrar todas las ventanas de un edificio cuando aún no has abierto la puerta. Él todavía puede sernos útil.

—Está bien —musitó Llull contrariado—, esto es lo que harás: quiero que vayas a Zaragoza y que evites que se los lleve la policía. —Alfred Llull hablaba despacio, como si todos los detalles estuvieran bajo su control—. Gánate su confianza. Luego intervendré yo.

Margot asintió complacida.

—Pero después olvídate de él. No quiero ninguna tontería de las tuyas.

—No soy tu esclava, haré…

—Margot, harás solo lo que yo te ordene, nada más. ¿Entendido? —replicó en tono serio Llull—. No tomes ninguna iniciativa. Te lo prohíbo.

Sus ojos atravesaron a Alfred Llull. Si las miradas matasen, aquella le hubiera partido en dos.

—No me mires así, no pienso consentirte más locuras —musitó Llull—. ¿Está claro?

«Si supieras cuánto te odio —pensó ella—. Algún día las cosas cambiarán, tenlo por seguro».

—¿Que si está claro? —gritó Llull, que por fin levantó la vista del beato.

—Sí —respondió muy seria—. Clarísimo.

—Salimos de inmediato, vete a por el coche.

—¿Y Albert? ¿No ha vuelto de su paseo por las alturas de Madrid?

—Él ya está allí, esperándonos —contestó Llull con cierto aire de reproche.

—Si me disculpas voy primero a cambiarme y en veinte minutos te recojo en la puerta del hotel.

—En quince.

Margot se dio la vuelta y se marchó de la habitación con un portazo. En ese mismo momento sonó el móvil de Llull.

—Espero que tenga buenas noticias. Muy bien. —Llull se levantó y fue hacia la ventana mientras seguía hablando—. Entonces tenía usted razón. ¿Y cuál es el problema? —Llull escuchó con atención cómo su interlocutor le relataba lo sucedido mientras se entretenía observando el movimiento de la plaza—. Interesante, una variación muy interesante. ¿Está seguro de lo que dice? De acuerdo, continúe con el siguiente y manténgame informado de cada progreso, estamos ya muy cerca. Hasta pronto.

Alfred Llull dejó su móvil sobre la mesa de madera que había junto a la gran ventana de la habitación. Estaba feliz, desde lo alto del hotel sentía que controlaba todas las fichas como si el mundo fuera un tablero de ajedrez y todas sus piezas estuvieran bien situadas, preparadas para un jaque mate final. Solo había un mínimo peligro, un par de figuras que todavía escapaban a su control, pero eso estaba a punto de cambiar.

En la plaza había mucho movimiento; un nutrido grupo de músicos callejeros animaba a los clientes de una de las numerosas terrazas tocando alguna canción popular, mientras un grupo de turistas cruzaban hacia el Teatro Español. Entre ellos pasó una chica de pelo negro vestida de manera informal que se introdujo en el acceso al parking subterráneo de la plaza.

44

Margot

En Huesca, Alex y Silvia apuraban su taza de café cuando el profesor se plantó ante ellos.

—Me gustaría ir con vosotros.

—No esperaba menos de ti —afirmó Alex—, por supuesto que...

—Antonio, no estoy segura de que sea una buena idea —objetó Silvia ante la cara de sorpresa de Alex—, puede ser peligroso. Tenemos la sensación, mejor dicho, estamos seguros de que nos están siguiendo.

—Razón de más para que aceptéis mi ayuda. —Antonio hacía todo lo posible por convencer a sus huéspedes de lo conveniente de contar con él—. Si esto tiene que ver con las marcas de cantero nadie mejor que yo os podrá ayudar.

—Tiene razón Silvia —comentó Alex.

—Te agradecemos tu ayuda, pero es más seguro que no involucremos a nadie más —continuó su compañera.

Alex se sorprendió con la firmeza de sus palabras.

—Os puedo ser de inmensa ayuda —su rostro pedía, casi suplicaba una respuesta afirmativa—, por favor, Alex.

No sabía qué contestar, sentía la mirada de Antonio pidiéndole una oportunidad, y le costaba mucho negársela.

—La verdad es que...

—Te mantendremos informado y te llamaremos si te necesitamos, te lo prometo —interrumpió Silvia sin dejar a Alex terminar—, pero ahora debemos irnos. El manuscrito lo encontré yo, y no quiero implicar a nadie más. No me lo perdonaría, ¿entiendes?

—Silvia, ¿podemos hablar un momento? —le rogó Alex cogiéndola por el brazo y llevándola hacia el fondo de la habitación.

—No voy a cambiar de opinión.

—Pero Silvia, Antonio es el mejor experto en románico que conozco.

—¿Por qué no dejaste venir a Santos?

—¿Cómo? —dijo sorprendido Alex—. Santos no podía ayudarnos, pero Antonio es una eminencia, ya lo has visto.

El móvil de Silvia sonó de nuevo, y lo hizo con insistencia.

—¿No vas a cogerlo? —preguntó Alex.

—Me da igual quién me llame ahora —dijo furiosa.

Antonio se acercó a la pareja.

—No os preocupéis. Entiendo que no quieras que vaya, Silvia.

—Es lo mejor —aseveró ella.

—Solo una cosa, prometedme que, sea lo que sea que encontréis, vais a tener mucho cuidado. La historia no es una ciencia cerrada. Nunca podremos saber exactamente cómo, cuándo y por qué sucedieron los acontecimientos pasados porque no estábamos allí para verlos.

—No te preocupes. Somos conscientes de ello —dijo la joven.

—Aunque hubiéramos estado, tampoco tendríamos la seguridad de saber toda la verdad. Tened cuidado con lo que descubrís. ¿O es que acaso sabemos la verdad de los hechos que suceden en la actualidad? La historia es revisable, es siempre teórica. Basta un nuevo hallazgo para cambiarla por completo. Por ejemplo, ¿conocéis la *Chanson de Roland* o *Cantar de Roldán*?

—Sí, es en Francia lo que el *Poema de Mio Cid* en España —respondió Alex.

—Exacto, es un poema épico medieval que narra, en parte, inventando, las correrías de un héroe real. Mientras que en el relato español el héroe es Rodrigo Díaz de Vivar, en el francés es el conde Roldán, uno de los valientes que acompañó al emperador Carlomagno cuando este entró en plan conquistador en la España ocupada por los musulmanes, allá por el siglo VIII.

—Sí, lo conozco un poco, me suena lo del *Cantar de Roldán* —respondió poco convencida Silvia—, pero ¿por qué nos cuentas esto?

—El *Cantar de Roldán* narra cómo, cuando el protagonista regresaba a Francia con las tropas carolingias después de haber fracasado en su intento de conquistar Zaragoza, fue atacado en Roncesvalles por miles de sarracenos, con tal fuerza que ni el propio Roldán salió vivo de la batalla. —El profesor se tomó un respiro antes de continuar—. En el País Vasco, en Pasajes de San Juan, hay una placa que da las gracias a los vencedores de la batalla de Roncesvalles: los vascones.

—Un momento, ¿no has dicho que en el *Cantar de Roldán* se dice que los vencedores habían sido los sarracenos?

—Claro; en Francia esta historia fue utilizada como propaganda para la batalla contra el islam, ya que fueron estos los que derrotaron a los soldados de Carlomagno.

—Como sucede demasiado a menudo se tergiversa la historia —precisó Alex—. Antonio quiere decirnos que andemos con cuidado, que no nos fiemos de nada ni de nadie.

—Precisamente hay un reputado profesor que está tras una pista que puede cambiar esa historia, en este caso concreto, la ubicación de la batalla.

—¿Qué quieres decir? —preguntó Alex.

—Pues que puede que tal batalla no fuera en Roncesvalles.

—¡Anda ya! —exclamó Silvia incrédula.

—Este profesor ha esbozado una teoría usando fuentes latinas y árabes. En los anales regios de Carlomagno, se hablaba de los «wascones» como los que mataron a Roldán y su ejército.

—Entonces tienen razón en el País Vasco —interrumpió ella.

Antonio Palacín la miró y sonrió. Silvia empezaba a conocer esa sonrisa.

—Me temo que no. Porque en aquella época los sarracenos llamaban a Huesca de otra manera…

—¡Wasqa! —recordó la joven.

—Sí, Wasqa. Así era como la llamaban. Por lo que es posible que los «wascones» debieran ser las gentes de esa zona, que sabrían dónde tender una emboscada en la calzada romana que cruzaba los Pirineos. De hecho, esta teoría sitúa la batalla en un punto estratégico, en la llamada Boca del Infierno. El paisaje que describe el poema coincide con un lugar exacto de esa zona. Cerca de la localidad de Hecho hay un yacimiento conocido como Corona de los Muertos y el puerto de Sicer mencionado en los escritos podría ser el de Siresa. En Siresa hay un espectacular monasterio del siglo x, que bien podría ser una construcción carolingia en homenaje a algún personaje ilustre muerto allí. Por ejemplo, el conde Roldán.

—¿Es verdad todo esto que me estás contando? —preguntó Silvia sorprendida por la historia que le estaba relatando.

—¡Y tanto! Ahora mismo hay un grupo de arqueólogos en la zona excavando en busca de restos de la batalla, sobre todo de los muertos del ejército carolingio. —Antonio Palacín tomó aliento—. Creo que estáis a punto de descubrir algo increíble, algo que puede cambiar los cimientos de parte de la historia, y quiero estar presente cuando eso ocurra.

Por mucho que el profesor insistió, Silvia se mostró inflexible en su decisión. Era la primera vez que Alex la veía actuar así, con aquella autoridad. En parte tenía razón, el manuscrito lo había encontrado ella, pero sin su ayuda no hubiera llegado a ningún sitio. Y Antonio también había aportado mucho en las últimas horas. Sin embargo, no dio opción a la discusión.

—Hasta pronto, Silvia, suerte.

—Adiós. —Por alguna extraña razón su despedida sonó a definitiva, incluso Alex se percató de ello.

Salieron de casa del profesor en silencio, ninguno de los dos hablaba.

—He hecho lo que debía —se excusó ella.

Alex no dijo nada.

—Es demasiado mayor…

—Y también muy sabio, ya has visto sus conocimientos —replicó él—. Hubiera sido una gran ayuda.

—Alex, no discutamos. Sigamos como hasta ahora. Hemos avanzado mucho, por fin tenemos una ligera idea de lo que puede haber detrás de los símbolos. No lo estropeemos to…

Silvia se quedó paralizada, sin poder acabar lo que estaba diciendo, con la vista perdida en las sombras que había al otro lado de la calle.

—¿Qué te pasa? —inquirió Alex.

No respondió.

—¡Silvia! ¿Qué pasa?

—No… nada. Perdona, estoy cansada —espetó nerviosa.

—¿Seguro?

—Sí. Alex, por favor, vámonos de aquí.

—Claro.

Acto seguido, fueron a la estación en taxi y cogieron un AVE para Zaragoza. El plan era alquilar allí un coche y conducir por la autopista hasta cerca de Logroño, Clavijo no estaba lejos.

En la imponente estación de tren de la capital de Aragón buscaron una compañía de alquiler de vehículos. Alex quería un coche rápido; después de lo que sucedió en Calatrava, había que estar preparado por si era necesario salir corriendo. En el mostrador de la empresa de alquiler les atendió un hombre educado, que buscó con empeño un automóvil que satisficiera a Alex. A Silvia le daba igual el coche, así que se sentó a esperar en uno de los bancos de la estación. Pasaba mucha gente por allí y la joven se puso a observarlos. A los niños con sus madres; a las parejas despidiéndose como si nunca más fueran a verse, como si el mundo se acabase en aquella estación cuando todo lo más iban a estar separados un par de días. A los ejecutivos con sus trajes impecables y a los turistas extranjeros con sus abultadas maletas.

Entonces, dirigiéndose hacia ella, reconoció de inmediato al inspector Torralba.

«Mierda», dijo para sí.

—Buenos días, señorita Rubio —la saludó el inspector que esta vez apareció sin ninguno de sus ayudantes—. Veo que le gusta mucho viajar, ¿me equivoco?

—Hay que conocer mundo, señor inspector. Como decía mi tía, más sabe un tonto que viaja que un listo que se queda en casa.

—Muy graciosa.

—No lo sabe usted bien. Pero usted también está algo lejos de su comisaría, ¿no?

—Debo ir allá donde mi trabajo lo reclame.

—¿Se ha cometido hoy algún crimen en Zaragoza?

—No lo dude, pero no he venido a investigar nada que haya ocurrido aquí —respondió Torralba mientras sacaba una libreta de su chaqueta y se sentaba en el banco junto a Silvia—. ¿Me va a contar qué están buscando usted y su amiguito?

—No sé a qué se refiere.

—Hemos encontrado el cuerpo del guardia de seguridad del castillo de Calatrava la Nueva —explicó Torralba mientras ojeaba su libreta—. ¡Muerto! Mejor dicho, asesinado.

Silvia permaneció en silencio.

—Lo estrangularon con una violencia increíble. Aunque fue difícil identificarlo porque lo habían tirado al río Guadiana; ha aparecido en las Tablas de Daimiel devorado por los mosquitos y los animales. Quien lo hizo, le rompió la tráquea con las manos.

A Silvia se le revolvió el estómago. Sintió unas horribles náuseas y estuvo a punto de vomitar, pero inspiró profundamente e intentó disimular su reacción de la mejor manera que pudo.

—¿Por qué me cuenta todo eso?

—Porque hemos identificado un Citroën C4, de color rojo, como el último vehículo que estuvo en el castillo. Las huellas de los neumáticos coinciden con las del coche de un amigo de su compañero, Adrián Aranda. Pero él no pudo estar allí, porque diez testigos lo sitúan en su trabajo ese mismo día. —Torralba pasó una de las hojas de su libreta—. Por el contrario, ustedes dos no tienen coartada, y desde entonces han estado en San Martín de Montalbán en Toledo, en Alcántara en Cáceres, Alcalá de Xivert, Peñíscola, Huesca y Zaragoza. ¿Me he dejado alguna?

Silvia no contestó.

—Las personas con las que hablaron en los tres primeros lugares aseguran que estaban buscando castillos. Uno diferente en cada sitio, pero no me han sabido precisar la razón. Sin embargo, dijeron que no parecían turistas, que buscaban algo. Señorita Rubio, ¿quiere hacerme el favor de explicarme qué coño está pasando aquí?

—Estamos de viaje, de turismo, visitando castillos —respondió algo nerviosa, se sabía entre la espada y la pared—. ¿O es que todo tiene que ser sol y playa en este país? Claro, así nos va. ¿Tan raro le parece que hagamos viajes culturales?

—Si en esos viajes muere gente, sí —contestó Torralba enojado—, y no olvidemos que su amigo Blas sigue desaparecido. Le voy a dar la última oportunidad para que me diga la verdad o me veré obligado a detenerles a los dos. Además, usted tiene más problemas que su amiguito. ¡La única sospechosa de la desaparición de Blas es usted!

Silvia no sabía qué hacer ni qué decir. Miró a Alex pero este seguía rellanando papeles con el comercial del mostrador y no se había percatado de la presencia del inspector. Tenía que tomar una decisión rápida. Si no confesaba, Torralba se la llevaría detenida y tendría que explicar demasiadas cosas. En cambio, si decía la verdad ya podía olvidarse de buscar el siguiente castillo y todo habría terminado. Entonces sonó el móvil, era un número desconocido.

—Tengo que cogerlo. Es mi madre, es mayor y está enferma.

Torralba hizo un gesto para que contestara.

—¡Hola! Dígame, madre. —Silvia permaneció varios segundos escuchando mientras Torralba la vigilaba—. Pero… de acuerdo. Lo haré, pero acuérdese de lo que tiene que hacer. ¿Me volverá a llamar luego? Está bien, hasta pronto.

—¿Qué tal está?

—Bien, se preocupa mucho.

—Me alegro, y ahora, ¿me va a explicar lo que está sucediendo? —insistió el inspector.

Entonces apareció una chica de piel pálida, con el pelo negro peinado hacia un lado y cortado hasta los hombros. Vestía con una camiseta blanca con el rostro de Audrey Hepburn estampado, unos vaqueros de pitillo y unas altas botas negras. Cuando se acercó al banco dio unos efusivos besos a Silvia.

—Por fin os encuentro —dijo la chica—, ¿qué tal el viaje?

—Normal, eh... —reaccionó rápido—, pero con ganas de verte.

—He reservado a las dos en un restaurante buenísimo, os encantará —dijo la chica con una sonrisa de oreja a oreja—. ¿Y dónde está tu novio? Ese que tenías tantas ganas de presentarme.

El inspector asistía atónito a la irrupción de la amiga de Silvia, que lo descolocó por completo.

—¿Es este?

—No, señorita. Yo solo...

—Es el del mostrador. —Silvia miró a Torralba con indiferencia.

—Tiene un buen culo —dijo mientras se reía—, ¿me lo presentas?

—Sí, claro. —Silvia intentaba reaccionar—. Lo siento, pero debo irme, mi amiga y mi novio me reclaman. Espero volver a verle, Torralba.

—Pero...

El inspector estaba confuso, parecía que todos sus planes se habían truncado con la aparición de esa chica, así que solo pudo quedarse mirando cómo las dos amigas se iban hacia el mostrador.

—Alex —él se volvió de inmediato al oír su nombre—, esta es...

—Margot, soy una vieja amiga de Silvia —añadió la chica de

pelo negro—. Me comentó que ibais a estar por aquí y no he podido evitar pasar a verla, hace mucho que no nos veíamos. Además, estaba deseando conocerte.

Silvia no entendía bien lo que estaba pasando, pero cuando se dio la vuelta y vio sentado en el banco al inspector Torralba mirándolos con cara de pocos amigos, entendió que aquella aparición había sido providencial.

—Encantado, soy Alex —acertó a decir muy sorprendido por la situación.

—La verdad es que no te imaginaba así —dijo en un tono especial Margot, que miraba a Alex fijamente.

—Solo estamos de paso.

—De eso nada. He estado hablando con Silvia y la he convencido para que os quedéis. —Margot no paraba de hablar—. ¿Qué os parece si nos vamos a comer? Así salimos de aquí, conozco un sitio perfecto, donde no nos molestará nadie.

—Es que estábamos alquilando un coche.

—Déjalo, no os preocupéis, yo tengo el mío fuera.

—No sé. —Alex miró a Silvia pidiéndole explicaciones, ella le indicó con la cabeza que mirara hacia el banco, y él asintió—. Está bien, sácanos de aquí.

Se marcharon mientras el inspector se quedaba pensativo y sin capacidad de reacción. Abandonaron la terminal de la estación y Margot les indicó que se montaran en un BMW deportivo de color negro que estaba aparcado justo delante de la puerta de salida de la estación, con los *warnings* encendidos. Dentro del vehículo la tapicería era de cuero blanco, todos los detalles y embellecedores estaban cromados. Al encender el coche, sintieron la potencia del motor que se escondía bajo el capó. Y sin darles tiempo a que siguieran admirando el deportivo, Margot pisó el acelerador y salieron a toda velocidad rumbo al centro de la ciudad.

TERCERA PARTE

Los símbolos

45

Zaragoza

Ya no puedo darte el corazón,
Iré donde quieran mis botas.
Y si quieres que te diga qué hay que hacer,
Te diré que apuestes por mi derrota.

HÉROES DEL SILENCIO,
Apuesta por el Rock and Roll

Nada más abandonar la estación, Margot encendió la música del coche y empezó a sonar una canción. Conducía el BMW a toda velocidad por las calles de Zaragoza, así que en pocos minutos llegaron a una plaza presidida por una fuente en la cual los chorros lanzaban el agua creando curiosas formas. Enfrente había un edificio de estilo clásico, con cuatro figuras de piedra sentadas sobre sillas vigilando la escalinata que daba acceso al lugar. Silvia no pudo evitar recordar la entrada a la Biblioteca Nacional, por la que subía todos los días cuando iba a trabajar. Aquello se le antojaba ya muy lejano, parece mentira como a veces los días pueden pasar como si fueran años. En aquella plaza Margot dio dos extrañas vueltas a la fuente.

—Quiero asegurarme de que no nos sigue nadie.

Después continuó por una alargada avenida de amplias aceras y en cuyo inicio había una plaza con numerosas banderas de Aragón. En su centro, una escultura de un hombre sentado señalaba al horizonte con su mano, como indicando el camino que debían seguir. Margot tomó la dirección opuesta. Silvia no estaba segura de si esa elección era una mera casualidad o aquella mujer los llevaba directos a su perdición.

Tras la estatua se abría un monumental paseo rodeado por grandes farolas en forma de escuadra y edificios de principios del siglo xx. Alex, todavía atónito por los acontecimientos, estaba sentado en el asiento de atrás. No sabía cómo comenzar la conversación o, mejor dicho, las preguntas. Desconocía quién era la amiga de Silvia y qué hacían montados en su coche. La presencia del inspector Torralba le había preocupado, pero ahora aquella mujer de piel pálida, manos diminutas y pelo negro era lo que más le inquietaba.

Llegaron hasta el final del paseo y Margot se introdujo por el acceso subterráneo a un garaje y estacionó el BMW.

—Creo que no he conseguido despistar a vuestro querido amigo —explicó la chica—. Debemos darnos prisa y salir del garaje por otra puerta.

Alex no tenía muchas opciones; aquella chica les había salvado el cuello en la estación de tren y parecía tener soluciones para todo, así que la siguió por el garaje, como un condenado a muerte sigue a su verdugo. Silvia intentaba no mirarle y eso le intranquilizó todavía más. Salieron del subterráneo por una puerta metálica que daba a un angosto callejón, donde se encontraron de bruces con un sex-shop. Después, continuaron hasta llegar a un pub con abundante publicidad de actuaciones. En todas ellas los artistas de ambos sexos se mostraban desnudos, era una sala de variedades, al estilo del parisino Moulin Rouge. El local se llamaba El Plata. Llegaron a otra calle también estrecha. Según pudo leer Alex en lo alto de la pared, era la calle Libertad. «Qué incoherencia», pensó. Se sentía menos libre y más perseguido que en toda su vida. Estaba repleta de bares de tapas, y los anuncios de croquetas, arroz negro, migas o huevos rotos llenaban las paredes de los establecimientos. La gente hacía cola por entrar en ellos, ocupando también parte de la vía, ya de por sí de reducidas dimensiones, por lo que resultaba complicado transitar por ella. Eran callejuelas estrechas, en donde apenas entra el sol y donde las historias que allí suceden quedaban atrapadas para siempre. Alex estaba nervioso e incómodo. Caminaba acechando a un lado y a otro, buscando una mirada o un gesto de alguien que confirmase sus sospechas.

—Creo que sería mejor parar y decidir qué hacemos.

—No —respondió ella.

—¿Cómo estás tan segura? ¿Dónde nos llevas?

—A un lugar donde ni siquiera el tiempo puede entrar en él.

—¿Cómo? —logró pronunciar abrumado por la respuesta.

—Lo que oyes, una vez que estés allí lo comprenderás.

Llegaron a un cruce donde todavía había más bullicio y los callejones eran tan angostos que parecían tubos. Al final de la última calle, la chica de pelo negro les hizo una señal para que entraran en un local llamado La Republicana. De repente él sintió como si al atravesar el umbral de la puerta hubiera retrocedido en el tiempo. Mesas con manteles de cuadros rojos y blancos y puntillas de ganchillo. Paneras de hojalata esmaltadas en blanco, vasos de taberna. Carteles, anuncios, muebles y accesorios antiguos sobre unas paredes amarillo mostaza, recubiertas de estanterías color crema, con botellas de vino en la parte superior y todo tipo de accesorios, fotografías y más carteles en el resto. A Silvia le llamó la atención una caja registradora que parecía de la posguerra. «Se parece mucho al salón de la casa de Santos», pensó Alex. En la parte menos visible de aquel garito, su nueva amiga les indicó que se sentaran en una mesa, y ella se fue a la barra.

—¿Me quieres contar qué está pasando? —aprovechó para preguntar—. ¿Quién es esa tía? ¿Qué hacemos aquí?

Silvia tardó en responder, no paraba de mirar a la barra.

—Alex, Torralba me tenía atrapada y…

—Tres vinos Borsao, espero que os guste —interrumpió

Margot—. Imagino que estarás un poco desorientado, ¿no, Alex?

No dijo nada, solo la miró mientras dio buena cuenta de la copa, lo necesitaba.

—Me llamo Margot, soy amiga de Silvia. —Esperó a que Alex dejara la copa de vino sobre la mesa para continuar—. Me telefoneó y me contó que teníais problemas. Ella es siempre muy escueta y hacía mucho que no hablábamos, pero me aseguró que necesitabais ayuda. Cuando vi aquel hombre en la estación imaginé que era policía, así que reaccioné con lo primero que se me ocurrió para sacaros de allí. Espero haber hecho lo correcto.

—Silvia, ¿qué le has contado? —preguntó Alex.

No respondió. Miró a Margot y cuando empezó a articular alguna palabra fue interrumpida.

—Me lo ha contado todo, lo del manuscrito, lo de los símbolos y los castillos —respondió Margot.

—¿Cómo? ¿Se lo has contado todo? ¡Estás loca!

—También se lo hemos contado a tu amigo Antonio, ¿recuerdas? —dijo por fin Silvia intentando justificarse.

—No es lo mismo, él nos ha ayudado.

—¿Y quién te crees que nos ha sacado de la estación? —le recriminó—. Torralba estaba a punto de arrestarnos.

—Bueno, puede que tengas razón —reculó Alex—. ¿Es de fiar supongo?

—Es mi amiga.

—Vale, vale —asintió resignado Alex—. Margot, perdona por no confiar en ti, es que este asunto se está complicando cada vez más.

—No te preocupes, es normal. Yo no me fío de nadie, ni de mí misma —dijo Margot sonriendo.

«Ya es la segunda vez en poco tiempo que escucho esa frase», pensó él.

Alex se fijó en ella con más tranquilidad y menos prejuicios. Era una chica algo extraña con aquella camiseta blanca y el rostro de Audrey Hepburn impreso en ella, unos vaqueros de pitillo que le daban un aire informal y sexy a la vez, y unas botas altas. La piel pálida le acentuaba el negro del pelo y los ojos. Tenía los labios pequeños y las pestañas alargadas como si tratasen de atraparte. No sabía describir cómo llevaba pintados los ojos pero eran oscuros; parecía que todo en ella fuera blanco o negro, sin término medio. Era tan delgada que aparentaba fragilidad, como si pudiera romperse en cualquier momento. Por el contrario, sus movimientos eran seguros y precisos, y denotaba una insultante confianza en sí misma. Había demostrado ser capaz de tomar decisiones en cuestión de segundos, y había logrado librarles de Torralba, lo cual tenía mucho mérito.

—Entonces ¿sabes lo de los castillos? —insistió Alex.

—Silvia me comentó la lista de símbolos y que el último era el de Clavijo. Pero el castillo de Clavijo no tiene ninguna marca de cantero —explicó Margot ante la atenta mirada de sus acompañantes—, está todo construido en mampostería, rocas de la zona sin ningún trabajo. No tiene sillares.

—¿Cómo sabes eso? —Alex no salía de su asombro—. Porque hayas consultado unos cuantos libros con fotografías de ese castillo no basta —criticó molesto—. Hay que ir allí, puede ser un signo que esté escondido o, incluso, que haya desaparecido en parte. El manuscrito tiene más de quinientos años, pueden haber sucedido infinidad de cosas en todo ese tiempo.

—No hay marcas de cantero en Clavijo. Te lo aseguro.

—¡Esto es increíble! —Alex alzó la voz—. Me da igual que seas amiga de Silvia, nadie te ha dado derecho a opinar, no tienes ni idea de lo que estamos buscando.

—¿Y tú sí? —musitó Margot.

Él se balanceó sobre las patas traseras de su silla y, con un mal gesto, tomó impulso y se levantó de la mesa.

—Alex, vuelve aquí —le ordenó Silvia—. Deja de llamar la atención.

—Silvia, os voy a contar lo que he averiguado de Alfred Llull. Lo he investigado tal y como me pediste por teléfono —mintió ante la cara de asombro de Silvia—. Es un reputado empresario del ámbito sanitario, también es un estudioso de las ECM y del modelo de Kübler-Ross y los cuidados paliativos, para que la persona enferma afronte la muerte con serenidad y hasta con alegría.

—¿Kübler-Ross?

—Sí, ¿no os suenan los cinco estados del duelo?

—Negación, ira, negociación, depresión y aceptación —respondió Silvia—. Tengo una amiga médica, Marta, me los ha comentado más de una vez.

—¿Y las ECM? —inquirió Alex.

—Experiencias cercanas a la muerte.

—¿En serio? ¿Y por qué busca símbolos medievales? —añadió Alex—. Esto no tiene sentido, mejor me voy.

—En Clavijo sí hay un símbolo —continuó Margot intentando que Alex no se marchara—. Uno diferente, pero que aparece en el manuscrito.

—¿Cuál?

—¿Ahora sí te interesa lo que pueda decir?

—Solo te estoy dando una oportunidad —adujo Alex molesto.

—Clavijo es un castillo de la Orden de Santiago, allí fue donde se apareció el apóstol a los ejércitos cristianos en la batalla de Clavijo.

—Eso ya lo sabemos —afirmó Silvia.

—¿También sabéis que es la cuna de esta orden?, ¿y que en la cima del castillo hay una gran cruz de Santiago?

—¿Y qué? —preguntó con despreció Alex, que había vuelto a sentarse.

—Tiene tres lados cortos e iguales acabados en una flor de lis y un cuarto más largo que se clava en la tierra, una cruz que se parece a una espada. Exactamente igual que uno de los símbolos del manuscrito.

—¡Mierda! —exclamó Alex—. Puede que tenga razón, Silvia. Hay un símbolo que parece una especie de espada o de cruz.

Silvia sacó la transcripción del manuscrito y asintió con la cabeza mientras mostraba el documento señalando el símbolo de una cruz con forma de espada a Alex, quien cogió el papel entre sus manos.

—«Vestido de blanco y sobre blanco caballo nos guio en la batalla. Y arrancamos de su más alta almena la enseña de la media luna y colocamos en su lugar la bandera de la cruz de Pelayo poniendo fin a tan deshonroso tributo» —leyó Alex—. Tiene sentido, es la cruz.

—Ese es vuestro quinto símbolo —afirmó muy segura Margot—, ahora solo os quedan dos más por descubrir.

—¿Qué desean comer? —La camarera que acababa de llegar para tomar nota interrumpió la conversación.

—¿Cuál es la especialidad? —preguntó Margot.

—Acelgas con patatas.

—Tomaré eso —respondió Margot—. ¿Y vosotros?

—Yo también —dijo poco convencido Alex.

La camarera miró a Silvia, que seguía distraída.

—¿Tienes algo que no sea verde?

—Hay un surtido de entremeses ibéricos: jamón, queso…

—Me vale.

—Hoy de segundo tenemos una especialidad del restaurante: ternasco de Aragón.

Los tres se miraron.

—Por mí bien —comentó Silvia.

—Para nosotros también —dijo Margot señalando a Alex, que asintió con la cabeza.

Había cierta tensión en el ambiente que la espera a que llegara la comida no ayudó a disipar. Hasta que Alex tomó la iniciativa según les fueron sirviendo los platos.

—¿Y de qué os conocéis vosotras dos?

—Somos amigas desde hace tiempo —respondió Margot sonriente.

—¿Vives aquí?

—No, viajo mucho; si me preguntan dónde vivo diría que en Madrid.

—¿A qué te dedicas?

—Soy experta en antigüedades: cuadros, grabados, joyas y también libros.

—¿Por eso os conocéis? ¿Por los libros?

—Más o menos. Tenemos un buen amigo en común, y sí, los libros tienen mucho que ver —explicó Margot ante el silencio de Silvia—. Cuando me contó lo sucedido y me pidió ayuda me pareció excitante. No sé cómo lo habéis hecho para descubrir los castillos y relacionarlos con los símbolos, ¡es un trabajo impresionante!

—Nos ha costado, aunque también eran los más fáciles. —Alex poco a poco se iba sintiendo más cómodo con la amiga de Silvia—. Creo que ahora queda lo más difícil.

—¿Por qué lo dices?

—No sé, si tomamos como bueno lo que nos has contado del castillo de Clavijo y la cruz de Santiago…

—Creedme, el quinto símbolo tiene que ser esa cruz.

—Está bien. Sin embargo, el siguiente acertijo no tiene ningún sentido.

—Silvia me lo dijo por teléfono; lo he repasado y yo tampoco le encuentro explicación. ¿Qué pensáis vosotros?

—No pensamos nada, no tenemos ni idea de qué puede ser —interrumpió Silvia, quien por fin decidió abrir la boca.

—A decir verdad, tal vez yo sí tenga una idea —comentó Alex ante la cara de sorpresa de Silvia—. Es más una intuición que otra cosa.

Margot, que parecía conocer muy bien el manuscrito, recitó de memoria:

> Y el rojo se tornó verde,
> se cambió de nombre,
> siglos más tarde una nueva dinastía
> se defendió entre mucha buena sangre.

—Me has dejado impresionado, ya veo que Silvia ha buscado una buena. El texto dice mucho pero a la vez no dice nada.

—Y no nombra ningún castillo —añadió Silvia.

—Sin embargo, cita una especie de batalla que provocó un cambio de dinastía o que la consolidó, no puede haber muchos enfrentamientos así en la Edad Media.

—¿Y cuál piensas que puede ser? —preguntó Margot.

—No lo sé, pero no sucedió nada así en la Corona de Aragón, eso seguro —respondió convencido Alex—. El cambio de dinastía en Aragón se produjo mediante el Compromiso de Caspe, cuando a principios del siglo xv se votó a Fernando de Antequera, de la familia de los Trastámara, como rey de Aragón.

—Entonces ¿es en Castilla? —sugirió Silvia.

—Podría ser, sin duda. Pero ¿cuál? Precisamente los Trastámara subieron al trono castellano tras la guerra de los dos Pedros, cuando frente al castillo de Montiel un mercenario francés asesinó al legítimo monarca de Castilla y pronunció la famosa frase de «Ni quito ni pongo rey, solo sirvo a mi señor».

—¿Crees que puede ser eso? —planteó Silvia.

—No estoy seguro. Tan solo es una idea —puntualizó Alex.

—¿Y lo de que el rojo se tornó verde y se cambió de nombre? —insistió ella.

—Lo de que se cambió de nombre ni idea, pero lo de que el rojo se tornó en verde debe hacer referencia a una bandera. O al menos, esa es la intuición que tengo.

—Pero ¿quién tenía una bandera roja que se volvió verde? —preguntó Margot.

—Si es una villa, sería tan complicado que nunca la encontraríamos. Si fuera un reino sería más fácil, sin embargo no me suena ninguno que cambiara el color de su bandera —pensaba Alex en voz alta—. ¿Qué puede ser?

—¿Un noble? —lanzó Silvia al aire.

—No creo. —Alex seguía concentrado y golpeaba sus labios con los dedos de su mano derecha—. Debe ser algo importante, de lo contrario el manuscrito no hablaría después de un cambio de dinastía.

—¿Un ejército?

—Sí, eso seguro. Pero ¿cuál? —Alex no lo tenía nada claro—.
¿De qué reino? ¿O de qué ciudad? ¿O de qué condado? O…

Margot y Silvia se quedaron mirándole cuando vieron que
no terminaba la frase. En sus ojos parecía brillar una idea.

—¿Qué tramas? —preguntó Silvia, que con el transcurso de
los días había empezado a distinguir las expresiones de Alex y a
percibir cuándo su cabeza maquinaba alguna teoría—. Conozco
esa mirada, ¿tienes algo?

—Puede ser.

—¿El qué? —insistió ella.

—No estoy seguro.

—¡Vamos! —le rogó gesticulando con las manos—. ¡Dilo!

—Una orden militar.

Se hizo el silencio entre los tres comensales.

—¿Otra? —exclamó Silvia.

—Pensadlo. Una orden tiene un ejército, pudo participar en
una batalla para provocar la ascensión de una nueva dinastía al
trono. También tienen una bandera, un emblema, que puede
cambiar. De hecho, los emblemas han variado mucho a lo largo
de la historia. —Alex se quedó mirando a sus compañeras que
parecían haberse quedado sin habla—. ¿Qué me decís?

—Ni idea —respondió Silvia—, pero si tú lo dices yo te creo.

Margot tardó en hablar.

—Una orden militar…, ¿cómo no se nos había ocurrido antes? —murmuró atónita.

Cuando Alex vio a Margot tan afectada empezó a sospechar
que aquella chica sabía demasiado. La observó con detenimiento
y la comparó con Silvia. No se parecían en nada. «Estas dos no
pueden ser amigas. O al menos, no tan amigas como para que
Silvia le haya contado toda la aventura en la que estamos metidos —pensó—. Margot sabe demasiado».

—¿Y qué orden militar puede ser? —preguntó la chica pálida.

—No lo sé. —Su desconfianza hacia ella era ya evidente.

—Bueno, habrá que seguir investigando —zanjó Margot tras

percibir un cambio en el tono de voz de Alex—, pero ahora debemos irnos. Vuestro amigo Torralba nos estará buscando y, o mucho me equivoco, o creo que es una persona muy persistente.

—Tienes razón —murmuró Alex.

Silvia seguía poco habladora, se diría que algo le preocupaba.

Alex fue a pagar pero Margot hizo un gesto al camarero. La cuenta ya estaba abonada. Los tres salieron de La Republicana y siguiendo a Margot avanzaron por las estrechas calles, llenas de gente tomando vinos y cañas, y comiendo pinchos. Los bares, pequeños, antiguos y con extraños elementos en las paredes, eran maravillosos. Silvia los miraba y lamentaba no poder quedarse allí; a sus amigas les encantarían. Podían exportar su competición a otras ciudades. Una especie de Champions League de los mejores restaurantes.

Llegaron a una calle más ancha que las anteriores, pero que también era peatonal. Sin embargo, las construcciones y el mobiliario urbano se veían de mejor calidad. Se trataba de una zona comercial, pues abundaban las tiendas de moda y los establecimientos con recuerdos de Zaragoza como frutas de Aragón, cachirulos, imágenes de la ofrenda de flores del Pilar, CD de jotas… Caminaron unos metros hasta que llegaron frente a un edificio colosal, de proporciones monumentales: la basílica de Nuestra Señora del Pilar. Silvia levantó la vista en dirección a las altas torres que la coronaban, con los tejados de las numerosas cúpulas cubiertos por tejas de diversos colores. En la fachada de la basílica destacaba una grandiosa escultura en mármol blanco. Sin duda era mucho más moderna que el resto del templo, y parecía representar a la Virgen. Después, repasó la plaza en la que se encontraban, quizá la más larga que había visto nunca. Al fondo había otro edificio precioso, si no fuera por las dimensiones del Pilar, hubiera dicho que era una catedral. Tenía una magnífica torre que le recordaba a otras que había visto en Italia. Al otro lado del Pilar había dos edificios civiles que parecían ser el ayuntamiento y un palacio renacentista. En el extremo contrario de la plaza, se veía la torre de otra iglesia y una llamativa fuente inclinada.

—Debemos llegar al Ebro —indicó Margot.

Rodearon la monumental basílica del Pilar siguiendo a su nueva acompañante hasta que esta se detuvo y señaló uno de los muros del templo.

—¿Veis ese crismón?

Alex y Silvia miraron desconcertados el lugar indicado.

—Es uno de los pocos elementos originales que se conservan de la iglesia románica que se levantaba en este mismo lugar antes de la construcción de la gran basílica y es el símbolo más misterioso de toda Zaragoza.

—¿Cómo demonios sabes tú eso?

—Es un secreto. Es el crismón del Apocalipsis. Un monograma de Cristo mediante una X que cruza a una P y una S. En torno al crismón hay un aro con cuarenta puntos, dedicado a la Cuaresma; dos flores, en referencia al Sol y la Luna; y los planetas Júpiter y Saturno.

—¿Y qué simboliza? —Su explicación llamó la atención de Alex.

—Nadie lo sabe, pero puede que describa una situación planetaria que se dio durante un eclipse de sol en el siglo XII, que se interpretó como la fecha del fin del islam.

—La simbología medieval es difícil de descifrar y siempre guarda algún tipo de secreto —comentó Alex incrédulo.

Entonces el rostro de Margot cambió y se puso tensa.

—Creo que he visto algo.

—¿El qué? —preguntó Silvia, que se puso en alerta—. Yo no veo nada.

—Presiento que nos vigilan. ¡Continuemos rápido hacia el río!

«Es imposible que el inspector Torralba y sus hombres nos hayan seguido por estos callejones», pensó Alex. Tenía la impresión de que estaban huyendo de alguien, pero no estaba seguro de que fuera de la policía. Entonces observó de nuevo el Pilar y junto a una pequeña estatua de un caballito metálico creyó ver una sombra.

—Silvia, dime la verdad, ¿de qué conoces a esta mujer?

—Bueno, es…

—¿El qué? ¿Una vieja amiga? —Alex hablaba enojado—. Ahora mismo vais a decirme qué está pasando.

—No hay tiempo, hay que escapar de aquí como sea —se apresuró a decir Margot—. Nos han encontrado.

—¿Quién nos ha encontrado? —insistió Alex—. ¿La policía? ¿De quién estamos huyendo?

—Eso pregúntaselo a tu amiga —respondió Margot señalando a Silvia—. Yo no pienso quedarme aquí, ya os he ayudado demasiado. Si me descubren, me matarán.

—¿Matarte? ¿De qué está hablando? —preguntó Alex dirigiéndose a Silvia.

—No lo sé.

—No confíes en nadie, nunca —dijo Margot, y salió corriendo en dirección al río.

La noche había caído sobre Zaragoza. Una fina capa de niebla salía del Ebro e inundaba la ciudad como un manto blanco, como arropándola antes de que se fuera a dormir. El río más que verse se intuía y todo se transformó en sombras. Las torres del Pilar recortaban el cielo estrellado y el ruido de la corriente del Ebro parecía una dulce nana que invitaba a los transeúntes a sumergirse en un profundo sueño.

Silvia había cambiado, ya no era aquella mujer que le pidió ayuda en la radio, ni la que cenó con él en Lavapiés, ni la que le hizo el amor como si nunca más fueran a volver a verse. Aquella chica se había ido, en su lugar una sombra de brillantes ojos la había sustituido. Ya no había dulzura en su rostro, ni ternura en su mirada.

—Lo siento, Alex.

—¿Qué pasa?

—Tienes que entenderlo.

—¿Entender qué?

—Yo no quiero aventuras —le confesó entre lágrimas—. ¡Quiero mi vida! Una vida tranquila con mis libros, sin tener que trabajar diez horas al día. Quiero olvidarme de los problemas, no tener que pensar en el dinero.

—Pero… ¿por qué me cuentas todo esto? ¿Qué está pasando? ¿Quién era esa chica?

—Me han ofrecido mucho dinero.

—¿Qué estás diciendo? ¿Por entregarlo a quién?

—No solo por el manuscrito, lo siento.

Silvia dio varios pasos hacia atrás. Entonces su mirada se perdió tras la espalda de Alex y en su rostro se dibujó una expresión de terror. Él se volvió y vio cómo en el puente, entre la niebla, se fue perfilando una sombra alargada que conocía bien.

—¿Qué has hecho?

—Lo lamento —contestó Silvia sollozando.

La sombra avanzó veloz y Alex no tuvo tiempo de reaccionar. Sus pensamientos estaban muy lejos de allí, justo al lado de sus esperanzas. La traición siempre es dolorosa pero a veces, por inesperada, es especialmente cruel. Sintió un intenso dolor en el brazo. La sombra retorció con fuerza su muñeca y le golpeó con dureza en la cabeza. Le dio la vuelta y no dejó que viera su rostro, apenas unos ojos apagados y unos labios pequeños.

—Debemos irnos —dijo una voz ronca que parecía provenir de las profundidades del Ebro.

—¿Va a matarme? —preguntó Alex.

No respondió. Le levantó y le empujó para obligarle a caminar.

—Haga lo que le digo y vivirá —susurró su raptor—, alguien quiere hablar con usted.

A continuación, sintió un pinchazo en el brazo, como si le clavaran una aguja en la piel. La sombra lo soltó y Alex se dio la vuelta dolorido. Se quedó frente a ella, por fin pudo verla de cerca. La sombra era humana, delgada y alta, con los ojos oscuros. Por un momento se alegró de comprobar que no era más que un hombre, que no había nada de sobrenatural en su aspecto. Estaba seguro de que era el mismo que entró en su piso y con el que se peleó, el que los persiguió por el castillo de Calatrava la Nueva, el que los acechaba desde el primer día que tuvo conocimiento de la existencia del manuscrito. Y entonces se dio cuenta de que Silvia permanecía allí. Callada e inmóvil, contemplando la escena. Le había vendido, pero ¿a quién?

—Su dinero está en un maletín en su apartamento de Madrid —le dijo el hombre alto y delgado—. Deme el manuscrito y será suyo.

Silvia abrió su bolso y tomó el libro de los amoríos de Quevedo. Después extrajo una pequeña navaja y con sumo cuidado rajó la contraportada y se acercó aterrorizada para entregárselo a aquel hombre.

—Había estado a salvo en él durante tanto tiempo que pensé que sería el mejor lugar para seguir escondiéndolo.

Se lo quitó de inmediato y la miró con desprecio.

—Ahora vuelva a Madrid, haga lo que quiera con el dinero. No nos volveremos a ver nunca, no comente nada de lo que ha sucedido con nadie.

—¿Y la policía? —se atrevió a preguntar.

—Nosotros nos encargaremos del inspector Torralba —respondió muy seguro, y a continuación sacó un sobre de su bolsillo—. Un billete en primera clase para el AVE Zaragoza-Madrid de las 22.00 horas. Cójalo y olvídese de todo. Empiece su nueva vida.

—¿Qué va a pasar con Alex?

—Le he dado un sedante, si colabora no le pasará nada malo. Señorita Rubio, ¡váyase!

La sombra se alejó llevándose consigo a Alex. Se perdieron por la orilla del Ebro, río abajo, en dirección a las instalaciones de la Exposición Internacional de 2008. Silvia miró a Alex por última vez y se sintió la persona más miserable del mundo.

Le había traicionado.

46

La torre nueva

Llegaron a una zona con restos de lo que sin duda era una antigua muralla; había una estatua de bronce representando al emperador romano César Augusto de cuerpo entero, de pie y con una lanza en su mano derecha. Giraron a la derecha justo antes de llegar a un mercado modernista. Mientras caminaban, entre la oscuridad de la noche, se cruzaban con jóvenes que parecían venir de alguna fiesta o botellón. Llegaron a una calle estrecha, pero llena de gente.

—Si intenta algo, le perseguiré y le mataré —le advirtió su raptor.

Alex no tenía ninguna intención de huir. Estaba cansado y sin fuerzas, no sabía si por la sustancia que le habían inyectado o por la traición de Silvia. Quería conocer a la persona que los perseguía y que había pagado tanto dinero por el manuscrito. Además, estaba muerto de miedo, sabía que aquel individuo que le escoltaba no necesitaba armas para matarle.

Intentó descubrir dónde se encontraban, llegó a leer el nombre de la calle, El Temple, y uno de los nombres de los numerosos pubs que allí había, La Cucaracha. Aquella calle estaba concurrida, con muchos jóvenes saliendo de los bares. La sombra lo agarró fuerte del brazo, causándole verdadero dolor, para pasar entre los jóvenes que se agolpaban en las entradas de los pubs.

Una chica rubia con mechas moradas y un piercing en el labio se quedó mirando con cara de preocupación, y comentó algo con un muchacho alto y fuerte que estaba a su lado. Ambos hicieron amago de ir tras él, pero un abultado grupo de gente salió en fila india del garito siguiente y Alex no volvió a verlos.

Le dolía tanto el brazo que estaba a punto de desmayarse; por suerte pronto llegaron a su destino y su raptor suavizó la presión. Se detuvieron en la esquina de una plaza menos concurrida, donde había dos enormes estatuas ecuestres frente a un palacio renacentista. Cruzaron la plaza pasando al lado de otra estatua que representaba a un niño sentado en el suelo en una extraña zona diáfana, con la mirada perdida en el cielo de Zaragoza. Enfrente había un edificio con la fachada blanca y amarilla. En él se ubicaba un negocio, una especie de restaurante cuyo cartel decía CASA MONTAL. Su acompañante llamó al timbre que había a la derecha de la puerta. Un joven moreno, con los ojos pequeños, vestido con camisa blanca y corbata roja, abrió la puerta y le hizo un gesto de reverencia. Alex sintió cómo le empujaban para que entrara. En su interior había un restaurante de cuidada decoración y ornamentación de lujo. Parecía que también se vendían ciertos productos *delicatessen* en un mostrador. No había excesiva gente y el ambiente era refinado. Todo estaba adornado con estilo, recreando un ambiente propio de principios del siglo xx: las fotografías, los relojes, el mobiliario, incluso el perchero. Parecía que al entrar en aquel lugar hubieran retrocedido en el tiempo, como en aquella película de Woody Allen, *Midnight in Paris*, en la que su protagonista viaja al pasado.

Al fondo se abría una puerta que daba a un patio interior. Su nuevo amigo le indicó que fuera hacia las escaleras de madera que descendían a los bajos del restaurante. Alex pronto se percató de que se trataba de las antiguas bodegas del edificio. La temperatura descendió con cada escalón que bajó. Al pisar el último, pudo ver cómo en la sala había numerosas botellas de vino en diversas estanterías; también le llamó la atención la cantidad de fotografías y grabados que llenaban sus paredes. Aquello era casi un museo más que una bodega. Todas las imágenes tenían algo en común, aparecía representada una esbelta torre. Realmente alta y, según logró deducir Alex, de estilo mudéjar. La susodicha construcción mostraba un rasgo extraño, pues en todos los grabados, fotografías y litografías se exhibía de una forma peculiar, inclinada. No siempre con la misma inclinación, en varias ilustraciones era exagerada, irreal a todas luces. De lo que no había duda es que en todas y cada una de las imágenes aquella misteriosa torre estaba inclinada en mayor o menor grado, como la torre de Pisa.

La bodega se hallaba vacía, a excepción de la última mesa, donde había un hombre que permanecía sentado dándoles la espalda. Pasó al lado de una gran esfera de reloj apoyada sobre el suelo y se plantó frente al individuo.

Era un hombre elegante, con un traje blanco y una corbata gris. Alex no supo precisar su edad, por su rostro hubiera dicho que no más de cincuenta años, pero por sus ojos podría haber jurado que tenía muchos más. Lucía unas pupilas brillantes y misteriosas, parecía como si todo un mundo pudiera vivir dentro de ellas y que si te asomabas a su interior podrías ver cosas increíbles, pero también peligrosas.

—Tome asiento, señor Aperte —le indicó—. ¿Tiene hambre?

—No, gracias. —Alex obedeció y se sentó frente a su anfitrión.

—¿No quiere comer nada? ¿Quizá algo de beber? —le ofreció de manera cortés y Alex asintió con la cabeza—. Una botella de Marqués de Murrieta, por favor —solicitó con mucha autoridad.

El camarero se dio la vuelta y los dos comensales quedaron solos. El hombre que le había llevado hasta allí había desaparecido, pero estaba seguro de que no se hallaría muy lejos.

—Así que usted es quien ha dado con la clave de los cuatro primeros castillos.

—Cinco —corrigió Alex, que no pensaba dejarse intimidar.

—Pero si no han ido todavía a… ¿De verdad sabe cuál es el quinto castillo?

—Sí. —Alex se dio cuenta de que, sin querer, había empezado aquella conversación con un as en la manga.

—¿Han estado ya allí?

—No —respondió Alex—, pero sé cuál es el quinto símbolo, la cruz de…

—La cruz de Santiago. —No dejó que le sorprendiera—. Señor Aperte, no sé cómo lo ha averiguado. Sin duda, es usted un hombre de recursos, algo admirable en estos tiempos difíciles que corren.

El camarero llegó con una botella y la abrió con habilidad. Vertió un poco de vino en la copa del acompañante de Alex. El hombre agitó la copa, la olfateó y después, probó el caldo.

—Excelente. Nunca como en un restaurante que no tenga en su carta de vinos un Marqués de Murrieta.

—¿No le gusta probar otros?

—Obvio que sí, pero si tienen ese vino sé que la comida será buena. Nunca falla, lo aprendí de un conde amigo mío que sabía de lo que hablaba. A partir de su ochenta cumpleaños, decidió celebrarlo cada seis meses en vez de cada año.

—¿Y eso por qué?

—Decía que a esa edad cada año que vivías valía doble. Cuando eres consciente de que se acerca la muerte, tu vida cambia por completo.

—Supongo que sí. —Alex puso cara de circunstancias.

—Me gusta este restaurante, ¿conoce Zaragoza?

—No he venido a hacer turismo —respondió Alex.

—Una cosa no quita la otra. ¿Sabe de dónde viene su nombre?

—Eh… —Alex se mostró sorprendido por la pregunta, pero reaccionó rápido—. Procede del antiguo topónimo romano, Caesaraugusta, nombre que recibió en honor al emperador César Augusto y que llegó a nuestros días a través del árabe Saraqusta, ya que esta ciudad fue la capital de una poderosa taifa independiente.

—Es usted interesante. Mi nombre es Alfred Llull y como sabrá quiero descubrir el secreto del manuscrito de los castillos.

Llull hizo una pausa y repasó con la mirada las paredes de la bodega.

—En esta plaza en la que nos encontramos existió durante casi quinientos años la más famosa torre de Zaragoza, la Torre Nueva.

—Yo no he visto ninguna torre —apuntó Alex.

—Eso es porque fue derribada a finales del siglo xix por intereses especuladores. Igual que ocurre hoy en día. No hemos cambiado tanto en dos siglos, ¿no cree?

—El ser humano es el único que tropieza dos veces con la misma piedra —contestó Alex.

—¡Ojalá! Si solo fueran dos... —puntualizó Llull—. El Concejo de Zaragoza acordó la construcción de la torre a principios del siglo xvi, por eso se le llamó la Torre Nueva. La intención era que fuese una torre única en España. Su función no iba a ser religiosa, sino civil, cuyo fin sería marcar el paso del tiempo, por eso se la dotó de un reloj. Su esfera está ahí delante, usted ha pasado a su lado hace unos instantes.

Alex miró hacia donde señalaba Alfred Llull y vio de nuevo la esfera. Después observó alguna de las imágenes de la pared y la reconoció de inmediato. En efecto, aquella era la esfera de la torre.

—Un error en la cimentación hizo que la torre empezara a fallar hasta quedar inclinada, al igual que la famosa torre de Pisa. Durante la guerra de la Independencia, con la ciudad sitiada, la torre fue el punto de observación de los movimientos de las tropas napoleónicas y avisaba a la población cuando la artillería francesa se preparaba para disparar, para que así tuviera tiempo de ponerse a salvo. Fue el símbolo de la ciudad durante siglos. Los viajeros románticos del xix escribieron sobre ella. Se publicaron multitud de grabados y cuando la técnica de la fotografía se desarrolló, también protagonizó las primeras imágenes de este invento. En este restaurante está su museo, aquí puede ver todas esas estampas realizadas hasta que fue derruida.

Alex no entendía bien qué hacía allí y a dónde llevaba esa conversación.

—Soy un hombre justo. Ofrézcame algo que me interese y puede que le deje marcharse —le prometió Llull—. La vida es demasiado corta, todo tiene un final. Ni los símbolos de las ciudades pueden salvarse del paso del tiempo… ¿o sí?

«¿Qué quiere este hombre de mí? Y lo que es más importante, ¿qué puedo ofrecerle yo para que permita que me vaya?», se preguntó Alex.

—Puedo decirle cuál es el sexto castillo. Usted no sabe cuál es, ¿verdad? —se atrevió a decir—. Por eso me ha traído hasta aquí.

Hubo una pequeña pausa en la conversación.

—Tengo a una persona trabajando en ello. Pronto lo averiguará.

—¿Y si no lo hace? ¿Se va a arriesgar pudiendo decírselo yo? Usted es demasiado listo para cometer ese error.

—Se dice que más sabe el diablo por viejo que por diablo.

—No creo que el diablo esté de acuerdo con esa afirmación.

—Quizá pueda preguntárselo dentro de poco en persona, ¿no cree? —insinuó Alfred Llull.

—Dudo que yo vaya a ir al infierno.

—¿No? Le aseguro que es un lugar de lo más animado.

—El sexto castillo no está en España.

—Eso no puede ser —negó contrariado Alfred Llull, cuyo semblante se turbó por primera vez desde que comenzaron a hablar.

—Si me mata, nunca lo descubrirán. Me dijo que le ofreciera algo, pues bien, mi vida a cambio del sexto castillo. Si se lo digo, me dejará marchar.

Alfred Llull sacó una cajetilla metálica de su chaqueta y la abrió con sumo cuidado. Sobre ella había un extraño símbolo, del que Alex solo pudo ver un compás y una especie de «L» que se entrecruzaban. Eligió uno de los cigarrillos y lo encendió con una cerilla. Dio una intensa calada al filtro y llenó el ambiente de un denso humo con olor a miel.

—Puede que me haya equivocado con usted. Tiene más talento y, sobre todo, valor de lo que aparenta a primera vista, y no hay nada más triste en este mundo que el talento mal aprovechado. Y no es cuestión de ir al cielo o al infierno.

—Entonces ¿de qué?

—De creer.

—¿Creer en qué?

—Esa sí es la cuestión.

47

El inspector Torralba

Cruzó por una solitaria pasarela peatonal, construida sobre el Ebro para unir la estación del AVE con el recinto de la Exposición Internacional de 2008 y que ya no usaba nadie. Sobre ella permanecían las cabinas del teleférico inmóviles, otra reliquia de aquel evento, balanceándose empujadas por el cierzo que soplaba aquella noche. El colosal edificio de la Torre del Agua, símbolo de la exposición, sobresalía gracias a su potente iluminación. Al contrario del Pabellón Puente, el otro singular emblema de aquel evento y que ahora parecía abandonado. A lo lejos las torres del Pilar se veían distantes y la ciudad se difuminaba entre sombras, cuando uno de sus hombres se acercó hasta él.

—Jefe, Montalvo los ha seguido hasta la plaza de España, dice que allí han dejado el coche en un parking y han huido. Se han escondido en un restaurante —informó Espinosa.

—No entiendo nada. ¿Quién era esa mujer? ¿De dónde ha salido?

—No lo sé, jefe.

—Esos dos son lo único que tenemos. Dile a Montalvo que no los pierda de vista. ¡No! —rectificó el inspector algo confuso—. Mejor vamos nosotros para allá. Si se escapan toda la investigación se irá a la mierda.

Espinosa acompañó a su jefe hasta el coche. El inspector Torralba era un hombre alto y corpulento, resultado de las largas horas que pasaba en el gimnasio de la comisaría. Había sido agente especial de intervención antes de ser elegido inspector jefe de la Brigada del Patrimonio Histórico, dentro de la Unidad de Delincuencia Especializada y Violenta. A veces parecía más un matón o un boxeador, antes que un inspector de policía. Eso le era útil en numerosas ocasiones, ya que solía ser menospreciado por su imponente físico. Sin embargo, lo que muchos no sabían era que Torralba fue uno de los candidatos con mejor nota en el examen de ascenso a inspector jefe. Dentro de la Brigada del Patrimonio Histórico había cosechado éxito tras éxito, hasta que se había topado con «el ladrón de bibliotecas», un escurridizo profesional de la Europa del Este que tenía en jaque a toda la brigada y también a agencias internacionales como la Interpol. Sabían que era doctor en Historia medieval y el mayor ladrón de antigüedades de Europa; su especialidad consistía en sustraer libros y mapas de las principales bibliotecas de la Unión Europea. Ahora, su persecución se había entrelazado de manera misteriosa con el caso de la desaparición del trabajador de la Biblioteca Nacional, Blas González.

—¿Qué relación puede tener esa chica con el ladrón de bibliotecas? —preguntó Espinosa una vez dentro del vehículo.

—No lo sé.

—¿Y con el asesinato del guardia de seguridad del castillo de Calatrava la Nueva?

—No tiene sentido —respondió Torralba mientras cogía un chicle de un paquete de su chaqueta—. Esos dos no tienen pinta de ser capaces de matar ni a una mosca.

—Están buscando algo, por eso no paran de viajar. Deberíamos interrogarles de nuevo —sugirió Espinosa.

—No. Debemos seguirles y presionarles, pronto cometerán un fallo. Si no hubiera sido por aquella chica de la estación… ahora los tendríamos —se lamentó Torralba.

En pleno casco histórico de Zaragoza, Montalvo los esperaba fumando un cigarro con cara poco animada.

—Están en ese restaurante. Han tenido mucho cuidado en que no los siguiera nadie. Pero conmigo no han podido.

—¿Contigo? —preguntó extrañado Torralba.

—Jefe, había otro coche siguiéndolos.

—¡Mierda! ¿Se puede saber en qué andan metidos estos dos? —maldijo Torralba.

—Ya salen, va también la chica de la estación —advirtió Espinosa—. ¡Vamos o los perdemos!

—Id vosotros dos —ordenó Torralba—. Yo esperaré e iré detrás, quiero averiguar quién más va tras ellos.

Espinosa y Montalvo obedecieron. El inspector sacó su móvil del bolsillo. Llevaba instalado un programa por el cual tenía localizados a sus hombres por GPS en todo momento. Con el plano del casco histórico de Zaragoza en su pantalla, siguió el camino de dos luces rojas por el entramado medieval de callejuelas, vigilando que no hubiera nadie sospechoso tras ellos. Mientras, en su cabeza, intentaba encajar las piezas de aquel singular puzle. Desapariciones, castillos, la Biblioteca Nacional, la chica del pelo negro en la estación. Demasiadas piezas sin conexión.

Las señales de posición de sus hombres se habían detenido justo al lado del río, que figuraba en la pantalla del móvil como una gruesa línea azul. No parecía que nadie los hubiera seguido, así que aceleró el paso y no tardó en llegar hasta los agentes. Espinosa le esperaba junto a la estatua de Goya, entre la catedral y la basílica del Pilar.

—Están junto a un puente de piedra sobre el Ebro —informó Espinosa.

Montalvo, escondido tras una esquina desde donde vigilaba a los sospechosos, les hizo una señal. El inspector y Espinosa corrieron hasta su posición.

—Acaba de llegar otro individuo, es el mismo que conducía el coche que los estuvo siguiendo. Es alto y excesivamente delgado, se mueve rápido y pasa prácticamente desapercibido. Esta niebla que se ha levantado no me deja verlos bien.

—¿Dónde está? —preguntó Torralba.

—¿Ves aquel caballito de metal? Pues justo al lado.

—Esto no me gusta —advirtió Torralba.

—¡Joder! Ya no está. Te juro, jefe, que estaba ahí.

—¡Vamos! No andará muy lejos, tened los ojos bien abiertos.

Entonces los tres policías pudieron observar a un extraño individuo surgir entre la bruma del puente e ir directo hacia los sospechosos. La chica de la estación lo vio llegar y los abandonó.

—Vigiladles —ordenó el inspector—, voy a seguirla.

Torralba abandonó la escena y fue tras la chica. Pronto giró en dirección a la catedral de la Seo. Pasó junto a uno de sus muros laterales, que tenía una preciosista decoración a base de ladrillos conformando figuras geométricas, azulejos de color verde y escudos, en los cuales resaltaba la figura de una luna. Con la escasa luz, los brillos de los azulejos daban a aquel lugar un ambiente casi mágico. No dejó que aquello le distrajese y anduvo hasta una pequeña plaza, donde estaba una de las puertas de acceso a la catedral. La chica continuó su camino, pasando por debajo de un arco medieval. A Torralba le costaba seguirla por aquellas calles y temió perderla. Aumentó su ritmo y se aproximó, quizá demasiado, ya que ella también empezó a caminar más rápido y realizó varios giros. Entonces Torralba llegó a un extraño lugar frente a una estructura metálica, una gran carpa de acero bajo la cual había una especie de antiguo anfiteatro erosionado por el paso de los años, o incluso de los siglos, ya que parecía una construcción romana, como el de Mérida.

La chica prosiguió andando rápido por las calles, hasta que llegó a una plaza donde se levantaba una elegante torre, con una decoración similar a la del muro de la catedral. Su olfato de policía le decía que aquel no era un lugar ni recomendable ni seguro. Aunque no era una zona solitaria, todo lo contrario, había numerosa gente. Entre los individuos que merodeaban por allí estuvo a punto de perder el rastro de la chica, pero alcanzó a ver su sombra proyectarse por una de las estrechas calles que había a la derecha de la torre. Tuvo que echar a correr y cuando dio la vuelta a la esquina, la calle estaba desierta. «Mierda, la he perdido», pensó. Caminó unos metros por el callejón, pero no había nadie. Sonó su móvil.

—Jefe, ese tipo se ha llevado al sospechoso a un restaurante en una plaza que se llama San Felipe.

—¿Y Silvia?

—La está siguiendo Montalvo, cuando se han ido ha estado un tiempo sola en el puente. Después ha cogido un taxi, creo que va a la estación del AVE.

—¿Cómo? ¡Se han separado!

—Sí, jefe. Silvia ha estado llorando un buen rato. Ha debido ocurrir algo grave —relató Espinosa.

El inspector Torralba dudó qué hacer. Buscó con la mirada a la chica que seguía, pero aquellas callejuelas, la noche y el gentío de la gente joven eran el escenario perfecto para ocultarse. Maldijo su suerte y se comió su orgullo.

—De acuerdo, voy para allí. Mantenedme informado de cualquier novedad.

Torralba examinó otra vez la calle donde la había perdido, pero no encontró nada, ni rastro de ella. Avanzó algunos pasos y miró de nuevo. Parecía como si Zaragoza se la hubiera tragado.

Finalmente se dio la vuelta y abandonó aquel lugar.

48

El sexto castillo

Alex meditaba sus opciones, nunca había sido un buen jugador de póquer, pero sabía que esa noche debía jugar bien sus cartas.

—«Y el rojo se tornó verde, se cambió de nombre, siglos más tarde una nueva dinastía se defendió entre mucha buena sangre» —recitó de memoria Alfred Llull—. ¿De qué castillo se trata?

—Creo que se está haciendo la pregunta incorrecta —respondió Alex.

—¿Y cuál es la correcta? —preguntó con cierta ironía Llull.

—¿Cómo sé que cumplirá su palabra de dejarme marchar?

Alfred Llull se inclinó hacia atrás en su silla y dio una nueva calada a su cigarrillo. Después, con mucha parsimonia, expulsó el humo de su boca.

—Por supuesto que cumpliré mi palabra, siempre la cumplo para lo malo y para lo bueno. Si digo que le dejaré marchar, es que lo haré. —El tono sonó casi sacerdotal, como si la máxima autoridad de la Iglesia proclamara una verdad irrefutable.

—La sangre hace referencia a una batalla —subrayó Alex—. Eso es lo que debe preguntarse, ¿qué batalla es?

Llull dio otra calada al cigarrillo mientras pensaba en aquella cuestión, pero no parecía encontrar ninguna solución.

—¿Usted sabe la respuesta?

—Creo que sí. —Alex parecía estar jugando bien por el momento—. En realidad el manuscrito habla de un rey, de una nueva dinastía, que va a luchar en una gran batalla. No hay muchos casos así en la historia.

—En efecto, no los hay. De hecho, yo no conozco ninguno que se adapte a esa descripción en España.

—Eso es porque quizá no sucedió en territorio español —sugirió Alex.

Fue la primera ocasión en que Alfred Llull cambió la expresión de su rostro. Dejó de fumar y por una vez mostró signos de debilidad, de humanidad.

—Dios mío —suspiró—. Es en Portugal, ¿verdad?

Alex asintió.

—Es la dinastía de Avís.

—Así es. La dinastía de Avís reinó en Portugal desde finales del siglo XIV hasta las postrimerías del XVI. Se alzó con la corona tras derrotar al reino de Castilla en la batalla que menciona el manuscrito.

—Los portugueses, apoyados por arqueros ingleses, derrotaron al poderoso ejército castellano. El maestre de la Orden de Avís fue proclamado rey después de esa batalla. Dos siglos más tarde, la dinastía de Avís finalizó tras la muerte sin descendencia de su último monarca en otra batalla famosa, que fue aprovechada por el rey de España, Felipe II, para unir las tres coronas de la península ibérica bajo un mismo soberano de la Casa de Austria.

—Podría haberlo resuelto usted mismo —dijo Alex buscando algo de complicidad con aquel extraño personaje.

—«Y el rojo se tornó verde, se cambió de nombre» —murmuró Alfred Llull.

Alex confiaba en que estaba sabiendo salir airoso de la encerrona.

—La cruz de Avís es verde —continuó—, pero en origen era roja, igual que la de Calatrava, y se llamaba la Orden de Évora porque nació para defender esta ciudad portuguesa que entonces dependía de la orden española de Calatrava. Sin embargo, con la conquista de Avís se trasladó allí y levantó una fortaleza.

—Ese es el castillo.

Fue lo último que pronunció Alfred Llull, luego permaneció en un silencio prolongado y eso aterró a Alex. Buscó un nuevo cigarrillo en su cajetilla metálica y lo encendió mientras miraba a su acompañante con cierto aire de aprobación.

—Usted no sabe qué estamos buscando, ¿verdad? —Llull tomó de nuevo la iniciativa.

—Unos símbolos.

—Sí, unos símbolos… ¿Sabe cuál es la diferencia entre los símbolos y las palabras? —Alex no contestó—. Las palabras encierran conceptos, los atrapan, pero los símbolos no. Ellos abarcan todas las aristas de una idea, expresan su totalidad, no son simples imágenes de ella.

—Las marcas de cantero guardan un secreto, ¿cuál?

—No es tan fácil. La gente está ciega o no quiere ver, que es aún peor.

—La verdad es que los símbolos pasan desapercibidos para mucha gente —afirmó Alex.

—Lleva su tiempo aprender a ver. —Llull juntó las manos a la altura de su barbilla mirando fijamente al frente—. Yo mismo estuve ciego durante gran parte de mi vida, fui incapaz de ver o de creer lo que tenía ante mí. Los hombres tendemos a rechazar lo que no podemos controlar. Nos cuesta apreciar la sutileza que habita en todas las cosas.

—Hay que reconocer que para eso son mejores las mujeres —interrumpió Alex.

—Veo que no pierde el sentido del humor. Desde luego es algo que le honra.

—Tenga en cuenta que no le amenazan de muerte a uno todos los días, al menos a mí no —bromeó Alex—. Entiendo lo que quiere decir, hay ciertas cualidades que no se aprecian a simple vista. Están ocultas, yo diría que incluso escondidas, tras otras más vistosas. Pero a fuerza de observar, de analizar y de repasar, comienzas a ver detalles donde antes no veías más que piedras planas; así surgen como de la nada marcas y símbolos que se ocultan en los muros de muchas construcciones.

—Así es —asintió Llull.

—Pero no ha contestado a mi pregunta. ¿Qué esconden esas marcas?

—Hay marcas en los bloques extraídos de la cantera que no son firmas, sino señales de cómo se hallaba el bloque originalmente en la naturaleza, para disponerlo en la misma forma en una construcción, y de esta manera se asiente en su posición natural. Marcan lechos, sobrelechos y paramentos. Hay muchos ejemplos de marcas de cantero, Santa María de Huerta en Soria es espectacular y sus marcas están llenas de ondulaciones y volutas. Moreruela, en Zamora, es todavía más evidente. Allí hay una marca que representa a una culebra entrelazada consigo misma. Los monasterios de Oliva o el de Santa María de Irache en Navarra tampoco se quedan atrás.

—O Santiago de Agüero en Huesca —interrumpió Alex, que no pensaba dejarse impresionar.

—También en Aragón hay increíbles ejemplos, Agüero con su emblemática llave, San Miguel de Foces o el castillo de Mesones de Isuela.

—La verdad es que a mí ninguna de las explicaciones oídas o leídas hasta el momento me convence sobre esas marcas —dijo Alex—. La más común, referente a que es un medio de control para saber lo que cada cantero había realizado, no me vale. Si fuera así, ¿no deberían estar todos los sillares marcados? Porque la mayoría no lo están. Saber dónde deberían colocarse en la obra… pudiera ser, pero volvemos a lo mismo, hay poca marca para tanta obra.

Llull continuó fumando mientras sonreía ante las palabras de Alex.

—Para entender qué son hay que conocer cómo funcionaban los canteros en la Edad Media —afirmó Llull.

—Más o menos he estudiado cómo trabajaban.

—Las construcciones estaban a cargo del llamado *magister muri*. Se le solía representar con un bastón de mando en la mano. Este maestro tenía conocimientos específicos para llevar a cabo la obra, y también se encargaba de la organización del trabajo, del traslado de los materiales, de la invención de nuevas máquinas y del diseño de sistemas de construcción, etc. De este maestro dependían los capataces y de estos, los obreros, quienes se enfrentaban a los problemas prácticos que iban surgiendo según se desarrollaban las obras. El maestro también solía agrupar a otros gremios como a escultores, tallistas, marmolistas, cortadores de piedra, carpinteros, pintores, etc.

—Construir una catedral requería cientos de hombres trabajando y suponía décadas de tarea. La empezaba una generación y la terminaba otra.

—Eso es. —Alfred Llull asintió—. Los *magister muri* y los canteros poseían conocimientos de matemáticas, geometría y arquitectura. Muchos de ellos tenían su propia firma, es decir, una marca de cantero que los identificaba como autores de la obra. Al *magister muri* como constructor de la obra y al cantero como tallador de la piedra. —Llull hizo una pausa y consultó la hora en su reloj de pulsera, una valiosa pieza, discreta pero elegante—. Estas marcas de cantero en ocasiones poseían otro significado, una simbología que las relacionaba con diversas instituciones, entre ellas algunas órdenes militares.

—¿Los templarios? —A la mente de Alex acudió la figura de Silvia y su especial animadversión hacia esos caballeros medievales—. Siempre que hay algún hecho extraño, misterio o leyenda, terminan saliendo a la luz.

—¿Y le extraña? Protagonizaron la época central y más oscura de la Edad Media. Fueron protagonistas de las cruzadas y se convirtieron en más que un Estado, una especie de confederación internacional, poderosa económica y militarmente. Es lógico, por tanto, que aparezcan relacionados con muchos acontecimientos, e intervinieron en la construcción de multitud de edificios. No obstante, ellos no fueron los únicos. Hay otras órdenes militares y otras asociaciones que también estuvieron inmersas en diferentes sucesos.

—Entonces... ¿qué ocultaron con esos símbolos?

—Como le iba diciendo, los canteros elevaron la piedra, mediante su elaboración y tallado, al campo de lo simbólico. A los maestros se los vincula siempre con los legendarios constructores del Templo de Salomón, poseedores y, a la vez, depositarios de un saber ancestral. Y debían transmitir sus secretos a los iniciados, a quienes también les asignaban una nueva marca de cantero que debían plasmar en todas sus obras futuras. Los instrumentos de los canteros adquirirían un gran significado en todo este proceso, por lo que la representación de escuadras, compases, picos, etc. era frecuente.

Entonces Alex se percató de la pitillera de Alfred Llull que estaba sobre la mesa. No la veía bien, pero intentó interpretar, disimuladamente, los símbolos que había en su tapa. El compás estaba claro; el otro elemento le ofrecía más dudas, aunque pronto adivinó que se trataba de una escuadra. Dos de los elementos que acababa de nombrar, dos marcas de cantero.

—Al principio de la época románica las logias de canteros se organizaron alrededor de la orden benedictina, transformándose en verdaderas escuelas de arquitectos. A finales del siglo X y principios del XI comenzaron a firmar sus obras con marcas y signos, se reagruparon en sociedades casi secretas y puramente laicas, y fundaron la Bauhütte, sin renunciar a su vinculación con la Iglesia, en el Sacro Imperio Romano Germánico.

—¿La Bauhütte? —preguntó Alex—. Perdone mi ignorancia, pero no la conozco.

—Era una especie de federación de las logias de los talladores de piedra, la de Estrasburgo fue reconocida como la Gran Logia Suprema y el maestro de obras de su catedral ejercía la autoridad sobre todas las demás. ¿Conoce al famoso arquitecto Viollet-le-Duc en el siglo XIX?

—¡Cómo no! Realizó importantes intervenciones y restauraciones en muchos castillos, como en Carcasona, y fue el precursor del estilo neogótico.

—Así es, para él las marcas de cantero eran signos lapidarios pertenecientes a la categoría de signaturas personales de los canteros, aparejadores y maestros de obra. Pero no debemos fiarnos, no todos los signos que aparecen en una obra son marcas de cantero.

—Entonces ¿qué son? —preguntó Alex.

—Dese cuenta de que es frecuente encontrar estos signos especiales, con o sin significado aparente, salpicando las piedras de iglesias y monasterios, mezclándose con las marcas de cantero normales. En general, hay un signo único que no se repite en toda la construcción, al que nos resulta difícil encontrarle un significado. Son signos complejos y extraños. Estos símbolos son los importantes —dijo subiendo el tono de voz—, los que ocultan un secreto; son mensajes dejados allí desde hace mil años por maestros conocedores de un saber ancestral, que enlaza con el de los primeros constructores de la Antigüedad.

—¿Y cuál es ese mensaje?

—El mensaje siempre es el mismo, lo ha sido desde que tuvimos conciencia de nuestra existencia —contestó Alfred Llull.

—¿Qué quiere decir?

—Creo que ya he sido lo suficientemente condescendiente con usted. Como ya le he dicho soy un hombre justo. Me ha ayudado con el sexto castillo y por eso le perdono la vida. Váyase a su casa, hágame caso, ha tenido mucha suerte por hoy.

—Sé que es experto en las ECM.

Alfred Llull sonrió; acto seguido levantó la mano y su ayudante, aquel hombre con aire terrorífico, apareció de la nada, como una sombra.

—Usted no sabe nada. Lo siento, señor Aperte, tengo cosas que hacer y usted no debería menospreciar su suerte. Le he perdonado la vida una vez, pero no volveré a repetir el mismo error una segunda ocasión.

—¿Es una amenaza?

—Si le estuviera amenazando de verdad, le aseguro que no tendría ninguna duda sobre ello. Le estoy invitando a que se marche y se olvide de todo. No haga que me arrepienta.

—Hasta pronto, señor Llull. —Alex se levantó de la mesa.

—Confié en mí, es mejor que no nos volvamos a ver ni pronto ni nunca. Adiós, señor Aperte. Siga con sus castillos, pero no intente asaltar otras fortalezas cuyos muros son demasiado altos para usted.

Alex subió las escaleras escoltado por el ayudante de Llull. Salió del local y avanzó por la plaza. Se dio la vuelta y comprobó que su acompañante no le seguía. Por unos momentos permaneció parado en medio de aquel espacio abierto sin saber qué hacer. «Creo que no olvidaré esta noche el resto de mi vida», se dijo a sí mismo.

Siguió parado, de pie. Lo lógico hubiera sido salir corriendo de allí, ponerse a salvo, alejarse lo antes posible de Alfred Llull. Pero por alguna extraña razón no podía moverse, estaba como paralizado. Sin embargo, no era miedo lo que sentía, era otra sensación la que palpitaba en su corazón e impedía que la sangre corriera hacia sus piernas. Miró al suelo, reflexionando sobre lo que podía hacer ahora. Sobre el firme de la plaza había dibujado un contorno, una especie de planta estrellada, como si representara la silueta de un edificio. Entonces se dio cuenta de que estaba sobre en el mismo punto donde se levantaba, hasta que la derrumbaron, la famosa torre inclinada de la que Llull le había hablado.

Aquel hombre no mentía.

Frente a él estaba la estatua moderna de un niño sentado en el suelo que había visto a su llegada. Tenía las manos abrazando sus rodillas y miraba al cielo, o mejor dicho, hacia el mismo lugar donde debió levantarse la desaparecida torre. Le pareció algo siniestro. Los ojos del chico contemplaban algo que ya no existía, un espacio vacío pero a la vez lleno de historia y de recuerdos. Por un momento, Alex pudo ver la gran torre allí mismo, delante de él. Como si hubiera retrocedido en el tiempo, sintió su volumen, su presencia. La recorrió con su mirada hasta lo alto del cielo y vio la esfera del reloj en el extremo. Confuso, continuó caminando hasta llegar a una amplia avenida. Allí paró un taxi.

—A la estación del AVE, por favor.

Al mismo tiempo, pero dentro del restaurante, el ayudante de Alfred Llull se acercó a la mesa.

—No la encuentro —murmuró el hombre de aspecto sombrío—. Actuó de forma extraña.

—Explícate.

—Estuvo mucho tiempo con ellos, no se ciñó a sus órdenes, señor.

—Margot tiene una peligrosa tendencia a hacerlo todo como a ella le apetece, pero sus resultados son siempre excelentes.

—Creo que intentó avisar al hombre de que algo iba a suceder —advirtió la sombra en un tono neutro.

—¿Cómo? —Llull se volvió hacia su ayudante—. Eso es imposible. Encuéntrala y tráemela.

49

La dulce tentación

Silvia veía pasar el paisaje desde la ventanilla de su asiento en el AVE. Siempre le habían gustado los trenes, su abuelo había sido jefe de estación en un pueblo de Huelva y desde niña había estado enamorada de estas máquinas. Para ella, no eran un simple medio de transporte. A diferencia de los coches, los autobuses e incluso de los aviones, los trenes tenían para ella un punto de nostalgia y de romanticismo. Invitaban a disfrutar del viaje y a pasear por sus vagones, como si estuvieras en tu propia casa, cuando en realidad estás viajando a toda velocidad atravesando valles y montañas, pueblos y paisajes.

Desde que salió de Zaragoza no dejó de pensar en Alex. Le había traicionado y lo había hecho por dinero. Por ese maldito manuscrito que siempre había llevado consigo, en su bolso marrón con tachuelas. En el mismo escondite donde lo encontró. En su momento, pensó que sería lo mejor para el libro, para el manuscrito y para ella. Nadie pensaría que estaba escondido en la contracubierta. Pero aquello no había servido para nada. Se sentía tan desgraciada que se odiaba a sí misma. Se miró en el reflejo del cristal de la ventanilla y se encontró con una cabellera sin brillo, unos ojos apagados y unas grandes bolsas bajo ellos que inundaban sus mejillas. No conocía a esa mujer.

Sacó la fotografía del castillo y el telegrama, se los había quedado. Él solo quería el manuscrito y solo eso le había entregado.

Ahora se arrepentía de lo que acababa de hacer.

«Soy una gilipollas —se decía a sí misma—. ¿Cómo he podido hacer algo así?».

Sin embargo, por fin tenía lo que siempre había soñado, suficiente dinero para irse de Madrid y ser feliz. Comprarse una casa en algún bonito pueblo y mantener un pequeño negocio, una librería por ejemplo. Olvidarse de su minúsculo apartamento, donde todo estaba religiosamente ordenado. No porque fuera organizada, sino porque el espacio estaba aprovechado hasta el último milímetro. Ahora se compraría una enorme casa de piedra y la tendría todo lo desordenada que quisiera. Podría tener un perro al que llamaría Tasio y un jardín donde poner todo tipo de plantas. Mientras pensaba en su nueva vida, se dio cuenta de que había una cosa que ya no podría tener, a Alex.

En aquellos días juntos se había ido encariñando de él casi sin advertirlo, aunque quizá no había querido reconocerlo. No se había enamorado, no tenía ya dieciocho años para ser tan ingenua, pero sentía algo por él. Eso era indudable. Le encantaba la tranquilidad con la que explicaba las cosas, sus silencios, durante los cuales le gustaba observarle pensar y buscar soluciones. A veces le había sorprendido hablando solo, realizando auténticos debates consigo mismo, analizando sus ideas y rebatiendo sus hipótesis. Y, por supuesto, adoraba cómo la tocaba, cómo acariciaba su piel y su pelo, y le decía cosas al oído. La noche que se acostaron por primera vez disfrutó como nunca. En Buñol fue incluso mejor. Sin embargo, los acontecimientos posteriores lo habían complicado todo. La verdad es que en ningún momento pensó en tener nada serio con él, pero ahora que le había perdido, echaba en falta su presencia.

«Solo apreciamos lo que tenemos cuando lo perdemos», pensó. Ya era demasiado tarde para volver.

El viaje duró apenas una hora y cuarto, pronto se encontró en la estación de Atocha. Decidió ir hasta su casa, en La Latina.

Ahora ya no había ningún peligro, Alfred Llull le había prometido olvidarse de ella para siempre. Fue andando y, sin querer, cruzó por la calle Argumosa. A lo lejos pudo ver la fachada del edificio donde vivía Alex. Continuó andando absorta en sus pensamientos y se despistó de tal forma que se encontró cerca de los cines Ideal, en la calle donde vivía Santos. Las salamandras de su fachada continuaban su metamorfosis y la puerta estaba cerrada. Seguro que él se hallaba allí. Sin pensarlo dos veces, se acercó y llamó al telefonillo. Ver para creer, nunca lo hubiera imaginado antes de todo esto.

—¿Quién es? —pregunto Santos por la rejilla de la puerta.

—Soy yo, Silvia.

—¡Silvia! Qué alegría, pasa, pasa.

Santos le dio un par de efusivos besos y un gran abrazo. Después la acompañó hasta su peculiar salón, que tanto le gustaba a Silvia, y la invitó a un par de vasos de ese famoso vino peleón y tonificante que siempre tenía a mano.

—Santos, tengo algo terrible que contarte y, por favor, no me recuerdes que ya me lo dijiste.

—¿Qué ha pasado, muchacha?

—He hecho algo horrible.

Santos se quedó mirándola unos instantes.

—Todos cometemos errores en la vida, somos humanos.

—He hecho algo detestable, he traicionado a Alex. Le he vendido por dinero.

Al principio el viejo no dijo nada.

—Entiendo. —Santos dio un buen trago a la copa de vino y volvió a rellenársela—. Cuéntamelo todo.

Silvia relató con sumo detalle lo sucedido: la historia del manuscrito, la desaparición de Blas, la investigación del inspector Torralba, la siniestra figura de la sombra, sus deseos de cambiar de vida y abandonar Madrid, la oferta millonaria de Alfred Llull, e incluso confesó que… sí, se había enamorado de Alex.

Porque no podía sentirse tan mal solo porque le gustara un poco, era mucho más profundo de lo que había querido admitir hasta ahora. Quizá después de todo sí siguiera teniendo la ingenuidad de una adolescente.

—El amor… —Santos suspiró—. El amor no se encuentra, pequeña. El amor se construye, cualquier tipo de amor, el de un amigo, el de tu familia y, por supuesto, el de una pareja.

—¿Qué quieres decir?

—Pues que hay que luchar por el amor, que no cae del cielo, que no brota de repente de un árbol. Eso solo pasa en las novelas. En la vida real el amor se trabaja, implica esfuerzo.

—No sé…

—¿Le has dicho que le quieres?

—No.

—¡Qué tontería! Si te gusta una persona tienes que decírselo, ¡siempre! Y si tú no le gustas, pues no pasa nada. Pero por lo menos le has alegrado el día, a todo el mundo le agrada que le diga alguien «¡me gustas!». Me gusta cómo eres, cómo sonríes. Me gusta estar contigo. ¡Hay que decirlo!

—Bueno, pero…

—¿Qué? Siempre hay que zarandear el olivo a ver si cae alguna aceituna. Que te tenga que estar diciendo esto un viejo como yo, ¡manda narices! Díselo, ¡qué más da! Que la vida son dos días y ya llevamos uno. En mi caso casi dos.

—De todas formas, ya es tarde, después de lo que he hecho.

—Estoy convencido de que Alex podrá perdonarte, te lo aseguro. Lo pasó muy mal y por eso parece siempre triste.

—¿Qué quieres decir? ¿Qué le sucedió?

—Cayó en desgracia.

—¿Cómo? ¿Qué ocurrió? —preguntó preocupada.

El viejo sonrió.

—Alex trabajaba en una empresa importante, una multinacional. Tenía un alto cargo, pero lo dejó todo, se largó.

—¿Por qué?

—¿Por qué se deja todo? ¿Por qué se abandona una vida de éxito?

—Por amor.

—Está claro que eres tan lista como pareces —musitó Santos con una sonrisa—, intenta disimularlo, por tu bien.

—¿Qué pasó? ¿O no puedes contármelo?

—No debería.

—Luego sí que puedes.

—¿Eres tan insistente en todo? ¡Ojalá te hubiera conocido con cuarenta años menos!

El viejo sacó un caramelo del bolsillo y se lo ofreció a Silvia, quien negó con la cabeza. Él lo desenvolvió con cuidado y se lo llevó a la boca.

—¿Te han partido alguna vez el corazón, Silvia? —preguntó con la mirada perdida.

—¿Quieres decir si me han dejado? —A Silvia la pregunta la cogió por sorpresa.

—No, quiero decir si te han hecho sufrir tanto que pensaste en quitarte la vida.

Las palabras del viejo retumbaron como cañones en la cabeza de Silvia.

—Veo que no —dijo mientras saboreaba el caramelo en su boca—. Cuando te lo han roto lo sabes, es imposible de olvidar.

—Cuéntamelo, por favor —le rogó Silvia.

—Alex lo dejó todo por una chica que le metió en un asunto peligroso que casi le cuesta la vida.

—¿Qué tipo de asunto?

—Algo siniestro. Ya te he dicho que por aquel entonces Alex trabajaba de una gran empresa. Contactaron con él para proponerle trabajar en una investigación, un poco como tú estás haciendo ahora. Y entonces apareció aquella chica y todo se complicó.

—¿Cómo se llamaba?

—No estoy autorizado a dar esa información.

—¿Habría alguna forma de que lo estuvieras? —preguntó Silvia sutilmente.

—Me temo que no.

La negativa sonó tan tajante que la joven decidió no insistir por ese camino.

—A mí me lo rompió mi mujer. —Santos bebió otro sorbo de vino.

—¿Cómo? ¿Te fue infiel? —preguntó Silvia sorprendida.

—Peor, se murió y me dejó solo en este mundo.

—Lo siento, pero…

—Debería haberme ido con ella.

—No digas eso, tenemos que seguir viviendo…

—Silvia, no te confundas, ¿acaso crees que yo seguí viviendo después de la muerte de mi señora? La única razón por la que no me he pegado un tiro es porque le prometí que no lo haría. Lo hice el día que murió, qué lista era, de alguna forma ella sabía que se iba y me obligó a prometérselo. —Las lágrimas empezaron a brotar de ese rostro duro y esculpido toscamente por el tiempo—. Si sigo viviendo es para que ella también lo haga. Mientras alguien la recuerde no estará muerta, no desaparecerá. Cuando yo muera, todo se acabará. Por eso sigo viviendo, por ella.

Santos buscó de nuevo la botella de vino. Por primera vez Silvia lo vio llorar y sintió una inmensa pena por él.

—Seguro que volveréis a encontraros.

—¿En otra vida?

—Supongo.

—A mis años uno no piensa en la muerte, no hace falta, la muerte está allá donde mires, hagas lo que hagas, pienses lo que pienses. Es una oscura sombra que lo cubre todo. Solo intentas correr para que no te alcance, estar ocupado para que no se cuele en tus pensamientos. Huyo de ella todo el tiempo.

—¿Estás bien, Santos?

—Sí. Perdona, me he desviado del tema.

—Da igual, perdóname a mí, no debería haber insistido tanto —se lamentó Silvia.

—Me preguntabas por Alex. Mira, cuando te rompen el corazón puedes hacer dos cosas, o volarte la tapa de los sesos, cosa que personalmente no recomiendo, o juntar todos los pedazos y volverlos a pegar con mucho cuidado y paciencia. De lo contrario, además del corazón, lo que pierdes es la cabeza. Pero gracias a Dios, o a lo que sea, esto sucede una sola vez en la vida. Un corazón reconstruido es más fuerte, el pegamento mantiene unidas las piezas con más firmeza. Incluso si, dado el improbable caso, se llegase a romper de nuevo, lo haría por las mismas grietas, por lo que solo habrá que volver a pegarlas.

—Pero hay gente que nunca se recupera —matizó Silvia.

—Sí, pero Alex lo hizo. Tardó años en volver a pegar su corazón, pero lo consiguió. Sé que, si él también te quiere, aún estás a tiempo.

—¿Y si Alex no siente lo mismo?

—Pues no pasa nada, ya te lo he dicho antes. ¡Díselo!

50

Cambios

Adiós, muchachos, compañeros de mi vida,
barra querida de aquellos tiempos.
Me toca a mí hoy emprender la retirada,
debo alejarme de mi buena muchachada.
Adiós, muchachos, ya me voy y me resigno.
Contra el destino nadie la calla.
Se terminaron para mí todas las farras.
Mi cuerpo enfermo no resiste más.

CARLOS GARDEL, *Adiós muchachos*

Mientras escuchaba un tango de fondo con los auriculares que le había dado la azafata, Alex pensaba en todo lo sucedido. En la conversación con Llull, en el inspector Torralba, en Margot y su pelo negro, pero sobre todo en Silvia. «¿Por qué, Silvia? ¿Por qué lo has hecho?», se preguntaba una y otra vez. Por mucho que se esforzaba no encontraba explicación. De todas maneras, no la culpaba de todo a ella. Ese Alfred Llull era un tipo peligroso, si le había obligado a elegir, Silvia lo habría tenido realmente difícil para decirle que no. Él, en cambio, le habría tirado todo su maldito dinero a la cara.

Para lograr olvidarse de lo sucedido intentó sintonizar el canal de la película que ponían en el AVE. Se trataba de un filme americano, estaba convencido de que se dormiría viéndolo, y así fue. Se despertó a la llegada a Madrid, era tarde. Tanto, que «ya no era ayer sino mañana», como dice una canción de Sabina. Cuando iba a levantarse, reparó en un pequeño sobre que había encima del asiento vacío de su acompañante y que llevaba escrito su nombre. Lo abrió y extrajo de él una nota: «Dentro de media hora en el restaurante La Mordida. Margot».

O mucho se equivocaba, o sus problemas no habían terminado todavía. La extraña amiga de Silvia parecía que quería causarle más complicaciones, como si él no tuviera ya pocas. La Mordida era un restaurante mexicano, conocido en todo Madrid ya que el cantante Sabina era uno de los socios y lo nombraba en alguna canción. Estaba situado al final de La Latina, cerca de la calle Segovia.

—¿Qué querrá esta chica ahora? —murmuró.

La verdad es que le había parecido atractiva a la vez que misteriosa. La forma de sacarles de la estación, la comida juntos, todas aquellas preguntas… Sin olvidar cómo desapareció antes de que Silvia le traicionara.

Sabía que era peligroso volverla a ver.

Pero a pesar de ello, o quizá por ello, cogió un taxi hacia el restaurante.

«Por fin un restaurante mexicano que parece serlo de verdad», pensó al entrar. Y no era para menos, tenía una decoración fantástica, con las paredes pintadas de colores llamativos y motivos mexicanos. También había fotos de gente famosa, como Chavela Vargas y el propio Sabina, y por supuesto una frase del famoso cantante: «Para reír, los amigos; para olvidar, la bebida; para ser feliz, contigo; para todo, La Mordida». Cada mesa parecía estar decorada a mano, con referencias a los platos que se servían en el local. Alex se sentó en una pintada con colores rojos y verdes, como si fuera un guacamole. Estudió la carta; él no entendía de comida mexicana, pero le ayudó el hecho de que estuviera indicado si el plato no picaba, era picante o muy picante.

Mientras llegaba Margot, se fijó en una pareja que había en la barra. Era una chica alta, pelirroja, delgada y guapa; su acompañante era un tipo pequeño, gordito y mucho más mayor. Ella parecía estar bebiendo un margarita; él, una cerveza mexicana. El hombre la agarró por la cintura y le dio un apasionado beso, que la chica recibió encantada. Dejó su margarita en la barra y pasó sus brazos por el cuello de él. Se comieron a besos, como si se quisieran de verdad.

—Perdona por el retraso.

Margot apareció, y lo hizo con todas las consecuencias. A pesar de que la estaba esperando, Alex se sorprendió enormemente. De noche era todavía más pálida, su pelo parecía aún más negro y sus ojos más brillantes, como auténticas estrellas.

—No sabía si ibas a venir —comentó Margot con una dulce voz.

—Yo tampoco.

El camarero llegó enseguida, pidieron la cena y dos cervezas.

—¿Por qué me has citado aquí?

—Me gusta el sitio, parece que estás lejos de Madrid —contestó Margot echando una ojeada al local y dando un sorbo a la cerveza.

—¿No te gusta Madrid?

—A ratos.

Alex no sabía cómo actuar ante aquella extraña mujer.

—Bueno, ¿por qué querías verme?

—Porque corres peligro.

—¿Por el manuscrito? —preguntó Alex—. Silvia se lo ha vendido a ese tal Alfred Llull, y yo me he vuelto a Madrid. No quiero saber nada más ni de Silvia ni del manuscrito.

—Pero tú sabes cuál es el siguiente castillo.

—Sí, pero ya se lo dije a Llull.

—¿Por qué?

Alex pensó qué responder.

—¿Porque iba a matarme? —dijo al fin.

—Es una buena razón —murmuró Margot sonriendo—, quiero saber cuál es.

—No te lo voy a decir.

—¿Por qué no? ¿Él te ha dicho que no lo hagas?

—No, no lo ha hecho.

—Entonces ¿cuál es el problema?

—Pues que ese Llull es peligroso y no quiero estar en su lista de enemigos.

—No creo que ahora tú le preocupes mucho, ya tiene lo que quiere —le dijo ella.

Alex sonrió, la miró y, en una de esas tonterías que hacemos a veces todos, habló.

—El castillo de Avís, ¿contenta?

—Solo a medias y a nadie le gusta quedarse a medias, ¿verdad? —respondió, y le miró con tal lujuria en los ojos que Alex se contuvo para no besarla—. Sabes seis castillos, pero en el manuscrito hay siete símbolos —puntualizó Margot—. Cuando se descubra qué marca de cantero es la del castillo de Avís, quedará todavía un símbolo por encontrar.

—¿Y? Eso ya no es asuntó mío. Ignoro qué secreto puede ocultar ese manuscrito, pero seguro que Alfred Llull dará con él, desde luego es un hombre con recursos.

—Pero no has pensado que puede que el séptimo símbolo también sea una marca de cantero de algún castillo.

—¿Cómo dices? Eso no tiene ningún sentido, no hay más información acerca de un séptimo castillo. Con el de Avís se terminaron los acertijos y los castillos.

—Y sin embargo, el séptimo símbolo tiene que estar en un castillo —susurró Margot aproximándose a él.

—¿Cómo sabes tú eso?

—Digamos que tengo acceso a cierta información que tú desconoces.

Alex dio otro trago a la cerveza.

—Llull... Le conoces, ¿verdad? —preguntó Alex molesto.

—Digamos que trabajo para él, pero también tengo mis propias ideas —explicó.

—¿Trabajas para Llull? ¡Trabajas para ese loco! —exclamó Alex llevándose las manos a la cabeza.

—Llull es muy convincente —respondió Margot mientras apuraba la cerveza—. No te imaginas hasta dónde llegan sus influencias.

—Pues nunca había oído hablar de él.

—Alfred Llull elige a quién quiere conocer y luego te convence.

—¿Convence de qué?

—Te promete algo irrechazable.

—¿El qué?

—Vivir para siempre.

—¿Qué? —Alex no salía de su asombro con lo que acababa de escuchar.

—Me preguntaste por las ECM, pues yo viví una. Estuve muerta, clínicamente muerta, pero regresé. Así contactó conmigo, con todos. En ese momento estás muy vulnerable y si hay alguien que te escuche, ¡que te crea!, es tan importante que estableces un vínculo muy fuerte, y él se aprovecha de ello.

—Ya entiendo.

—No, Alex, si no lo has vivido no puedes entenderlo —le replicó—, pero Alfred Llull sí. Sé que lleva años, por no decir décadas, detrás de ese manuscrito. Cuando se enteró de que un funcionario de la Biblioteca Nacional andaba haciendo preguntas sobre unos símbolos y unos enigmas sobre castillos, supo que lo tenía.

—El amigo de Silvia, Blas —apuntó Alex.

—Exacto. Al principio pensamos que habría encontrado el manuscrito en algún volumen de los fondos protegidos de la biblioteca, pero cuando descubrimos que no fue así, nos llevamos una sorpresa. Alfred trató de sobornarlo y la verdad es que no opuso demasiada resistencia. Incluso nos explicó de dónde había salido y que había transcrito una copia. Por eso asaltaron la casa de

Silvia y la tuya, y os atacaron en Calatrava la Nueva. Sin embargo, cuando encontrasteis la primera marca de cantero, Alfred se mostró sorprendido y decidió dejaros hacer, por si le erais de ayuda.

—¡Mierda! O sea que sí es verdad que nos han estado siguiendo todo este tiempo.

—En cada movimiento que hacíais —explicó Margot—. Tiene un especialista para esos temas.

—Su ayudante, el de Zaragoza, era la sombra que nos seguía.

—¿Tú qué crees? Habéis tenido suerte de salir ilesos de un encuentro con él.

—Había veces que parecía inhumano.

—Y lo es —bromeó Margot—. No me sé su historia, pero Llull tiene en nómina a mucha gente con habilidades especiales.

—¿Cuáles son las tuyas?

—No sigas por ese camino —le advirtió Margot—. También compró a tu amiguita, a Silvia. Era más idealista que su compañero y resultó más difícil. Pero el dinero es el dinero.

—¿Y ahora qué? —preguntó desanimado Alex.

—Pronto tendrá el sexto símbolo, pero no sabe dónde está el séptimo y último.

—Porque no hay ninguna información en el manuscrito sobre más castillos —dijo Alex seguro—, no hay séptimo castillo.

—¿Tú crees?

—¿Qué quieres decir? —Alex estaba intrigado por la última afirmación de Margot—. ¿De verdad falta un último castillo?

—Tiene que haber alguna pista oculta, algo en lo que no se ha percatado nadie hasta ahora, pero que tiene que estar ahí.

—¿Por qué me cuentas todo esto? —preguntó enfadado—. ¿Qué quieres de mí?

—Te lo cuento porque ya no trabajo para él.

—¿Y cómo sé yo que eso es verdad?

—¿Acaso no os salvé de la policía en Zaragoza? También te avisé de que esa chica te traicionaría, y no me hiciste caso.

—Sí… —Alex resopló y se llevó las manos a la nuca—. ¿Qué espera encontrar Llull cuando tenga los siete símbolos?

—Ya te lo he dicho, vivir para siempre.

—¿Metafóricamente hablando?

—La verdad, no creo que a él le gusten las metáforas —respondió Margot—. Dime cuál es el último castillo, ¿lo sabes?

—No hay más castillos, no hay nada más en ese manuscrito que los siete símbolos. ¡No insistas!

Alex sintió cómo esos enormes ojos se clavaban en sus pupilas. Y pensó que aquella mujer era tan o incluso más peligrosa que el propio Alfred Llull, y que la cita había sido una trampa.

—Yo me voy —soltó Margot, y se levantó ante su sorpresa.

—¿Adónde?

Dejó un sobre en la mesa y sonrió antes de darle la espalda y marcharse.

Alex no daba crédito.

51

Avís

En el sobre hay un billete para Lisboa, el avión
sale hoy a las 22.00, n.º de vuelo 345TY, Terminal 2. También dispones de una reserva en el
hotel Radisson SAS, allí tendrás ropa y más información. Alfred Llull te está vigilando. No te
fíes de nadie. Nos volveremos a ver pronto.

MARGOT

Llegó al aeropuerto de Barajas en metro, ignorando por completo que había que pagar un suplemento. Así que, malhumorado
por lo que consideraba un robo, subió las interminables escaleras mecánicas hasta llegar al acceso a Barajas. Continuó camino
de la Terminal 2, cuyo pasillo principal estaba ocupado por unas
cintas transportadoras, una en cada dirección, que hacían más
cómoda la caminata. En el área comprendida entre las dos cintas
había un espacio expositivo que le llamó la atención. Estaba
compuesto por una zona acristalada, en cuyo interior se dispo-
nían una serie de fotografías de mediano formato. Cuál fue su
sorpresa al comprobar que se trataba de imágenes de castillos.
La primera de las instantáneas era del castillo de Peñafiel en Va-

lladolid, tomada desde su perfil más estrecho, en blanco y negro, con un espléndido cielo con nubes que parecían dibujadas con un pincel. La fortaleza se mostraba orgullosa y elegante, como Alex la recordaba de su última visita a esas tierras castellanas. Subido a la cinta, vio pasar varias fotografías más, hasta que se quedó prendado de una imagen del castillo de Peracense. Le impactó el increíble color rojizo, las extrañas formaciones rocosas que lo rodeaban, su situación inexpugnable y la escalera de madera volada que daba acceso a su gran torreón, que parecía suspendida en el vacío. Lo conocía perfectamente, cuántas veces había estado allí y en todos los otros castillos que ahora pasaban ante sus ojos, como si estuviese viendo una proyección de su vida. La exposición fotográfica se le antojó una señal del destino. Se hubiera quedado allí observando y revisando cada una de aquellas estupendas instantáneas, sin embargo, su vuelo salía en pocos minutos, no tenía tiempo. La última imagen que vio fue la del castillo de Trasmoz, una espectacular fotografía tomada entre tinieblas, con colores magentas y las luces de las casas del pequeño municipio encendidas. Un castillo con multitud de leyendas, que el propio Gustavo Adolfo Bécquer había relatado en sus obras. Alex se preguntaba si no era precisamente eso lo que estaba persiguiendo, una leyenda. Pronto lo sabría.

El aeropuerto de Lisboa se encontraba a siete kilómetros al nordeste de la capital portuguesa. El hotel Radisson SAS estaba bien elegido, era el más cercano a la terminal. Constaba de un edificio de doce pisos, en su interior era elegante, con un flamante vestíbulo de acceso. Margot lo había pensado todo con sumo detenimiento. En la habitación, Alex encontró ropa limpia para cambiarse. Un traje ocre con una camisa blanca y una corbata lisa, color marrón. También había ropa interior, un cinturón, unos zapatos y un abrigo igualmente de color beis. Después de darse una ducha, no tuvo fuerzas para empezar a pensar por qué estaba allí y se durmió agotado de tanto viaje.

A la mañana siguiente se despertó a las ocho y media, y se vistió con la ropa nueva. La verdad es que aquella chica tenía gusto y buen ojo, el traje le quedaba como un guante. No quería ir cargado, así que abandonó su antigua ropa en aquella habitación. Desayunó en el restaurante del hotel un café y un bollo industrial que estaba asqueroso. En la sala de llegadas del aeropuerto se encontraban los mostradores correspondientes a las distintas compañías de alquiler de coches; de entre todas ellas se decantó por Avis, ya que se dirigía a la ciudad del mismo nombre y le pareció lo más razonable. «¿Tendrán algo que ver? —se preguntó—. Posiblemente sí, nada sucede por casualidad en esta vida», se dijo.

Ya que Alex estaba decidido a disfrutar del viaje alquiló un Mini rojo descapotable y pidió que llevara navegador en castellano. El municipio de Avís estaba en la región del Alentejo, en el centro de Portugal; desde el aeropuerto había aproximadamente dos horas de trayecto. El nombre de esta región en portugués significa, literalmente, detrás del Tajo. Comprendía los distritos de Portalegre, Évora y Beja, y las mitades sur de los distritos de Setúbal y de Santarém. Era un territorio estrechamente unido a España y no tan turístico como su región vecina, el Algarve.

Tras dos horas conduciendo aquel precioso Mini por las carreteras portuguesas, Alex divisó la torre del homenaje del castillo de Avís. Se detuvo en lo alto de una suave colina que había enfrente de la ciudad para hacerse una idea de cómo era aquel lugar, que apenas conocía por unas fotos. A primera vista conservaba gran parte de su recinto amurallado. Se veían tres torres de planta cuadrangular, pero por su situación en la muralla debió tener al menos otras tres más. Había muchas edificaciones modernas adosadas a los restos de la fortaleza. También se observaba algún cubo defensivo, elementos posteriores, del siglo XVI, momento en que los portugueses debieron decidir adecuar la construcción medieval a la nueva estrategia militar, basada en la artillería. En esta, los muros y torres elevadas suponían un blanco demasiado fácil, por lo que los cubos de poca altura y gruesos muros se impusieron en las fortificaciones modernas y en las reformas llevadas a cabo en las fortalezas medievales.

Tras hacerse una idea de cómo era el conjunto, Alex se adentró en la ciudad.

Avís no parecía ser una gran urbe y resultaba agradable conducir por sus calles, poco transitadas y con singulares edificios. Numerosos letreros indicaban cómo llegar al *castelo*. Aparcó el Mini en una zona habilitada para estacionar junto a la entrada del castillo. A primera vista, solo la torre tenía aspecto de ser visitable. En ella había un centro de recepción de visitantes que explicaba la historia de la ciudad y, cómo no, de la Orden de Avís. Una chica joven estaba en el mostrador de entrada con una gran sonrisa en el rostro. En cuanto dedujo que Alex era español, le habló en un perfecto castellano.

—Señor, ¿quiere visitar el *castelo*? Ahora hay una visita guiada, puede unirse a ella —dijo amablemente la chica portuguesa.

—*Obrigado*.

El grupo se limitaba a una pareja joven, media docena de jubilados y un hombre elegante con aspecto de profesor universitario. La guía del castillo empezó la visita.

—La Casa de Avís o la segunda dinastía se inició después de la victoria sobre los castellanos en la batalla de Aljubarrota, que puso fin a la crisis sucesoria del reino de Portugal, evitando la anexión a Castilla.

Alex no perdía detalle de las salas.

—La dinastía de Avís duró unos dos siglos, terminó con la muerte sin descendencia, primero del rey Sebastián I en la batalla de Alcazarquivir y después de la de su tío. Esta situación fue aprovechada por el rey de España, Felipe II, para anexionarse Portugal e iniciar la nefasta época de los Felipes, una época poco apreciada en nuestro país ya que dependíamos de España.

Él recorría con la mirada cada una de las paredes en busca de los dos únicos símbolos del manuscrito que quedaban por ubicar, la estrella unida a la cruz y el pez. Los últimos para terminar con aquel absurdo juego que había puesto en peligro su vida.

La fortaleza había sufrido una restauración importante, así

que Alex temía que se hubiera perdido aquella parte donde pudiera esconderse la marca. Por suerte, la guía era bastante lenta, por lo que podía dedicar el suficiente tiempo a investigar. Todos sus compañeros de visita rodeaban a la chica del vestido estampado menos uno: el hombre con aspecto de profesor seguía al grupo a cierta distancia, examinando los muros al igual que Alex. Por un momento los dos cruzaron sus miradas, extrañados de su similar comportamiento.

«Como no se vaya no me va a dejar buscar tranquilo», dijo Alex para sí.

Entonces se fijó más en él y sintió como si su rostro le pareciese familiar, como si ya le hubiera visto antes en algún otro lugar. Siguió revisando los muros de un monumental salón, adornado con una tela blanca en una de sus paredes, donde destacaba una alargada cruz de Avís. Se trataba de una estancia noble, sin duda una de las mejores de la fortaleza. Con disimulo, Alex intentó quedarse solo en aquel salón para recorrerlo con más detenimiento. La guía y los visitantes avanzaron a la siguiente sala. Alex no lo dudó, se dirigió decidido hacia la tela con el emblema bordado y la levantó para ver qué escondía. Era de dimensiones considerables, tenía más de dos metros de altura y tres o cuatro de largo. Le costó, pero no encontró nada. Miró al techo y, para su alegría, comprobó que no había cámaras de seguridad. Tal vez aquel no fuera el lugar más indicado para buscar la marca de cantero. Resultaba obvio que el castillo había sufrido numerosas transformaciones durante sus siglos de existencia, por lo que lo lógico era buscar en las partes más antiguas. Quizá la guía podría serle de ayuda después de todo. Abandonó el salón y alcanzó al grupo.

—Perdone, señorita —dijo Alex para llamar la atención de la chica del vestido estampado con flores—. Tengo una pregunta.

—Claro, caballero. ¿En qué puedo ayudarle?

—¿Cuál es la parte más antigua del castillo?

—Interesante cuestión —susurró sonriente la guía—. El castillo sufrió obras en diversas épocas, pero la parte más antigua es la sur. Allí quedan muros originales de la fortaleza del siglo XII, incluso se conserva todavía una estancia.

—¿Qué tipo de estancia?

—Nada ostentosa, los monjes la utilizaban para ceremonias menores.

—¿Es posible visitarla? —insistió Alex.

—Me temo que no —respondió la guía con cara de tristeza—. Como ya les he comentado no hay mobiliario, solo una sala vacía cerrada por gruesos muros, donde apenas son visibles algunas marcas de cantero.

A Alex casi le dio un vuelco el corazón cuando escuchó las últimas palabras de la guía; sabía que acababa de encontrar lo que estaba buscando. Ahora necesitaba llegar hasta allí.

La visita duró media hora más, durante la que recorrieron el adarve de las murallas y accedieron a lo alto de la torre del homenaje, desde donde había unas vistas estupendas de Avís y de parte de la región del Alentejo. Después descendieron por unas empinadas escaleras hasta llegar de nuevo a la recepción del castillo. Entonces Alex se esfumó del grupo y caminó hacia la parte antigua. No tuvo dificultad en identificar los muros más viejos de la fortaleza. La diferente fábrica y los sillares encuadrados de manera más precisa le dieron una pista. La parte nueva del castillo estaba realizada con hileras de sillares más grandes, mientras que en una zona muy determinada los sillares eran más pequeños, a la vez que estaban trabajados a puntero, con más esmero y mejor técnica. Las hileras eran más cortas y hasta su color era algo diferente, más oscuro.

—De alguna manera se tendría que poder acceder a esta estancia —murmuró.

Dio con una puerta pequeña, entró y halló una sala vacía. Necesitaba encontrar unas escaleras que le llevaran a un piso inferior. Entonces las vio, eran de piedra y estaban construidas en el interior del propio muro. Había otra puerta, pero confiaba en que también estuviera abierta. Esta vez no tuvo tanta suerte. Le hacía falta alguna herramienta u objeto alargado para hacer palanca y forzar la cerradura, la cual no se veía demasiado consistente. Lo único que encontró fue un aplique de una lámpara en la pared. No era muy largo y parecía estar suelto.

—Si no hay nada mejor… —murmuró.

Lo arrancó con algo de dificultad y, sin muchos miramientos, golpeó el cerrojo con él. Por desgracia, no consiguió nada. Lo volvió a coger con las dos manos y lo levantó por encima de su cabeza. Esta vez el golpe fue mucho más certero y potente, aunque no consiguió tampoco su propósito. Lo intentó una vez más y en esta ocasión el cerrojo saltó y la escalera se liberó. Descendió por el estrecho acceso sin apenas luz. Solo al pisar el último peldaño pudo ver una abertura en el muro que dejaba entrar algunos rayos de sol que iluminaban la sala con un aire místico. Tal y como había comentado la guía, la estancia estaba vacía y sucia, pero no parecía que hubiera sido modificada ni alterada desde su construcción. Tenía una sencilla bóveda de medio cañón y no había ningún tipo de decoración. Empezó a buscar alguna marca de cantero, pero después de recorrer las dos paredes que estaban mejor iluminadas, no encontró nada. Para revisar las otras dos se ayudó con la luz de su móvil, a modo de linterna improvisada. Tampoco tuvo suerte en ellas. Comenzó a dudar de las palabras de la guía y se quedó mirando el potente rayo de luz que entraba por la abertura que rasgaba el muro en su zona más alta. Entonces, conforme miraba la estrecha ventana, se percató de que la bóveda también estaba construida con sillares, aunque de menor tamaño. Los iluminó como pudo con el móvil y descubrió varias marcas de cantero. Las primeras no tenían nada de especial, un círculo y un cuadrado. Siguió buscando y encontró una en forma de «L» y otra de «E». En ese instante se detuvo y vio frente a él un sillar con una marca con la figura de un sencillo pez. La había encontrado. La penúltima marca.

Salió de la estancia con la esperanza de no haber levantado sospechas y de alcanzar a la guía y al resto del grupo de turistas en el patio de armas. Pero cuando llegó ya no había nadie. Estaban todos junto a la entrada haciéndose fotos, parecía que ninguno se había percatado de su ausencia, así que se unió a ellos.

—Perdone, caballero —dijo la guía que apareció detrás de él—. ¿Ha visto al hombre que iba vestido de forma elegante? ¿El que estaba con usted en el grupo?

—No, lo siento —respondió sorprendido por la pregunta.

—Pensaba que quizá eran amigos, como los he visto subir la escalera a los dos...

—¿Cómo? Lo lamento, pero no viene conmigo. —Alex tenía un mal presentimiento—. ¿Y dice que ha subido detrás de mí por la escalera?

—Sí, creí que habían ido a hacerse unas fotografías, pero al verle regresar solo, me ha extrañado.

—Lo siento, señorita, pero no he visto a ese hombre.

—No se preocupe, voy a buscarlo. Muchas gracias.

Alex tenía ya el símbolo y deseaba volver lo antes posible a Madrid. Así que, montado en el precioso Mini alquilado, abandonó el castillo de la Orden de Avís y tomó la dirección al aeropuerto de Lisboa.

52

El hipódromo

La cita era a las 12.00. Svak nunca había acudido a una carrera de caballos y al entrar al hipódromo de la Zarzuela, a las afueras de Madrid, se sintió sorprendido por el ambiente que había. Ignoraba que las carreras hípicas tuvieran tanto éxito en España. No obstante, lo que más le llamó la atención fue ver a tantos jóvenes, familias enteras con niños y carritos de bebés. Los bares junto al *paddock* estaban concurridos, llenos de gente tomando cañas de forma animada. Los caballos paseaban antes de la carrera para que los entendidos y muchos curiosos pudieran ver a los animales antes de hacer las apuestas. Allí, junto a la parrilla de salida, estaba Alfred Llull tomando notas con una pluma de plata en una pequeña libreta Moleskine de color negro.

—Buenos días, señor Svak, qué gusto verle de nuevo. —Parecía que Llull tenía ojos en la espalda. Se giró sonriente—. Estupendo día, ¿no cree?

—Señor Llull. —Él no estaba tan contento de volverlo a ver—. El día no podía ser mejor y el ambiente tampoco.

—La carrera está a punto de empezar, ¿por quién me aconseja que apueste?

—No entiendo de caballos.

—Tome, es el programa de las carreras. Esta es la tercera, son mil seiscientos metros, doce caballos.

Svak lo cogió y ojeó los nombres de los caballos. Había mucha información, pero ni la entendía ni tenía ganas de hacerlo, así que se fijó en los nombres.

—Entre Copas.

—¿Qué número es?

—El cinco.

—Hum, interesante. —Llull buscó entre los caballos que daban vueltas en el *paddock* al número cinco—. La verdad es que tiene buena pinta.

—¿Cómo lo sabe?

—Es más fácil de lo que parece —respondió Llull mientras anotaba en su libreta—. Para empezar, ¿ve que no está sudando? —preguntó señalando a un esbelto caballo negro—. Observe al número dos, ¿ve las gotas de sudor?, está nervioso, eso le resta posibilidades ya que está consumiendo energía. Por otro lado, según la información del programa, Entre Copas hizo segundo y tercero en las dos últimas carreras, yo creo que ya le toca ganar. ¡Vayamos a apostar!

—Pero yo solo lo he dicho por decir.

No le hizo caso y fue a las taquillas. Svak lo siguió bastante incómodo por la situación. Una chica morena y con el pelo rizado atendió a Alfred Llull. Este sacó de su cartera una considerable cantidad de billetes de doscientos euros. Svak no pudo calcular cuántos eran, pero debió apostar unos dos mil o tres mil euros.

—No se preocupe, señor Svak, es solo un juego. —Llull le dio una palmada en la espalda—. Vayamos a la grada, me encanta estar junto a esos locos que no paran de gritar y saltar durante toda la carrera.

Subieron las escaleras hasta las gradas más altas, la gente se agolpaba debajo de ellos. A lo lejos, en el lado izquierdo, los caballos eran introducidos en una caja metálica. Uno de ellos se negaba a entrar y varios operarios le colocaron una especie de gorro amarillo que le tapaba los ojos. Así, sin poder ver, el animal se mostró menos rebelde y fue factible colocarlo en su lugar correspondiente. Entonces se hizo un tremendo silencio y, de pronto, sonó un disparo, seguido de un fuerte ruido metálico al subir los cierres que impedían salir a los animales. Con el disparo, los caballos quedaron libres y salieron con gran potencia, como si aquello fuera una posibilidad real de escapar y obtener la libertad. Al pasar delante de la grada se podía sentir toda su potencia, la fuerza de su galopada, la violencia de su esfuerzo. La gente se levantaba y gritaba, animando a los caballos como si estos fueran capaces de entenderles. El ruido era ensordecedor, parecía más la grada de unos ultras animando un partido de fútbol que un elegante y acomodado hipódromo de carreras. Los caballos enfilaron la primera curva y se perdieron a lo lejos, después giraron hacia la recta de contrameta. El locutor informaba de las primeras posiciones, no había noticias de Entre Copas. La recta se hizo larga y, en los siguientes giros, era difícil ver qué caballo iba primero ya que estaban apelotonados. Al final llegaron a la recta de meta y los espectadores con los boletos de las apuestas en la mano aumentaron los decibelios de sus gritos, era un ambiente apasionante. Alfred Llull permanecía inmóvil, tranquilo, ajeno al bullicio pero concentrado en la carrera. Los caballos pasaron a su altura, los tres o cuatro que llevaban toda la carrera en cabeza estaban terriblemente igualados. Entonces el locutor empezó a gritar el nombre del animal que estaba remontando posiciones por el exterior.

—¡Ahí está! Dispuesto a culminar la remontada. ¡Entre Copas!

Con mucho esfuerzo había alcanzado la cabeza, aunque todavía no estaba en primera posición. En ese preciso instante fue como si el tiempo se detuviera, había tres caballos en cabeza y Entre Copas a una distancia de un cuerpo detrás de ellos. Durante varios segundos las distancias no cambiaron, todos parecían al límite de sus fuerzas, pero no era así. Entre Copas parecía que se había tomado un descanso al llegar a la cabeza, viendo que sus rivales estaban dando el máximo de sus fuerzas. Cuando faltaban cincuenta metros, asomó su cabeza en la primera posición, hubo unos segundos de lucha, en los que otros caballos hicieron amago de seguirle. Pero nada más lejos de la realidad. Entre Copas los dejó atrás con tanta facilidad que dio lástima, como si estuviera jugando con ellos, y se impuso en la meta por dos cuerpos de ventaja.

—Tiene buen ojo, vayamos a recoger nuestras ganancias —murmuró Alfred Llull mientras le daba una palmada en la espalda a Svak.

Después de pasar por la taquilla, Alfred Llull le invitó a tomar una copa en la zona VIP del hipódromo, lejos del bullicio de la gente y los caballos.

—¿Qué tiene para mí? —preguntó mientras sacaba la pitillera metálica de su chaqueta.

—El sexto símbolo, el pez.

—Excelente, entonces el último símbolo es la estrella unida a la cruz —afirmó Llull mientras encendía un cigarrillo.

—Pero no quedan castillos donde buscar, solo hay seis descripciones en el manuscrito.

Alfred Llull se aproximó a la barandilla que daba a la pista de carreras. Unos nuevos caballos estaban siendo colocados para la siguiente sesión. Llull permanecía en silencio, era imposible saber si estaba meditando acerca de algo o disfrutaba de las vistas y el aire libre.

—¿Por qué cree usted que los maestros de la Edad Media ordenaron tallar esas marcas de cantero en los sillares? —preguntó Llull con la vista perdida en la meta del hipódromo.

—La teoría es que sirven para cuantificar los sillares de cada cantería y cobrar por cada uno de ellos, es como si marcaran los sillares igual que se hace con el ganado.

Alfred Llull se dio la vuelta y se apoyó en la barandilla, todo su aire aristocrático y misterioso salió a relucir.

—El mundo ha cambiado, no podemos analizar el pasado con el lenguaje o los criterios de nuestra época. En la Edad Media los edificios, las iglesias y los castillos no tenían un simple objetivo funcional como lo tienen ahora nuestros edificios. Trabajar la materia, la piedra, modelarla hasta conseguir una forma determinada, era algo más profundo, iba más allá del trabajo técnico. Los canteros no eran meros operarios, eran artesanos que usaban sus propias manos para su labor. El fin principal de modelar la materia no consistía en representar ni albergar o defender a Dios, sino que era realmente un medio para que la divinidad se expresara. Se trataba de una oportunidad única de dar un mensaje a los hombres. —Llull mostraba tanta seguridad en sus palabras que resultaba difícil no quedarse embriagado por su discurso—. Teniendo en cuenta esto, ¿piensa usted que el aprendizaje del oficio de constructor podía ser un vulgar acto de memorización técnica o habilidad manual?

—Imagino que no —se limitó a decir Svak.

—Claro que no, tenía que ser algo mucho más profundo. El aprendiz debía ser capaz de invocar a Dios, debía sufrir una iniciación que le llevara hasta el conocimiento. Y en este aprendizaje era esencial la simbología. A través del trabajo, los maestros comunicaban a los iniciados sus secretos. Pero no de manera común, simplemente con el lenguaje…

—Lo hacían con símbolos —interrumpió Svak, deseoso de demostrar que estaba siguiendo las explicaciones de Alfred Llull.

—Exacto, se comunicaban mediante la simbología: los aprendices debían esforzarse para alcanzar el conocimiento. Por supuesto, esta sabiduría no se divulgaba a nadie del exterior ni a aquellos iniciados que no lo merecieran por méritos propios, mediante el trabajo y el esfuerzo.

De fondo, se oyó de nuevo el ruido de un disparo y el griterío de la gente en las gradas; había empezado la siguiente carrera, pero Alfred Llull estaba tan ensimismado en sus explicaciones que apenas se dio cuenta.

—En muchas construcciones de la Edad Media se observan marcas y señales misteriosas, que a menudo hacen fantasear nuestra imaginación. Estas marcas no son exclusivas de la construcción medieval, se han observado en construcciones más antiguas, como en las excavaciones de la pirámide de Keops. —Llull dio una nueva calada a su cigarrillo—. Se trata de símbolos dejados allí por los artesanos que trabajaron en ellas. Algunas son marcas que indican la posición en que debe ir la pieza tallada, pero existen una serie de marcas misteriosas que solo pueden comprenderse a partir de un estudio simbólico. Siempre se ha dicho, como bien ha comentado usted antes, que los canteros medievales tallando estas marcas sobre los sillares que trabajaban intentaban establecer una especie de contabilidad para valorar su trabajo y cobrar de acuerdo con la labor realizada.

—Pero usted no cree en esa teoría.

—Ni yo ni mucha gente. Se ha llegado a la conclusión de que estas marcas de los constructores medievales son algo más que una simple manera de cuantificar el trabajo. Algunos expertos aseguran que son marcas gremiales que identifican a las distintas logias de constructores para así dejar constancia de su obra, para que se recuerde quién lo había construido. No está mal como teoría. Pero esta explicación no tiene en cuenta que en la Edad Media el hecho de labrar la piedra era algo más que un oficio y se convertía en un acto trascendental, en un mensaje destinado a ser recordado mucho más allá de la vida de su autor. Si fueran para contabilizar el trabajo, hubiera sido infinitamente más fácil haber realizado aquellas marcas con pintura. ¿Por qué tallarlas en la piedra? ¿Por qué ese afán de que perduraran?

—No lo sé, imagino que era parte de un ritual. —Svak estaba algo confuso, no le gustaban los rodeos—. Señor Llull, perdóneme, yo soy un hombre práctico. Entiendo lo que está explicando, he estudiado mucho sobre el simbolismo medieval. Pero ¿qué estamos buscando? ¿Por qué hay marcas específicas en distintos castillos? ¿Qué tienen esos castillos de especiales?

—Por eso le elegí. Usted tiene los conocimientos, pero a la vez posee la capacidad de ver más allá de ellos y hacerse preguntas. Ha adquirido la sabiduría pero no ha dejado atrás la práctica.

—Llull dejó desorientado a Svak—. ¿Qué tienen de especial esos castillos? Lo ignoro. ¿Acaso sabemos por qué se elegía un lugar y no otro para la construcción de una iglesia? Y, sin embargo, en el mismo lugar donde se levantó un templo fenicio, se construyó uno griego, luego otro romano, después uno visigodo, más adelante una mezquita y después una iglesia. ¿Por qué se construyeron todos en el mismo lugar? ¡No tiene sentido! No creo que en aquella época hubiera problemas de especulación, ¿no cree? Y mucho menos de mano de obra.

Svak negó con la cabeza.

—Entonces ¿por qué cada civilización construía su lugar sagrado sobre los cimientos de la anterior?

—Porque por allí pasaban corrientes de energía, creo que las llaman corrientes telúricas.

—¿Y cree usted que en la Antigüedad o en la Edad Media tenían la capacidad de medir esos influjos?

—Quizá sí. Está demostrado que producen intensidades vibratorias y que nuestro cerebro es capaz de registrar variaciones sensoriales y detectar esas corrientes subterráneas —respondió Svak que no se dejaba impresionar—. De todas maneras, los castillos no son iglesias. Responden a otra función, la militar. A controlar un valle, vigilar una vía de comunicación o defender una ciudad.

—Cierto, por eso lo necesito, yo soy incapaz de encontrar un nexo de unión entre las fortalezas.

—Pero lo hay.

—¿Cómo dice? —preguntó sorprendido Llull.

—¿No se ha dado cuenta de un detalle común a todos los castillos que aparecen en el manuscrito?

—¿A qué se refiere?

—Piense. ¿Qué tienen en común?

—No sé qué quiere decir —musitó Llull.

—Claro que sí, solo repáselos en su mente.

Llull levantó la vista hacia el ladrón de libros con cara de perplejidad y los ojos iluminados, como si acabara de ver al mismísimo Jesús.

—¡Dios mío! —exclamó Llull—. Todos pertenecen a órdenes militares: la de Calatrava; el de Montalbán a los templarios; la Orden de Alcántara; la de Montesa; el de Clavijo a la Orden de Santiago; y, el último, a la Orden de Avís. ¡Es increíble!

—Lo es. El último castillo, al ser portugués, me tenía desconcertado. Pero al pertenecer a una orden militar todo cuadra —explicó Svak—. Usted me reprochaba que estuviéramos buscando castillos, no iglesias, y que no supiera encajar todo lo que yo le había contado. Pues bien, eso no es exactamente correcto, ya que estamos buscando castillos de órdenes militares y por lo tanto lugares sagrados, que podían tener iglesias anexas o incluso en el interior del propio castillo. Fortalezas militares pero también lugares de rezo, de oración, de comunicación con Dios.

—Entiendo —masculló Llull—. Ahora todo tiene sentido.

—Creo que ese detalle es la clave para resolver este misterio.

—Sin embargo, hay algo que no deja de llamarme la atención. —Alfred Llull se sentó junto a Svak—. Hay muchas órdenes militares, pero podemos decir que las que aparecen en el manuscrito son las más importantes, a excepción de una.

—¿Cómo? ¿Qué orden militar falta? —preguntó Svak.

—Dígamelo usted mismo.

—Los templarios, Calatrava, Santiago, Montesa… ¡San Juan! —afirmó Svak sorprendido—, falta la Orden de San Juan del Hospital.

—Esto me impide entender el secreto del manuscrito. ¿Por qué no aparece ningún castillo de la Orden de San Juan? Siendo esta una de las más importantes y teniendo numerosos castillos. Es extraño.

—Pero ya conoce la secuencia de los signos, creía que era eso lo que buscaba.

—Sí, eso es cierto, tenemos la correcta disposición de los signos. Sin embargo, no tenemos dónde leerla, no sabemos cómo usarla —se lamentó Llull.

—Pensaba que una vez ordenados usted sabría cómo utilizarlos. De lo contrario es imposible seguir adelante, en el manuscrito no hay más información. Por lo que me temo que estamos perdidos.

—No se preocupe, señor Svak, en el momento justo antes de encontrar la luz, la oscuridad se hace más profunda.

53

La llave

Alex caminaba rápido hacia una magnífica fortaleza, sus muros se elevaban de manera desafiante y sus almenas recortaban el cielo. Una puerta en arco apuntado servía como entrada y, en su interior, un enorme patio de armas daba acceso a una colosal torre del homenaje. A su lado se levantaba una iglesia con una portada románica, los capiteles mostraban escenas de la vida de los apóstoles y rodeándolos había una representación de los premios a los justos y los castigos a los pecadores tras el juicio final. Alex empujó la puerta de madera y esta se abrió con lentitud. En el interior del templo la tenue luz solo permitía intuir los volúmenes y diferenciar algunas sombras. Caminó por la nave central directo al altar, el cual no estaba coronado por un retablo, sino por un Cristo crucificado. A sus pies se abría una escalera que descendía a una cripta. En su interior se veía una luz y de ella salía una débil voz, casi un susurro. O mucho se equivocaba o era la de Silvia. Descendió los escalones uno a uno y descubrió cómo ante sus ojos iban pasando las siete marcas de cantero del manuscrito. Intentó retener el orden que seguían, pero cuando llegó al último escalón desaparecieron y se hizo la más profunda oscuridad.

—Señores pasajeros, hemos llegado a Madrid. Por favor, permanezcan en sus asientos y no conecten todavía sus teléfonos móviles.

Alex se despertó aturdido. Miró por la ventanilla y pudo ver acercarse el camión con la escalerilla de embarque. Toda la gente se levantaba y cogía sus cosas para salir del avión. Él no tenía ninguna prisa. Unas extrañas visiones deambulaban todavía por su cabeza, como vagos recuerdos de un sueño. Encendió el móvil y, justo entonces, le entró una llamada.

—Hace un frío horrible en Madrid, no se puede salir a la calle. Seguro que estabas mucho mejor en Lisboa —comentó Margot al otro lado de la línea telefónica con voz profunda tirando a grave.

—¿Cómo sabes el número de mi móvil?

—Alex, esa pregunta es una tontería. No hay nada más fácil de averiguar hoy en día que el número de teléfono de una persona. Te estoy esperando en la salida de la terminal 2, un BMW negro, no tardes.

No sabía por qué hacía caso a aquella mujer que apenas conocía y que tanto perturbaba sus sentidos. Pero la realidad es que le había ayudado a descubrir el sexto símbolo. Y, fuera quien fuese, era inteligente y con recursos. Si quería resolver aquel misterio necesitaba ayuda, más aún desde que Silvia le había traicionado y había conocido lo peligroso que podía llegar a ser Alfred Llull. Así que al salir de la terminal buscó el BMW negro, dentro del cual creyó adivinar el rostro, siempre pálido, de Margot. Abrió la puerta y allí la encontró, con el pelo negro suelto y cortado recto, numerosas pulseras en ambas muñecas, y un pañuelo de *animal print* alrededor del cuello. Llevaba una camiseta blanca y larga, con unos dibujos estampados en ella, y unos pantalones negros y ajustados, un look muy ochentero.

—Buenos días, ¿qué tal el viaje? —lo saludó, y acto seguido arrancó el coche con su habitual destreza—. Encontraste el sexto símbolo, ¿verdad?

—Puede ser. —Alex seguía dándole vueltas a su sueño.

—No te hagas el duro conmigo, que no te pega nada —apuntó Margot—. ¿Cuál es el sexto símbolo? —insistió muy seria, como un animal en alerta, como queriendo decir pórtate bien y no te haré nada, desafíame y te devoro aquí mismo.

—El pez —confesó resignado.

En el fondo le daba igual, él no sabía qué significaba aquello. Se había pasado todo el viaje de vuelta, primero en coche y luego en avión, reflexionando sobre los símbolos y no había descubierto nada. Era incapaz de solucionar aquel enigma.

—Entonces ya solo queda un símbolo —murmuró Margot.

—¿Dónde vamos?

—Tu amigo, el inspector Torralba, te estaba esperando en el aeropuerto y ahora nos está siguiendo. Tenemos que despistarle, así que agárrate.

Margot aceleró el potente BMW y adelantó a varios coches, después realizó un giro brusco que cogió sorprendido a Alex. Giraron por una especie de Scalextric y aparecieron cerca de IFEMA, la Feria de Muestras de Madrid, en el Campo de las Naciones. Margot bajó las revoluciones del coche y se introdujo en el parking de uno de los pabellones.

—Creo que los hemos despistado. —Por primera vez miró a los ojos a Alex y puso un gesto mucho más amable—. Entonces ¿el último símbolo es esa especie de estrella unida a una cruz?

—Eso parece.

—¿Y dónde está? —preguntó Margot.

—¿Cómo?

—Sí, ¿que dónde está? —insistió—. Si cada marca estaba en un castillo, esta también debería estar en uno, ¿no?

—Mierda —Alex giró la cabeza y apretó su puño en un signo de rabia—, eso es.

—¿Qué pasa? ¿Qué he dicho?

—Me temo que tienes razón, el último signo tiene que estar también en un castillo. Esto no se ha acabado.

—Pero no hay más descripciones. ¿Entonces? —Margot no bajaba la guardia y seguía vigilando los movimientos dentro del parking.

—Eso es lo que no encaja…

—¡No puede ser! —interrumpió Margot, con cara de haber visto un fantasma.

Alex miró a su izquierda y reconoció a la sombra que los había perseguido a él y a Silvia por los diferentes castillos. No era otro que el secuaz de Alfred Llull. Allí estaba, alto y esbelto, envuelto en la oscuridad, sin un atisbo de humanidad. El hombre empezó a correr hacia el coche, a la vez que Margot arrancaba y metía primera para salir de allí a toda prisa. Esquivó una de las columnas al mismo tiempo que aquel hombre alcanzaba el vehículo y golpeaba el cristal con violencia. Alex no dudó ni un instante de que era capaz de romperlo a puñetazos.

—¡Margot! ¡Detente! —gritó la sombra.

Alex se quedó sorprendido al ver que era a ella a quien se dirigía y que además conocía su nombre.

—¿Por qué te conoce?

—¡Cállate! Luego tendremos tiempo para explicaciones, ahora ¡ayúdame a salir de aquí!

Entonces la sombra rompió la ventanilla con un golpe seco de su codo, Alex se cubrió con la chaqueta para que no le cortaran los cristales. Margot había conseguido enfilar el coche hacia la rampa de acceso del parking. Al acelerar dejó atrás a su perseguidor. Cuando llegaron a la salida, la barrera de seguridad estaba echada. No había tiempo para salir a pagar. Margot no lo dudó, cuando Alex vio por el retrovisor cómo el secuaz de Llull los había alcanzado de nuevo, el coche aceleró y salieron del aparcamiento por la pronunciada cuesta, rompiendo la barrera y haciendo saltar todas las alarmas.

—¡Mierda, mierda, mierda! Ahora la policía también sabrá dónde estamos, tenemos que irnos de Madrid. ¿Norte o sur?

—¿Cómo?

—Reacciona, ¡joder! ¿Adónde vamos? ¿Al norte o al sur?

—Yo qué sé... al norte —balbuceó Alex.

Margot clavó su zapato en el acelerador y no lo soltó hasta que alcanzaron casi los ciento ochenta kilómetros por hora.

54

El último baile

Debería estar cansado de tus manos,
de tu pelo, de tus rarezas,
pero quiero más, yo quiero más.
No puedo vivir sin ti,
no hay manera,
no puedo estar sin ti,
no hay manera.

COQUE MALLA,
No puedo vivir sin ti

Silvia abrió su cartera y buscó una tarjeta, la del inspector Torralba. Recordó lo que le había dicho la primera vez que lo vio
en la Biblioteca Nacional: «Tome mi tarjeta, puede que en algún
momento la necesite». Finalmente le llamó.

Una hora después, la estaba esperando en una de las terrazas
de la plaza de la Paja, en un bar donde servían una deliciosa tarta de zanahoria, el Delic. Torralba llegó solo, vestido con un
elegante traje gris y un maletín. La figura del forzudo policía
quedaba ridícula embutida en aquel uniforme de ejecutivo. Parecía más un matón de la mafia que un agente de la ley.

—¿Va a alguna fiesta, inspector?

—Digamos que vengo de ella —dijo en tono sarcástico Torralba.

—¿Problemas?

—No se preocupe, cosas de policías.

Se acercó un camarero y Torralba le pidió un whisky con Coca-Cola.

—Pero si está de servicio —le reprochó Silvia.

—A este paso por poco tiempo, su amigo Alex se ha convertido en un verdadero quebradero de cabeza.

—No le entiendo.

El inspector Torralba sacó un sobre amarillo del maletín. Dentro había unas fotografías, cogió la primera y se la enseñó a Silvia.

—¿La reconoce?

Era aquella mujer pálida que los ayudó en Zaragoza. Si había llamado a Torralba era para pedirle ayuda, así que decidió contarle la verdad.

—Claro, es su amiga, o eso me dijo en Zaragoza. Necesito que me ayude. No creo que usted sepa quién es realmente, es una mujer peligrosa.

—¿Qué quiere decir, inspector?

Torralba no respondió de inmediato, parecía que estaba buscando en su cabeza las palabras adecuadas, lo cual intranquilizó todavía más a Silvia.

—Su descripción coincide con la que tenemos de una misteriosa criminal experta un falsificar documentos y hackear sistemas de seguridad.

—¿Una hacker? ¿Está seguro?

—No es solo eso —rectificó Torralba—. La ALR nos ha pasado una grabación de vídeo de una mujer pálida, delgada, con el pelo negro y muy decidida en sus movimientos.

—¿Qué es la ALR?

—Perdón. La Art Loss Register es una institución que busca obras de arte perdidas. Pensé que la conocería al trabajar en la Biblioteca Nacional.

—Pues no.

—Da igual —afirmó el inspector—. En ese vídeo, esa mujer aparece robando cinco cuadros de un museo parisino.

—¿Y seguro que es ella? —preguntó Silvia.

—Las imágenes no son muy nítidas.

—Entonces ¿cómo está tan convencido de que es ella?

Torralba cogió una fotografía de su maletín.

—Esta instantánea fue tomada en el aeropuerto de Barajas hace tres horas.

Silvia se acercó a la imagen y pudo distinguir en ella un BMW y dentro de él a Alex y la sospechosa mujer.

—¿Qué hacen juntos?

—Esperaba que usted me lo dijera.

Silvia no entendía nada. Dio un profundo suspiro y pensó que ya era hora de hacer las cosas bien, aunque fuera solo por una vez. Y le relató a Torralba todo lo sucedido en Zaragoza.

—No debí dejarles marchar en la estación del AVE. Sabemos que la policía de Bruselas está buscando a una mujer que ha estado contactando con grupos que suelen estar relacionados con el mercado negro de obras de arte. Tenemos sospechas de que también podría ser ella. —El rostro de Torralba mostró una expresión de resignación.

—Se presentó por sorpresa, yo no sabía quién era… —se justificó Silvia—. Ocurrió todo demasiado rápido, no pude reaccionar.

—Pero… ¿qué quieren de usted? ¿Por qué todo esto? ¿Los viajes, los secretos? Por favor, cuénteme de una vez la verdad —le rogó Torralba.

Silvia relató toda la historia del manuscrito y los castillos omitiendo el tema del dinero. El inspector Torralba no salía de su asombro y tuvo que sacar una libreta donde ir tomando notas.

—¿Y dice que se llama Alfred Llull? —El inspector marcó una tecla de su móvil—. Quiero que investigues a un tal Alfred Llull, cuando tengas algo llámame.

Dejó el móvil en la mesa y dio un trago al cubata.

—¿Qué sabe de él? —preguntó de nuevo.

—Solo que parece obsesionado con ese manuscrito, es un empresario de algo relacionado con el sector sanitario y sé que es seguidor o estudioso de las ECM.

—Vaya cóctel, ¿no?

Silvia no estaba tranquila, miraba a un lado y a otro de la plaza. Delante de ella, junto a la entrada de la capilla del Obispo, creyó ver una cara conocida, pero debió de ser solo producto de su imaginación.

—¿Qué le sucede?

—Inspector, desde que encontré ese manuscrito no he podido dormir bien. Estaba escondido en la contraportada de un libro del siglo XIX. La cubierta estaba rota, por eso pude encontrarlo, parecía como si quisiese que yo lo descubriera. —Silvia suspiró—. Todo esto es una locura.

—Debería haber acudido antes a la policía. Entonces ¿no sabe nada más de esa mujer?

—No, dijo que se llamaba Margot y por su forma de actuar primero pensé que trabajaba para Alfred Llull; luego me desorientó y finalmente no supe qué pensar. Fue todo tan rápido, apareció aquel tipo y se llevó a Alex —dijo sollozando Silvia.

—Tranquilícese, ahora debemos encontrar a su amigo y a esa mujer.

—¿En serio cree que es peligrosa?

—Sí, esta mañana ha conseguido escaparse de la patrulla secreta que vigilaba el aeropuerto donde aterrizó Alex. Después se ha saltado la barrera de seguridad de un parking de IFEMA. Ahora mismo está en busca y captura.

—¿Ha dicho que estaba en el aeropuerto con Alex?

—Sí, eso he dicho. Alex volvía de Portugal.

—¿De Portugal? ¿Y qué hacía allí?

—Hemos llamado a nuestros colegas lusos y, tras comprobar las cámaras de seguridad, hemos descubierto que alquiló un coche y, según el navegador que llevaba, parece ser que fue a una localidad llamada Avís. No sabemos nada más —relató Torralba.

Silvia permaneció pensativa mirando al policía.

—¿Sabe si en esa localidad, Avís, hay algún castillo?

—¿Un castillo? —preguntó sorprendido el inspector—. Tendría que comprobarlo.

Cogió de nuevo su móvil y volvió a pulsar la misma tecla.

—Escucha, necesito que me digas si en la localidad portuguesa de Avís hay algún castillo, espero. —Pasó un rato hasta que obtuvieron la información—. O sea que sí, que hay un castillo... y que fue la sede de la Orden de Avís, gracias. Mira a ver si te pueden mandar las grabaciones de las cámaras de seguridad del castillo, si es que las tiene. —Su colega aún tenía más noticias para él—. ¿Que no existe ningún Alfred Llull en las bases de datos? Pero eso no puede ser, ¿lo has comprobado bien? ¿Has mirado también las internacionales? Es imposible, seguid investigando.

»Ya lo ha oído. No hay rastro de ningún Alfred Llull.

—¿Cómo puede ser que no sepan quién es? Recuerdo que la duquesa del castillo de Montalbán lo conocía y me advirtió sobre él.

—Hablaremos con ella. Por otra parte tenía usted razón, hay un castillo en Avís.

—Alex ha continuado la búsqueda por su cuenta y seguro que ha identificado el sexto símbolo. Ahora ya tiene los seis castillos y sabe el orden de los símbolos.

—¿Cuál será su próximo movimiento?

— No lo sé, el manuscrito no dice nada más.

Sonó el móvil del inspector.

—Sí, ¿cómo? De acuerdo, ahora mismo salgo. —Torralba colgó—. Han encontrado el BMW que conducían Alex y la sospechosa, lo han abandonado cerca de Torija en Guadalajara, luego han robado una moto. Voy para allí y usted se viene conmigo, tenemos que seguir hablando.

55

San Juan

Margot conducía una Yamaha de seiscientos cincuenta centímetros cúbicos que acababan de robar cerca de un área de servicio, mientras sus dueños se estaban enrollando detrás de unos árboles. El BMW lo habían escondido en un cruce, cerca de la autovía, para complicar el rastreo a sus posibles perseguidores.

Llegaron hasta la población de Molina de Aragón. A lo lejos vieron aparecer las altas torres de sus murallas, con sus sillares rojizos reforzando las esquinas y el castillo coronando la cumbre. Se detuvieron a la entrada del municipio, junto a una de las puertas medievales. Hacía frío, un frío seco, de esos que te limpiaban los pulmones, el alma y si no te abrigabas bien te podía dejar una semana tirado en la cama con cuarenta de fiebre.

—Esto te gustará, con tanta muralla y tanta torre —comentó Margot nada más quitarse el casco.

Encontraron una casa rural, donde los atendió una mujer mayor y amable, ante la que se hicieron los locos para evitar dar la documentación.

—Tengo una habitación que les va a encantar.

—Queremos algo sencillo, no se preocupe —dijo Alex.

—Tiene un jacuzzi…

—Nos la quedamos —contestó rápidamente Margot—. ¿Tiene una botella de champán?

Alex la miraba con cara de asombro.

—Es mejor que piense que somos una pareja de novios que un par de extraños que están huyendo de algo —le susurró al oído cuando la mujer fue a por la botella.

La habitación era demasiado cursi, pintada en rojo y decorada con unas reproducciones de cuadros de Monet que no pegaban nada en aquel lugar. Eso sí, el jacuzzi era espectacular. Margot se quitó la chaqueta y la camiseta ochentera, debajo llevaba otra camiseta interior negra ajustada. Alex no pudo evitar fijarse y ella se dio cuenta enseguida.

—¿Quieres algo?

—No, ¿por qué lo preguntas? —acertó a murmurar Alex.

—Date la vuelta.

Ni corta ni perezosa, se desnudó. Alex se giró avergonzado y Margot se introdujo en el jacuzzi, oculta bajo la espuma.

—Antes del jaleo en el parking, me dijiste que el último signo tiene que estar también en un castillo.

—Ya, pero ¿cuál? No hay ninguna pista, ninguna descripción —lamentó Alex.

—Solo necesitas pensarlo con tranquilidad, relájate.

—¿Qué pintas tú en todo esto?

—Yo soy tu ángel de la guarda —murmuró asomando una de sus piernas fuera de la bañera—. Te intenté prevenir en Zaragoza, te ayudé a llegar a Portugal, hoy te he salvado de la policía y de ese matón. ¿Te parece poco?

—¿Cómo sé que me puedo fiar de ti?

—No lo sabes, igual que yo tampoco sé si puedo fiarme de ti. Descubramos el secreto y ya habrá tiempo de conocernos. Tenemos siete símbolos ordenados y seis castillos. Quizá sus localizaciones nos den una pista. —Margot salió del baño vestida con un albornoz azul.

—Puede ser.

—El primero, el de Calatrava la Nueva, está en la provincia

de Ciudad Real, el de Montalbán en Toledo, el de Alcántara en Cáceres, el de Alcalá de Xivert en Castellón, el de Clavijo en la Rioja y el de Avís en el Alentejo, en Portugal.

Conforme Margot fue diciendo los nombres y situándolos, Alex vio aparecer ante sí los emblemas de las diferentes órdenes militares, y para cuando Margot iba a pronunciar el nombre del último castillo, Alex ya había descubierto la coincidencia que tenían todos ellos.

—¡Joder!

—¿Qué pasa?

—¡Joder, joder, joder! ¿No te das cuenta? —Los ojos de Alex brillaban y su rostro mostraba una gran excitación.

—¿De qué? ¿Me vas a decir qué pasa?

—Los castillos, lo importante no es su ubicación, sino sus dueños.

—¿Dueños?

—Sí; sus dueños actuales no, los originales. ¡Las diferentes órdenes militares!

Se hizo un silencio mientras Margot procesaba lo que acababa de oír y Alex se aseguraba de que su teoría tenía sentido.

—Calatravos, templarios, Alcántara, Montesa, Santiago y Avís —Alex estaba emocionado—: seis órdenes militares distintas, ¡esa tiene que ser la clave! El castillo que falta también pertenece a una orden militar.

—¿A cuál?

—No estoy seguro… pero quizá a la única importante que falta en esa relación. ¡La Orden de San Juan!

—Entonces tenemos que buscar un castillo sanjuanista, pero ¿cuál? —planteó Margot emocionada.

—Era una de las órdenes militares con más relevancia, con multitud de posesiones y castillos; además, heredaron muchos de los castillos templarios cuando estos desaparecieron. Aunque con esa pista no basta, necesitamos algo más.

—Solo tenemos el séptimo símbolo, el que debería estar en ese castillo…

—¡Eso es! —Alex lo tenía claro—. En esta ocasión funciona al revés, tenemos que buscar el castillo donde aparece ese símbolo.

—¿Acaso existe un catálogo de marcas de cantero que nos diga en qué castillo se ubican?

—¡Ojalá! Pero me temo que no.

—Entonces ¿estamos como antes?

—Ni mucho menos, sabemos que se trata de un castillo sanjuanista y que en sus paredes tiene que estar tallada la marca de la cruz y la estrella. Sé quién puede echarnos una mano. Déjame tu móvil.

Margot se lo dio dubitativa y Alex marcó un número que conocía de memoria.

—No contesta —murmuró Alex.

—¿A quién llamas?

—A Antonio, un amigo y un experto en el románico. Pero... no tenemos suerte, no hay manera de que conteste.

—¿No puedes llamar a nadie más?

—A nadie como Antonio. Seguro que él puede ayudarnos.

Alex volvió a marcar el número y esta vez sí respondió alguien al otro lado.

—Antonio, soy Alex, necesito consultarte una cosa. Mira, estoy buscando un castillo sanjuanista donde aparece una marca de cantero que es una estrella unida a una cruz, ¿te suena de algo? —Alex continuó escuchando a su interlocutor, Antonio Palacín—. Sí, una estrella unida a una cruz, es un símbolo muy peculiar, he pensado que quizá tú lo podrías identificar.

El profesor hablaba desde la otra línea.

—Vale, llámame a este número cuando sepas algo. —Margot permanecía a la escucha, expectante—. Dice que le demos tiempo, tiene que consultarlo.

Aguardaron.

—Alex, has estado buscándolos por media España, incluso en el extranjero, y no te has parado a preguntarte qué sucederá cuando des con el último.

—Ha pasado todo tan rápido que no he podido plantearme esa pregunta.

—Pues plantéatela —le dijo Margot—. ¿Qué ocurrirá cuando halles el símbolo de la estrella y la cruz en el último castillo?

—Dímelo tú.

—Yo no lo sé, pero tú…, ¿por qué arriesgas tu vida por algo que no sabes qué es?

—Siento que debo hacerlo.

—Joder, ¿un sentimental? Tú sabes tan bien como yo que algo sucederá. Esos símbolos son una especie de clave o señal, así que cuando demos con el último un secreto que lleva perdido siglos saldrá a la luz, y por las molestias que se tomaron en ocultarlo tiene que ser grande, muy grande.

—¿Y qué es? Haces muchas preguntas, pero pareces tener más respuestas que yo. Tú trabajabas para él, así que dime lo que sabes.

Ella abrió un poco su albornoz dejando ver el inicio de una cicatriz debajo de uno de sus senos.

—Me morí, estaba muerta.

—¿Muerta?

—Durante medio minuto estuve muerta, la operación duró ocho horas. Cuando recuperé la consciencia, expliqué lo que vi, lo que viví.

—¿Qué? ¿Qué contaste?

—Que lo vi todo, y no solo en mi quirófano. Vi lo que sucedía en los otros boxes y vi a mi familia llorando en la sala de espera.

—¿De qué estás hablando, Margot?

—Nadie me creyó, hasta que apareció Alfred Llull. Le di todos los detalles y él los comprobó. La gente que dije ver, fue buscándolos uno a uno y le confirmaron que habían estado. Alex, tuve una experiencia cercana a la muerte, una ECM. —Margot sonrió—. Esa cara que estás poniendo es la que pone a menudo la gente la primera vez que lo oye. Pero es la verdad.

—No digo que no lo sea, es solo que me sorprende el tema. No esperaba que esa fuera la relación con Alfred Llull.

—Él ha estudiado más casos y me hizo ver que no estaba loca. Al principio fue muy amable y comprensivo, me ayudó mucho. Pero luego fue cambiando, se ha obsesionado con la muerte. La ha estudiado hasta la extenuación y ha creado una especie de… comunidad de creyentes, algunos muy influyentes. Llull nos ha convencido a todos de que la muerte no es el fin.

—De acuerdo, pero ¿qué tiene que ver todo esto con los símbolos y los castillos?

—Eso no lo sé. Yo solo soy uno de los peones de su tablero de ajedrez.

—¿Por qué trabajabas para él?

—No ha sido fácil traicionarle. Uno no puede decidir cuándo le dejas, no depende de ti. —Margot parecía mostrarse sensible y vulnerable por primera vez—. Toda la gente que trabaja para Llull es especial.

—¿Especial? ¿En qué sentido?

—En muchos —respondió con preocupación en su mirada la mujer—. Por ejemplo, Albert.

—¿Quién es ese?

—La sombra que os ha vigilado todo este tiempo. Pues bien, ese tipo posee una agilidad inigualable y una fuerza descomunal, parece casi inhumano. Yo le he visto hacer cosas prácticamente imposibles.

—Te creo.

—Sé que era algún tipo de atleta extremo que trabajaba en un circo y que debió de sufrir un accidente mortal después de un terrible suceso en los Alpes. También tuvo una ECM y Llull lo adoptó por sus habilidades, elige muy bien a sus secuaces. —Margot cogió aire y dio un profundo suspiro—. Durante los años que llevo con él he visto pasar muchas personas con algún tipo de don. Llull es el único que te escucha cuando más lo necesitas.

Alex no daba crédito a todo lo que estaba oyendo.

—Y además tiene mucho dinero; lo utilizó con tu amiguita, con el de la Biblioteca Nacional y con un ladrón de obras de arte, el mejor de toda Europa.

Sonó el móvil. Alex tardó en reaccionar, pero lo cogió al ver de quién provenía la llamada.

—Dime, Antonio. ¿Qué tienes? ¿Cómo? —Alex estaba muy nervioso—. Necesito que la encuentres. Ya sé que es difícil, por eso te lo pido a ti. Es una marca poco frecuente, si está en un castillo alguno de los expertos que conoces la habrá visto y la recordará. Gracias.

—¿Nada? —preguntó Margot.

—Por ahora no —respondió él preocupado—. Como te intentaba decir antes, encontrar una marca en un castillo es complicado, pero buscar un castillo donde aparece una marca es como buscar una aguja en un pajar.

—Quema el pajar.

—¡Qué!

—Si quieres buscar una aguja en un pajar nunca darás con ella, pero quema la paja y cuando se consuma la aguja será fácil de distinguir.

—¿Es una especie de refrán con moraleja?

—Es la verdad, en la vida no hay que andarse con tonterías —afirmó Margot.

Margot fue hacia su pequeña mochila y extrajo de su interior un iPad. Lo apoyó sobre el escritorio de la habitación y tecleó una clave de seguridad; en pocos instantes estaba conectada a internet.

—Busquemos ese símbolo —dijo ella—. Marca de cantero, estrella unida a una cruz. —Se puso a teclear sin parar en el diminuto ordenador.

—No te ofendas, pero dudo que encuentres nada en internet —advirtió en tono muy suave Alex—. Por suerte hay cosas que todavía no están ahí.

—Tú eres bueno en lo tuyo, déjame a mí que pruebe con mis medios.

Margot estuvo un cuarto de hora tecleando combinaciones de palabras, visitando bases de datos e incluso programó un pequeño motor de búsqueda. Pero no encontró nada.

—Tiene que aparecer —murmuró.

Entonces sonó el móvil de Alex.

—¿Estás seguro? —preguntó ansioso Alex—. Mil gracias, te debo una muy grande, de verdad. Un abrazo.

—¿Tenemos algo?

—Es un símbolo especial, me llamó la atención desde el primer momento. Antonio dice que simboliza el alfa y la omega, el principio y fin de todas las cosas.

—Eso tiene mucho sentido. —Margot frunció el ceño.

—Una estrella unida a una cruz, estaba seguro de que tenía algún significado —murmuró Alex—. Pero lo importante es que no es nada frecuente. Antonio ha consultado un trabajo sobre marcas de cantero y ¡bingo! Está ese símbolo y, al parecer, solo se halla en dos castillos en toda Europa, uno está en Francia, y el otro...

—¿Dónde? ¿En España?

—En Teruel, en el interior del castillo de Mora de Rubielos, fortaleza ordenada construir por don Juan Fernández de Heredia.

—Entonces es de un noble, no de una orden militar —señaló Margot.

—Gran maestre de la Orden de Rodas... uno de los numerosos nombres con los que se conoce a la Orden de San Juan, que fue adoptándolos conforme iba abandonando sus posesiones ante el empuje de los turcos: Malta, hospitalarios o Rodas. —Alex dio un trago a la copa—. Ese es nuestro castillo.

—¿Estás seguro?

—¡Por supuesto!

—Entonces tenemos que celebrarlo.

Margot se levantó de la silla y se desabrochó el albornoz que se deslizó con suavidad por sus largas piernas hasta caer al suelo, ante la cara de asombro de su compañero. A continuación, se dio la vuelta y retornó al jacuzzi.

—¿No piensas bañarte? El agua todavía está caliente.

56

Mora de Rubielos

Acostumbrado a la ciudad, aquella mañana le despertó el silencio. Cuando se dio la vuelta encontró una infinita espalda desnuda que parecía no terminar nunca. El pelo negro enmarañado entre las sábanas blancas de la cama de la casa rural semejaba tener vida propia y poder atraparte en cualquier momento. Un fino rayo de luz se colaba por la ventana y atravesaba la habitación hasta llegar al baño. Se quedó mirando al techo pensando en dos mujeres. Una se hallaba lejos de allí, quizá no volviera a verla nunca. La otra estaba a su lado y ahora le miraba con sus turbadores ojos negros.

—Duermes poco.

—Lo suficiente —respondió Alex—. Tú también te has despertado temprano.

—Tenemos algo importante que encontrar, ¿recuerdas?

—¿Crees que hoy acabará todo? —preguntó él.

—Debemos tener cuidado, el destino siempre juega con ventaja y puede prepararnos alguna sorpresa.

—No soy muy amigo del destino, prefiero forjarme yo mismo el mío —puntualizó Alex.

Margot se levantó de la cama, y Alex la contempló caminar. Hubiera ido tras ella, pero el sueño todavía pesaba en su cuerpo. Por alguna de esas extrañas razones que nadie entiende, en ese momento vino a su mente Silvia.

Increíble, pero cierto.

Le dolía, sí. A pesar de estar con Margot, le dolía Silvia.

Le había traicionado, ¿cómo había sido capaz?

Cuando Margot regresó, desplegó un mapa y encendió la luz.

—Desde Molina de Aragón no estamos lejos de Mora de Rubielos, un par de horas, quizá menos. Podemos entrar en la provincia de Teruel e ir hasta la autovía Mudéjar. Pero será mejor ir por las carreteras secundarias y pasar desapercibidos.

—¿Es posible?

—Debemos ir hacia Albarracín, pasando por Ojos Negros y siguiendo la vieja ruta del tren de las minas. Después continuaremos en dirección a Villel, cruzando el Turia al sur de Teruel y subiendo cerca de la estación de esquí de Javalambre, así llegaremos hasta la autovía, justamente a la altura del desvío a Mora de Rubielos, por lo que solo la cruzaremos.

—Pasaremos cerca de Peracense.

—¿Qué hay allí?

—Un castillo. —Alex sonrió.

—No tenemos tiempo de detenernos.

—No hará falta, ya lo verás, créeme.

Margot se dirigió al baño sorteando las almohadas que llenaban el suelo, restos de la batalla que se había vivido durante la noche en el jacuzzi, la cama y otras partes de la habitación.

—¿No vienes?

—Creía que no teníamos tiempo.

—Eso depende de ti.

Alex se incorporó y se dirigió hasta donde estaba Margot, la cogió por la cintura y sintió la suavidad de su piel, sus senos chocaron contra su pecho y sus ojos se perdieron dentro de sus pupilas. Margot lo empujó. Alex la cogió por las muñecas y ella se revolvió. Sin dejar de mirarle fue echándose hacia atrás, hasta apoyar la espalda contra la pared. No dejo ni un instante de mirar a Alex de forma turbadora.

Entonces Margot acercó los labios a su oído, acariciando con las manos su abdomen. A continuación, se aproximó más a él y le hizo retroceder, su pierna derecha no encontró donde apoyarse, porque Margot había puesto su pie detrás de su tobillo, así que perdió el equilibrio y cayó sobre las almohadas, con Margot encima de él entre risas. Y le susurró suavemente al oído palabras prohibidas.

Una hora después, Margot conducía la Yamaha camino de Ojos Negros, con Alex agarrado a su cintura y una cara de haber visitado el cielo antes de tiempo. Siguiendo las indicaciones de Alex, atravesaron el valle del río Jiloca, en la zona más occidental de la provincia de Teruel. En Ojos Negros continuaron por la carretera, paralela a la vieja vía del tren, ya abandonada, hasta llegar al pueblo de Peracense. Allí cruzaron las vías y cuando Margot levantó la visera de su casco, vio unas extrañas formaciones rocosas, de un inusual color rojizo. Sobre la mayor de ellas, ocupando la totalidad de su alargada cima, en un paraje que parecía sacado de una novela ambientada en la Edad Media, descubrió el todopoderoso castillo de Peracense. Suspendido entre las rocas y construido con piedras del mismo color rojizo, en su zona más alta parecía adivinarse una escalera volada al exterior que llevaba a una gran torre rectangular.

—Tenías razón, es imposible no verlo.

—Lo sé —dijo Alex, que seguía agarrado a la cintura de la conductora aunque estaban parados—, es uno de los castillos más espectaculares de Europa. Y está aquí, escondido, en una de las provincias menos conocidas de España, oculto de turistas y visitantes.

—Parece el último refugio de otra época, un lugar de otro tiempo —apuntó Margot.

Siguieron por el trayecto descrito por Alex. Pasaron cerca de Albarracín, la antigua taifa musulmana, el reino independiente más pequeño de la Edad Media y, sin embargo, una de las taifas que más tiempo resistió el avance cristiano. Después, continuaron en dirección a Villel, donde un desafiante torreón vigilaba el desfiladero del río Turia. Atravesaron la provincia de Teruel de oeste a este, hasta el límite con Castellón. Estaban en las estribaciones del Maestrazgo, un territorio montañoso, árido y aislado, un lugar que se había prestado a ser escenario de cruentas batallas desde el inicio de los tiempos. Frontera en la Edad Media del reino de Aragón y el de Valencia, lugar donde el Cid vivió algunas de sus mayores aventuras, dominio del legendario general Cabrera, el Tigre del Maestrazgo, durante las interminables guerras carlistas, y escenario de crueles batallas en la Guerra Civil. Teruel había sido la única capital de provincia tomada por los republicanos. Era un lugar plagado de castillos, muchos arruinados y olvidados.

—Esta zona se llama el Maestrazgo porque fue un área repoblada y defendida por las órdenes militares, sobre todo de los templarios; su topónimo deriva de la palabra «maestre».

Margot volvió a arrancar la moto.

Pronto llegaron a Mora de Rubielos. Margot se dirigió hacia al inmenso castillo que sobresalía en el otro extremo del pueblo. Aparcó la moto justo frente a la muralla que defendía la entrada principal y se quitó el casco.

—Así que… ¿este es el castillo de Mora de Rubielos?

—¿Qué te parece?

—Enorme, aquella torre en el otro lado es fantástica.

—Sí, es impresionante, antes se llamaba Mora de Aragón. Es famosa por una peculiaridad de su nombre. —Alex intentaba llamar la atención de Margot, pero ella se mostraba indiferente—. Puede deletrearse en tres sentidos diferentes: Mora, Amor y Roma.

—¿Consigues ligar así con alguien?

Alex sonrió, pero para entonces algo había captado su atención.

—¡Dios mío!

—¿Qué ocurre?

—Fíjate en los sillares de los muros —señaló con su mano derecha—, todos tienen marcas de cantero, absolutamente todos.

A Margot le costó reconocer el mérito de su acompañante, pero parecía que Alex estaba en lo cierto. Además de unos gruesos muros, compactos y realizados con grandes sillares bien trabajados, todos tenían diversos símbolos tallados. Margot no conseguía encontrar alguno que no estuviera marcado.

—Pero... esto ¿es normal?

—No, no lo es —Alex examinó la torre de la esquina—, tuvieron que trabajar numerosos canteros distintos. Sin duda este castillo se hizo con muchos recursos, la construcción es sólida y debió de costar una fortuna. Todos los sillares tienen marcas de cantero, nunca había visto nada así.

—¿Cómo vamos a encontrar la estrella y la cruz?

—Llamaré a Antonio Palacín, quizá él sepa en qué parte del castillo se encuentra esa marca. —Alex lo intentó varias veces, pero su amigo no contestó—. No sé dónde estará este hombre. Demos la vuelta al castillo.

Se dirigieron a la parte norte, en la que se hallaba la entrada original de la fortaleza, protegida por un muro excavado en la roca, tres torres y varios matacanes. Rodeando la torre de la esquina más al sur llegaron al puente sobre el foso que llevaba hasta la puerta donde había un escudo con siete castillos. A la derecha, estaba la zona mejor protegida de toda la fortaleza, con un poderoso torreón que parecía tener una planta ortogonal. Además, en ese punto el foso alcanzaba su mayor profundidad. Desde allí se veía la parte alta de la población, con un cerro coronado por dos grandes torreones unidos por una muralla, sin duda solo parte de la que debió rodear a la villa en época medieval.

—Todos los sillares siguen teniendo marcas de cantero, no va a ser nada fácil. —Alex volvió a intentar localizar a Antonio Palacín—. Nada, no contesta.

—¿Entramos?

—Sí, pero esta puerta está cerrada. Volvamos al inicio, allí debe haber otro acceso más moderno —sugirió Alex.

Así fue, subieron por una empinada cuesta entre una primera muralla que protegía la entrada, rasgada por saeteras en forma de cruz, y los gruesos muros del edificio del castillo. Cruzaron la puerta que daba a una zona abovedada donde había una rudimentaria mesa de madera, algunas vitrinas con material para turistas y unos capiteles junto a un escudo con siete castillos tallados. En la mesa dos mujeres de cierta edad, de pequeña estatura, vigilaron todos sus pasos.

—Buenas tardes, queríamos visitar el castillo.

—Hola, son dos euros por persona.

Mientras Alex buscaba alguna moneda en sus bolsillos, Margot se acercó a las dos mujeres.

—¿Tienen algún folleto?

Parecían hermanas, tenían un indudable parecido físico y lo único que las diferenciaba era que la que atendió a Margot llevaba un pequeño broche en forma de cruz de Malta en la solapa de la chaquetilla. Esa misma mujer sacó dos folletos alargados de uno de los cajones de la mesa y se los ofreció a Margot.

—«Mora fue reconquistada por el reino de Aragón. El propio arcángel san Miguel se apareció al rey y a sus ejércitos durante el asedio a la fortaleza musulmana para infundirles valor y conquistar Mora» —leyó Margot.

—San Miguel es el patrón del pueblo —añadió una de ellas.

—Gracias por la aclaración. —Margot no se mostró muy emocionada por ese dato—. Según lo que leo aquí, este castillo fue construido por don Juan Fernández de Heredia —dijo Margot.

—Fue uno de los más importantes caballeros del siglo XIV en toda Europa. Era aragonés, un reconocido humanista, escribió notables obras literarias y fue el primero en intentar recopilar la historia del mundo civilizado hasta su época y, además, llegó a ser un excelente político —contestó la otra.

—Sí, pero también fue un valiente soldado y un buen católico, siendo consejero de los reyes de Aragón y del papa —añadió la mujer del broche—. Asimismo fue gran maestre de la Orden de San Juan de Jerusalén, también llamada del Hospital y, actualmente, de Malta. Él ordenó reconstruir el castillo, una vez que los templarios desaparecieron. Para ello se trajo a maestros europeos, y esa es la razón por la cual esta fortaleza no se parece al resto de los castillos de la zona.

—Cierto, nuestro castillo se parece a algunos del Mediterráneo, dicen que tiene similitudes con la corte de los papas en Aviñón, cuando se produjo el cisma en la Iglesia y llegó a haber tres papas, uno de ellos aragonés, el Papa Luna —explicó la otra mujer.

Las explicaciones parecían una competición entre las dos señoras para demostrar quién sabía más.

—Pero no todo lo que cuentan de él es bueno, ¿verdad? —preguntó Alex uniéndose a la conversación.

Las mujeres miraron a un lado y a otro por si alguien las estaba escuchando. La mujer del broche se acercó más a los dos visitantes y empezó a hablar en voz baja, en tono confidencial.

—Dicen que no cumplía con sus obligaciones de gran maestre, no respetaba el voto de castidad, ni de pobreza… Ni todos los mandamientos.

—Es verdad —asintió la del broche—, algunos expertos aseguran que era un poco brujo.

—¿Brujo? —inquirió extrañada Margot.

—Sí, que tenía conocimientos mágicos, esotéricos —murmuró la mujer del broche con un aire misterioso—. Pero nosotras de eso no sabemos nada.

—Claro… ¿Y por dónde empieza la visita?

—Por el patio, vayan a la derecha. Los pisos de arriba están cerrados, así que no pueden subir. Y al final hay un museo etnográfico —contestó la mujer del broche.

—Gracias. Vamos, Margot.

Los dos salieron al inmenso patio cuadrangular, en forma de claustro, que estaba rodeado de una hermosa arquería de arcos apuntados en el primer piso. En el piso superior, se disponía otra arquería, aunque solo en dos de los lados y, esta vez, estaba formada por arcos de medio punto. Entraron en la primera sala a la izquierda. Tal y como les habían indicado, se trataba de una capilla con ausencia de decoración, con una bóveda de crucería pintada de blanco en cuya clave resaltaba el mismo escudo con los siete castillos que habían visto en la entrada.

—¡Mira las paredes! —gritó Margot, quien se sorprendió de la estupenda acústica que tenía aquel lugar—, ¡son marcas! ¡Marcas de cantero! Están por todas partes…

Su voz rebotaba por aquellas paredes, resonando durante varios segundos en el espacio.

—Qué lugar más fascinante, la acústica es maravillosa. —Alex estaba hipnotizado por aquel espacio—. Y tienes razón, todos los sillares están marcados.

Ambos deambularon en busca de la famosa marca de la estrella y la cruz. Alex se quedó mirando un agujero en el suelo, frente al altar. Se situó sobre él.

—Lo suficiente para que pase un hombre —señaló Margot.

—Eso mismo estaba pensando yo, parece que se comunica con los pisos inferiores, puede ser que… No estoy seguro, pero un orificio así, enfrente del altar, solo puede servir para una cosa.

—¿Para qué?

—Para descender hasta una cámara subterránea los cadáveres de los fallecidos después de la misa fúnebre, y así enterrarlos en la cripta.

—¿En serio los bajaban por ahí? —preguntó Margot asomándose al orificio.

—Es solo una teoría, continuemos.

Abandonaron la capilla y llegaron a una escalera de caracol que descendía a los subterráneos. Había poca luz.

—En el folleto dice que esta escalera estuvo oculta durante muchos años —comentó Margot, que encabezó el descenso por la escalera que se retorcía alrededor de sí misma, creando una sensación de ahogo mientras bajaban.

Así llegaron a una enorme sala abovedada.

—Es inmensa, ¿cuánto mide?

—No sé, veinte, treinta metros de largo —respondió Alex—. Los arcos que sujetan la bóveda de cañón también son de sillería.

—¡Y todos los sillares con marcas de cantero!

Avanzaron por la sala, que estaba vacía, hasta el final. Allí la bóveda terminaba con un arco apuntado y se iniciaba un espacio abierto, un gran balcón desde donde se veía perfectamente el piso inferior, en el que se adivinaba otra gran sala, incluso de mayor longitud, y en cuyo extremo había una puerta en arco de medio punto. Volvieron atrás y siguieron bajando por la escalera de caracol hasta ese segundo sótano. Allí había otra sala abovedada similar a la anterior, aún más larga y misteriosa. Estaba iluminada desde el suelo por una fila de luces a cada lado que parecía indicar el camino a seguir. Ambos avanzaron por la inmensidad de aquel espacio vacío.

—¿Sucede algo? —Alex se percató de que alguna cosa inquietaba a su compañera.

—Me ha parecido ver una sombra.

—Habrá más visitantes.

A continuación, oyeron un ruido en la escalera de caracol.

—Escóndete —ordenó Margot.

—Pero…

—Hazme caso, déjame esto a mí. —Margot sacó un largo cuchillo que tenía escondido en la parte posterior de su bota, el filo del arma brillaba en la oscuridad—. Silencio.

Durante unos segundos no se oyó nada, como si aquellos gruesos muros pudieran aislarles del resto del mundo. Entonces

Margot vio avanzar una sombra penetrando por la puerta, anticipo de una visita inesperada. Flexionó las piernas e inclinó el brazo hacia atrás dejando ver la hoja del cuchillo que se disponía a lanzar a gran distancia. Pero una luz la cegó.

—Hola —saludaron desde la puerta.

Era una pareja de turistas, un hombre mayor con una chaqueta verde muy llamativa y una mujer de poca estatura, muy sonriente. Se asomaron a la gran sala e hicieron un par de fotografías. Después se marcharon.

—¡Mierda!

—¿Por qué llevas ese cuchillo? ¿Y de dónde lo has sacado? Ayer…

—Venga, sigamos.

—De acuerdo —aceptó Alex y Margot le siguió—. Ahora debemos estar en la base de la torre que defiende la puerta por donde hemos entrado desde el oeste.

Una sala vacía, de unos tres metros escasos de lado.

—Esta parece la parte más antigua del castillo y hace más frío, hemos descendido mucho para llegar hasta aquí —comentó ella.

—Es curioso, las mujeres de la entrada han nombrado a san Miguel. Este arcángel es el encargado de pesar en la balanza del bien y del mal a todas las almas antes de que se tome la decisión de si deben entrar en el reino de los cielos o descender a lo profundo de los infiernos.

—Parece que nosotros hubiéramos descendido a los infiernos —afirmó Margot mientras examinaba el muro de la base del torreón.

—Quizá lo hayamos hecho.

—¿Qué es eso? —Margot señaló a lo alto de una de las paredes.

—¡Joder! —exclamó Alex—. Es un triángulo equilátero y está apuntando al techo.

—Ya veo que tiene forma de triángulo, pero ¿qué significa?

—Es un símbolo esotérico, aparece en los billetes de un dólar de Estados Unidos. Estamos en la cripta, la sala que se comunica con el altar por el orificio que hemos visto al principio. —Alex estaba nervioso—. Ese triángulo no posee ninguna función constructiva, pero no es casual. Tiene un porqué.

—Le falta la parte del vértice, como si en ese lugar debiera haber una pieza que coronara el triángulo —dijo Margot.

—Así es, estamos en una sala con más de seis siglos de antigüedad. Y es especial, no es una simple cripta, aquí se celebraba algún tipo de ritual o de ceremonia.

—El folleto. —Margot lo buscó y lo iluminó con su móvil—. Dice que es una cripta que era utilizada por los frailes franciscanos para preparar sus momias, pero que se retiraron todos los restos en una restauración de los años setenta.

—Sí, pero los franciscanos no construyeron este castillo. Me temo que esta era una antigua cámara ritual, aunque luego se usara para otros menesteres.

57

Santa María

El sonido del móvil de Alfred Llull resonó en la nave de la iglesia. El millonario sacó el teléfono de la chaqueta y contestó.

—Sí. ¿Qué ocurre? —Llull escuchó la respuesta desde el otro lado de la línea—. ¿Cuánto tardarás en llegar?

Mientras, Svak intentaba imaginar qué iban a encontrar en el castillo. Si sus sospechas eran ciertas, el símbolo estaría tallado en alguna parte de la fortaleza. Pero tenía cierto temor acerca de lo que sucedería en el momento en que lo encontraran.

—¿Qué sabes de ella? —Lo que quiera que escuchó Llull a través del móvil no le gustó lo más mínimo. Sus ojos se hincharon y se inyectaron de sangre, bajó la mirada y soltó un gruñido—. ¿Cómo es eso posible? ¡Me da igual!

Svak se volvió preocupado por el grito que retumbó en todos los muros del templo y atrajo la atención de los escasos parroquianos que allí había. Cuando miró a Alfred Llull se asustó ante la expresión de su rostro. A continuación, observó la escultura de san Miguel que había en una de las capillas de la iglesia, y creyó ver la misma expresión de terror en el rostro del demonio que luchaba con el arcángel.

—No se te ocurra hacerle daño.

Después de guardar de nuevo el móvil en su chaqueta, hizo un gesto a Svak para que le siguiera al altar de la iglesia. No había mucha gente. Una mujer limpiando una imagen de un santo en una capilla lateral y otras dos sentadas en uno de los primeros bancos de la nave. Llull levantó la vista hacia la bóveda de cañón apuntado que cerraba el templo. A continuación, caminó por el pasillo central de la nave, entre las filas de bancos alineadas, con Svak tras él.

—¿Por qué está tan seguro de que es la fortaleza de este pueblo? —preguntó Alfred Llull.

—He investigado los castillos sanjuanistas y este, en particular, es famoso por sus marcas de cantero.

—¿Solo por eso?

—Entre otras cosas. Por ejemplo, existe un estudio reciente que intentó aplicar un algoritmo matemático a la distribución de estas marcas.

—Interesante. ¿Y obtuvo alguna conclusión coherente?

—En base a su distribución pretendía establecer las diferentes fases constructivas. Hay marcas de cantero en sus muros que solo aparecen en este castillo y en la casa papal de Aviñón. Además, perteneció a don Juan Fernández de Heredia y, antes, a los templarios —explicó Svak—; luego hay cosas raras.

—¿Raras? ¿Puede ser un poco más explícito?

—Su dueño fue Fernández de Heredia, uno de los personajes más destacados del siglo XIV y también más enigmáticos. Gran maestre de los caballeros de San Juan de Jerusalén, este personaje histórico luchó en la guerra de los Cien Años, defendiendo al rey de Francia y cayendo prisionero en la batalla de Poitiers en 1356. Este castillo pasó a la Orden de San Juan de Jerusalén después de la persecución de los templarios. Fue su residencia y trajo a los mejores canteros para ampliarlo.

—Pero sus partes más antiguas son templarias.

—Además, poseía una excepcional biblioteca con manuscritos de todo tipo de materias. En algunos de estos manuscritos, aparece con ropajes que lo visten como un mago con la cruz de la Orden del Hospital en el pecho.

—¿Un mago?

—Ya le he dicho que es una figura compleja, misteriosa, pero no cabe duda que poderosa y de las más destacadas de su época en toda Europa.

—Un gran maestre.

—Sí, pero ¿qué hacemos aquí? ¿Por qué no entramos al castillo?

—Usted nunca me defrauda, señor Svak. Tiene una facilidad innata para procesar la información, pero es impaciente. Todavía es pronto para ir al castillo, estamos aún dentro del horario de visitas, ahora mismo puede haber turistas en su interior. Esperaremos a que se haga más tarde. —Alfred Llull se detuvo frente al altar de la colegiata de Santa María en Mora de Rubielos—. ¿Qué le parece esta iglesia?

—Esplendida, gótica, del siglo xiv...

—No la analice desde el punto de vista histórico, esto no es un acueducto romano —criticó Alfred Llull—. Una vez me dijo que usted no creía en Dios.

—Así es.

—Si no existe Dios, ningún dios, si solo nos limitamos a genes y ADN, entonces cualquier cosa es posible. Es como si todos pudiéramos llegar a ser Dios. Dentro de poco tiempo, con la genética y la ciencia se podrán eliminar enfermedades antes de que lleguemos a nacer. Incluso se podrán llevar a cabo cambios en personas ya adultas, alterando su ADN. No será necesario nacer rubio, podremos cambiar nuestra genética con cuarenta años y ser rubios. ¿Se imagina?

—La verdad es que no.

—Eso es solo un ejemplo, podremos hacer cualquier cosa. Porque si Dios no existe todo es posible, porque somos nosotros los que nos convertimos en nuestros propios dioses, nos liberamos de un ser superior que toma las decisiones por nosotros. Podemos elegir el futuro y el presente, convertirnos en lo que deseemos. Solo necesitamos los conocimientos que, sin duda, iremos adquiriendo con el tiempo.

—Es el progreso, viviremos más tiempo y mejor, sin duda, pero ¿qué tiene eso que ver con Dios?

—Algunos de los más importantes expertos en genética del mundo ya han avanzado cómo seremos en el futuro.

—¿Más guapos? —bromeó Svak.

—El hombre del futuro se conectará a un clon fabricado con sus propias células madre. Con fibras ópticas enlazadas a la médula espinal, cargará datos y programas de conocimiento o memoria y se liberará de su envoltorio, de su cuerpo, volcando el contenido de su cerebro en otra máquina humana.

Svak se quedó callado; un cierto aire de temor recorrió su cuerpo poniéndole los pelos de punta, como si la mismísima muerte estuviera detrás de él afilando su guadaña. Se imaginó a sí mismo conectado a una imagen exactamente idéntica a él y miró a Llull aterrorizado.

—No hay límites, señor Svak. Si no hay ningún ser superior, los límites los ponemos nosotros. Y eso no puede ser, eso supondría el final de la humanidad. No seríamos hombres, nos convertiríamos en monstruos.

—¿Por qué me cuenta todo esto? —reaccionó Svak, quien no entendía a qué venía ese discurso.

—Porque es un gran dilema creer o no creer en Dios, en algún dios.

—¿Es usted católico?

—Veo que no lo entiende —musitó Alfred Llull—. Yo tengo una mente podemos decir que científica. Me he regido toda mi vida por leyes físicas y he aborrecido toda creencia no científica. Pero precisamente por mi trabajo, empecé a darme cuenta de que la ciencia no lo explica todo, al menos nuestra ciencia.

—Es ateo —afirmó el ladrón de libros.

—Qué equivocado está, señor Svak —musitó Llull—. Yo sí creo en una sabiduría superior, en un conocimiento que fue dado a los hombres y que se ha perdido con el paso del tiempo y, por encima de todo, creo en mí.

—¿En usted?

—Sí —respondió mientras se paraba frente al altar—. Dentro de poco vamos a descubrir un extraordinario secreto, vamos a descifrar una antigua sabiduría. Quizá entonces lo entienda. ¿No le parece excitante?

Svak no respondió.

—¿Cuántas lenguas se hablan en la actualidad en el mundo? ¿Cientos? ¿Miles? —preguntó Llull sin intención de obtener ninguna respuesta—. ¿Y cuántas se han perdido? ¿Cuántas lenguas se han olvidado a lo largo de los siglos? La etrusca, la ibera, la mesopotámica, la de los tartessos… No podemos ni imaginarnos cuántas lenguas han muerto. El tiempo pasa para todos, para los hombres, las iglesias, los libros… Hasta las palabras se hacen viejas, se pierden y se olvidan. ¿Cuántas palabras que utilizaban sus padres ya no se usan?

Svak comenzó a estar más agobiado, aquella conversación no podía depararle nada bueno.

—Quizá alguna de esas lenguas perdidas, de esas palabras olvidadas sirvieran para comunicarse con… Quizá activen partes de nuestro subconsciente que permanecen dormidas. Y que sí se despiertan cuando morimos. ¿Usted conoce las ECM?

—Experiencias cercanas a la muerte.

—Créame si le digo, señor Svak, que estamos a punto de descubrir un secreto ignoto desde hace siglos. Hay un mensaje oculto, un lenguaje olvidado, una lengua muerta en esas piedras y vamos a devolverla a la vida.

Sin embargo, Svak no creía en nada, en ninguna religión ni tampoco en supersticiones, y no se iba a dejar impresionar por fantasías futuristas. Y por mucho que Llull le hubiera pagado, no pensaba seguirle hasta el mismísimo infierno.

—Yo, como muchos antes que yo, solo busco respuestas.

—Señor Llull, tenga cuidado. Cuando creemos tener todas las respuestas, nos pueden cambiar todas las preguntas.

—Un escéptico. No esperaba menos de usted. Yo también lo era como el que más. Veo que es inútil intentar convencerlo. Desde luego su capacidad para no alterarse por nada es increíble, podría decirse que parece que usted no tiene alma, no tiene corazón.

—Lo tuve, pero hace ya mucho de eso. —Svak pareció dar

signos de debilidad por un instante, como si un terrible recuerdo hubiera brotado desde lo más recóndito de su mente y amenazara con destruirlo todo a su paso, pero el ladrón de libros se repuso con extraordinaria entereza—. Le repito que ahora lo único que me importa es mi dinero.

—Lo tendrá, no se preocupe. —Llull miró su reloj de pulsera—. Son las ocho, pronto cerrarán el castillo.

58

La estrella y la cruz

Margot y Alex habían revisado todos los muros de la cripta e incluso los de la sala abovedada, pero no habían encontrado el signo de la estrella unida a la cruz. En la última media hora ya no habían entrado muchos turistas a molestarles y pronto cerraría el castillo, por lo que empezaban a estar desesperados. Parecía imposible localizar el símbolo en los muros de tan inmensa fortaleza.

—¿Por qué no miramos en otra de las salas? —sugirió Margot.

—Porque debería hallarse aquí, estoy seguro. Este es el lugar idóneo. Una cripta, una sala de rituales.

—Pero no está —objetó Margot irritada—, es mejor que sigamos buscando en otra parte del castillo. Cualquier muro está construido con sillares y casi todos, marcados con símbolos. La verdad es que si tuviera que buscar una marca de cantero, creo que no habría mejor lugar que este, hay miles.

—Sí, pero hasta ahora todas son marcas para contabilizar los sillares —se lamentó Alex—. Necesitamos algo de suerte, de lo contrario…

—Sin suerte, tardaremos semanas en revisar todos los muros —interrumpió Margot.

—Quizá tengas razón y no esté en la cripta. Entonces debemos revisar todo el castillo con mucho detenimiento —planteó Alex.

—¿No se te ocurre algo mejor? —dijo Margot un tanto decepcionada—. ¿Estás seguro de que este es el séptimo castillo?

—Sí, aquí se encuentra esa marca de cantero, no tengo ninguna duda, Antonio me lo confirmó. Solo debemos encontrar el sillar donde fue tallada.

—¿Y él no te ha dicho dónde estaba?

—No lo ha averiguado, bastante ha hecho ya.

Margot no dijo nada, pero su mirada habló por ella.

—Es aquí, confía en mí —le rogó de nuevo Alex.

—De acuerdo, pero son casi las ocho y media, el castillo pronto cerrará.

—Debemos irnos.

—¡No! —exclamó Margot—. Hay que encontrarla hoy, mañana puede que no tengamos la oportunidad.

Ambos se dirigieron a la escalera de caracol, esta vez Alex iba delante de su acompañante. Subió el primero, el segundo, el tercer escalón y… cuando iba a poner su pie izquierdo en el cuarto se paró y el corazón le dio un vuelco.

—¡No puede ser! —exclamó como si hubiera visto un fantasma.

—¿Qué pasa?

—¡Claro! ¡La escalera!

—¿Qué pasa con la escalera? —Margot no entendía tanta excitación.

—¿No te has preguntado nunca por qué muchas iglesias tienen siempre escaleras, peldaños para acceder a los altares? —Alex todavía no salía de su asombro—. Esos peldaños simbolizan la ascensión de lo profano a lo sagrado y representan a su vez una barrera que debemos superar espiritualmente para ser dignos de estar cerca de Dios.

—Pero esta es una escalera de caracol. No hay estas escaleras en las iglesias.

—Las escaleras de caracol son especiales. Una leyenda cuenta que en el templo del rey Salomón había una y, desde entonces, la escalera de caracol ha tenido siempre connotaciones iniciáticas. En la Antigüedad, se empleaba en muchos ritos, representaba el ascenso desde la oscuridad a la luz.

—Estamos tres pisos bajo tierra… en la oscuridad…

—Y por la escalera ascendemos a la luz —continuó Alex—. Aquí se realizaba algún tipo de rito iniciático, los aprendices bajaban por el hueco del altar hasta la celda que hemos visto. Allí recibían los primeros conocimientos y después ascendían por la escalera de caracol hacia la iluminación.

—Pero ¿no habíamos quedado en que bajaban a los muertos a la cripta? —recordó Margot.

—Eso fue después, en el inicio su función debió ser otra —rebatió Alex—, parte de un ritual. Por este lugar bajaban a la cripta, a la oscuridad, y de él salían a través del conocimiento.

—Perfecto, pero ¿qué tiene que ver eso con los símbolos? —preguntó Margot algo molesta.

—Mira debajo de tus pies.

Margot, sorprendida, le hizo caso, pero por mucho que se esforzó no vio nada en el suelo.

—Solo hay un escalón.

—Sí, los primeros… —Alex contó los escalones que había subido— son simples escalones. Sin embargo, mira en el que estoy yo apoyado, en el cuarto.

Margot puso esa mirada que Alex ya empezaba a percibir como familiar, una mirada que hablaba por sí sola.

—Y observa en los siguientes —continuó Alex.

En la parte frontal de los escalones de la escalera de caracol había talladas diferentes marcas de cantero.

—¡Es increíble! —dijo ella—. Hay marcas de cantero talladas en el frontal de los escalones. Por eso no las habíamos visto al bajar. Solo se pueden ver cuando subes la escalera.

—Era parte del ritual, una manera de que solo los iniciados vieran los símbolos.

—¿Cuántos escalones habrá? —preguntó Margot, que no salía de su asombro.

—No lo sé, puede que haya escalones sin marcas, como los tres primeros. Aunque te apuesto lo que quieras a que los siete símbolos del manuscrito están en esta escalera, incluida la marca de la cruz y la estrella.

Utilizando la linterna del móvil como improvisada fuente de luz, descubrieron que la primera marca de cantero era una simple «L», una escuadra.

—Tiene sentido, una escuadra implica disciplina, seguir las reglas. Debe de ser el primer paso que hemos de seguir.

—El siguiente escalón tiene un triángulo equilátero invertido, ¿qué puede significar? —preguntó Margot.

—No lo sé. De todas maneras, debemos centrarnos en las marcas del manuscrito, olvidémonos del resto.

Subieron cada uno de los escalones; había diferentes marcas, algunas se repetían como la «L» o la que tenía la forma de triángulo equilátero. Otras, como una en forma de «M», otra con forma de flecha o de un triángulo con una cruz en el vértice, solamente aparecían una vez. Pero ninguna de ellas correspondía con las del manuscrito. Alex empezaba a dudar de su instinto, mientras Margot permanecía en silencio, como si estuviera ausente. Estaban llegando al final de la escalera de caracol cuando, en el penúltimo escalón, apareció la estrella de ocho puntas unida a la cruz.

Ambos aguantaron la respiración y el tiempo se detuvo.

Era exactamente el mismo símbolo que el dibujado en el manuscrito, no había duda.

—Es maravilloso, la estrella y la cruz, alfa y omega, el principio y el final de todo. La escalera de caracol, este colosal castillo, las órdenes militares… —Alex estaba emocionado—. ¿Qué tipo de secreto oculta todo esto?

—Tenemos el último símbolo. ¿Y ahora? ¿Qué debemos hacer? Se suponía que pasaría algo cuando encontráramos el último símbolo. Alfred Llull siempre dijo que la verdad nos sería revelada en ese mismo momento.

—La marca de la estrella y la cruz está en el escalón treinta y cinco, el penúltimo, pero en realidad los tres primeros no tienen marcas. —Alex siguió analizando la situación—. Deberíamos descartar esos primeros escalones. Entonces el último escalón es el número treinta y tres de la escalera de caracol. ¿Y qué tiene de especial esa cifra?

—Es la edad a la que murió Jesús —se atrevió a sugerir Margot.

—No puede ser una casualidad, tiene que tener algún significado.

—¿Por qué el último escalón no tiene marcas?

—Quizá porque representa el todo, el máximo conocimiento, el cual no puede mostrarse con símbolos. Porque una vez que hemos alcanzado el escalón con la última marca, la verdad nos será revelada en primera persona. La veremos o la escucharemos —Alex hizo una pequeña pausa—, al igual que los tres primeros pueden referirse a tres niveles de conocimiento, desde los cuales debían partir los iniciados al subir la escalera: aprendiz el más bajo; iniciado, el segundo, y maestro, el tercero.

—Tiene sentido —murmuró Margot.

—¿Y el resto de los símbolos del manuscrito? No les encuentro utilidad.

Un chorro de luz los deslumbró. Era tarde y las mujeres de la puerta tendrían que cerrar el castillo. Seguro que habían venido a buscarlos.

Sin embargo, tras una prominente linterna apareció Alfred Llull.

59

La verdad

Buscó de reojo a Margot, sin encontrarla. Había desaparecido. «Mejor que se haya escondido», pensó. Llull parecía estar solo, pero seguro que su secuaz no andaría muy lejos.

—«No tengas miedo. Yo soy el Primero y el Último, y el que vive. Estuve muerto, pero ahora vivo por los siglos de los siglos, y tengo las llaves de la muerte y del infierno».

—El Apocalipsis —respondió Alex sin amedrentarse.

—En efecto, Alex, Apocalipsis 1:17-18 —dijo Llull muy sonriente—. No sabía que conociera el libro.

—Y no lo conozco, pero no sé por qué me lo imaginaba.

—«Yo soy el Alfa y la Omega, el que es y que era y que ha de venir, el Todopoderoso». Apocalipsis 1:8.

El silencio llenó la distancia entre los dos hombres, hasta que Llull enfocó el haz de luz de su linterna sobre el rostro impasible de Alex.

—¿Qué pretendía hacer con la secuencia de símbolos, señor Aperte? No creería en serio que iba a llegar aquí e iba a ser capaz de interpretarlos. No es consciente de lo que tiene entre manos.

—Estos símbolos forman parte de alguna creencia —aseguró Alex mientras tocaba con su mano el penúltimo de los peldaños.

—No está mal para un aficionado.

—Sin mí, nunca descifrará su significado —le advirtió Alex desafiante.

—No insulte mi inteligencia. Le perdoné la vida una vez, no tendrá tanta suerte de nuevo.

—¿Va a arriesgarse a matarme sin conocer lo que sé?

—¡No juegue conmigo! —le advirtió Llull irritado—. Dígame ahora lo que sabe.

Alex miró de nuevo buscando a Margot, pero la escalera de caracol permitía una visibilidad limitada. Llull se impacientaba y no parecía que nadie fuera a llegar en su ayuda.

—Tenemos que pensar como los constructores de este castillo —empezó a explicar Alex de forma pausada—. Estos símbolos tienen que permitirnos ver lo que no vemos y así poder llegar al verdadero conocimiento de la idea de la que nacieron.

—¿Y cómo podemos alcanzar ese conocimiento? —Llull parecía intrigado—. ¿Cómo podemos interpretar los símbolos?

—Comprenderlos es difícil para nosotros. Eran los maestros los que tenían ese poder. Después de años de estudio y dedicación, eran personas con una plena vida interior, que les permitía comunicarse a través de los símbolos.

—Muy bien. —Llull le aplaudió—. Sin duda le infravaloré, pero esas cualidades le valdría más la pena utilizarlas en una novela o en su programa de radio que en asuntos que están fuera de su alcance.

—Usted está loco.

—San Agustín afirmaba que el mundo es tal como nos parece, hecho de cosas que no aparecen. Que no seamos capaces de ver algo no significa que no exista, sino que es una muestra más de nuestras limitaciones, porque somos seres inferiores, por mucho que nos cueste admitirlo.

—¿Y usted es un ser superior?

—Al contrario —respondió Llull sonriendo—. Piensa que me equivoco. Pero la verdad no es visible para todo el mundo, porque no todos somos capaces de ver las mismas cosas. Usted es historiador, piense. ¿Por qué solo hubo unos pocos hombres capaces de entender a Galileo en el siglo XVI, mientras la inmensa mayoría decidió quemarlo en la hoguera? Porque no eran capaces de leer los símbolos que veían, pero Galileo sí. Él fue capaz de sentir esa fuerza irresistible, permitiéndole llegar al éxtasis de la idea que nacía de los planetas.

—¿Se está comparando con Galileo?

—Veo que es inútil; si no es parte de la solución, es parte del problema. ¿No siente la energía que hay en esta escalera?

—¿Energía? —Miró de nuevo detrás de él buscando a Margot, pero no la encontró. «¿Dónde estará?», pensó.

—Sí, hay quienes cuando posan su mano sobre el muro de una construcción antigua sienten una vibración, una energía que fluye desde la misma tierra y recorre sus cimientos.

—He oído sobre esas teorías, pero… son solo conjeturas.

—Me defrauda, le consideraba una persona más inteligente. Cuando Galileo dijo que la Tierra giraba alrededor del Sol también lo llamaron loco. Estos símbolos son mucho más antiguos de lo que usted cree. No los inventaron los cristianos. Son al menos dos mil o tres mil años anteriores. Los etruscos, en su alfabeto, tenían símbolos similares. ¿Ha visto alguna inscripción ibera? —preguntó Llull sin importarle la respuesta—, sus símbolos también son parecidos a estas marcas de cantero. ¿No me dirá que no le resulta sorprendente?

—Puede que tenga razón. No obstante, se olvida de un detalle. Usted lleva años investigando, tiene conocimientos, dinero y poder, y sin embargo, yo llegué antes que usted aquí.

Un ruido metálico recorrió la escalera.

60

La luz

El inspector Torralba golpeó la puerta del castillo repetidas veces, sus golpes retumbaban como ecos del pasado en aquella inmensa fortaleza medieval.

—Es tarde, jefe —Montalvo se frotó los ojos, cansado—, habrán cerrado.

Torralba miró su reloj, eran las nueve menos cuarto. Por la hora que estaba indicada en el cartel informativo de la puerta, pasaban ya quince minutos del horario de cierre.

—Tiene que haber todavía alguien limpiando o recogiendo.

El inspector dio varios pasos hacia atrás y se asomó entre las almenas de la muralla. Estaba anocheciendo y el sol se ocultaba tras la iglesia gótica. En lo alto del pueblo, destacaba un largo paño de muralla entre dos grandes torres. Al lado de la que estaba situada más a la derecha, se apreciaba otra pequeña iglesia, nada que ver con el impresionante templo que se alzaba junto a la fortaleza. Los tejados de las casas, formados por tejas árabes de color rojizo, parecían un hermoso tapiz tejido hacía siglos. Un agradable silencio inundaba toda la localidad, como si esa fuera la banda sonora de aquel lugar, un infinito silencio. Para llegar hasta el castillo habían cruzado por un par de puertas de la antigua muralla que debió rodear todo el perímetro del pueblo. El sabor medieval se palpaba en cada uno de los edificios de

Mora de Rubielos, donde su castillo no era sino la guinda de un espléndido pastel.

—No hay nadie por aquí —comentó Espinosa.

Torralba seguía observando el pueblo desde la muralla cuando se encendieron las luces externas que iluminaban el castillo y parte de la población. Una vez alumbrado todo el perímetro del castillo, Torralba identificó una moto de gran cilindrada junto a uno de los muros. No necesitaba revisar la información que les habían facilitado sobre la motocicleta robada cerca de Torija para saber que sería aquella.

—Si la moto sigue fuera, ellos tienen que estar en el interior. Montalvo, abre esa maldita puerta como sea.

El policía se acercó y examinó el cerrojo, luego revisó los extremos de la puerta y dio varios golpes para comprobar su resistencia.

—¡Dios santo, jefe! Esto es la puerta de un castillo. ¿Has visto qué grosor tiene? Y está reforzada por perfiles metálicos. Está pensada para que nadie pueda entrar.

—Desde luego se te ha caído el pelo pensando. ¿Puedes abrirla o no?

—Claro que sí. —Montalvo sacó un pequeño estuche de su chaqueta y extrajo de él unas herramientas delgadas y afiladas—. Tardaré un poco.

Silvia permanecía junto a Espinosa unos metros más abajo de la rampa de acceso. Ella presentía que Alex estaba allí dentro y también que las cosas no iban bien.

¿Qué sucedería cuando se volvieran a encontrar?

Tenía que estar preparada para lo peor. Debía ser fuerte para resistir su mirada de desprecio. Silvia solo quería verle de nuevo, poder explicarle lo inexplicable. No esperaba buenas palabras, ni siquiera confiaba en que quisiera hablar con ella. Pero necesitaba explicárselo; quién sabe, quizá no todo estuviera perdido. En cualquier caso, intuía que aquella noche no iba a ser tranquila, percibía una presencia perturbadora en aquel lugar, una sensación que conocía perfectamente. Al menos estaba al lado del inspector.

Torralba parecía un hombre inteligente y un buen policía, aunque ella tenía la corazonada de que al abrir esa puerta se estaban introduciendo en la boca del lobo, en un lugar sin retorno habitado por seres fantásticos como los que le relató Antonio Palacín en Huesca. Podía imaginarse a esos seres tallados en piedra cobrar vida para abalanzarse sobre ellos como fieras hambrientas y llevarse sus almas lejos de allí. Silvia estaba aterrorizada.

—Puede que no estén aquí —murmuró Espinosa—, hay que tener en cuenta que son bastante listos. Si no fuera porque dimos órdenes de poner en alerta todas las localidades con castillos importantes, no hubiéramos tenido esta pista. ¿Cómo sabía que irían a uno de ellos?

—Conozco a Alex —respondió Silvia preocupada—. ¿Cree que conseguirá abrir la puerta?

—¿Montalvo? Cuente con ello.

Silvia andaba cada vez más nerviosa. No sabía si estaba ayudando o traicionando de nuevo a Alex, pero necesitaba volver a verle.

—Ya está, inspector. —Montalvo empujó la puerta y esta se abrió sin dificultad dejando salir una bocanada de aire frío y seco.

—Eres el mejor, Montalvo, no sé qué haces en la policía, en vez de robar bancos —bromeó.

—No me tientes, jefe, no me tientes.

Torralba dio una palmada de aprobación en la espalda de Montalvo y entró en el castillo. La entrada se hallaba en profunda oscuridad, pero el patio estaba iluminado y llegaba una tenue luz hasta el acceso.

—Algo no cuadra —murmuró Torralba.

Su instinto le decía que no estaban solos en el castillo. Pero esa no era la única preocupación del inspector.

—Montalvo, debemos andarnos con mucho cuidado —le susurró el inspector—, hemos entrado sin ninguna orden de registro. Puede ser que nos encontremos con los sospechosos o simplemente con algún encargado del castillo.

—Las luces del patio están encendidas.

—Puede ser alguien de la limpieza —respondió el inspector—. Podemos meternos en un buen lío, así que ándate con ojo.

—Inspector, esto no me gusta.

—A mí tampoco.

—¿Por qué está encendida la luz del patio y no las de la entrada? —masculló Montalvo.

El inspector se acercó al rudimentario mostrador que había a su derecha cuando se encendió la luz. Miró al fondo y vio a Montalvo, el cual había encontrado el interruptor. Asintió con la cabeza y lo rodeó, hallando lo que tanto temía, dos cuerpos escondidos tras él. Montalvo se acercó al ver la cara de preocupación de su jefe y pudo ver a dos mujeres mayores yaciendo en el suelo. No tenían marcas de disparos ni de arma blanca, Torralba les intentó encontrar el pulso.

—No están muertas, parece que las han adormecido con alguna droga —explicó Torralba.

—Inspector, debemos pedir refuerzos.

—Sí, llama a la central y que no entre Silvia —ordenó Torralba mientras se aseguraba de que las dos mujeres respiraban con normalidad—, que permanezca fuera con...

Se apagó la luz y Montalvo cayó al suelo, golpeándose contra el mostrador. Torralba, sin tiempo de levantar la vista, recibió una patada que impactó en su rostro empujándolo hacia la pared, contra la que chocó de manera brutal quedando aturdido.

—¡No se mueva! —gritó Espinosa que había entrado nada más oír los ruidos, apuntando con su arma a una especie de sombra que estaba dispuesta a rematar al inspector con un puñetazo—. ¡No dé ni un paso más!

El policía vio dos ojos brillantes, como luces en la noche, y la sombra fue adquiriendo forma humana. Otra voz procedente del patio llamó su atención unos instantes, los cuales aprovechó la sombra para desvanecerse de nuevo. La siguiente vez que la vio, la tenía frente a él lanzándole un fuerte derechazo que le partió la nariz. La sangre empezó a brotar de su cara y, cuando intentó incorporarse, se encontró con una rodilla que le rompió un par de dientes y le tiró hacia atrás golpeándose contra la puerta con gran violencia. Aturdido, se revolvió e intentó levantarse, aunque ya solo por inercia. Le fue imposible y cayó hacia delante. La sombra lo estaba esperando y le golpeó de nuevo con su puño, para ya no levantarse más.

El inspector recuperó la consciencia y pudo identificar el cuerpo de Montalvo, inmóvil junto a las dos mujeres. Estaba oscuro, solo la escasa luz que entraba por la puerta desde el patio interior iluminaba la estancia. Como buen policía que era, reaccionó rápido y sacó el arma que llevaba en su cintura. A duras penas se incorporó sobre el mostrador y pudo ver una sombra rematando con un fuerte golpe a su otro ayudante, Espinosa.

—¡Alto…! —No terminó de decir la siguiente palabra cuando aquel individuo, o lo que quiera que fuese, se volvió y sus pupilas brillaron como las de un animal furioso—. ¡No se mueva!

No sirvió de nada, la sombra desapareció ante sus ojos y solo sintió el fuerte impacto de un puño duro como el acero en su mandíbula, mientras su arma disparaba al vacío. Por suerte, el golpe no fue tan certero como el primero. Cayó de nuevo, pero esta vez pudo girar su cuerpo para no chocar con la pared. Todavía estaba consciente cuando distinguió una figura frente a él, a punto de golpearle con el pie. Entonces sonó un disparo y una bala se incrustó en el muro, a pocos centímetros de su agresor. En ese momento pudo verlo mejor. Torralba buscó su arma, pero la había perdido. Se levantó apoyándose en el mostrador y vio a Silvia temblando y apuntando con un arma, que había cogido del cuerpo inerte de Espinosa, a aquel hombre esbelto que se acercaba hacia ella.

—¡Dispárele en una pierna! —gritó el inspector.

El individuo se volvió hacia Torralba sorprendido y, a continuación, se lanzó como una fiera sobre Silvia, quien disparó.

61

El secreto

Alfred Llull descendió por la escalera hasta llegar a la altura de Alex, sacó un arma de su bolsillo e hizo un gesto para que bajara los escalones. Tras él había otra persona que Alex no reconoció.

—Me cae usted bien —se sinceró Llull—, lástima no habernos conocido en otras circunstancias.

—Lástima habernos conocido —replicó Alex.

—No se lamente, pocos han tenido la suerte de llegar hasta aquí.

—Pero… ¿qué demonios cree usted que son esas marcas de cantero? Piensa alcanzar el éxtasis, el conocimiento supremo, el… no sé. ¿Qué cree que va a conseguir?

—No lo entendería, las creencias de los maestros que construyeron esta escalera no tienen nada que ver con las nuestras. El mundo actual es material, somos unos malditos capitalistas que vamos a destruir este planeta y cualquier otro que se nos ponga a tiro. Los seres humanos somos autodestructivos, esa es nuestra naturaleza. Pero a la vez somos supervivientes, en nuestros genes está el instinto de sobrevivir a cualquier precio, así que si juntamos estas dos cualidades, se dará cuenta de que suponemos un auténtico peligro. Somos indestructibles y una amenaza para cualquier otro ser vivo.

—El que mejor sobrevive no es el más fuerte ni el más grande, sino el que mejor se adapta a los cambios, esos somos nosotros —puntualizó Alex.

—Tiene que haber algo más, no todo puede ser tan simple. Nacemos, crecemos, nos reproducimos y morimos. ¿Y ya está? —preguntó mientras bajaban los escalones—. ¿De verdad cree que puede ser tan sencillo?

—Yo no creo en nada.

—Mire, señor Svak, otro igual que usted —comentó Llull mirando a su acompañante—. No todos somos iguales y no todos tenemos el mismo final, mejor dicho, no todos tenemos un final.

Descendieron los últimos escalones, los que ya no tenían marcas de cantero. En la sala subterránea, a tres pisos bajo el suelo, Alex buscaba con desesperación la presencia de Margot.

—Señor Llull, ¿qué quiere de mí? —preguntó su acompañante—. Yo ya he realizado mi trabajo, le he traído hasta aquí. Págueme y me iré.

—Puede que aún le necesite, señor Svak.

—¿Para qué? ¿Qué se supone que vamos a hacer aquí? No quiero estar involucrado en ninguna muerte.

Alex se quedó sorprendido con la reacción del tal Svak, parecía que trabajaba para él, pero no comulgaba con sus paranoias.

—¿No se da cuenta de lo que hemos descubierto? —le recriminó Llull—. Estamos en la escalera y tenemos el código.

—¿Y qué significa ese maldito código?

—Solo unos pocos, los elegidos, vivirán toda la eternidad. —Svak no podía creer lo que estaba oyendo—. Los grandes maestros eran los elegidos y debían proteger su secreto para transmitirlo a aquellos merecedores de la inmortalidad. Ellos sabían que había que construir algo digno de Dios. ¿Una iglesia? ¿Una catedral? ¿Por qué no un castillo de una orden militar en lucha contra los infieles? Los que levantaron este castillo sabían que iban a ser inmortales.

—Se equivoca, Llull. —Alex se atrevió a desafiar a aquel

hombre que sostenía un arma en su mano derecha—. Quien construyó este castillo quería que perdurara hasta el fin de los días y así permanecer siempre en este mundo. ¿No lo entiende? Quería ser recordado para siempre con su obra, ser recordado.

—¿Qué está diciendo? ¿Qué insinúa? Las marcas...

—Muchas de las marcas de cantero tenían la misma función, sobrevivir a sus maestros —continuó Alex—. Las tallaban con esmero para inmortalizarse en ellas, y qué mejor sitio que una iglesia o un castillo, edificios que ellos pensaban que siempre estarían en pie. Así, las generaciones venideras que las observasen, invocarían sus almas, les harían ser inmortales. Es lo mismo que buscaban otros dejando dinero para misas o pagando suntuosas capillas. Que los recordaran cuando ya no estuvieran en este mundo.

—La escalera...

—Sí, la escalera sin duda tenía una función iniciática. Pero no para acceder a la inmortalidad, era parte de un ritual, como muchos otros paganos y religiosos que se celebran en todo el mundo.

—Está equivocado por completo, ¿no pretenderá convencerme con simples palabras? Por favor —advirtió Llull enojado.

—Si te recuerdan para siempre, vivirás para siempre. —Alex estaba seguro de lo que decía—. ¿Quién no recuerda a Goya, a Velázquez o a Picasso? Su obra los ha hecho inmortales. Las marcas de cantero han hecho eternos a sus talladores, las catedrales a sus arquitectos, los castillos a sus defensores.

—¡Eso es mentira! —gritó Llull dirigiendo el cañón de su arma hacia el rostro de Alex, que permanecía inmóvil—, está usted insultando a los maestros. ¡Escuche! ¡Sienta! Su espíritu está encerrado entre estos gruesos muros, sus almas deambulan por esta escalera.

Alfred Llull dio dos pasos hacia atrás sin dejar de apuntar a Alex.

—Sé que moriré pronto, pero no permitiré que todo acabe ahí, no pienso ser un miserable mortal.

—Los maestros sabían que las piedras eran inmortales, estaban aquí antes que nosotros y seguirán aquí cuando nosotros nos marchemos. Por eso las tallaban, les daban forma, levantaban construcciones al servicio de Dios, para ser inmortales. Pero por medio de su obra, no literalmente. Todos debemos morir.

—Sí, pero la muerte no es el fin.

Entonces un disparo retumbó entre los muros del castillo. Alfred Llull no lo esperaba y el semblante de su rostro cambió.

—Señor Llull, algo no va bien —comentó Svak—, ¿por qué no nos vamos?

—No hay que preocuparse, nadie nos molestará —dijo Llull una vez repuesto de la primera impresión.

Svak hizo amago de darse la vuelta y subir por las escaleras.

—¡He dicho que no pasa nada! —gritó apuntando esta vez al propio Svak—, ¿no me ha oído? Recuerde que soy yo quien le paga. ¡No se preocupe por ese disparo! Está todo controlado.

Ese momento de distracción fue aprovechado por Alex, quien empujó a Llull y corrió a la escalera de caracol intentando escapar. Svak agarró a su jefe para que no cayera. Este se incorporó y disparó alcanzando a Alex en el hombro.

No se detuvo.

Ascendió dolorido por la serpenteante escalera, hasta que llegó al escalón de la estrella de ocho puntas y la cruz. Sobre ella se elevaban unas piernas alargadas, de un hombre esbelto que sangraba por el costado. La sangre brotaba de la herida y caía sobre el penúltimo escalón, goteando sobre la marca de la estrella y la cruz. Era el esbirro de Llull, herido pero todavía capaz de golpearle si intentaba sortearlo. Se encontraba rodeado, con las dos salidas de la escalera bloqueadas. Sabía que hacía falta mucho acero para matarlo. Aún tenía fresca en la memoria la imagen de aquella sombra saltando desde lo alto de la puerta del castillo de la Orden de Calatrava y cómo los persiguió hasta el coche.

Una simple herida no iba a detenerlo.

Se dio la vuelta y se encontró de nuevo con el arma de Alfred Llull disparando contra él. Medio por reflejo medio por torpeza, resbaló y notó la bala pasar rozando el lado derecho de su cabeza y rebotar en uno de los sillares del muro, para perderse tras él. Con tanta suerte que al girarse vio que había impactado en el pecho del hombre a sus espaldas, que se tambaleó por el disparo sin caer al suelo.

—Este tío es sobrehumano —murmuró Alex.

Pero, finalmente, se inclinó hacia delante apoyándose con la mano en los muros de la pared, justo al lado de una marca de cantero. Después se derrumbó. Alex reaccionó con prontitud, haciéndose a un lado y empujando con todas sus fuerzas el cuerpo para que rodara escaleras abajo, de tal manera que impactó contra Alfred Llull. Estaba perdiendo mucha sangre por la herida del hombro, se sentía cada vez más débil. Resbaló de nuevo y se golpeó con mucha violencia la cabeza contra la escalera.

Alzó la mano para apoyarse en el escalón y tocó la marca de la estrella de ocho puntas y la cruz. Respiraba con enorme dificultad, la sangre no llegaba a sus brazos a pesar de que su corazón se afanaba en seguir latiendo a gran velocidad. Hizo un último esfuerzo y alcanzó el último escalón.

Se le iba la vida…

Antes de perder el conocimiento acudió a su mente la imagen del manuscrito, donde los símbolos se movían y ordenaban según los habían encontrado, hasta que la estrella de ocho puntas y la cruz se colocó en último lugar. Entonces sintió como si su alma se despegara de su cuerpo mortal y fuese atraída por una irresistible fuerza que lo hizo ascender por la escalera hasta un haz de luz.

No percibió dolor alguno.

Su cuerpo quedó vacío, como si fuera un simple recipiente. La sensación de paz fue total. Y entonces se sintió libre y se vio a sí mismo tirado en la escalera, y vio a Llull, a Svak, a Margot escondida, pero no se quedó ahí.

Atravesó los gruesos muros y pudo ver también el patio, donde estaba el inspector Torralba, otros policías y… Silvia.

¿Qué hacía ella allí?

Y cuando vio lo que sucedía la paz se rompió y descendió de forma precipitada de nuevo hacia la escalera de caracol.

62

La verdad

Silvia corrió para socorrer al inspector Torralba, que apenas podía levantarse del suelo.

—¡Dios mío! ¿Está usted bien?

—Creo que sí —contestó el inspector que intentaba ponerse de nuevo en pie—. ¿Dónde está ese tipo?

—Ha ido al patio. Le he disparado en el costado, estaba perdiendo mucha sangre.

—No irá lejos. Ayúdeme a levantarme.

El inspector Torralba observó a los dos policías tendidos en el suelo.

—Deme el arma —ordenó a Silvia—, ahora hágame caso. Quédese aquí e intente reanimar a Montalvo y a Espinosa, díga-les que pidan refuerzos.

—¿Adónde va?

—No podemos dejar que se escape, obedézcame. Quédese aquí.

—Está herido, no debería moverse. —Silvia hizo amago de detenerle, pero pronto desistió—. Al menos, tenga cuidado.

Torralba salió con precaución al patio, no había nadie. Sobre el suelo empedrado un rastro de sangre continuaba hacia la sala de la izquierda. Entonces oyó un disparo.

—Mierda, ¿qué coño pasa ahora? —murmuró.

—¿Quién ha disparado? —preguntó Silvia, que estaba a su espalda.

—Pero... ¿qué le he dicho? —espetó el inspector enfadado—. Vuelva a la entrada, es peligroso que me siga.

—Sus hombres están inconscientes, no pienso quedarme ahí sola.

Torralba dudó un instante.

—¡Maldita sea! Está bien, pero permanezca detrás de mí.

El inspector entró, con el arma levantada y lista para disparar, dentro de la capilla. El rastro de sangre era cada vez mayor y se dirigía a una escalera que parecía descender a una zona subterránea. Se acercó a los primeros peldaños con sumo sigilo. Allí no encontró al hombre que buscaba, pero sí a un individuo con los ojos en blanco y manchado de sangre.

—¿Quién es? —preguntó Silvia, que había vuelto a desobedecer al inspector e intentaba llegar hasta la escalera—. Necesito saber quién es.

—¿Adónde cree que va?

Silvia intentó adelantarle y llegar hasta el hombre ensangrentado.

—¿No puede hacerme caso, aunque solo sea una vez, y mantenerse alejada? —se lamentó el inspector—. ¡Por Dios! Espere un segundo.

Torralba se agachó para observar mejor el rostro de aquel tipo. Se percató de que era Alex Aperte e intentó buscarle el pulso.

—¿Está muerto? ¡No puede ser!

—¡Quieta! —Agarró a Silvia, empujándola hacia atrás—. Déjeme a mí.

Con mucho esfuerzo, Torralba arrastró el cuerpo fuera de la escalera. Se quitó la corbata del traje y le hizo un torniquete. A continuación, empezó a practicarle la reanimación cardiopulmonar.

—¡Alex! ¡Es Alex! ¿Qué le pasa?

No reaccionaba, Torralba no se dio por vencido y aumentó sus esfuerzos.

—¡Alex! ¿Me escucha? —Torralba no cesaba en su empeño de reanimarle—. ¡Alex! ¡Alex Aperte! ¡Reaccione!

El hombre de los castillos no respondía.

—¡No pare! —gritó Silvia hecha un manojo de nervios—. Esto es por mi culpa... ¡Alex, despierta!

Y entonces hizo un espasmo.

—¡Respira! —Torralba acercó su oído al pecho de Alex—, ¡sí, sí! Escúcheme, ¿me oye?

—¡Alex!

Entonces murmuró unas palabras sin sentido.

—¡Está vivo! —Silvia se echó a llorar.

—¿Me oye? —gritó Torralba—. ¡Despierte!

—¿Qué sucede? —balbuceó Alex.

—Estaba muerto, pero ha vuelto. ¡Es un milagro!

Absorto en salvar a Alex, esta vez Torralba no vio nada. Cuando oyó el disparo la bala ya había perforado uno de sus pulmones y le había lanzado hacia atrás, hasta los pies de Silvia, que le miraba aterrorizada.

Sintió el dolor en el pecho, pero nada más, fue todo muy rápido.

Silvia se agachó frente al inspector y le cogió la cabeza. Sangraba sin control. Puso sus manos sobre la herida del pecho, pero la sangre salía con tanta fuerza que, por mucho que lo intentaba, no podía detener la hemorragia. Supo, con profunda tristeza, que no había nada que hacer. Cuando volvió a mirarlo a la cara, sus ojos ya no tenían vida. Levantó la vista entre lágrimas y vio a Alfred Llull apuntando con una pistola a la sien de Alex. Había sido él quien había matado a Torralba y ahora amenazaba con hacer lo mismo con él.

—Se acabó.

—¡Es un asesino! —gritó Silvia.

—¿Qué hace usted aquí? ¿Cómo ha podido ser tan estúpida?

—Usted me engatusó.

—No me haga reír, hicimos un trato, nadie la obligó.

—¿Y esto? —Levantó las manos llenas de sangre.

—Él se lo ha buscado y su amigo también. —Apretó el cañón del arma contra la piel de Alex.

—No lo haga… —le rogó Silvia.

—Si me mata, nunca sabrá lo que acabo de ver —afirmó Alex, que intentaba incorporarse con muchas dificultades.

—¿Cómo? —preguntó Alfred Llull a punto de apretar el gatillo—. ¿De qué está hablando?

—He podido ver el mensaje que escondían los símbolos al subir la escalera.

—Eso es mentira.

—«Yo soy el Primero y el Último, y el que vive. Estuve muerto, pero ahora vivo por los siglos de los siglos, y tengo las llaves de la muerte y del infierno» —recitó Alex ante el estupor de Alfred Llull.

—¡Es imposible!

—Torralba me reanimó, pero he estado muerto. Y usted mejor que nadie sabe lo que eso significa.

Alfred Llull titubeó por primera vez en mucho tiempo.

—Yo descubrí los símbolos, yo encontré la estrella de ocho puntas y la cruz, usted solo seguía mis pasos —sentenció Alex desafiante—. Yo he visto la verdad, yo he sido capaz de ver más allá de los símbolos. Del alfa y la omega.

—¿Qué ha dicho?

—Usted buscaba una evidencia de la inmortalidad, o un atajo a ella, ¿verdad?

—Vivimos miles de vidas para llegar desde nuestro inicio lleno de impurezas, el punto alfa, hasta la perfección, al punto omega. Nos reencarnamos tantas veces como es necesario para recorrer este camino. En este planeta o, ¿quién sabe?, quizá también en otras galaxias, eso no lo sabemos.

—Yo sí lo sé ahora.

Bajó el arma y se llevó las manos a la cara, aturdido por las palabras de Alex, que lo golpeaban allí donde más le dolía.

—¿Y lo ha visto?

Silvia no comprendía lo que estaba sucediendo ante sus ojos.

—Los símbolos son una manera de comunicar con... ya sabe...

Alex vio su debilidad y entonces cogió a Silvia de la mano; echaron a correr hacia la oscuridad del patio de armas del castillo, dejando el cuerpo de Torralba inerte sobre el suelo. Silvia tenía que tirar de Alex, que apenas podía andar.

Alfred Llull subió el arma y disparó, pero no encontró objetivo en la penumbra.

—¡Tú! ¿Qué haces aquí? —dijo Alex enfadado y con dolor por la herida a la vez que se ocultaban tras una robusta columna del patio de armas.

—Lo siento —respondió Silvia mientras le apretaba fuerte la mano—, lo siento mucho. Me dejé engañar, pero he venido para que me perdones.

—Primero salgamos de aquí con vida, ¡vamos! —echaron de nuevo a correr.

Siguieron corriendo hacia el patio y alcanzaron lo que parecía el otro extremo. Allí se refugiaron tras una balaustrada.

—Silvia, me vendiste a ese loco... Por suerte Margot me ha ayudado.

—¿Margot? ¡Alex! Esa mujer trabaja para Llull. Si nos ayudó fue para que escapáramos de Torralba y siguiéramos haciendo el trabajo por él, descubriendo el resto de las marcas de cantero.

—Te equivocas.

—¡Por lo que más quieras, Alex! Si quieres ódiame, no me importa —dijo Silvia agarrándole del brazo—, pero no confíes en esa mujer, es tan peligrosa como Llull.

Llegaron hasta la puerta de entrada, donde Alex pudo ver los cuerpos inconscientes de los hombres del difunto inspector.

—¿Qué ha pasado?

—Luego te lo cuento, salgamos de aquí.

—No podemos dejarles ahí tirados —le recriminó Alex—, ¡están vivos!

—¡Alex, debemos huir y pedir ayuda! —Silvia intentó tirar

del brazo de Alex, que era incapaz de abandonar a los dos policías a su suerte.

—Hay que ayudarles, yo me quedo. Tú busca...

—Lamento interrumpir este bonito encuentro. —Alfred Llull apareció de nuevo detrás de ellos con el arma en su mano y sin pensárselo disparó a Silvia en el corazón. La joven cayó contra el suelo bruscamente—. Te lo merecías, ¡estúpida!

Alex se agachó e intentó taponar la herida con sus manos, pero la sangre brotaba como si se tratase de un manantial. Sus manos, su camisa, su rostro, la sangre saltaba por todas partes. A duras penas podía detener la hemorragia. Con las dos manos sobre su pecho, en el lugar por donde había entrado la bala, hacía todo lo posible por mantenerla con vida.

—Perdóname. —Silvia buscó su mano y le entregó algo—. Lo siento mucho, Alex.

—No hables, guarda fuerzas —le susurró Alex—. Te sacaré de aquí.

—Yo que usted no le haría mucho caso a esa tonta. No fue difícil comprarla, ni a ella ni a su amigo Blas. —Llull se acercó un poco más—. Ahora va a decirme lo que ha visto o la siguiente bala tendrá su nombre.

—¡Es usted un asesino! —gritó Alex girándose con los puños apretados y amenazantes.

Alfred Llull ni se inmutó.

—Le vendió, no le tenga tanto aprecio, no se lo merece —afirmó mientras le indicaba con el cañón de la pistola que se tranquilizase—. Ahora volvamos a la escalera de caracol, quiero que me explique eso que asegura que ha visto.

Alex se incorporó con las manos llenas de sangre; la herida del hombro volvía a sangrar y respiraba con dificultad.

Ahora en el suelo yacía Silvia con la mirada perdida y escapándosele la vida a borbotones. Un gran charco de sangre la rodeaba en una escena dantesca.

—¡Vamos! ¡Muévase! —ordenó Llull—. No tengo toda la noche.

Volvieron al patio, con Llull sin dejar de apuntarle ni un solo instante. Miró de nuevo el cuerpo de Silvia y la sangre a su alrededor.

—¿De verdad cree que me iban a afectar sus palabras? —le preguntó Llull.

—Usted no lo comprendería, solo yo sé la verdad. —Alex sabía que el desprecio era lo que más daño podía hacer a Llull, mucho más que los insultos.

—¿Cómo se atreve a insinuar eso? Cuénteme qué es lo que ha visto en las escaleras o le volaré la tapa de los sesos.

—Pues tendrá que matarme, porque no pienso decirle nada.

—No juegue conmigo, señor Aperte —le advirtió Llull—. ¿Qué ha visto en las escaleras?

—Usted es un farsante, un simple asesino, nada más.

—¡Cállese! —gritó Llull—. Dígame lo que ha visto de una vez, mi paciencia tiene un límite que usted sobrepasó hace ya mucho tiempo.

—No lo entendería.

Alfred Llull se lanzó sobre Alex y apretó el cañón de su arma sobre la sien del hombre de los castillos, de tal forma que este expresó con su rostro un agudo dolor.

—Hágalo, pero si me mata sus sueños de ser inmortal morirán conmigo —le amenazó Alex—. Usted no podrá ver lo que yo ya he visto.

Llull, con los ojos inyectados en sangre por el odio, se separó un metro de Alex y apretó el gatillo de su arma. Al mismo tiempo una bala impactó en su hombro derecho y le desequilibró en ese preciso momento provocando que no pudiera precisar su disparo, que se perdió en el patio.

Alex observó cómo se desplomaba, delante de sus ojos, y entendió enseguida que le acababan de salvar la vida. Pero ¿quién había disparado? Tras él, apareció la inconfundible figura de Margot acercándose, todavía con el arma caliente en su mano y apuntando hacia el cuerpo de Llull, que yacía inmóvil.

—¡Quieto, Alex! No te muevas.

—¿Qué vas a hacer? —preguntó a Margot, que parecía dispuesta a rematar a Llull—. ¡Está muerto!

Ella le miró por un instante, el cual aprovechó Llull para girarse en el suelo y apuntarle con el cañón de su pistola. Margot reaccionó agachándose y rodando por el suelo al oír la detonación del disparo. Cuando percibió que había esquivado aquella traicionera bala, disparó contra Llull, quien inmóvil en el suelo no pudo hacer nada. La mujer no corrió riesgos esta vez. Y su arma sonó dos veces más, hasta que uno de los disparos atravesó la frente y perforó su cráneo.

—Te dije que era tu ángel de la guarda.

—Silvia está herida —le avisó Alex.

Margot había dejado de hacerle caso por un instante y miraba el cuerpo tendido de Alfred Llull con una mezcla de sentimientos. Cuántas veces había soñado con deshacerse de él. Ahora que por fin lo había hecho, no podía evitar un ligero sentimiento de tristeza y de melancolía que una suave brisa, procedente de las montañas cercanas, se llevó muy lejos de allí.

Margot saltó por encima del cuerpo de Llull. Le miró por última vez. Se sentía por fin liberada. Se volvió de nuevo hacia Alex, quien corría a la entrada del castillo. La mujer le siguió hasta que él se detuvo junto al cuerpo yacente de Silvia.

—¿Dónde coño estabas? —le preguntó Alex mientras intentaba evitar que Silvia perdiera más sangre.

—Mejor que no lo sepas —avisó Margot.

—¡Llama a una ambulancia! ¡Silvia está herida! ¡Se está desangrando!

Margot le hizo caso y sacó su móvil. En unos segundos, alguien respondió al otro lado de la línea. Pidió una ambulancia urgente.

—¡Silvia! ¿Me escuchas? Tranquila —decía Alex, de rodillas sobre el cuerpo de la joven—. Aguanta.

Abrió levemente los ojos y sonrió al ver a Alex. Después alzó algo más la vista y la expresión de su rostro cambió al ver a Margot.

—Alex, no te fíes de ella.

—Chis. No hables, no gastes tus fuerzas. —Ella cerró de nuevo los ojos—. ¡Silvia! ¡No! ¡No te vayas!

—Me temo que ha muerto —afirmó Margot—, lo siento.

—¡No! Cuando llegue la ambulancia la reanimarán, como han hecho antes conmigo.

—Alex, ha perdido mucha sangre, está muerta.

Un aire frío pareció salir de las profundidades del castillo, subir por la escalera de caracol y llegar hasta donde ellos estaban. Por un momento, una extraña sensación recorrió el cuerpo de Alex, quien sostenía a Silvia entre sus brazos. Y por difícil que pudiera parecer, sintió como si aquel cuerpo hubiera perdido algo más que la vida en ese instante, como si algo hubiera aligerado levemente su peso. Después la sensación de frío desapareció y Alex buscó con la mirada a Margot pidiendo una explicación.

Tenía a Silvia cogida entre sus brazos, sabía que su alma se había evaporado y que lo único que permanecía allí era un cuerpo inerte.

—Debo irme —murmuró Margot mientras se colocaba la pistola en la parte trasera del pantalón—. La policía no puede encontrarme aquí, tendría que responder a demasiadas preguntas.

—Imagino que sí —dijo con desprecio Alex.

—No te metas más en líos, ni resuelvas más secretos. —Margot se había acercado tanto que Alex podía oler su perfume, que tan bien conocía y tanto le gustaba—. Hay más personas como Llull. Y yo no voy a estar siempre aquí cerca para salvarte.

—Eso me da igual.

Alex solo tenía lágrimas para Silvia.

—¿Qué viste en la escalera? —le preguntó intrigada antes de irse—. ¿Pasó de verdad algo? Tuviste una experiencia cercana a la muerte, ¿no es así? ¿Fue eso?

—Solamente perdí el conocimiento por el golpe.

—Alex, no me estás diciendo la verdad —musitó Margot sonriendo—. No sabes mentir, se te nota demasiado.

—No me creerías.

—¿El qué? —dijo con un tono desafiante—. Llull pensaba que podía encontrar algún tipo de conocimiento que le haría inmortal de alguna manera. No sé si tenía razón, pero esos símbolos de la escalera no están ahí por casualidad. Los que los tallaron querían dejar un mensaje, pero a la vez ocultarlo de aquellos que no fueran dignos. ¿Por qué? ¿Era su manera de pasar a la historia, de perpetuar su saber? ¿Su billete a la eternidad?

—Yo no puedo responder a eso, no estoy seguro.

—Entonces ¿el capullo de Llull tenía razón? —preguntó Margot.

—No lo sé. Pero quienes tallaron esos símbolos en los sillares y los ocultaron por los castillos se tomaron muchas molestias. Además, eligieron castillos emblemáticos de órdenes militares, luego lo codificaron todo en un manuscrito y lo escondieron. Pero de ahí, a que contengan lo que Llull sugería hay una gran diferencia.

—Estaba obsesionado, decía incluso que soñaba con ellos —murmuró Margot— y ahora me dices que quizá hay alguna posibilidad de que sea verdad.

—No sé si estaba en lo cierto o no. Pero hay algo en esa escalera, una energía que parece irradiar de la propia roca. Y esas marcas, en especial la estrella unida a la cruz, creo que pueden actuar como interruptores de toda esa energía —explicó Alex—. Yo estaba muerto y conecté con algo superior, llámalo inteligencia, Dios, no sé. Pero lo que tengo claro ahora es que la muerte no es el final.

—Eso es lo que decía Alfred Llull, que hay una conciencia superior.

—Quizá me esté volviendo loco yo también.

—Estás confuso —le susurró Margot—. ¿Cómo tienes el hombro? ¿Puedes caminar?

—Sí.

—Entonces ¡volvamos a la escalera! Rápido, antes de que venga la policía.

—¿Y Silvia?

—Alex, ella está muerta.

63

La inmortalidad

Margot lo cogió de la mano y lo llevó hasta el inicio de la escalera de caracol, para entonces ya se oían las sirenas de la policía entrando en la localidad de Mora de Rubielos.

—Cuéntame qué te ha pasado antes aquí.

—No estoy seguro, había una energía que canalizan los muros del castillo, que parece provenir de la propia tierra y que fluía de forma ascendente.

—¿Energía telúrica? —inquirió ella.

—Puede ser… Es la energía que fluye desde el centro de la tierra hacia unos puntos determinados de la corteza terrestre. Muchas iglesias y catedrales están sobre esas localizaciones, y por lo visto también los castillos.

—Por ello las iglesias se construían sobre las mezquitas islámicas y estas sobre los templos griegos y romanos y estos a su vez donde estuvieron antes los santuarios paganos, incluso los monumentos megalíticos.

—Esa es la teoría —asintió Alex—; las ubicaciones tienen un fin, se sitúan sobre los centros donde se concentra esa misteriosa energía. Y recuerda que estos castillos son especiales, pertenecían a órdenes militares, por tanto, son edificios también religiosos. Y aunque esta construcción es cristiana, es probable que antes hubiera una fortaleza islámica y antes un emplazamiento romano.

—Exacto —respondió Margot emocionada—, o incluso íbero.

—Pero esa teoría nunca se ha podido probar.

—Que no puedas verlo no quiere decir que no exista. Llull solía decir que el mundo está hecho tal y como nos parece, de cosas que no aparecen. Tú sabes que estas marcas de cantero son especiales, y que están grabadas en unos sillares con una ubicación determinada por indicación del maestro de obras que construyó este castillo.

—Es posible…

—Este mundo que vemos está formado por nuestra imaginación. Es real porque nosotros hemos decidido que sea así, pero en el fondo de nuestra alma todos sabemos que es una ilusión. —Margot se acercó todo lo que pudo al hombre de los castillos—. Aquí tenemos una puerta para escapar de esta mentira y ver el mundo tal como es en realidad.

—Suponiendo que este castillo esté sobre un centro telúrico, y que la forma de activarlo fuera escondida mediante unas marcas de cantero, y que esos símbolos fueran repartidos en otros castillos de órdenes militares y codificados en un manuscrito para que permanecieran ocultos. Y todo esto es mucho suponer, créeme —ironizó Alex—. ¿Qué esperas que ocurra?

—Pero ¿no te das cuenta de lo importante que es? —continuó muy emocionada Margot—. Quizá se nos revele otra visión del mundo, la verdadera, la que no depende de la materia. Tú has dado con la escalera y lo entendiste enseguida. La escalera de caracol sirve para preparar y adaptar a los nuevos iniciados a la energía que encontrarán aquí. Las personas tenemos una energía inherente a nosotros y en este castillo se concentra la del universo; como ambas fuerzas son diferentes, los nuevos requieren de una etapa de adaptación entre una y otra para amoldarse de forma progresiva a la energía que se van a encontrar.

—Creo que te estás dejando llevar por tu imaginación, Margot. Suponiendo todo lo que te he dicho antes, que esa energía que existe en el interior de la tierra fluya por ríos subterráneos, y que uno de ellos esté conectado con este lugar… esa energía sería peligrosa, aun con esa adaptación que tú sugieres. Prácticamente, podríamos decir que nos estaríamos conectando a una gigantesca antena magnética.

—Exacto —dijo sonriente Margot mientras bajaba un escalón y ponía su mano sobre la marca de la estrella y la cruz—. El principio y el fin de todas las cosas. Oí cómo le decías esa frase a Llull. ¿Cómo se activa el símbolo, Alex?

—No lo sé.

—Lo hiciste antes —insistió ella mientras pasaba sus dedos por la marca de cantero.

—Ignoro cómo sucedió. Fue todo muy rápido, intentaba escapar de aquí. Llull me había disparado, la sombra estaba sangrando, tenía miedo y estaba nervioso. —Interrumpió sus excusas y miró a Margot—. La mejor manera de atraer energía es con energía.

—Explícate.

—Yo nunca me creí todo lo que decía Llull, pero sí creo en la energía. Todo es energía en el universo, absolutamente todo. La primera ley de la termodinámica dice que la energía ni se crea ni se destruye...

—Se transforma. —Margot no le dejó acabar la frase.

—Supongo que es nuestra energía lo que persiste después de la muerte. Nunca había vivido una experiencia cercana a la muerte en primera persona y tampoco he tenido jamás ninguna capacidad extrasensorial.

—¡Alto ahí! —les gritaron.

Margot le miró un segundo y huyó corriendo.

En el otro lado del castillo, un individuo salió de entre las sombras del patio y se acercó al cuerpo de Llull, del que apenas había brotado sangre por la herida mortal de su frente. Tenía los ojos abiertos, pero parecía haber envejecido treinta años. Como si la muerte le hubiera devuelto su apariencia real. Su aspecto era escalofriante.

—Lo mismo da triunfar que hacer gloria de la derrota —murmuró Svak antes de inclinarse sobre el cuerpo.

Rebuscó en el interior de la chaqueta, encontró la pitillera metálica y el manuscrito.

—Esto se venderá bien. De alguna manera tengo que cobrarme mi parte, no le importa, ¿verdad? —preguntó mirando al cadáver de Llull.

Svak sintió lástima por él. Buscó en su bolsillo la piedra negra y la acarició. Aunque le costaba reconocerlo, aquel hombre había conseguido que dudase sobre ciertos aspectos de su vida que creía cerrados por completo. Sin embargo, aquel no era momento de divagaciones, así que se marchó rápido hacia una ventana del castillo que daba a la calle.

64

El duelo

Varios meses después la gente todavía hablaba de los hechos acontecidos en el castillo de Mora de Rubielos. La prensa había inventado todo tipo de conspiraciones masónicas, templarias y demás. La muerte de un afamado inspector de policía y de un magnate del cual no se conocía ni su pasado ni el origen de su fortuna habían avivado las llamas de la polémica más allá de las fronteras españolas. El hecho de que el tercer cuerpo encontrado en el castillo correspondiera a un hombre que todavía no había podido ser identificado, no había ayudado a apagarlas. Y que además hubiera fallecido una trabajadora de la Biblioteca Nacional, involucrada en el caso de la misteriosa desaparición de otro trabajador de la misma institución, había desencadenado las más diversas y disparatadas hipótesis y teorías, desde el descubrimiento de algún antiguo tesoro hasta de rituales esotéricos.

La policía todavía buscaba a una mujer joven, pálida y con el pelo negro, que había sido vista cerca de la escena de los crímenes y que ya estaba en busca y captura desde hacía mucho tiempo. Alex no había ayudado mucho en este aspecto, pues declaró no saber nada sobre su posible paradero y verdadero nombre. Testificó que creía que era extranjera, de algún país del este de Europa, y que le había engañado prometiéndole la exclusiva en un descubrimiento histórico para su tesis doctoral. Más problemático fue explicar qué pintaba él en este turbio y complicado caso, cómo había contactado con Silvia Rubio y si había tenido algo que ver en su muerte. Asegurar que él había sido engañado, que buscaban a un experto en castillos para encontrar unos extraños símbolos fue su única coartada. También testificó que cuando llegaron a Mora de Rubielos se produjo un terrible enfrentamiento entre la policía, Alfred Llull y sus hombres. En el transcurso de esta pelea le dispararon, lo cual era cierto. Con el tiempo y a falta de ningún testigo que supiera a ciencia cierta de qué iba aquella historia, fue puesto en libertad sin cargos. No obstante, había revelado la presencia de otro misterioso individuo, aunque con los escasos datos que pudo dar fue imposible identificarlo, por lo que se convirtió en un fantasma. Alex sabía que este singular personaje había trabajado para Llull, y que era el único que podía explicar lo que había sucedido realmente y poner en evidencia su historia. Pero ni siquiera Alex sabía quién era ni dónde encontrarle; además estaba totalmente convencido de que no volvería a saber de él nunca más.

De vuelta a Madrid, en su piso de la calle Argumosa, poco a poco y con la inestimable ayuda de Santos, Alex fue rehaciendo su vida. Volvió a escribir en varias revistas que, después de la fama adquirida con el terrible suceso, se lo rifaban. De igual manera, había retornado a su programa semanal en la radio. Con un notable éxito de audiencia y con varias decenas de llamadas cada día de emisión, interesadas tanto en conocer castillos como en hablar con el célebre superviviente del caso «El secreto de los castillos», como había sido denominado por la policía, y del cual los medios de comunicación se habían hecho buen eco.

Una tarde en el programa de radio, estaba hablando del castillo de Peñíscola, donde había vivido el antipapa aragonés, Benedicto XIII, el Papa Luna.

—Resulta que la expresión «estar en sus trece» proviene de este papa, que como buen aragonés permaneció firme en sus ideas hasta el final de sus días, y no hubo nadie que le hiciera cambiar de opinión. Él era el verdadero papa. Murió en el castillo de Peñíscola y sus restos fueron trasladados al castillo-palacio del Papa Luna en Illueca. Luego dichos restos fueron saqueados por los franceses durante la invasión napoleónica permaneciendo solo su cráneo. Incluso este fue robado en los años noventa, aunque finalmente pudo ser recuperado.

—Vaya historia, Alex. Como cada semana, nos traes un nuevo castillo, con su historia, su descripción y sus leyendas.

—Así es, Óscar.

—Tenemos una nueva llamada. —Óscar hizo una señal al técnico de sonido—. Hola, es usted Inés ¿verdad?

—Sí, hola.

—¿Qué tal? —preguntó el director del programa—. ¿De qué castillo quieres preguntar a nuestro experto?

—Del de Mairena del Alcor, cerca de Sevilla.

Alex comenzó a relatar su larga historia, hasta llegar a época contemporánea.

—En los primeros años del siglo XIX, estaba prácticamente abandonado y fue utilizado como cementerio y corraliza de ganado, mientras sus muros eran desmantelados para utilizar sus sillares en la construcción de otros edificios.

—Como tantos otros de nuestros castillos, ¿verdad, Alex?

—Sí, Óscar. El duque que era propietario se vio obligado a venderlo a un vecino de la localidad. Lo heredó un sobrino que lo revendió por dos mil pesetas a Jorge Bonsor, un británico que acondicionó el castillo como su residencia privada, en la que recibía a visitantes de todo el mundo mostrándoles sus piezas arqueológicas, cuadros y obras de arte. Muchos lo llaman el Howard Carter español.

—El descubridor de la tumba de Tutankamón.

—¡Bien, Óscar! En el caso que nos toca, Jorge Bonsor dedicó su vida a buscar la ciudad de Tartessos.

—Esto se pone emocionante.

—Inspirándose en la labor del descubridor de Troya, Jorge Bonsor se propuso encontrar la mítica civilización; fue un arqueólogo que vio un filón turístico en los yacimientos arqueológicos.

Excavó la famosa Baelo Claudia, la ciudad romana en la playa de Bolonia, en Cádiz. E ideó paquetes de viajes con la Thomas Cook, considerada la primera agencia de viajes de la historia. Y durante la Exposición Internacional de Sevilla en 1929...

—¿Sí, Alex? ¿Qué pasó en 1929?

No respondió.

—¿Alex?

—Organizó un transporte que trasladaba a los visitantes hasta su castillo para admirarlo. Y vendía sus hallazgos para subvencionar su búsqueda.

—¿Vendía?

—Sí, lo que oyes. Hoy estaría prohibido. Los vendía al fundador de la Hispanic Society de Nueva York, una de las mejores colecciones de cultura española del mundo, Huntington... Archer Huntington —pronunció con un extraño tono.

—Estupendo.

—Y no se llamaba Jorge, sino George.

—Interesante dato, lo dejamos aquí. Nuestros oyentes han disfrutado una semana más de los castillos de España con Alex Aperte, volveremos la semana que viene.

Se levantó de la silla del estudio y se marchó corriendo, condujo la moto hasta Argumosa. En su piso abrió un libro de castillos andalusíes y encontró el de Mairena del Alcor. Sacó la vieja foto; estaba en ruinas, pero no había duda de que era la misma fortaleza.

Archer Huntington, George Bonsor... y faltaba el remitente, Michael.

«¿Quién pudo ser?», se dijo. Y no sabe por qué, pero vinieron a su mente las palabras de Margot en el castillo de Mora de Rubielos: «No te metas más en líos ni resuelvas más secretos. Yo no voy a estar siempre aquí cerca para salvarte». Aquella advertencia nunca había estado tan vigente como ahora. Quizá algún día decidiera no tenerla en cuenta. Porque había resuelto el misterio de los símbolos y los castillos, pero ¿quién había escrito ese manuscrito cien años atrás?

Edgar Svak escuchaba la radio desde una azotea del paseo de Gracia en Barcelona. En la pantalla de su portátil tenía un mensaje abierto, era una oferta de trabajo de la Art Loss Register. Una de verdad, con su nómina y su pago a la seguridad social.

Al lado del ordenador había una vieja foto de su mujer y su hija.

Ambas formaban parte de la disyuntiva ante la que se encontraba.

Veinte años atrás

Alfred Llull entró en la UCI, la unidad de cuidados intensivos, de uno de los hospitales de su grupo inversor. Al llegar, su esposa tenía las constantes estables pero los doctores le explicaron que durante quince segundos su encefalograma había sido plano y se le había dado por muerta.

¡Pero ahora estaba viva!

De hecho, estaba más viva que nunca. Allí, todavía recuperándose de la operación, su esposa le narró una experiencia cercana a la muerte. No era la primera vez que sus oídos escuchaban algo parecido, pero como científico siempre las había despreciado.

Alguien que era socio de una empresa, que trabajaba todos los días con datos, no podía creer en cosas ininteligibles. Sería tirar piedras contra su propio tejado. Al estar cerca del mundo médico, conocía las historias de pacientes que habían estado clínicamente muertos y al sobrevivir relataban lo que habían visto mientras les reanimaban. Quiénes eran los integrantes del equipo médico, de qué hablaban… Muchos afirmaban haberse sentido completos y llegaron a ver amigos y seres queridos con los que habían interactuado. Contaban que abandonaban su cuerpo, que viajaban por un túnel hacia una luz, que toda su vida pasaba ante sus ojos en un instante. Otros explicaban que podían caminar entre los médicos, atravesar las paredes del box y ver lo que ocurría en la habitación de al lado.

Él siempre pensó que eran delirios.

Hasta aquel día.

Alfred Llull lo daba por imposible hasta que lo escuchó de los labios de su esposa. Durante mucho tiempo creyó las explicaciones de los más reputados médicos, que argumentaron que solo eran alucinaciones producidas por el paro cardiaco, por la mala irrigación del cerebro. Pero ella... le contó cosas que no tenían justificación posible.

Y Alfred Llull la creyó. Le dio tal cantidad de detalles, que las murallas levantadas en su mente por toda una vida científica cayeron.

No podía decirlo en público, perdería su prestigio, labrado durante años de duro y brillante trabajo. Sus socios le abandonarían y caerían las acciones de su grupo. Pero la realidad es que ahora estaba convencido de que la muerte no existe.

Lo que sí hizo fue usar todos sus recursos, influencia y dinero en buscar una explicación. Recapituló más experiencias cercanas a la muerte y leyó estudios como los de la doctora suizaestadounidense Elisabeth Kübler-Ross, quien durante quince años se dedicó a reunir cientos de testimonios extracorporales de pacientes terminales que fueron declarados con muerte clínica y luego volvieron a la vida.

Y entonces lo entendió, lo vio con tanta claridad que la luz le cegó.

Después de la muerte física, seguimos viviendo en otra dimensión. Cuando comenzó a ser consciente de las implicaciones de aquello, no comprendió por qué esta afirmación alarmaba tanto a la gente, ¿acaso no planteaban esto todas las religiones? Entonces ¿por qué cuando alguien lo decía la gente te ponía una cruz?

Desde aquel día, supo que tenía que demostrarlo, que las palabras no servían para convencer a nadie; necesitaba pruebas.

Pero vivimos un tiempo oscuro, en el que la muerte es solo un elemento más al servicio del sistema. Si la muerte no es el final, el sistema se pararía.

Vivimos banalmente porque nos han hecho creer que nuestro tiempo es limitado. Ese es el gran engaño de la modernidad. En la Edad Media eran más lúcidos porque en esa época la muerte se hallaba en cada esquina, en un sorbo de agua contaminada, en una herida mal curada, en una escaramuza del enemigo, en unos asaltantes en un camino… Como estaban tan próximos a la muerte, comprendían que nunca podía ser el fin.

No eran más creyentes porque fueran más ignorantes, eso es una falacia. Al contrario, buscaban con ahínco la religión verdadera.

Ahora los templos se vacían, todos son ateos. Para qué preocuparse si no hay nada después de la muerte. Alfred Llull se percató de que todos hemos sido engañados y que debía buscar no ahora, sino antes, en la Edad Media. Quizá entonces alguien dio con la manera de demostrar que la muerte no es el final y lo hemos tomado por una simple superstición, mito o falsa creencia.

Pronto Alfred Llull se dio cuenta de que no quería compartirlo, ¿para qué? ¿Qué necesidad había de soportar las burlas o la desidia? No quería despertar a nadie de su sueño. Que cada palo aguante su vela. El mundo estaba en su contra, no podía luchar con una sociedad basada en proporcionarnos momentos fugaces de placer, y no la felicidad real y eterna.

Desde entonces había buscado dar un sentido a la vida, un significado. Sobre todo desde que su esposa falleció de un ataque al corazón tiempo después de su ECM.

Indagando en el pasado, descubrió que nos creemos los mejores del mundo, pero todas las preguntas fundamentales ya se las han hecho antes nuestros antepasados. Y al final todos nuestros miedos se resumen en uno, el temor a la muerte.

Siempre hemos tenemos miedo, pero nunca hemos tenido tanto como ahora. Porque en la actualidad nos han adoctrinado en lo material, no en lo espiritual. Así que ahora luchamos desesperadamente por cosas banales, que sí dan momentos de placer. Por supuesto, quién no disfruta con una buena comida, con el sexo… pero solo son momentos de placer. No es felicidad.

La gente tiene miedo, mucho miedo. Porque les han amaestrado para desear de forma desesperada cosas que terminan acabándose. Y que sin duda lo harán a la muerte. Pero eso no es la felicidad, la felicidad es no necesitar nada para ser feliz.

Y por supuesto, no tener miedo, ni siquiera a la muerte.

La libertad absoluta.

Iba a dar con ella, costase lo que costase.

Epílogo

Nueva York, 1924

Washington Heights es un barrio al norte de Manhattan, pasado Harlem, donde la isla se estrecha como en un cuello de botella, entre el río Hudson y el Bronx. Al llegar a la dirección indicada, atraviesa una amplia explanada que tiene en el centro una gigantesca estatua ecuestre de un caballero medieval. Está realizada en bronce, cuatro guerreros sedentes a tamaño natural que se apoyan sobre sus escudos. Le parece fuera de lugar y siente curiosidad. Se acerca un instante y lee en la placa de su base que representa a un caballero llamado el Cid.

Michael Weis sube una escalinata, la entrada al edificio está presidida por dos enormes figuras de leones de piedra caliza, con esferas terrestres entre sus garras. Al coronar la escalinata observa en el cristal de las puertas de entrada el reflejo de ese anacrónico caballero a su espalda.

Entra y un guardia de seguridad le escruta con la mirada, Michael Weis explica que tiene una reunión y, al dar su nombre, el vigilante le pide que espere allí.

Michael observa el generoso espacio donde se halla, un patio de colores granates, con un lucernario por donde entra la escasa luz de aquel nublado día. En las paredes cuelgan cuadros de gran formato y esculturas de aire clásico, es la sede de la Hispanic Society de América.

Al poco llega un hombre menudo, con gafas y un traje gris. Podría ser desde un contable a un cobrador del billete del metro.

—Le estábamos esperando, señor Weis. —Le estrecha la mano con una amplia sonrisa dibujada en el rostro, una de esas que solo se tiene si se ha ensayado con alevosía—. Acompáñeme, por favor. ¿Había estado antes aquí?

Niega con la cabeza.

Cruzan el patio y se introducen por un largo pasillo, atraviesan una puerta con aspecto de tener varios siglos y acceden a una extensa biblioteca. Se halla presidida por un extraño mapa del mundo; por la manera que está representado Estados Unidos debe ser anterior a la independencia americana; también es enorme, mide casi como dos personas de alto.

Suben unas empinadas escaleras y giran a la derecha para acceder a otra sala, en ella hay un cuadro de una mujer vestida de negro, de mirada imponente y que señala con su mano derecha al suelo. Por el color de sus ropas, Michael deduce que era una mujer que acababa de enviudar cuando la plasmaron en aquel óleo. La firma es de Goya.

Bajo la pintura hay una mesa alargada, y al fondo un hombre de pie, la mujer del cuadro parece estar señalándole. Posee un aspecto antiguo, como si él también estuviera sacado de uno de los cuadros: traje oscuro, camisa blanca, barba y pelo canoso, y un porte de serenidad que solo se adquiere si naces en una acaudalada familia. Los acaudalados de toda la vida son humildes y reservados, mientras que los nuevos ricos son todo lo contrario, desean demostrar que lo son, a menudo de forma torpe y estridente.

—Michael Weis, es un honor conocerle —afirma con una perfecta sonrisa.

—Gracias, usted es el señor Archer Milton Huntington.

—Muy perspicaz, no esperaba menos. No suelen reconocerme tan fácilmente.

—Su apellido es una celebridad, su padre completó el primer ferrocarril transcontinental, de Utah a California. Posee una de las mayores fortunas de los Estados Unidos de América. —Michael Weis hace una pausa—. Antes de nada, y para evitar malentendidos, quería dejarle un aspecto claro, yo estoy retirado. Solo he accedido a venir debido a su insistencia, se había convertido en una verdadera molestia.

—Hay que perseguir lo que uno quiere, señor Weis, y yo le quiero a usted. La reputación de un hombre lo es todo. Si uno no la tiene la busca, si la tiene mala le persigue y hace todo por cambiarla. Y si es tan buena como la suya…

—Creo que ha habido un error. Yo ya no trabajo en eso.

—Todavía no sabe de qué le estoy hablando y cómo vamos a recompensarle.

—No es una cuestión de dinero —recalca Michael Weis.

—Entiendo. —Huntington se lo queda mirando con un inusual brillo en las pupilas—. ¿Sabe? A mí siempre me ha parecido curioso cómo va cambiando la historia, sobre todo cómo caen los grandes imperios como Roma o Egipto. Pasan de dominar el mundo a ser insignificantes. Y tenemos que rebuscar entre la arena del desierto para encontrar los restos de su legado.

—Nada dura eternamente.

—Cierto; sin embargo, el caso del Imperio español es diferente. Roma y Egipto desaparecieron, España no.

—Creo que lo último que quedaba de su imperio se lo quitamos nosotros hace veintitantos.

—Cuba, muy cierto. Pero el país sigue ahí, con sus instituciones y sin embargo… ¿Sabe qué es lo más importante? ¡Su arte! No obstante, ellos todavía no se han dado cuenta. Su arte es su petróleo y, al igual que el crudo, se encuentra oculto en las profundidades del país.

—Señor Huntington, no entiendo qué hago aquí. ¿Qué es lo que desea la Hispanic Society de mí?

—Ya se lo he dicho antes, lo más importante es la reputación. Lo que necesitamos es precisamente eso, que salve nuestra reputación. El futuro y el legado de la Hispanic Society está en sus manos. Y aún diría más, también el de España. Tenemos que ayudar a España, proteger y dar a conocer su grandeza, su arte.

—¿Por qué íbamos a hacer tal cosa?

—Primero, porque Estados Unidos es un país maravilloso, el mejor que existe y ha existido. Pero no tenemos una larga ni rica historia, así que nuestro deber es proteger la de los que sí la tienen, ¿comprende? Es imposible entender la historia de Estados Unidos sin tener en cuenta la enorme influencia española en nuestro país. Aunque a veces nos olvidemos de ello. Incluso antes de las trece colonias, los españoles ya estaban aquí. Y siglos después, sin ellos, jamás nos hubiéramos independizado de los ingleses.

—¿Y la segunda?

—Porque, o mucho me temo, o somos los principales responsables de su destrucción.

Algunas consideraciones finales

Este libro nació de mi pasión por la Edad Media y especialmente por los castillos. He escrito numerosos artículos de investigación y divulgación sobre las fortalezas medievales, varios libros de viaje y también he realizado muchas exposiciones fotográficas. En esta novela aparecen decenas de ellos, algunos tan solo se nombran una vez, otros son escenarios principales. Lo que he querido mostrar, de la mejor manera posible, es mi fascinación por estos gigantes de piedra. Creo que visitar un castillo es como viajar en el tiempo, en ningún otro lugar dejamos volar nuestra imaginación como en ellos. Yo he estado en cientos de castillos en mi vida, y animo a los lectores a que también los visiten, que suban a sus muros y se asomen entre sus almenas y, sobre todo, que dejen volar su imaginación.

El escalón 33 se desarrolló también a partir de mi interés por el románico, un estilo artístico hermoso y aparentemente sencillo, donde cada detalle era importante, por minúsculo que este fuera. En una época, cercana al año mil, en que los hombres vivían atemorizados por la llegada del fin del mundo. Las marcas de cantero son solo uno de los enigmas que nos dejaron. Unos símbolos sencillos y pequeños, que pasan casi desapercibidos al ojo humano, pero que después de leer este libro, estoy seguro de que no podrán dejar de buscar en cuanto entren a un edificio medieval.

También es un mapa de Madrid, en la que viví ocho apasionantes años de mi vida. Lo bueno de esta ciudad es que puedes descubrir algo nuevo e increíble cada día. En la novela, he mostrado los lugares que visitaría un personaje como el de Silvia en 2012. Es ella quien nos enseña «su» Madrid. Silvia dice que quiere irse, abandonarla, pero en el fondo sabe que ya forma parte de ella, que está irremediablemente enamorada de esta ciudad.

Crecí leyendo novelas de misterio, mi tía tenía toda la colección de libros de Agatha Christie, y ya con trece años escribí una novela policiaca que nunca se publicó pero que yo mismo encuaderné en mi colegio y que todavía guardo con cariño. Descubrir lo desconocido ha sido siempre una de las grandes pasiones de los seres humanos.

Creo que en el mundo real las personas no somos simplemente buenas o malas, por ello tampoco los personajes de este libro lo son. Y también estoy convencido de que todos ocultamos algo, una parte de nosotros mismos que no queremos o no podemos mostrar. Después de leer la novela, pensarán que muchos de sus personajes son misteriosos o extraños; la razón es simple, son seres humanos.

Los símbolos siempre me han resultado fascinantes, cómo pueden decir tanto con tan poco. Cómo se repiten los mismos en diferentes culturas y épocas. Cómo hemos dotado a algunos de ellos de un poder y trascendencia tan grande. Las palabras no pueden expresarlo todo, a veces decimos que una imagen vale más que mil palabras, y es verdad. Pero mucho antes de que se crearan las imágenes, en el mundo ya existían los símbolos.

Nota del autor

Esta novela se gestó entre los años 2008 y 2011 y fue publicada en mayo de 2012; en aquella época yo vivía en Madrid y fue escrita en Biblioteca Pública Elena Fortún. Hacía mucho tiempo que soñaba con reeditarla y quiero agradecer a Ediciones B y a mis editoras Carmen Romero y Clara Rasero que me hayan ayudado a hacerlo posible. Con esta ya son nueve novelas las que he publicado hasta hoy en Penguin Random House. Erais muchos lectores los que me la pedíais, ya que era muy difícil de conseguir en las librerías al estar descatalogada. Incluso desde otros países me habían solicitado poder traducirla y también ha habido algún contacto de alguna productora preguntando por ella. Y mi agente editorial, Alicia Sterling, se interesaba periódicamente por ella, ya que siempre ha confiado en que era una gran novela que había que reeditar. Incluso desde las librerías y bibliotecas contactaban conmigo demandándome una charla sobre ella. Hasta el año 2024 no recuperé sus derechos y entonces volví a leerla. *El escalón 33* es una novela donde hay mucho de mí mismo y releyéndola tantos años después me he encontrado con mi yo de aquella época y ha sido un reencuentro maravilloso. Una vez que empecé su lectura, decidí no solo que quería reeditarla sino también aprovechar para revisarla y ampliarla. En esta nueva edición he buscado que la historia ganara en fluidez y ritmo, también he querido redondear escenas importantes y hacer más fáciles de entender algunos conceptos clave. Ha sido una experiencia increíble volver a pasar tiempo con Silvia, Alex, Santos y compañía.

Deseo que para vosotros su lectura también sea un viaje maravilloso.

LUIS ZUECO,
febrero de 2025

Queremos compartir
más momentos contigo.

Únete a la comunidad de Penguin Libros
y encuentra tu siguiente lectura.

Penguin
Random House
Grupo Editorial